JOANNE HARRIS

Katze, Hut und Regenschirm

JOANNE HARRIS

Katze, Hut und Regenschirm

Aus dem Englischen von
Adelheid Zöfel

List

FSC
www.fsc.org
MIX
Papier aus verantwortungsvollen Quellen
FSC® C014496

List ist ein Verlag
der Ullstein Buchverlage GmbH

ISBN: 978-3-471-35092-8

Gesetzt aus der Berling
Satz: Pinkuin Satz und Datentechnik, Berlin
Druck und Bindearbeiten: GGP Media GmbH, Pößneck
Printed in Germany

Für Chris, dessen Geschichten immer
mitten ins Herz treffen

Inhalt

Einleitung

In einem Interview bin ich einmal gefragt worden, welche drei Gegenstände ich auf eine einsame Insel mitnehmen würde.

Ich gab die etwas flippige Antwort: Katze, Hut und Regenschirm. Zum einen, weil mir der Rhythmus gefiel, zum anderen, weil jeder dieser drei Gegenstände verschiedentlich verwendet werden kann, einzeln oder kombiniert – das heißt, meine Auswahl ist mehr als nur die Summe ihrer Teile.

Die Katze würde ich mitnehmen, um Gesellschaft zu haben. Den Schirm als Sonnenschutz. Der Hut hat viele verschiedene Verwendungszwecke, nicht zuletzt als Spielzeug für die Katze. Ein anderes Szenario: Schirm und Hut werden zu einer simplen Fischreuse umfunktioniert (vermutlich für Katzenfutter). Oder man könnte, was allerdings weniger nett wäre, die Katze mit dem Schirm erschlagen und sie zum Mittagessen verspeisen, wobei der Hut behelfsweise als Topf oder Schüssel dienen würde. (Ehrlich gesagt – so richtig kann ich mir nicht vorstellen, dass ich je eine Katze essen würde, aber wer weiß, wozu man fähig ist, wenn man lang genug auf einer einsamen Insel festsitzt.) Ich glaube, ich könnte mir noch hundert Geschichten ausdenken, in denen diese drei Dinge im Zentrum stehen.

Mit den Erzählungen in dieser Sammlung verhält es sich ähnlich wie mit den drei Gegenständen: Auf den ersten Blick sieht es aus, als hätten sie nichts miteinander zu tun, doch man merkt bald, dass sie auf alle möglichen Arten miteinander und mit meinen Romanen verbunden sind. Vielleicht erkennen Sie beim Lesen manche Örtlichkeiten wieder, oder es tritt eine Person auf, die Ihnen bekannt vorkommt. Manche Geschichten stehen ganz für sich – was aber nicht unbedingt so bleiben muss. Geschichten sind auch oft viel mehr als die Summe ihrer einzelnen Teile. Für mich sind sie wie unfertige Landkarten von Welten, die noch erkundet werden müssen. Sie warten nur darauf, dass jemand die Verbindungen einträgt, die unterwegs entdeckt werden.

Wie ich schon in *Samt und Bittermandel* gesagt habe: Kurzgeschichten sind nicht unbedingt meine leichteste Übung. Manch eine wird wie Treibgut ans Ufer der einsamen Insel gespült, andere wieder bringe ich von meinen Reisen rund um den Globus mit nach Hause. Es gibt aber auch welche, die monate- oder sogar jahrelang in meinem Kopf rumoren und endlich von mir freigesetzt werden wollen, wie Münzen, die im Staubsauger steckengeblieben sind und klappern.

Ich hoffe sehr, dass meine Geschichten Sie ein Stückchen weit in unerforschtes Terrain entführen. Vielleicht begegnen Sie alten Freunden – und ein paar neue finden Sie hoffentlich auch. Vergessen Sie dabei nicht Ihre Katze und Ihren Hut. Und wenn Sie einen Regenschirm mitnehmen, kommen Sie auch immer trocken nach Hause.

Faith und Hope fliegen in den Süden

Für Samt und Bittermandel *habe ich eine Geschichte namens »Faith und Hope gehen einkaufen« geschrieben. Im Zentrum standen zwei unerschrockene alte Damen, die in einem Seniorenheim leben, beide so unverwüstlich wie Glaube und Hoffnung, eben wie* Faith *und* Hope. *Ich habe die beiden gleich ins Herz geschlossen, und die zahlreichen Briefe und sonstigen Mitteilungen meiner Leser sprechen dafür, dass es vielen von ihnen ähnlich ging. Inzwischen habe ich Faith und Hope noch ein paarmal besucht und werde es voraussichtlich bald wieder tun.*

Wie lieb von Ihnen, dass Sie sich die Mühe machen, uns zu besuchen. Nicht jeder ist so freundlich und opfert seine Zeit zwei tatterigen Tanten, die kaum noch was anderes können als reden. Dabei ist eigentlich immer was los bei uns im Seniorenheim Meadowbank. Ständig gibt es irgendwelche Familiendramen, irgendeine Alltagskomödie. An manchen Tagen geht es hier zu wie im West End. Das sage ich auch immer zu meinem Sohn Tom, der einmal pro Woche kommt, immer auf dem Sprung irgendwo anders hin. Er bringt jedes Mal Blumen von der Tankstelle mit (meistens Chrysanthemen, die leider lange halten). Und spannende Geschichten aus der großen weiten Welt.

Das heißt – der letzte Halbsatz stimmt nicht, den habe ich erfunden. Tom redet so, wie seine Blumen aussehen:

praktisch, phantasielos und öde. Aber immerhin, er kommt, und dafür bin ich ihm dankbar, denn das ist mehr, als man von den meisten anderen Angehörigen sagen kann, die nur mit ihrem eigenen Seifenopern-Leben und ihren Managerposten beschäftigt sind und albernerweise fest daran glauben, dass das Leben mit sechzig zu Ende ist (oder jedenfalls zu Ende sein sollte) und die unattraktiven, nervenden Falten säuberlich kaschiert werden müssen. Hope und ich wissen es besser.

Hope kennen Sie ja schon. Weil sie blind ist, freut sie sich über Ihre Besuche sogar noch mehr als ich, glaube ich. Das Personal hier versucht zwar immer mal wieder, sich etwas einfallen zu lassen, um uns bei Laune zu halten, aber wenn man Professorin in Cambridge war, mit den dazugehörenden Theaterbesuchen und Cocktailpartys, mit Bällen im Mai und Weihnachtskonzerten am King's College, dann kann man sich mit den Bingo-Spielen am Dienstagabend nicht so leicht zufriedengeben. Dafür genießt man eben die kleinen Freuden (und die sind mit Abstand die häufigsten), denn wie ein französischer Freund von Hope gesagt hat: Man muss sich sogar Sisyphus als glücklichen Menschen vorstellen. (Falls Sie es nicht wissen: Sisyphus ist der Mann, der von den Göttern dazu verurteilt wurde, bis in alle Ewigkeit einen großen Stein einen Berg hinaufzurollen.) Im Gegensatz zu Hope bin ich keine Intellektuelle, aber ich verstehe, glaube ich, was er sagen will: Er meint, es gibt nichts, woran man sich nicht gewöhnen kann – jedenfalls mit der Zeit.

Selbstverständlich hat's in einem Haus wie diesem jede Menge Nörgler. Zum Beispiel ist da John, der Pole, dessen Namen niemand richtig aussprechen kann und der für keinen von uns je ein freundliches Wort übrig hat. Oder Mr Braun – er hat zwar ziemlich viel Humor für einen

Deutschen, aber wenn im Fernsehen Kriegsfilme kommen, wird er total depressiv. Oder Mrs Swathen, die von allen beneidet wird, weil ihr Sohn und seine Familie jede Woche etwas mit ihr unternehmen und weil sie Enkelkinder hat, die sie besuchen, und eine hübsche Schwiegertochter, die ihr Geschenke bringt. Aber Mrs Swathen klagt und jammert pausenlos: Sie langweilt sich, die Kinder kommen nicht oft genug, ihre Verdauung funktioniert nicht, wie sie soll, das Essen schmeckt scheußlich, und niemand versteht, wie sehr sie leidet.

Mrs Swathen ist (außer Lorraine, der neuen Pflegerin) die einzige Person, bei der Hope je die Geduld verloren hat. Aber insgesamt kommen wir gut zurecht hier, Hope und ich. Ähnlich wie die Hauptfigur in *Sara, die kleine Prinzessin* (ein Buch von Frances Hodgson Burnett, das Hope als Kind geliebt hat und das ich ihr erst letzten Monat wieder einmal vorgelesen habe, gleich nachdem wir mit *Lolita* fertig waren) wollen wir uns von den Mrs Swathens dieser Welt nicht das Leben vermiesen lassen. Wir amüsieren uns, wo und wie wir nur können. Wir versuchen, uns wie Prinzessinnen zu fühlen, selbst wenn wir keine sind.

Klar, es gibt Tage, da klappt das nicht. Diese Woche zum Beispiel, am 10. August. Anlass war unser traditioneller Ausflug ans Meer: Alle Jahre wieder fahren wir nämlich mit dem ganzen Heim los, wir klettern alle in den großen orangegelben Bus, mit Wolldecken, Picknickkörben und Thermoskannen voller Milchtee bewaffnet. Das Personal kommt natürlich auch mit – manche munter, andere genervt, je nach Veranlagung. Es ist, wie Hope immer so schön sagt, der Inkontinenz-Express nach Blackpool.

Ich mag Blackpool. Schon immer. Früher, als Tom noch klein war, sind wir jedes Jahr hingefahren, muss man wissen. Ich habe zugeschaut, wie er in den Gezeitentümpeln spielte, daran erinnere ich mich ganz genau, während Peter schlafend in dem warmen grauen Sand lag und die Wellen seufzend über die Steine rollten, vor und zurück, vor und zurück. Damals war Blackpool unsere Stadt, wir waren Stammgäste in einem Gästehaus, wo uns alle kannten, und Mrs Neames machte Eier mit Speck zum Frühstück und lobte Tom immer, weil er schon wieder so gewachsen sei. Wir waren auch Stammgäste in einem Café, in dem wir nach dem Schwimmen im kalten Meer immer eine heiße Schokolade tranken. Und wir holten immer in derselben Imbissbude unser Mittagessen. Vielleicht gefällt mir die Stadt deswegen auch heute noch so gut: der lange Strand, die vielen Läden, der Pier, die Uferpassage, wo die Wellen bei Flut über die Straße schwappen. Hope mag Blackpool ebenfalls, einfach weil es nichts Besseres gibt. Man könnte denken, für sie ist es ein Abstieg, weil sie ja früher an der Riviera Urlaub gemacht hat, aber das würde sie nie sagen. Sie freut sich immer auf diesen Ausflug, glaube ich. Sie ist genauso enthusiastisch wie ich – und deshalb war es doppelt schmerzlich, als Lorraine uns eröffnete, wir könnten dieses Jahr nicht mitfahren.

Lorraine ist noch neu in unserem Pflegepersonal, giftblond und mit grell geschminkten Lippen, riecht nach Zigarettenrauch und Juicy-Fruit-Kaugummi. Sie ersetzt Kelly, die ein bisschen dumm, aber harmlos war. Außerdem ist sie der Liebling von Maureen, der Heimleiterin. Lorraine ihrerseits hat ebenfalls bestimmte Lieblinge unter den Bewohnern, nur leider gehören Hope und ich nicht dazu, und wenn Maureen nicht da ist (was etwa einmal in der Woche der Fall ist), hält Lorraine im Gemeinschaftsraum Hof, trinkt Tee, isst Butterkekse und stiftet Unruhe. Mrs Swathen gehört zu ihren Verehrerinnen. Sie sagt, Lorraine sei die einzige vernünftige Person im Heim, aber Hope und ich haben beobachtet, dass ihre Gespräche sich hauptsächlich um Mrs Swathens unmöglichen Sohn drehen und um die Frage, wie viel er mal erbt, wenn Mrs Swathen stirbt. Viel zu viel, wie es scheint – jedenfalls hat Lorraine, die ja erst seit ein paar Monaten hier ist, Mrs Swathen bereits davon überzeugen können, dass er sie ganz schrecklich vernachlässigt.

»Erbschleicherin«, murmelt Hope angewidert. Solche Leute findet man gelegentlich in Institutionen wie Meadowbank, manipulative junge Frauen wie Lorraine, die sich an die Nörgler und Nörglerinnen ranschmeißen und ihr Gift versprühen. Und dieses Gift macht süchtig. Mit der Zeit werden die Opfer regelrecht abhängig davon, so wie man von den vergifteten Reality-Shows im Fernsehen abhängig wird, die Lorraine so klasse findet. Die kleinen Freuden des Alltags verblassen, und man merkt, dass es wesentlich mehr Vergnügen bereitet, in Selbstmitleid zu baden, zu jammern und gemein zu den anderen Bewohnern zu sein. Zu diesen manipulativen Frauen zählt also Lorraine. Maureen ist zwar auch keine Samariterin mit ihrer penetrant guten Laune und ihrem Staubsaugervertreter-Lächeln, aber sie ist tausendmal besser als Lorraine, die findet, dass Hope und ich viel zu schlau sind, und deshalb auf ihre hinterhältige Art versucht, uns um die letzten kleinen Freuden zu bringen, die uns geblieben sind.

Zum Beispiel um die Fahrt nach Blackpool.

Ich muss ein bisschen weiter ausholen. Vor ein paar Monaten sind Hope und ich aus dem Heim abgehauen – ein Tagesausflug nach London, mehr nicht, aber das Personal von Meadowbank sah darin eine Art Gefängnisausbruch. Das war kurz vor Maureens Zeit – und auch vor Lorraine –, aber mir ist klar, dass schon der Gedanke an solche Eskapaden unserer Heimleiterin Angst einjagt. Lorraine findet die Vorstellung ebenfalls schlimm – allerdings aus anderen Gründen. Sie redet oft in einem süßlichen Ton mit uns, wie eine gereizte Kindergartenerzieherin. Und nun hielt sie uns eine Predigt, wie ungezogen es war, dass wir damals abgehauen sind, wie besorgt alle unseretwegen waren. Aber vor allem hätten wir dadurch den Termin verpasst, uns für den Blackpool-Ausflug im August anzumelden, fügte sie hinzu. Es geschehe uns nur recht, dass wir nun zu Hause bleiben müssten, mit Chris, dem Krankenpfleger, und Sad Harry, der immer so traurig dreinschaut und als Pfleger für die kritischen Notfälle zuständig ist.

Sich für die Ausflüge anmelden – so ein Quatsch. Das mussten wir noch nie! Aber seit Maureen die Chefin ist, hat sich einiges geändert. Das Gesundheitsamt wurde eingeschaltet, sämtliche Hygienevorschriften werden jetzt eingehalten, Versicherungsfragen müssen abgeklärt, Genehmigungsformulare unterschrieben werden, und überhaupt wird ein unglaublicher Verwaltungsaufwand betrieben, bevor auch nur die kleinste Unternehmung in Betracht gezogen werden kann.

»Tut mir leid, ihr zwei habt eure Chance verpasst«, verkündete Lorraine streng und von oben herab. »Vorschrift ist Vorschrift, ihr werdet ja kaum erwarten, dass Maureen für euch eine Ausnahme macht.«

Ich muss sagen, die Vorstellung, dass Tom für mich einen Zettel unterschreiben muss, passt mir überhaupt nicht – das erinnert mich daran, wie es früher war, wenn er aus der Schule ein Formular mit nach Hause gebracht hat, weil er die Erlaubnis für eine Reise nach Frankreich oder einen Ski-Trip in Italien brauchte. Reisen, die wir uns eigentlich nicht leisten konnten, die wir aber trotzdem bezahlten, weil Tom ein guter Junge war, wirklich vielversprechend, und Peter und ich ihn nicht vor seinen Freunden bloßstellen wollten. Jetzt macht Tom überall auf der Welt Urlaub – New York, Florida, Sydney, Teneriffa –, aber ich warte immer noch darauf, dass er mich mal zu einer dieser Reisen einlädt. Wie gesagt hatte er ja noch nie besonders viel Phantasie. Garantiert kann er sich gar nicht vorstellen, dass ich davon träume, die *Piste noire* im Val d'Isère hinunterzubrettern, in Venedig ein Ständchen zu bekommen oder auf Hawaii in einer Hängematte zu faulenzen, mit einem Mai Tai in jeder Hand. Vermutlich denkt er immer noch, dass Blackpool die Krönung meiner Wünsche ist.

Was Hope betrifft – tja, Hope zeigt ihre Gefühle eigentlich nicht. Aber ich sehe ihr an, was in ihr vorgeht, weil ich sie besser kenne als irgendjemand, und ich glaube nicht, dass es für Lorraine besonders genugtuend war.

»Blackpool?«, entgegnete Hope so hochnäsig und verächtlich wie nur möglich, in ihrem besten Cambridge-Ton. »Das entspricht ohnehin nicht meinem Geschmack, Lorraine. Wir hatten ein Haus in Eze-sur-Mer, an der Côte d'Azur, müssen Sie wissen. Da sind wir zweimal im Jahr hingefahren, zu dritt, als Priss noch klein war. Damals war es dort noch ruhig und entspannt – ohne diese ganzen Filmleute und Promis –, und zwischendurch haben wir immer mal einen Abstecher nach Cannes gemacht, wenn dort jemand eine Party gab, bei der wir gern dabei sein wollten. Meistens saßen wir allerdings an unserem Pool oder segelten in Xaviers Yacht – er war mit Cary Grant befreundet, wissen Sie, und bei verschiedenen Anlässen haben Cary und ich …«

Ich musste so lachen, dass ich fast meinen Tee verschüttete. »Ist schon gut«, sagte ich besänftigend und hakte mich bei ihr unter. »Sie ist weg.«

»Gut«, sagte Hope. »Ich will ja nicht prahlen, aber gelegentlich …«

Lorraine beobachtete uns vom anderen Ende des Gemeinschaftsraums. Mit total beleidigter Miene. »Aber gelegentlich lohnt es sich durchaus«, ergänzte ich grinsend ihren Satz. »Und sei es auch nur, um diesen Gesichtsausdruck zu sehen.«

Hope, die den Gesichtsausdruck natürlich nicht sehen konnte, lächelte. »Also kein Blackpool«, murmelte sie und goss sich geschickt Tee in eine der Meadowbank-Tassen. »Dann eben nächstes Jahr, so Gott will. Reich mir doch bitte einen Keks, Faith.«

Nächstes Jahr, nächstes Jahr – das ist schön und gut, wenn man fünfundzwanzig ist, aber in unserem Alter kann man nicht unbedingt auf das nächste Jahr zählen. Hope und ich, wir sind beide noch ganz gesund, anders als Mrs McAllister, die kaum weiß, was für ein Tag heute ist, oder Mr Bannerman, dessen Lunge so durchlöchert ist, dass er nachts eine Maschine braucht, die ihm beim Atmen hilft – und der trotzdem immer noch raucht wie ein Schlot, der vulgäre alte Knacker, und dabei gern erklärt: *Wer will schon ewig leben?*

Außerdem weiß ich, wie viel diese gelegentlichen Ausflüge Hope bedeuten. Ach, mir machen sie auch großen Spaß, obwohl die meisten Dinge, an die ich mich von früher erinnere, nicht mehr da sind. Das Happy Haddock ist heute ein Irish Pub, und die Gästehäuser wurden alle abgerissen, um Platz zu machen für eine neue Wohnsiedlung. Hope hingegen muss sich mit diesen kleinen Enttäuschungen nicht herumschlagen. Sie kann in Blackpool das Meer riechen, diesen typisch britischen Strandgeruch, eine Mischung aus Gezeitenschlamm und Benzin, gebratenem Fisch und Sonnenöl, Zuckerwatte und Salz. Sie liebt das Rauschen der Wellen, das langgezogene Zischen des Wassers am steinigen Ufer, die Rufe der Kinder, wenn sie mit den Zehen die Wassertemperatur austesten. Sie spürt gern den Sand unter den Füßen – in meinem Rollstuhl kann ich sie leider nicht bis zum weichen Sand begleiten, aber Chris führt sie immer dorthin. Und sie liebt das nachgiebige Knirschen von grobem Kies. Auch das Picknick macht ihr Spaß – wir gehen immer an dieselbe Stelle, ein Stück Strand mit einer holperigen Rampe, damit auch die Rollstühle und alle, die dieses Hilfsmittel brauchen, mitkönnen. Es gibt Tee aus der Thermoskanne, zwei ordentlich halbierte Sandwich-Dreiecke (immer die gleichen, um keine allergischen Reaktionen zu riskieren: eines mit Thunfisch, eines mit Ei) und ein rosarotes Törtchen, das zu neun Zehntel aus Zucker besteht und mit einer knallroten synthetischen Halbkirsche verziert ist (solche Törtchen haben wir als Kinder immer zum Geburtstag bekommen). Hope sammelt auch gern an der Flutgrenze Muscheln – große, dicke englische Muscheln, außen schuppig und innen perlmuttglatt – und füllt ihre Taschen mit glatten, runden Steinen.

Was sie nicht sieht, kann ich ihr beschreiben. Aber in vielerlei Hinsicht nimmt Hope sowieso mehr wahr als ich. Sie hat keinen sechsten Sinn oder so etwas, nein, es ist nur so, dass sie aus dem, was sie hat, stets das Beste macht.

»Ist schon gut«, sagte sie nun zu mir, als ich mich darüber beschwerte, dass wir ausgegrenzt würden. »Wir kriegen das hin. Denk an Sara …«

Denk an Sara. Leicht gesagt. Ich konnte nachts nicht schlafen, weil ich das alles so ungerecht fand. Kleinlich und ungerecht. *Vorschrift ist Vorschrift,* hatte Lorraine gesagt, aber wir wussten beide ganz genau, warum wir nicht mitfahren durften. Wie Kinder, die man beim Rauchen hinter dem Schuppen erwischt hat. Es ging um Machtausübung, das Ganze war reine Schikane, aber wie alle Tyrannen war Lorraine selbst schwach und dadurch abhängig von der

Schwäche anderer. Uns war klar, dass wir ihr auf keinen Fall zeigen durften, wie sehr uns diese Entscheidung traf. Der nette Chris merkte es uns trotzdem an und wurde an unserer Stelle wütend, nur helfen konnte er uns auch nicht. Wir versuchten nicht einmal, uns bei Maureen zu beschweren – ich war sowieso der Überzeugung, dass das nichts bringen würde. Stattdessen redeten wir lieber über die Côte d'Azur, den Thymianduft in den Hügeln und das Mittelmeer in allen nur denkbaren Blautönen, wir erzählten uns von gegrillten Makrelen, von Cocktails am Swimmingpool und Mädchen in winzigen Bikinis, die sich auf den Yachten aalten, unter Segeln, die aussahen wie die Flügel phantastischer Vögel.

Nur Chris wusste Bescheid. Der nette Chris, mit seinem einen Ohrring und den widerspenstigen langen Haaren, die er immer zu einem Pferdeschwanz bindet. Eigentlich ist er gar kein Pfleger – er macht nur die Arbeit eines Pflegers, allerdings für die Hälfte des Gehalts –, aber er ist unser Liebling, denn er ist der Einzige, der mit uns redet wie mit normalen Menschen.

»So ein Pech«, sagte er nur, als er von der Entscheidung erfuhr, aber mit den drei Worten drückte er mehr Mitgefühl aus als Lorraine in all ihren blöden zuckersüßen Vorträgen zusammen. »Wie's aussieht, seid ihr auf mich angewiesen«, fügte er dann grinsend hinzu. »Anscheinend bin ich nämlich ebenfalls unerwünscht.«

Da musste auch ich grinsen. Lorraine kann Chris nicht leiden – vielleicht, weil alle Heimbewohner ihn gernhaben, obwohl er gar kein richtiger Pfleger ist. Er nennt mich Butch, und Hope nennt er Sundance, wie Butch Cassidy und Sundance Kid, die Hauptfiguren in dem Film *Zwei Banditen* mit Paul Newman und Robert Redford. Und seinen Vorgesetzten gegenüber zeigt er nicht immer den gewünschten Respekt und ordnet sich nicht unter, wie man es von jemandem in seiner Position eigentlich erwarten würde.

»Wir machen uns einen gemütlichen Nachmittag mit Musik, nur wir drei, einverstanden?«

Chris singt oft mit uns, wenn die Chefin außer Hörweite ist: Rock-Balladen, Songs aus Musicals und Vaudeville-Nummern, die er von seiner Oma gelernt hat. Er hat eine ziemlich gute Stimme und kennt die ganzen alten Gassenhauer. Mit mir hat er schon ab und zu einen Walzer aufs Parkett gelegt, samt Rollstuhl, so flott, dass mir vor lauter Lachen fast schwindelig wurde. Und ich habe bei seinen Albereien noch nie auch nur eine Spur von Herablassung bemerkt, was bei Leuten wie Maureen oder Lorraine leider ganz anders ist.

»Besten Dank, Christopher, das wäre sehr hübsch«, sagte Hope lächelnd, und Chris verabschiedete sich mit dem Gefühl, uns ein wenig aufgeheitert zu haben. Aber ganz stimmte das nicht. Hope würde es nie zugeben, doch ich merkte genau, wie enttäuscht sie war. Es ging ihr nicht um den Inkontinenz-Express oder den lauwarmen Tee. Auch nicht um das kleine rosa Törtchen. Nicht einmal um den Sand zwischen den nackten Zehen oder den Salzgeruch, den das Meer verströmt. Im Grunde kränkte es sie auch nicht weiter, dass man mit uns redete wie mit kleinen Kindern und uns ausschloss. Nein, es war die Illusion von Freiheit, derer man uns beraubt hatte, die Hoffnung auf Hafturlaub. Die frische Luft, die Geräusche junger Menschen, die an einem ganz normalen Sommertag ihren Beschäftigungen nachgingen. Die Luft hier in Meadowbank hat eine ganz bestimmte Note: Raumspray mit Blumenaroma, Kantinenessen und der muffig puderige Geruch, der entsteht, wenn viele alte Menschen dicht beieinander wohnen. Hope trägt immer Chanel N° 5, jeden Tag – so kann sie immerhin verhindern, dass sie riecht wie eine alte Frau. Ich verstehe genau, was sie meint.

Und als der Tag des Ausflugs kam, schauten wir mit heimlicher Verbitterung zu, wie die anderen aufbrachen. Wir wären aber lieber tot umgefallen, als uns etwas anmerken zu lassen. Die Heimbewohner zogen ihre Sommermäntel über, einer wie der andere (die Kleidungs-Etikette von Meadowbank schreibt vor, dass man Mantel, Hut, Schal und eventuell auch Handschuhe trägt, selbst wenn es draußen glühend heiß ist), und packten ihre Sachen zusammen: Taschentücher, Regenschirme, Gebiss und verschiedene andere Gegenstände, die man nicht vergessen darf, wenn man einen Tag am Meer verbringt.

Mrs Swathen musterte uns kritisch, als sie ihre Handtasche ergriff. »Heute sollen fünfundzwanzig Grad am Meer sein«, sagte sie. »Genau wie am Mittelmeer, hieß es im Wetterbericht.«

»Wie schön«, erwiderte Hope. »Aber Faith und ich mögen es nicht, wenn es zu heiß ist. Ich glaube, wir bleiben lieber hier und sehen fern.«

Mrs Swathen, die normalerweise den Nachmittag damit verbracht hätte, die Talkshow von Jerry Springer zu sehen und sich darüber aufzuregen, knirschte grimmig mit den Zähnen. »Na, meinetwegen. Viel Vergnügen«, knurrte sie und stakste zum Bus.

John, der Pole, blickte ihr nach. »Hören Sie nicht auf sie«, sagte er. »Es fängt nämlich demnächst an zu regnen. Ich weiß es genau. Es regnet immer, wenn wir ans Meer fahren. Ich finde des Meer eigentlich gar nicht so toll, aber alles ist besser als ein Tag hier in Auschwitz, stimmt's?«

Mr Braun hörte das im Vorbeigehen und drehte sich um. Er ist ein kleiner, gepflegter Mann mit Glatze, geht am Stock und streitet sich gern mit John, dem Polen. Er will ihn immer ein bisschen quälen. »Sie taktloser Ignorant!«, schimpfte er los. »Wissen Sie nicht, dass mein Vater in Auschwitz gestorben ist?«

Tja, da war John, der Pole, erst mal sprachlos. Wir hatten das auch noch nie gehört, deshalb starrten wir Mr Braun fassungslos an. War er jetzt etwa durchgedreht wie Mrs McAllister?

Mr Braun nickte nachdrücklich. »Ja, so war's«, sagte er. »Eines Abends hat er zu viel getrunken und ist aus dem Wachturm gestürzt.« Und schon war er verschwunden. Hope und ich konnten uns kaum halten vor Lachen, während John, der Pole, mal wieder vor Empörung schäumend hinter ihm her lief.

»Wenn das den ganzen Tag so weitergeht«, sagte ich, »bin ich für meinen Teil ganz froh, dass ich nicht dabei bin.«

»Stimmt«, sagte Hope. »Stell dir nur vor – zwei Stunden lang mit diesen Knaben in einem Bus eingesperrt zu sein … und mit Maureen … und Lorraine … und Mrs Swathen. So allmählich glaube ich, es stimmt, was Sartre gesagt hat: *Die Hölle, das sind die anderen.*«

Gelegentlich vergisst Hope, dass ich ihre französischen Kollegen nicht kenne. Aber der Spruch gefiel mir trotzdem. Als dann die Abfahrt näherrückte, überkam mich jedoch wieder ein Gefühl der Verzweiflung. Der orangegelbe Bus öffnete die Türen, die Pflegerinnen stiegen ein, die kleine Helen, die muffige Claire, dann Lorraine, die sehr zufrieden mit sich schien (wozu sie allen Grund hatte), und schließlich die dicke Maureen, die fast platzte vor guter Laune und dauernd blökte: »Ist das nicht herrlich! Ist das nicht herrlich!«, während sie die letzten Heimbewohner in den Bus bugsierte. Am Rückfenster saß Mrs McAllister, klein, schrumpelig und mit leuchtenden Augen. Aufgeregt flötete sie mit ihrer dünnen Stimme: »Adieu! Adieu!« Vermutlich dachte sie, dass sie endlich wieder nach Hause durfte. Mrs McAllister denkt immer, sie fährt nach Hause. Vielleicht sah sie deshalb heute so aus, als hätte sie ihre gesamte Garderobe angezogen – ich konnte mindestens drei Mäntel identifizieren, einen mit Schottenmuster, darunter einen braunen und dann noch einen hellblauen Regenmantel für den Sommer, und die Taschen waren ausgebeult, weil sie noch zusätzliche Schuhe eingesteckt hatte. Ich musste lachen, aber als der Bus schließlich aus der Einfahrt fuhr, über den knirschenden Kies (ein Geräusch, das mich an brechende Wellen am steinigen Strand erinnerte), da stiegen mir Tränen in die Augen, und ich wusste, dass es Hope nicht viel besser ging.

»Denk an Sara«, murmelte ich, aber mir war klar, dass die *Kleine Prinzessin* uns diesmal nicht helfen würde. Eine Tasse Tee brachte wahrscheinlich auch nicht viel, aber ich goss mir trotzdem eine ein, aus der Kanne auf dem Sideboard, und rollte zur Fensternische, um nach draußen zu schauen.

Vor uns lag ein langer Tag.

Mein Tee schmeckte nach Fisch. Das passiert öfter, wenn er zu lang herumsteht, deshalb stellte ich die Tasse weg. Hope setzte sich zu mir. Sie tastet sich immer an der Rampe entlang. Eine Weile saß sie ganz still da, trank den fischigen Tee und ließ sich die Morgensonne aufs Gesicht scheinen.

»Tja, Faith, wenigstens sind wir allein«, sagte sie schließlich.

Das stimmte. An unser Heim ist keine Pflegestation angeschlossen – wer täglich medizinische Pflege braucht, muss ins All-Saints'-Krankenhaus die Straße hinunter. Ich war ein einziges Mal dort, als ich eine schwere Bronchitis hatte. Mr Bannerman geht jede Woche zur Kontrolle hin. Aber heute fuhr sogar Mr Bannerman ans Meer, und außer uns waren nur noch drei Mitglieder des Personals anwesend: Denise an der Rezeption, Sad Harry, der Notfallpfleger, und Chris, der so viele Dinge erledigen sollte, solange Maureen weg war (Fenster putzen, Glühbirnen auswechseln, Blumenbeete umgraben), dass ich bezweifelte, ob wir ihn überhaupt zu Gesicht bekommen würden.

Für den größten Teil des Vormittags sollte ich recht behalten. Unser zweites Frühstück kam und ging; dann das Mittagessen (Cottage Pie), in dem wir ohne Appetit herumstocherten. Die Zeit vergeht hier anders als sonst wo, aber selbst wenn man das berücksichtigte, verging sie heute unerträglich langsam. Meistens kommt nachmittags im Fernsehen ein Spielfilm, doch ausgerechnet heute kam keiner, es war nur eine öde Versammlung von Menschen wie Mrs Swathen zu sehen, die über ihre Verwandten klagten. Hope gab sich Mühe, unterhaltsam zu sein. Als es zwei Uhr war, fiel ihr allerdings kein Gesprächsthema mehr ein, der Brunnen war ausgetrocknet, und wir saßen einfach nur da, wie zwei Buchstützen. Wir wünschten uns sehnlichst, der Tag wäre vorbei und der Bus würde wieder über den Kies knirschen. Aber dann war es ja noch längst nicht überstanden. Danach mussten wir uns nämlich die ganzen Geschichten anhören: was sie alles gesehen hatten, was sie gemacht hatten. Ausflüge sind in Meadowbank eine Seltenheit, und der heutige lieferte garantiert Gesprächsstoff für ein halbes Jahr – immer wieder konnte man sagen: *Weißt du noch, wie wir in Blackpool waren!* Schon beim Gedanken daran wurde mir übel. Hope ging es genauso. Das heißt, Hope macht die ganze Zeit ähnliche Erfahrungen – sie muss sich sehr oft mit gedankenlosen, gutgemeinten Bemerkungen herumschlagen, wie *Das hättest du wirklich sehen müssen!* und so weiter, Sätze, die sie doppelt und dreifach darauf stoßen, dass sie blind ist.

Ich schaute sie an und sah den entsprechenden Ausdruck auf ihrem Gesicht. Zuerst dachte ich, sie hätte geweint. Aber Hope weint nie. Ich schon. Ich gab zwar keinen Pieps von mir, aber Hope nahm trotzdem meine Hand, und ich fragte mich, ob sie nicht doch einen sechsten Sinn hat. So saßen wir eine ganze Weile da – bis ich es nicht mehr aushielt und Sad Harry rufen musste, damit er mich auf die Toilette brachte.

Als ich in den Gemeinschaftsraum zurückkam, wartete dort Chris auf mich. »Hey, Butch«, rief er grinsend. Schlagartig ging es mir besser. Chris hat etwas an sich, das jeden mitreißt, eine Art von Übermut, bei dem man anfängt zu tanzen. Als Mädchen bin ich auf dem Jahrmarkt immer in der Walzerbahn gefahren, ich drehte mich in einem zweisitzigen Sessel, der die Form einer riesigen Teetasse hatte, im Kreis, und dabei lachte ich die ganze Zeit, bis ich völlig außer Atem war. Bei Chris habe ich manchmal ein ähnliches Gefühl. Ich glaube, das kommt daher, dass er jung ist – allerdings muss ich hinzufügen, dass ich bei Tom dieses Gefühl noch nie hatte, auch nicht, als er zwanzig war.

»Sind Sie mit Ihren Aufgaben fertig?«, fragte ich ihn. Chris arbeitet immer sehr konzentriert, das weiß ich, aber ich hoffte, er würde sich wenigstens ein paar Minuten Zeit für uns nehmen – ausnahmsweise.

»Ich gehöre ganz Ihnen, meine Lieben«, verkündete er lächelnd und drehte mich in meinem Rollstuhl im Kreis, was Harry dazu veranlasste, mit ihm zu schimpfen. »Ich habe Ihnen sogar etwas mitgebracht.« Mit einer lässigen Handbewegung gab Chris dann Harry zu verstehen, er solle verschwinden. »Wir haben unsere Geheimnisse. Also – mach die Fliege, Harry.«

Sad Harry prustete empört und verdrehte die Augen. Er ist kein übler Kerl – nicht so fröhlich wie Chris, aber tausendmal besser als Lorraine –, und ich konnte sehen, dass er grinste, als er die Tür hinter sich schloss.

»Geheimnisse?«, fragte Hope lächelnd.

»Ja, allerdings. Schaut euch erst mal das hier an.« Und damit legte er mir einen ganzen Stapel mit Hochglanzbroschüren auf den Schoß. Die Algarve, die Karibik, die Côte d'Azur, die Cook-Insel, alles auf meinen Knien. Lagunen, Strände mit Osterlilien, Yachten, Heilbäder, Holzteller mit tropischen Früchten – Ananas, Kokosnuss, Mango, Papaya.

Hope liest gerne Bücher, während ich schon immer eine Vorliebe für Zeitschriften und Kataloge hatte. Je edler, desto besser. Mode und Gartenpartys, Städtereisen und Designerschuhe. Ich stieß einen leisen Freudenschrei aus, und Chris musste lachen.

»Das ist noch nicht alles«, sagte er. »Machen Sie die Augen zu.«

»Warum?«

»Machen Sie die Augen zu. Alle beide. Und erst wieder aufmachen, wenn ich es sage.«

Wir gehorchten und kamen uns dabei vor wie kleine Kinder – aber diesmal im positiven Sinn. Eine ganze Weile kramte Chris herum, ich hörte, wie er Dinge holte und irgendwo abstellte, ein Streichholz flammte auf, Glas klirrte, Papier raschelte, dann folgten mehrere Klicks und ein Klappergeräusch, das ich nicht identifizieren konnte. Schließlich merkte ich, wie er meinen Rollstuhl rückwärts in die Fensternische schob, und eine Sekunde später manövrierte er deutlich hörbar Hopes Sessel neben mich. Warme Sonne auf meinen Haaren, linde Luft vom offenen Fenster. Draußen, in der Ferne, Bienengesumm.

»Okay, meine Damen«, sagte Chris. »Es kann losgehen.«

Wir saßen in der Nische mit dem Rücken zum Fenster. Das spätnachmittägliche Sonnenlicht schien herein und verwandelte den Gemeinschaftsraum in eine Laterna-magica-Show. Ich drehte den Kopf und sah, dass Chris mehrere Kristallklunker von dem Kronleuchter draußen hier in der Nische aufgehängt hatte, so dass lauter bunte Prismen über die Tapete tanzten. An der Wand waren mit Reißnägeln verschiedene Plakate befestigt (was gegen die Meadowbank-Vorschriften verstieß): weiße Häuser unter einem violetten Himmel, aus der Luft fotografierte Inseln, die aussahen wie Flamenco-Tänzerinnen, die ihre Röcke schütteln, athletische junge Männer mit nacktem Oberkörper, bis zur Hüfte von grünen Ranken umgeben. Ich lachte laut, weil das alles so absurd war. Dann sah ich, dass Chris auf dem Sideboard vier Kerzen in Glasbehältern aufgestellt hatte (noch ein Verstoß gegen die Meadowbank-Vorschriften!). Auf diesen Gläsern stand ein Fremdwort – Diptyque –, das ich nicht kannte, und von den Kerzen ging ein feiner Duft aus.

»Das ist Thymian, stimmt's?«, murmelte Hope neben mir. »Wilder violetter Thymian, so wie er oberhalb von unserem Haus in Eze wuchs. Unsere Sommer waren erfüllt von diesem Duft. Ach, Christopher, wo haben Sie den gefunden?«

Chris grinste. »Ich dachte, wir könnten heute Nachmittag an die Küste fliegen. Italien ist im Sommer zu heiß, und an der Côte d'Azur ist heutzutage extrem viel Betrieb. Provence? Zu britisch. Florida? Zu amerikanisch. Da habe ich mir überlegt, wir könnten stattdessen diese große Düne bei Arcachon ausprobieren, die sich endlos hinzieht und steil in den Atlantik abfällt. Oder im Schatten der Pinien sitzen und dem Zirpen der Grillen lauschen. Im Hintergrund das Meer – hören Sie die Wellen?«

Ja, jetzt konnte ich alles hören, das leise Rauschen des

Wassers, das Rasseln der kleinen Steine. Dazu die Grillen. Über mir der Wind.

Hypnose? Nicht ganz. Jetzt erst sah ich, dass der Kassettenspieler hier im Gemeinschaftsraum in Aktion war, die Geräusche kamen aus den vier großen Lautsprechern. Chris grinste wieder. »Und, gefällt's Ihnen?«

Ich nickte, brachte aber kein Wort über die Lippen.

»Lavendel ist auch dabei«, flüsterte Hope träumerisch. »Blauer Lavendel. Den haben wir immer in unsere Kissen genäht. Und Gras, frisch gemähtes Gras ... und reife Feigen ...«

Noch mehr solche Kerzen, dachte ich. Hopes Geruchssinn ist allerdings viel besser als meiner, ich konnte die Düfte kaum unterscheiden. Doch ich hörte das Meer, das Rauschen der Pinien und das Kreischen der Vögel an dem blauen Himmel, der so wunderbar leuchtete wie in den schönsten Katalogen.

Jetzt kniete Chris vor uns nieder. Er zog erst Hope die Schuhe aus, dann mir – Meadowbank-Slipper in praktischem Braun – und warf sie (Vorschriften! Vorschriften!) quer durch den Raum. Danach verschwand er kurz und kam mit einer viereckigen Wasserschüssel zurück, vorsichtig, aber die Flüssigkeit schwappte trotzdem über den abgerundeten Rand. Diese Schüssel stellte er Hope vor die Füße. »Der Atlantik ist leider ein bisschen kalt um diese Jahreszeit«, warnte er sie. Da erst bemerkte ich, dass unten in der Schüssel lauter Steine lagen, flache, runde Kieselsteine, so wie am Strand. Hopes nackte alte Füße landeten im Wasser, und ihre Gesicht fing an zu strahlen.

»Oh!« Sie klang atemlos, entzückt, als wäre sie wieder fünfzehn.

Chris grinste breit. »Keine Sorge, Butch, ich hab Sie nicht vergessen, meine Liebe«, sagte er und ging noch mal weg.

Die zweite Schüssel war mit Sand gefüllt, mit weichem, trockenem, feinem Sand, der mich an den Zehen kitzelte und unter dem Rist leise Knirschgeräusche machte. Behutsam grub ich mich mit den Füßen ein – ein bisschen kann ich sie nämlich bewegen, nur getanzt habe ich seit einer Ewigkeit nicht mehr –, und ich musste an früher denken: Ich war wieder fünf und der Strand in Blackpool zwanzig Meilen lang und die Zuckerwatte weiß wie süße Sommerwolken.

»Ich nehme an, nach dem Mittagessen seid ihr nicht mehr hungrig«, sagte Chris. »Aber ich dachte, damit kann ich euch vielleicht ein bisschen locken.« Und schon holte er aus irgendeiner Zauberecke am anderen Ende des Raums ein Tablett. »Nicht gerade Champagner mit Kaviar, das würde meine Mittel übersteigen, aber ich habe mein Bestes getan.«

Ja, allerdings! Auf dem Tablett waren Canapés mit Oliven, Frischkäse und hauchzarten Lachsscheiben, außerdem Schokoladenkuchen, Mango-Sorbet und Erdbeeren mit Sahne. Whisky Sour mit Eis (ein besonders schlimmer Regelverstoß!) und gelbe Limonade. Vor allem aber: kein Thunfisch, kein Eiersalat und keine rosaroten Törtchen.

Ich hätte nicht gedacht, dass ich noch Hunger haben könnte, aber gemeinsam verspeisten Hope und ich die Delikatessen bis zum letzten Cracker. Dann plantschten wir wieder in unseren Schüsseln, und Chris setzte sich ans Klavier, das außer ihm niemand je benutzte. Gemeinsam sangen wir alle unsere alten Lieblingslieder, zum Beispiel »An Eighteen Stone Champion« und »You Know Last Night«, und schließlich stimmten Chris und Hope »Je ne regrette rien« von Edith Piaf an. Danach waren wir sehr müde, und irgendwann dösten wir beide ein, Hope und ich. Als wir aufwachten, war das leere Tablett verschwunden, ebenso das Wasser, der Sand und die Steine. An den Wänden waren keine Poster mehr zu sehen, und die Kristallklunker hingen wieder am Kronleuchter.

Nur die Kassette lief noch (anscheinend hatte Chris sie umgedreht, während wir schliefen). Und obwohl die Kerzen nicht mehr da standen, konnten wir sie immer noch riechen, Gras und Feigen, Lavendel und Thymian – ihr Duft überdeckte das abgestandene Meadowbank-Aroma, und als ich in mein Zimmer zurückrollte, fand ich dort die Kataloge vor, säuberlich gestapelt hinter einer Buchreihe, und obendrauf lag ein Zettel von Chris.

Willkommen zu Hause, stand da.

Ich kam gerade rechtzeitig in den Gemeinschaftsraum zurück, um mitzukriegen, wie der Bus in die Einfahrt bog. Hope hörte es ebenfalls und nahm schnell die Kassette aus dem Rekorder, um sie in ihrer Rocktasche verschwinden zu lassen. Wir sagten beide kein Wort, hielten einander nur an der Hand und lächelten, während wir die Rückkehr unserer Freunde erwarteten: John, der Pole, und Mrs McAllister, Mr Bannerman, Mr Braun und die arme Mrs Swathen, die, wie sie uns erzählte, am Strand ihr Spitzentaschentuch verloren hatte, außerdem störte sie jetzt noch der Sand in den Schuhen, von der fürchterlichen Sonne hätte sie fast einen Hitzschlag bekommen, und überhaupt war alles entsetzlich, aber wir ahnten ja nicht, wie sehr sie litt, ach, wenn sie das alles vorher gewusst hätte.

Niemand merkte in dem allgemeinen Durcheinander, dass auch wir Sand in den Schuhen hatten. Niemand sah, dass wir ohne großen Appetit in unserem »Festessen« (Frikadellen) herumstocherten – außer vielleicht Sad Harry, der aber sowieso nie den Mund aufmacht –, und niemand interessierte sich dafür, warum wir beide früh ins Bett strebten – Hope, weil sie noch den Duft der Kerzen genießen wollte, die Chris in ihrer Nachttischschublade versteckt hatte, und ich, weil ich noch in meinen Katalogen blättern wollte, um dann von Orangenhainen, Erdbeer-Daiquiris, Flugzeugen und Yachten zu träumen. Nächste Woche erkunden wir vielleicht Griechenland. Oder die Bahamas, Australien, Paris, New York. Wenn Tom das kann, können wir es auch. Und wie sagt Hope immer so schön? Reisen bildet.

River Song

Geschichten sind wie Matrjoschkas, diese russischen Puppen: Man öffnet eine, und in ihr ist noch eine und immer so weiter. Diese Geschichte hier entstand, als ich mit Ärzte ohne Grenzen *im Kongo war. Weshalb ich überhaupt dort war, ist eine Geschichte für sich. In Brazzaville habe ich eine Gruppe Jungen kennengelernt, die mit einem genialen (und hochriskanten) System Geld verdienten. Sie trafen sich am Fluss unter der Veranda eines Restaurants – eines der wenigen, die in dieser Stadt überlebt hatten –, und für ein paar Münzen oder eine Handvoll Essensreste unterhielten sie die Gäste, indem sie an der gefährlichsten Stelle in die Stromschnellen tauchten und sich dann von der Strömung flussabwärts tragen ließen. Diese Kinder – keines von ihnen war älter als zehn – setzten ein Dutzend Mal am Tag ihr Leben aufs Spiel, oft für nicht viel mehr als einen Hühnerknochen oder ein Stück Brot. Und dabei hatte man den Eindruck, dass es ihnen einen Riesenspaß machte.*

Der Fluss ist immer da. Das sagt Maman Jeanne oft, mit einem Gesicht, wie alte Leute es machen, wenn sie über etwas reden, was keiner versteht, zum Beispiel, wieso ein Flugzeug in der Luft bleibt und warum der liebe Gott die Tsetse-Fliege geschaffen hat. Es ist Maman Jeannes Antwort auf alles: auf Klagen, auf Fragen, auf Tränen. Der Fluss ist immer da, sagt sie. Der Congo River ist immer da.

Ich muss es wissen: Ich sehe ihn ja schon mein ganzes Leben. Ich kenne seine Launen; für mich ist er wie ein wilder Hund, mit dem man wunderbar spielen kann, der einem aber sofort an die Gurgel geht, wenn man das Spiel zu weit treibt. Ich weiß, wo die Angelplätze sind und wo man am besten schwimmen kann, ich kenne die Stromschnellen und die Untiefen, die kleinen Inselchen und die Sandflächen. Ich weiß auch, wo vor vielen Jahren das letzte Flusspferd erschossen wurde. Wenn die Leute davon erzählen, könnte man denken, dass ganz Brazzaville anwesend war – und falls das stimmt, sollte man dieses alte Flusspferd sofort in die Bibel aufnehmen, gleich neben dem Wunder mit dem *Foufou*, diesem festen Maniokbrei, und den Fischen. Aber, wie Maman Jeanne sagt: Fischer und Jäger sind geborene Lügner.

Vielleicht liegt das am Fluss.

Es stimmt, dass sich hier Geschichten ansammeln. Wie die Wasserhyazinthen schwimmen sie vom Norden flussabwärts, teilen sich unterwegs und treiben viele Blüten. Die Geschichte von den drei Zauberern oder die von dem Adlerjungen oder die vom Teufelsfisch, der so riesig ist, dass er einem Flusspferd das Rückgrat brechen oder ein Krokodil mit einem Happs verschlingen kann. Diese Story stimmt übrigens – ich habe einen Teufelsfischzahn, der das beweist. Den habe ich von einem Jungen auf einem der Lastkähne gegen eine Zigarette und einen halben Kaugummistreifen eingetauscht. Der Zahn ist länger als mein Finger, und ich trage ihn an einem Stück Draht um den Hals. Maman Jeanne sagt, das soll ich lieber nicht tun, angeblich hat der Zahn vom Teufelsfisch böse Magie, und außerdem gehört es sich nicht für ein zehnjähriges Mädchen, sich bei den Lastkähnen rumzutreiben.

Wenn sie meine Mutter wäre, sagt Maman Jeanne, dann

würde sie mir Kochen und Nähen beibringen und meine Haare zu kleinen Zöpfen und Cornrows flechten, damit ich ja einen Mann abkriege. *Einen Mann musst du dir angeln*, sagt sie, *keinen bösen alten Teufelsfisch, den du nicht mal essen kannst – sofern du es überhaupt schaffst, ihn an Land zu ziehen*. Aber ich komme gut allein zurecht, und ich muss nicht tun, was Maman Jeanne mir vorschreibt. Außerdem stimmt auch hier, was sie sagt: Die Menschen kommen und gehen, aber der Fluss ist immer da.

Wir sind zu viert hier und arbeiten in den Stromschnellen. Monkey, Catfish, Hollywood Boy und ich. Klar, das sind nicht unsere richtigen Namen. Aber Namen sind Geheimnisse und haben viel Macht. Mich nennen sie Ngok – *das Krokodil* –, weil ich so gut schwimmen kann. Und bei dem, was wir tun, kommt es darauf ja an.

Genau am Rand unseres Gebiets ist ein Gasthaus, das *Les Rapides* heißt. Es ist groß und ganz weiß und hat einen riesigen Balkon, der aufs Wasser hinausblickt. Vor dem Krieg kamen viele Leute hierher, aber jetzt sind die Tische immer höchstens zu einem Viertel besetzt: Geschäftsleute in grauen Anzügen mit breiten Schultern, hübsche Damen mit gefärbten Haaren und Rüschenkleidern, Soldaten, Beamte, gelegentlich sogar ein *Mendele* – so nennen wir die weißen Männer, die beruflich unterwegs sind, wie wir glauben –, aber es ist schon ewig her, dass echte Touristen hier waren. Die Leute kommen hierher, um zu essen – *Trois-pièces* mit *Pili-pili* und gebratenen Bananen, gebackener Kürbis mit schwarzem Reis und Erdnusssauce, Krokodil mit *Foufou* und Bohnen.

Mir wird ganz schwindelig, wenn ich an das viele Essen denke – was es da alles gibt! Tomaten, die in Öl schwimmen, und Flussfisch-Eintopf und *Saka-saka* und frisches, knuspriges Weißbrot und Brathähnchen und Maniok und

Erbsen. Klar, die Leute kommen, um zu essen, aber auch wegen des Flusses, wegen der Stromschnellen. Von hier kann man meilenweit blicken, bis nach Kinshasa hinein, wo man über das Wasser hinweg die Feuer brennen sieht, und der Fluss ist sehr wild, tobt von Fels zu Fels und lässt gigantische Gischtwolken aufsteigen. Er ist nicht ganz so wild wie bei *Hippo Island* mit den spektakulären gelbgrauen Strudeln, aber schon ziemlich wild, und er klingt wie –

Wie eine Herde Elefanten, sagt Maman Jeanne. Große braune Elefanten mit Beinen wie Palmenstämme. Ich habe natürlich noch nie Elefanten gesehen, aber im städtischen Zoo gibt es einen Schädel, der ist so groß wie ein Lastwagenführerhaus, ganz weiß und durchlöchert, und aus dem zahnlosen Mund ragt ein halbkaputter Stoßzahn.

Wie Sonntagmorgen, sagt Monkey, wie die Stimmen in der Kirche, wie Tanzen, wie Trommeln.

Wie Hubschrauber, sagt Catfish, wenn er überhaupt etwas sagt. Wie Granatwerfer und Geschosse und wie das Waschbrettgeratter von Artilleriefeuer.

Oder wie das Geräusch, das ein Radio zwischen den verschiedenen Sendern macht, sagt Hollywood Boy, dieses unheimliche tote Rauschen und Flüstern, dieses Kratzen und Knistern.

Der Fluss hat für jeden ein Lied, sagt Maman Jeanne, und kein Lied ist wie das andere. Eigentlich kommen sie deswegen, die Leute, nicht wegen des Essens oder der Aussicht oder der schattigen Veranda unter den Mangobäumen, sondern wegen des Flusses mit seiner Musik und weil sie hören wollen, wie das Lied des Flusses an- und abschwillt. Ich weiß das; und den anderen geht es genauso. Sogar Catfish, der vierzehn ist und glaubt, sehr viel schlauer als wir anderen zu sein. Unser Job ist mehr als nur ein Job.

Was nicht heißen soll, dass wir keine Profis sind. Manche

Leute verdienen ihren Lebensunterhalt mit Schnitzereien, andere gehen zum Militär, wieder andere verkaufen Sachen auf dem Markt oder fahren Taxi oder arbeiten am Straßenrand. Unser Arbeitsplatz ist der Fluss. Oder genauer gesagt: die Stromschnellen.

Über unsere Stromschnellen transportieren alle möglichen Händler ihre Sachen. Fischfänger, Steinklopfer, Wäscherinnen, Diebe. Ich kenne sie alle: Jungen mit Netzen, alte Männer in Pirogen, Plünderer mit Stangen und Säcken. Flussabwärts ist eine flache Stelle, wo Maman Jeanne immer mit ihrer Wäsche hingeht. Dort kann man auch gut schwimmen, vor allem Babys und Frauen, aber wir würden nie dort hingehen. Nie und nimmer. Wir schwimmen weiter oben, von Les Rapides zu den Steinklopfern, und wir erlauben sonst keinem, dort zu arbeiten. Wir haben uns dieses Gebiet erobert, Monkey, Catfish, Hollywood Boy und ich. Vor allem ich – weil ich am jüngsten bin, und erst recht, weil ich ein Mädchen bin. Und weil Mädchen, wie Maman Jeanne sagt, nicht pfeifen und fluchen sollen und schon gar nicht in die Stromschnellen dürfen, nie im Leben.

Es gibt drei Korridore, die in unserem Abschnitt des Flusses die Stromschnellen teilen. Der erste – den wir *die Rutsche* nennen – ist in der Nähe des Ufers und schlängelt sich in scharfen Kurven atemlos zwischen den Felsen durch. Der zweite – *die Schwalbe* – ist viel weiter draußen, und damit man diesen Korridor erreicht, muss man in großem Bogen außen rum schwimmen, um einen Trichter, ein Senkloch, herum, und man muss das extreme Gefälle bei den Riesenfelsen meiden. Man braucht Kraft, aber vor allem muss man schnell sein: Niemand kommt gegen die Strömung an, man muss sie für sich nutzen, damit sie einen weit genug nach außen trägt und man in den Korridor gelangt. Wenn man diesen auch nur um Armeslänge verpasst, dann schleudert einen die Strömung – mit einem Schüttel-Schüttel-Kracks, wie der Hund eine Ratte – direkt in den Trichter. Falls man Glück hat und wieder ausgespuckt wird, endet die Unternehmung damit, dass man eine holperige kleine Felsenrutsche hinunterrasselt und einem weiter nichts zustößt – außer dass man sich vielleicht die ganze Rückseite aufschürft und sich das höhnische Gelächter vom Ufer anhören muss. Das passiert schon mal, aber mir nie. Und gelegentlich – tja, daran sollte man lieber gar nicht denken. *Der liebe Gott holt seine Ernte ein,* sagt Maman Jeanne, *und alle Tränen der Welt bringen nicht ein einziges Samenkorn zurück.*

Die dritte Strecke ist fast schon legendär. Weit, weit hinter den anderen Korridoren – vielleicht dreimal die Entfernung wie von der Schwalbe zum Ufer –, und man kommt überhaupt nur über die Schwalbe dorthin. Auf halber Strecke hinunter zu den Steinklopfern teilt sich die Strömung um einem großen rosaroten Felsen, den wir *die Schildkröte* nennen. Der Panzer der Schildkröte ist rund, und auf der einen Seite gelangt man zu einem schönen, leichten Ritt in den Hauptfluss. Auf der anderen Seite aber sind unter dem Wasser kleine Felsen – wir nennen sie *Knöchelbeißer*. Wenn man fix ist – und Glück hat –, dann kann man von der Schwalbe abbiegen und über die große runde Schulter des Flusses hinunter in *die Tiefe* gelangen.

Ich war da noch nie, obwohl ich die Strecke aufgezeichnet und sie mit Zeug aus dem Fluss und mit Hyazinthenklumpen nachgeformt habe. Ich bin mir fast sicher, dass ich es schaffen würde. Bisher hat es noch niemand gewagt, soviel ich weiß. Monkey sagt, es gibt dort Krokodile, aber er hat einfach nur Angst. Mit seinem krummen Bein schwimmt er nicht so gut wie wir anderen, und er traut sich auch nicht in die Schwalbe. Aber er hat einen Gummiring, den Schlauch eines Lastwagenreifens, und da passt er hinein wie ein Vogel in sein Nest. Also nimmt Catfish ihn mit. Ich finde das unfair – wenn ich es wäre, hätte er es garantiert nicht erlaubt –, aber Catfish ist der General, und wir anderen müssen tun, was er sagt. Mir passt das nicht immer – besonders blöd finde ich, Leutnant zu sein, wenn selbst Monkey ein Colonel ist –, aber sonst ist Catfish ziemlich fair, und überhaupt, wer außer ihm hätte einem Mädchen erlaubt mitzumachen?

Deshalb also sind wir jeden Tag zwischen neun und fünf unter dem Balkon des Les Rapides. Zum Aufwärmen üben wir unsere Bewegungsabläufe, Monkey springt in seinem Gummiring und wir anderen hinterher, mit Geschrei. Dann kommen kompliziertere Sachen: verschiedene Sprünge, wir alle in einer Kette, die nicht unterbrochen werden soll. Irgendwann im Lauf des Vormittags machen wir eine Pause. Und essen, falls wir irgendwas haben, eine Teigkugel oder eine kalte Maniok-Scheibe, die wir Maman Jeanne abgebettelt haben. Unter Umständen hängen an den Bäumen über der Veranda kleine grüne Mangos, und wir werfen Stöcke nach ihnen, bis eine herunterplumpst. Nach zwölf treffen dann aber die Gäste ein, da müssen wir uns gut benehmen, weil wir sonst unsere Kundschaft verlieren.

Wie gesagt, unser Arbeitgeber ist der Fluss. Das heißt, genauer gesagt sind es die Leute im Restaurant, und meiner Meinung nach ist jeder, der sich ein Essen für ein paar tausend Kongo-Franc leisten kann, für uns Freiwild. Man kann nicht von Betteln sprechen – wir würden nie betteln –, aber wir wollen die Leute ja nicht daran hindern, uns zuzuschauen, oder? Und wenn sie zwischendurch ein paar Münzen oder einen Hühnerknochen oder ein Stück Brot fallen lassen – wem schadet das? Maman Jeanne kann es nicht leiden, aber sie drückt ein Auge zu. Es ist ein Job, ein ganz normaler Job, und macht mehr Spaß, als Steine zu klopfen.

Ich bin irgendwo flussaufwärts geboren. Das war vor dem Krieg – ich weiß nicht mehr, wie der Ort heißt, und auch sonst kann ich mich eigentlich an nichts erinnern, außer an ein Haus mit einem Dach aus Palmstroh. Und dass dort Hühner herumrannten und dass meine Mutter mich in einem Tuch auf dem Rücken trug. Außerdem war da ein Geruch – nicht wie in der Stadt, sondern wie im Wald –, es roch nach nassem Matsch und nach Bäumen und Schilf und dem Dampf aus den Maniok-Töpfen. Vielleicht bin ich deswegen auf Hippo Island gelandet. Der Fußweg in die Stadt jeden Tag ist ziemlich lang, aber es fühlt sich gut an, abends und nachts außerhalb der Stadt zu sein und beim Einschlafen das Lied des Flusses zu hören, mit dem Chor aus Fröschen und Frühlingspfeifern.

Die meisten Leute gehen nicht nach Hippo Island. Eigentlich sind da nur die Fischer. Weil da ja ein böser Zauber sein soll. Papa Plaisance sagt, es ist der Geist des letzten Flusspferdes, und dieser Geist lauert auf seinen Augenblick der Rache. Maman Jeanne sagt, es ist, weil während des Kampfs irgendwelche Sachen passiert sind. Sie erzählt nicht viel, aber ich glaube, was da geschehen ist, muss echt schlimm gewesen sein, denn normalerweise redet Maman Jeanne gern so viel, dass selbst einem Tausendfüßler die Beine abfallen. Aber das ist alles ewig lange her, mindestens drei Jahre, und inzwischen ist die Insel ein angenehmer, ruhiger Ort. Trotzdem bleiben die Leute weg, und es gibt auch Geschichten von Geistern und Zauberern. Ich habe noch nie welche gesehen. Papa Plaisance auch nicht, und er kommt jeden Tag mit seiner Piroge. Ich habe aber viele ziemlich gute Katzenfische gesehen, und schon deshalb bin ich froh, dass die anderen wegbleiben. Außerdem bin ich gern für mich.

Maman Jeanne hat eine Hütte nicht weit vom anderen Ufer. Da wohnt sie mit Maman Kim, ihrer Tochter, und Petite Blanche, ihrer Enkelin. Maman Kims Mann hat früher hier gewohnt, aber jetzt nicht mehr. Dahinter steckt eine Geschichte, aber das ist »Männer-und-Frauen-Kram«, wie Maman Jeanne sagt, und interessiert mich nicht besonders. Papa Plaisance hat ebenfalls eine Hütte, mit einem Gemüsegarten und einer Werkstatt unter einem großen Mangobaum. Papa Plaisance ist Catfishs Onkel. Er baut Pirogen, oder jedenfalls hat er früher welche gebaut, vor dem Krieg, ganz tolle, schmale Pirogen, die ohne jeden Laut durchs Wasser gleiten. Er hat mir beigebracht, wie man mit der Strömung umgeht und wie man vom Heck aus paddelt, um zu verhindern, dass das kleine Boot umkippt. Er fährt weit raus, mitten rein in die Stromschnellen, und legt zwischen den Knöchelbeißern seine Fallen aus. Manchmal muss ich ihm helfen, aber das ist eine langweilige Arbeit im Vergleich zu dem Ritt auf den Stromschnellen, und er gibt mir sowieso kein Geld dafür, also schleiche ich mich an ihm vorbei, wenn ich kann, und fahre allein flussaufwärts.

Heute bin ich schon früh zum Les Rapides gekommen, eine Stunde nach Tagesanbruch. Die anderen waren noch nicht da, und ich setzte mich ans Ufer und wartete, kaute auf einem bitteren Bambussprössling und hielt im Fluss nach einem Teufelsfisch Ausschau. Weit und breit war kein Mensch zu sehen, nur ein alter Mann in einer Piroge. Und ein paar Vögel, die tief über dem braunen Wasser flogen. Nach einer Stunde oder so erschien Monkey mit seinem Gummiring. Da hatte ich schon kapiert, dass etwas nicht stimmte. Ich hätte es auch gewusst, wenn Monkey mich nicht so komisch angeschaut hätte, so lauernd von der

Seite, mit einem blöden Grinsen, das für irgendjemanden schlechte Nachrichten bedeutete, aber nicht für ihn. Er ist schon lange eifersüchtig auf mich, das weiß ich. Weil ich besser schwimmen kann als er – was wahrscheinlich daran liegt, dass ich lange und gerade Beine habe, während er mit seinem krummen Bein kurze und verdrehte Bewegungen machen muss.

»Wo sind die anderen?«, fragte ich ihn.

»Die kommen gleich«, antwortete er. »Papa Plaisance hat uns eingeladen. Und hat uns Teigkugeln gegeben zum Frühstück.«

Na, das war ja mal eine Überraschung. Der alte Papa schenkte keinem einfach so etwas zu essen, ohne Geld. Was steckte dahinter? Warum gab er meinen Freunden etwas zu essen und ließ mich ganz allein zum Les Rapides gehen?

»Papa sagt, du verschwendest deine Zeit«, sagte Monkey, holte den Rest seiner Teigkugel hervor und biss hinein. »Er sagt, auf dem Fluss kann man Geld verdienen.«

»Was, soll ich etwa mit ihm fischen? Das überlasse ich den Leuten, die nicht so gut schwimmen können.«

Monkey kniff die Augen zusammen. »Na ja«, sagte er. »Papa sagt, er will dich hier nicht mehr rumhängen sehen. Das sagt er Catfish. Du arbeitest jetzt für ihn. Keine Stromschnellen mehr.«

Ich konnte das nicht fassen. »Papa Plaisance ist nicht mit mir verwandt«, sagte ich. »Der hat kein Recht zu bestimmen, was ich mache. Nur weil Catfishs Onkel etwas sagt, heißt das noch lange nicht, dass ich ohne Geld für ihn arbeiten muss.«

»Er sagt es Catfish«, wiederholte Monkey stur. »Ich sag es dir.«

»Aber das hier ist mein Job«, sagte ich und hörte schon so ein blödes Zittern in meiner Stimme.

»Nicht mehr«, sagte Monkey. »Die Stromschnellen gehören der Catfish-Gang.«

Wir schwiegen beide, und ich ließ das erst mal auf mich wirken. Monkey aß seine Teigkugel und musterte mich ganz merkwürdig. Wahrscheinlich erwartete er, dass ich anfing zu weinen, keine Ahnung. Jedenfalls habe ich ihm nicht den Gefallen getan. »Du bist doch nur der Lakai«, sagte ich hochmütig. »Wo ist der General?«

Mit einem Achselzucken deutete er in Richtung Steinklopfer. »Geh lieber nicht hin, Ngok«, warnte er mich, als ich mich auf den Weg machte. »Da will dich keiner sehen.«

»Du willst mich aufhalten?«, rief ich über die Schulter.

Monkey zuckte wieder die Achseln und folgte mir humpelnd mit einem gewissen Abstand. »Du wirst schon sehen.« Mehr sagte er nicht, und ich tat sowieso so, als würde ich ihn nicht hören.

Die anderen waren bei den Steinklopfern. Catfish schaute mich nicht an, und Hollywood Boy ließ einen flachen Stein über den Schwimmbereich hüpfen, als hätte er mit nichts etwas zu tun. Ich ging sofort zum Angriff über, bevor Catfish auch nur den Mund aufmachen konnte. »Monkey sagt, du willst mich nicht mehr bei den Stromschnellen«, sagte ich.

Catfish antwortete nicht, zupfte an seinen Füßen herum und sah mich immer noch nicht an.

»Hast du deine Zunge verschluckt?«, fragte ich.

Catfish brummelte irgendetwas in der Art, dass er keine Lust habe, sich mit kleinen Mädchen abzugeben.

»Die Stromschnellen gehören mir genauso wie dir.« Ich hörte in meiner Stimme wieder dieses Nebengeräusch, irgendwo zwischen Tränen und Teufelsfisch-Wut. »Du kannst mich nicht daran hindern, hierherzukommen.«

Doch, das konnte er, und er wusste es auch. Drei gegen

eine, und außerdem waren sie an Land alle größer und älter und stärker als ich, selbst Monkey, der Feigling mit dem krummen Bein. Aber mir war das trotzdem egal. Sollten sie doch, wenn sie sich trauten! Ich tastete nach dem Teufelsfischzahn an seinem Draht und betete: *Teufelsfisch, schick mir deinen Geist und mach mich stark.*

»Geh nach Hause«, sagte Catfish.

»Willst du mich wegschicken? Probier's doch.« Und dann hatte ich plötzlich eine Inspiration, die laut und stark war wie die Stimme Gottes. Gott oder Teufelsfisch? Das wusste ich nicht, aber die Eingebung war jedenfalls so sonnenklar, dass es mir den Atem verschlug, und dann fing ich an, keuchend zu lachen, bis die Jungs dachten, ich sei übergeschnappt.

»Was lachst du so, Ngok?«, fragte Hollywood Boy, dem man ansah, dass er sich nicht wohlfühlte in seiner Haut. Dazu hatte er auch allen Grund. Ich hatte letzte Woche beobachtet, wie er die Schwalbe probierte: Er machte einen großen Bogen, knallte gegen die Schildkröte und landete dann mit dem Gesicht im Matsch. Catfish ist da schon besser, aber Monkey wagt sich überhaupt nicht an die langen Strecken. Ich konnte die beiden mühelos schlagen, vielleicht sogar Catfish, wenn ich in Form war. Und mit meinem Teufelsfischzahn als Glücksbringer.

»Ihr wollt die Stromschnellen für euch?«, fragte ich, immer noch lachend. »Gut, ich schlag euch einen Deal vor. Wir sehen, wer der Beste ist. Soll der Fluss entscheiden.«

Da starrten mich die drei sprachlos an. Monkey hatte Angst, Hollywood Boy lachte. Nur Catfish blieb ernst und gelassen. »Wie meinst du das?«, fragte er nach einer Pause.

»Ich schlage ein Duell vor«, sagte ich. »Catfish-Gang gegen Ngok-Gang. Der Sieger kriegt die Stromschnellen. Der Verlierer geht zurück zu Papa Plaisance.«

Monkey kicherte. »Du bist plemplem«, sagte er.

»Vielleicht. Aber dafür kann ich schwimmen wie ein Krokodil.«

Catfish runzelte die Stirn. Er sagt nie viel, aber wenn er etwas sagt, hören die Leute ihm zu. Immerhin ist er der General, und er weiß, dass ein guter General ein Duell nicht ausschlagen darf. Wenn er es einmal ablehnt, denken die anderen, er hat Angst. Beim zweiten Mal gehorcht keiner mehr seinen Befehlen. Und beim dritten Mal ist er geliefert.

»Was für ein Duell?«

»Die große Nummer«, sagte ich schnell. *»Die Tiefe.«*

Lange Pause, dann nickte Catfish kurz. »Okay«, sagte er, und ohne mich eines Blickes zu würdigen, stand er auf und ging flussaufwärts in Richtung Les Rapides.

Als wir an unserem Schwimmplatz vorbeikamen, erschien mir die Tiefe dunkler und weiter entfernt als je zuvor. Der Fluss führte vom vielen Regen letzte Woche schon fast Hochwasser, riesige Wasserhyazinthengeflechte, manche so groß wie Boote, rauschten auf dem säuerlich riechenden Wasser vorbei. In einem Monat begann die lange Regenzeit, dann waren die Stromschnellen zu gefährlich, selbst für gute Schwimmer. Während der Regenmonate starben dort sogar Krokodile. Noch war es nicht so weit, aber wir waren nahe dran, und ich wurde langsam doch ein bisschen nervös, als wir uns unserem Terrain näherten – es waren keine Gäste da, noch nicht, aber ein Kellner deckte bereits die Tische unter dem großen Mangobaum, und aus der Küche wehte leckerer Bratenduft herüber.

»Meinst du das ernst?«, fragte Catfish und schaute mich an. Sein Gesicht war ruhig, aber er sah aus, als würde er schwitzen. Vielleicht, weil es so heiß war, aber vielleicht lag es auch an etwas anderem. Monkey stand neben ihm, den Gummiring unterm Arm und die Augen so weit aufgerissen, dass das Weiße zu sehen war.

»Hast du Angst?«, fragte ich.

Catfish zuckte verächtlich die Achseln, als wolle er andeuten, dass die Tiefe für ihn genauso war wie die anderen Strecken und nicht etwa der gewaltigste, am weitesten entfernte und gefährlichste Korridor in unseren Stromschnellen.

»Also dann.« Wir musterten uns gegenseitig.

»Du zuerst.«

»Nein, du.«

Sein Gesicht war wie aus Holz, starr und braun und ausdruckslos. »Okay – dann gemeinsam.«

»Nein, Mann!«, rief Hollywood Boy entsetzt. »Das ist zu gefährlich!« Er hatte recht. Lange Strecken sind weniger gefährlich, wenn man sie allein zurücklegt. Man muss die Entfernungen absolut präzise kalkulieren, und schon ein paar Zentimeter zur falschen Seite können bedeuten, dass man in den tödlichen Sog eines Trichters gerät oder eine schmerzhafte Tour über die Knöchelbeißer machen muss. Zwei Schwimmer verklumpen sich irgendwie, wie Grasinseln, und dadurch beeinflussen sie die Strömung und riskieren eine Katastrophe.

»Einverstanden«, sagte ich. »Gemeinsam.«

Selbst an Tagen, an denen man nichts beweisen muss, üben wir immer, bevor wir die großen Strecken angehen. Ein paarmal die Rutsche hinunter vielleicht, zwei, drei Sprünge, und dann sind wir so weit, uns an die Schwalbe zu wagen. Heute war keine Zeit für solchen Firlefanz. Monkey setzte sich ans Ufer und schaute zu, die Beine in seinem Gummiring. Hollywood Boy kauerte unter dem Bogen von Les Rapides. Catfish und ich studierten den Fluss und warfen ab und zu irgendwelche Gegenstände ins Wasser, eine

Plastikflasche, ein Stück Holz, um die Geschwindigkeit und die Strömung bis zur Tiefe besser abschätzen zu können.

Wir wollten beide keinen Probelauf. Das wäre ein Zeichen von Schwäche gewesen, auch wenn ich wusste, dass wir durch diese Entscheidung unsere Chancen auf Erfolg erheblich schmälerten. Eigentlich hätten wir ein Dutzend Mal die Schwalbe machen müssen, bevor wir die Tiefe in Angriff nahmen – aber mich hielt nur noch das Feuer meiner Wut hier, und ich wollte nicht, dass der Fluss diese Hitze dämpfte, bevor es richtig losging.

Zwanzig Minuten, und ich spürte schon, wie meine Wut nachließ. Catfish war immer noch mit seinen Beobachtungen beschäftigt, er testete die Geschwindigkeit von Wind und Wasser, und zwischendurch blickte er immer mal wieder kurz zu mir herüber, um zu sehen, ob mir vielleicht doch die Nerven durchgingen. Ich betete zum Teufelsfisch-Gott – *Tempo, Mut, Glück* – und lächelte Catfish strahlend zu. Ich war mir nicht sicher, ob er darauf hereinfiel, aber ich wollte ohnehin nicht länger warten, sondern stand auf, wickelte mir den Rock um die Beine und verknotete ihn. »Fertig?«, sagte ich.

»Ihr seid verrückt, ihr zwei«, sagte Monkey mit düsterer Genugtuung. »Wenn euch der Fluss nicht erwischt, dann garantiert die Krokodile.«

»Die Krokodile haben was gegen schnelles Wasser«, sagte ich und schaute an ihm vorbei zu dem fernen Korridor. Man konnte ihn jetzt wegen der Spiegelungen kaum sehen: ein glitzernder Streifen, glatter als der Rest, und im fernen Dunst schimmerte er golden. Schön sah er aus, fand ich, so schön wie der glänzende Rücken einer Schlange. Und genau wie eine Schlange hatte er Biss.

»Wollen wir?« Er rechnete damit, dass ich nein sagen würde, das konnte ich ihm an den Augen ablesen.

»Na klar«, sagte ich, und wir gingen beide ein Stück zurück, um den maximalen Anlauf zu haben. Eins, zwei, drei Schritte, wobei sich unsere Hände fast berührten, dann ein vierter Schritt – ich schleuderte mich selbst in die Luft, flog weit hinter die Rutsche und landete, mit den Füßen zuerst und begleitet von einem Luftzischen, auf dem Schwanz der Schwalbe.

Ich versank, tauchte unter, fühlte den Sog des Flusses, der unter der Oberfläche viel stärker war, und zog blitzschnell die Füße an. Catfish war ganz in meiner Nähe, das wusste ich, aber ich konnte es mir noch nicht leisten, mich nach ihm umzuschauen. Mit aller Kraft streckte ich mich, dehnte den Oberkörper, kickte mit den Füßen, griff nach der Strömung wie nach einer Rettungsleine. Flussabwärts war die Schildkröte zu sehen, die ihre riesige rosarote Schulter aus dem Wasser hob, und ich strebte zur Schwalbe, weil ich genau wusste, wenn ich mich der Schildkröte von der falschen Seite näherte, dann verpasste ich den richtigen Zugang und wurde in die Untiefen zu den Knöchelbeißern gezogen – das heißt, sofern der Fluss mich nicht gleich zerquetschte wie ein Brutei.

Hinter mir und links von mir, schon ein Stück weiter im Korridor, spürte ich Catfish rudern und keuchen. Er war stark, aber er war auch schwer. Ich zog meine Füße aus dem Sog des Wassers und strebte vorwärts, leicht wie eine Lilie. Wir sagten beide kein Wort. Ich hatte Wasser in Nase und Mund, Wasser in den Augen. Ich konnte nur an den Korridor denken, der mich, gurgelnd und japsend, näher zu der Schildkröte zog und zu den Untiefen auf beiden Seiten.

Bam-bam-bam. Eine hoppelige Rutschbahn, runde Felsen unter der Oberfläche, wie die Dornfortsätze im Rückgrat eines mageren Mannes. Ich ließ mich über sie hinwegtragen, verlor dabei aber Tempo und Atem, und dann war ich schon kurz vor der Schildkröte, auf der Uferseite der glatte Bogen der Schwalbenstrecke, das unerforschte Terrain auf der anderen Seite. Ich holte tief Luft, spannte alle Muskeln an – und genau in dem Moment, als der Fluss mich über das obere Ende trug, trat ich gegen die Schildkröte. Mit meinen langen Beinen stieß ich mich ab und stürzte mich ins Unbekannte. Die Strömung war hier viel stärker, sie zerrte an meinen Beinen – abwechselnd heiß und kalt, überall Steine, Steine und Felsen, die ich nicht kannte und gegen die ich mit Füßen und Beinen schlug, so dass mein linkes Schienbein vom Spann bis zum Knie aufgeschürft wurde.

Knöchelbeißer. Damit hatte ich gerechnet. Aber das hier waren Knöchelbeißer, die den ganzen Körper attackierten und wie Zähne des Flusses vom Grund nach oben ragten. Ich zog wieder die Beine an und kickte, aber sie erwischten mich trotzdem. Hinter mir hörte ich Catfish schreien, konnte aber nicht sehen, warum. Und die Tiefe schien doppelt so weit weg zu sein wie vorher – ich musste an die Geschichten denken, in denen eine Straße sich endlos hinzieht und das Schloss, zu dem sie führt, immer weiter zurückweicht. Oder in denen ein Land über Nacht verschwindet und dann irgendwo wieder auftaucht, vielleicht auf der anderen Seite der Welt, unter einem magischen Wolkenteppich aus Schnee.

Wieder flehte ich den Teufelsfischzahn an – *Trag mich weit, trag mich schnell* – und stieß mich so stark von dem Felsen ab wie nur möglich. Ich sah, dass Catfish neben und hinter mir das Gleiche tat, aber während ich nach vorne schoss, rutschte er weg und glitt in ein Senkloch, das zurück zur Schwalbe führte. Ich dagegen schwamm immer weiter, schnell und zielgenau wie eine von Papa Plaisances

Pirogen, über die Gefahrenzone hinweg und in schnelles, ruhiges Wasser.

Die Tiefe! Nun konnte ich sie sehen, sie lag auf meiner Strecke, die Biegung würde mich direkt zu ihr bringen, und ich konnte die Schnelligkeit des Flusses nutzen, um mich hinübertragen zu lassen, so wie ein Junge mit seiner Schleuder einen Stein wirft. Im Rausch des Triumphs riss ich den Mund auf – *Jippiiiie* –, dann ließ ich mich vom Fluss tragen, umklammerte meine Knie, wie Monkey immer in seinem Gummiring, und die Strömung trieb mich weit hinaus und in den Korridor.

Es war ein Gefühl, als würde ich fliegen. Fliegen und fallen und träumen, alles auf einmal, das schwere Wasser schwarz über dem Gelbbraun unter mir, und kleine Stücke Flussmüll schürften immer wieder meine brennende Haut. Aber es war ein Wunder – einen Augenblick lang war ich nicht mehr nur im Fluss, nein, ich *war* der Fluss, ich sang sein Lied, und der Fluss erwiderte meinen Gesang mit seiner herrlichen Stimmenvielfalt, und wenn ich es gewollt hätte, dann hätte ich bis nach Kinshasa schwimmen können, glaube ich, und nichts – nicht einmal die Krokodile – hätten mir etwas anhaben können.

Und dann blickte ich zurück. Das hätte ich nicht tun sollen. Ich war schon fast angekommen, meine Finger berührten den Rand der Tiefe. Doch ich schaute mich um, vielleicht weil ich wissen wollte, ob Catfish meinen Triumph mitgekriegt hatte, aber schon fiel die Freude von mir ab, und mir wurde plötzlich eiskalt.

Catfish war tatsächlich in das Senkloch geraten, das zurück zur Schwalbe führte. Wenn er dieser Strecke gefolgt wäre, dann wäre nichts passiert. Er hätte den klaren, glatten Kanal nutzen können, der um die Schildkröte herumführte und den Schwimmer in den langen Korridor und zurück zum Schwimmbecken brachte. Aber Catfish hatte sich zurückschnellen lassen, in einem verzweifelten, aussichtslosen Versuch, gegen die Strömung anzukommen. Der Fluss bremste ihn, warf ihn zuerst auf den Rücken und zog ihn dann zur Schildkröte, zu den Felsen und dem schwarzen Senkloch. Zu spät erkannte Catfish seinen Fehler. Ich sah ihn, seine schwarzen Haare und die dünnen Arme, wie er sich an eine Felszacke klammerte, und das Wasser wälzte sich über ihn hinweg und bäumte sich auf wie ein ungesatteltes Tier, das nicht geritten werden will. Blitzschnell erfasste ich die Situation: der wütende Fluss, Catfish, der sich festklammerte und um sein Leben kämpfte, der schwarze Schlund unter ihm. Mit ein bisschen mehr Tempo hätte er es schaffen können, an dem Senkloch vorbeizukommen, aber er hatte Schwung und Mut verloren. Jetzt hing er da, rutschte langsam an dem glitschigen Stein herab und klagte unhörbar, weil das mächtige Lied des Flusses alles übertönte.

Die Tiefe war nur noch eine Armlänge von mir entfernt. Auch ihr Lied war ohrenbetäubend – *Komm zu mir, Ngok* –, aber da war mein Freund, und selbst wenn es mich innerlich zerriss und ich das Wagnis nicht aufgeben wollte, wusste ich doch, dass ich meinen Freund nicht im Stich lassen konnte.

Ich drehte um, zurück zu den Felsen. Einen Moment noch hielt mich die Tiefe fest und sang ihr Lied, dann spuckte sie mich aus, so heftig, wie ein Kind, das einen Papayakern ausspuckt. Ich schoss zur Schwalbe und schrappte dabei mit den Knien über die Felsen. Es war riskant, das wusste ich. Ich musste Catfish ganz genau erwischen und ihn da, wo er sich jetzt festklammerte, packen – ohne dabei Schwung zu verlieren, denn sonst würde der Schlund uns beide verschlingen. Ich brauchte mich nur um eine Sekunde zu verschätzen, und wir gingen beide unter und würden nie wieder auftauchen. Minimale Abweichungen nach der einen oder anderen Seite, und ich verpasste ihn. Ich betete ein letztes Mal zu dem Teufelsfisch – *Bitte, bitte, Teufelsfisch, lass mich richtig zielen* –, dann holte ich tief Luft, legte mich auf die Welle, meine Lunge bis zum Platzen gefüllt, und schon sauste ich mit rasender Geschwindigkeit das letzte Stück der Strecke hinunter, auf Catfish zu.

Er musste durchschaut haben, was ich vorhatte, jedenfalls ergriff er meine Hand und ließ den Felsen los. Meine Geschwindigkeit reichte für uns beide, und wie Flaschen auf dem Wasser schossen wir über das hinterhältige Senkloch hinweg und in die Egge der Knöchelbeißer.

»Halt dich fest, Catfish!« Ich hörte meine eigene Stimme kaum, weil das Lied des Flusses so laut toste. Aber seine Hand war in meiner, und ich ließ sie nicht los, wir schrien beide, während die Steine unsere Beine und Füße attackierten. Der Fluss lachte jetzt, ich hörte es, ein leises Lachen aus Felsen und Kieseln, wie Trommeln am Lagerfeuer. Die Steine unter uns verschwanden. Catfish ließ meine Hand los und begann zu schwimmen, langsam, als würde er humpeln, zum seichten Wasser hin.

Die anderen erwarteten uns und wussten nicht recht, was sie von dem Ganzen halten sollten.

»Was war das denn, Mann?«, rief Monkey ungeduldig, als Catfish und ich uns auf den trockenen Felsen bei den Steinklopfern ausstreckten und die Schnittwunden und Kratzer an unseren Beinen untersuchten.

Ich schaute Catfish an. Er erwiderte meinen Blick nicht. Sein Gesicht war noch starrer als sonst, bis auf den riesigen Kratzer über dem Auge. Den hatte er sich wahrscheinlich geholt, als er gegen den spitzen Felsen gerast war.

»Bist du bis zur Tiefe gekommen, Ngok?«, wollte Hollywood Boy wissen, und seine Stimme zitterte regelrecht vor Spannung. »Ich glaube, ich hab dich da gesehen, aber du warst so weit weg …«

Jetzt musste ich antworten. Ich musste sagen, dass ich die Tiefe berührt hatte – mit den Fingerspitzen war ich an ihr dran gewesen, wie an einem mythischen Fisch, den niemand je fängt, außer im Traum. Wenn ich es aussprach, dann war ich General, und Catfish musste zurück zu Papa Plaisance. Les Rapides würde mir gehören.

Catfish sah mich immer noch nicht an. Sein Gesicht war verschlossen, versteinert.

»Und?«, fragte Monkey. »Hast du gewonnen?«

Lange Pause. Dann schüttelte ich den Kopf. »Nee«, sagte ich. »Ich war ganz nah dran, aber dann hat mich die Schwalbe zurückgeholt. Es ist ein Patt. Keiner hat gewonnen.«

Hollywood Boy verzog enttäuscht das Gesicht. »Hey, Ngok«, sagte er dann. »Du hast deinen Zauberzahn verloren.«

Ich tastete danach. Aber ich wusste schon, dass der Zahn weg war. Vielleicht hatte der Fluss ihn sich zurückgeholt. Vielleicht war es aber auch der Geist des Teufelsfischs, der sich genommen hatte, was ihm zustand.

* *

Wir arbeiten immer noch im Fluss, wir vier: Catfish, Monkey, Hollywood Boy und ich. Erst gab es ein paar kleinere Probleme mit Papa Plaisance, aber Maman Jeanne ergriff überraschenderweise für mich Partei, womit keiner gerechnet hatte. Ich glaube, Papa war schlecht bei ihr angeschrieben, weil er für irgendwelche Arbeiten nicht bezahlt hatte.

Der Fluss gehört wieder uns, jedenfalls für den Augenblick – die Strecke von Les Rapides zu den Steinklopfern –, und wir sind jeden Tag unterwegs. Aber keiner hat wieder versucht, zur Tiefe zu kommen. Vielleicht irgendwann mal. Catfish ist immer noch der General, aber er kommandiert nicht mehr ganz so streng wie vorher, und ich entdecke gelegentlich ein Glitzern in den Augen von Hollywood Boy, das mir sagt, es könnte bald ein neues Duell geben. Aber ohne meine Beteiligung. Nicht noch mal. Es ist lächerlich, sich vorzustellen, ich könnte je General werden – es ist schon so schwer genug, mit den Jungs mitzuhalten. Aber manchmal sehe ich etwas in ihren Blicken, eine gewisse Hochachtung, dieses Wissen: Es wurde ein Wagnis eingegangen, ein Geheimnis kurz gesichtet, der große Sieg fast erkämpft. Eines Tages finde ich dieses Triumphgefühl vielleicht irgendwo wieder.

Bis dahin ist immer der Fluss da, wie Maman Jeanne sagt, mit seinen Phasen schläfriger Stille, seinem fürchterlichen Zorn und dem Lied, das immer und immer erklingt, dieses Lied voller Zauber und Träume, das der Fluss mit sich trägt; er trägt es mitten hinein ins Herz Afrikas und dann hinaus aufs offene, unbekannte Meer.

Es ist nirgends so schön wie in Bedford Falls

Als kleines Kind habe ich selbstverständlich an den ganzen Weihnachtszauber geglaubt. Jetzt kann ich mich noch so bemühen, ich nehme kaum etwas wahr als blöden Kommerz und falsche Hoffnungen und bin entsprechend ernüchtert. Diese Geschichte habe ich geschrieben, um gegen dieses Gefühl anzukämpfen. Ich bin mir nicht ganz sicher, ob es geklappt hat.

Es ist sechs Uhr morgens, und Santa Claus spinnt. Nur gut, dass ich noch mal nachgesehen habe. Man kann schließlich keinen kaputten Weihnachtsmann auf dem Rasen stehen haben. Heute schon gar nicht. Das verdirbt die Stimmung, wie man weiß – und die Nachbarn sind sowieso nörgelig, dauernd beschweren sie sich über irgendetwas. Letzte Woche waren es die Pinguine. Drei Stück, muntere kleine Kerlchen, der neueste Zuwachs in der Lichterdeko vorne am Haus. Ein Pinguin mit Weihnachtsmannmütze, die anderen beiden mit Schlittschuhen, und die drei sind so verkabelt, dass sie gemeinsam »Winter Wonderland« klimpern und die ganze Nacht hindurch blinken.

Die Pinguine waren noch keinen Tag da, als auch schon Mr Bradshaw anmarschiert kam, um zu meckern.

»Hören Sie zu, Nachbar, mit den Lichterketten können wir leben, zur Not auch mit den tanzenden Schneeflocken, den Weihnachtsbäumen, dem aufblasbaren Schneemann und der Zaubergrotte – die Heiligen Drei Könige, den blinkenden Santa und seine zwölf Rentiere nehmen wir auch noch hin, aber das ist jetzt echt zu viel. Diese idiotischen Pinguine müssen weg.«

Ein typisches Beispiel von Überreaktion. Ich meine – was schadet es denn, wenn ich in der Weihnachtszeit ein paar Lichter aufhänge? Ich verlange ja gar nicht, dass die anderen es mir gleichtun. Ich bin nicht gekränkt, wenn die Nachbarn auf meine Weihnachtskarten nicht reagieren und selber keine schreiben. Ehrlich gesagt, ich erwarte nicht mal Frieden auf Erden und den Menschen ein Wohlgefallen, aber man sollte doch denken, dass sie mir die Freude lassen, das Fest auf meine Art zu genießen. Aber nein – immer ist irgendwas. Wenn sie sich nicht über die Pinguine aufregen, dann über die Schlittenglöckchen, weil die sie angeblich nicht schlafen lassen. Oder der Immobilienmakler gibt mir die Schuld daran, dass die Hauspreise in der Gegend fallen. Oder es beklagt sich jemand darüber, dass bei mir jeden Tag etwas geliefert wird. Oder der Postbote schaut mich komisch an, wenn er die Einfahrt heraufkommt. Oder die Halbstarken aus der Gegend singen nachts um eins laut »Stille Nacht« und lassen leere Bierdosen vor unserer Tür herumliegen. Erst neulich rief ein Typ im Supermarkt quer über den Gang: »Wo ist dein Rentier, Santa?«, und das Mädchen an der Kasse (eine Neue, blond) kicherte dumm.

Deshalb lasse ich mir inzwischen meine Lebensmittel liefern, wenn es irgendwie geht. Das ist gar nicht so schwierig. Ich gebe jeden Montag um neun meine Bestellung telefonisch durch, und zwei Stunden später kommt ein Lieferwagen mit den Sachen für die ganze Woche. 1 mittelgroßer Truthahn, gefroren, 5 Pfund King-Edwards-Kartoffeln, 1 Pfund Karotten, 1 Pfund Rosenkohl, 1 Päckchen Salbei-und-Zwiebel-Füllung, 1 Päckchen Bisto-Soße, 7 Scheiben durchwachsener Speck, 1 Luxus-Plumpudding,

1 Packung Luxus-Mince-Pies, 1 Päckchen Bird's Vanillesoße, 1 Flasche süßen Sherry, 1 Glas saure Gurken, 1 mittelgroße Packung Brot von Warburtons, 1 kleine Schachtel Milk-Tray-Pralinen. Und dann noch 1 Sparpackung mit Weihnachtsknallern, rote und grüne, mit Partyhüten und unverfänglichen Witzen.

Ich liebe Weihnachten. Sehr sogar. Ich schreibe gern Weihnachtskarten, ich verpacke gern Geschenke. Ich freue mich immer auf die Ansprache der Königin und höre mit Begeisterung die Weihnachts-CD von Phil Spector. Ich liebe meinen Baum, mit dem Lametta und den in buntes Silberpapier verpackten Schoko-Klunkern. Ich liebe meine Lichterdeko, ich liebe den künstlichen Schnee auf dem Kaminsims und den Stechpalmenzweig über der Tür. Und was das Kulinarische betrifft – da weiß ich immer noch nicht, was ich am liebsten mag: das große Weihnachtsessen mit allem Drum und Dran oder die Sandwiches mit kaltem Truthahn und Gürkchen zum Spätfilm im Fernsehen – *Weiße Weihnachten* mit Bing Crosby oder *Ist das Leben nicht schön?* mit James Stewart –, dazu Feuer im Kamin und mein Strumpf am Sims, die Tasse Schokolade, ein Glas Sherry und die berauschende Vorfreude darauf, dass heute Nacht, in dieser magischsten Nacht des Jahres, alles, aber auch alles geschehen kann.

Weiße Weihnachten, nun ja, gibt es nicht sehr oft, fürchte ich. Meistens muss ich mich mit Kunstschnee zufriedengeben, mit Watte und diesem Sprühdosenzeug. Das kann alles nicht mit echtem Schnee mithalten, wenn es ganz still wird und man das Gefühl hat, die Welt wurde wie durch ein Wunder neu erschaffen. *Let it snow, let it snow, let it snow.* Die Chancen stehen nicht gut, wegen dieser blöden Erderwärmung und dem ganzen Mist, wovon man dauernd hört, aber man darf die Hoffnung nicht aufgeben.

Phyllis hat vor zwei Jahren aufgegeben, ist gegangen, zwischen einem Sketch von *Morecambe & Wise* und der Ansprache der Königin (der von 1977, auf Video aufgenommen und für den passenden Anlass in meiner Sammlung aufbewahrt). Sie hat nicht einmal mehr ihre Geschenke ausgepackt. Was auf ihrem Zettel stand, klang total verwirrt. Das ist typisch. Sie halte es nicht mehr aus, stand da, sie habe gedacht, wir würden jetzt im Ruhestand Reisen machen, sie brauche einen Tapetenwechsel, sie werde sich melden, wenn sie eine neue Adresse habe. Und sie schreibt mir tatsächlich einmal im Jahr pflichtbewusst einen langen Brief (aber nie eine Weihnachtskarte) und wünscht mir alles Gute.

Sie hat es nie geschafft, sich so für dieses Fest zu begeistern wie ich.

Oh, I wish it could be Christmas every day …

Man stelle sich vor, dass jeden Tag Weihnachten wäre. Jeden Tag fängt alles wieder von vorne an, jeden Tag wird gefeiert. *Chestnuts roasting on an open fire* (mir reicht schon ein Gasofen mit Fenster) und *I saw Mummy kissing Santa Claus*.

Ich mache mir ein bisschen Sorgen, dass jemand Santa Claus attackiert hat. Jemand, der irgendwie sauer auf ihn ist, oder irgendwelche Jugendlichen, die Quatsch machen wollten. Vielleicht liegt es aber auch an der Sicherung, oder eine Birne ist kaputt – da haben wir einen ziemlichen Verschleiß. Bei Tageslicht stelle ich zwar den ganzen Lichterzauber aus (ich bin Rentner, muss man wissen, ich sollte an die Stromrechnung denken), aber ich weiß, dass ich der Lichterwand mehr Gewicht zumute, als sie eigentlich tragen kann. Trotzdem würde ich nichts ändern wollen. Nicht für Mr Bradshaw, nicht für die Mietervereinigung, nicht für allen Tee aus China.

Ist das Leben nicht schön? Diesen Film habe ich schon dreihundertvierundfünfzigmal gesehen. Er ist aus dem Jahr 1946, von Frank Capra, mit James Stewart und Henry Travers. Damals war ich sechs Jahre alt, und der Film spielt in einer Welt, in der Männer noch Hüte trugen und die Familienfinanzen kontrollierten, in der Kinder mit roten Wangen auf dem Dorfteich Schlittschuh liefen und Nachbarn noch echte Nachbarn waren und keine arroganten Yuppies und Hausbesitzer, die nur darauf aus sind, den Wert ihrer Immobilie zu steigern.

Bedford Falls, so heißt die Stadt im Film. Viele Jahre lang habe ich geglaubt, dass es diese Stadt wirklich gibt. Viele Jahre lang habe ich mir gewünscht, dort zu wohnen – ich habe sogar einmal einen Versetzungsantrag gestellt, in der Hoffnung, dass Bedford Falls irgendwo auf mich wartete, mit knietiefem Schnee und Weihnachtsstimmung. Aber alle sagen, so eine Stadt gibt es nicht. Nun habe ich ihnen das Gegenteil bewiesen und mein Haus umgetauft – ich wohne jetzt in Bedford Falls Cottage, Festive Road, Malbry, und immer, wenn ich es sage, ist Weihnachten.

Natürlich denken die anderen, ich bin plemplem. Das ist mir egal. Ich bin auch nicht verrückter als der Typ an der Frittenbude, der denkt, er ist Elvis, oder dieser Smith ein Stück die Straße runter, der ein Druide ist oder so was, oder Mrs Golightly, die um drei Uhr morgens auf dem Parkplatz vom Tesco herumläuft, oder Al und Christine, die jedes Jahr an Silvester den Entschluss fassen, dreißig Kilo abzunehmen. Warum soll nur einmal im Jahr Weihnachten sein? Und warum darf ich nicht feiern, was ich will, wann ich will und so oft ich will?

Ich behaupte nicht, dass das immer leicht ist. Anders zu sein als die anderen ist gar nicht so einfach – James Stewart erfährt das auch in *Ist das Leben nicht schön?* –, aber noch schwerer ist es, etwas, was man will, aufzugeben für das, was allgemein als richtig gilt. Doch James Stewart bleibt sich treu. Was er tut, verändert die Menschen. Er bewirkt etwas. Und genau das versuche ich auch – auf meine Art. Ich möchte Veränderungen herbeiführen. Den Himmel zum Leuchten bringen. Ich möchte erreichen, dass die Kinderaugen wieder strahlen – auch die Augen von Kindern, die durch die Straßen schlendern, eine Kippe im Mund. Weihnachten ist eine Zeit der Wunder. Sollte es jedenfalls sein, stimmt's? Zauber und Geheimnisse und kleine Knirpse mit blitzenden Augen? Ich glaube an Wunder, so viel ist sicher. Das muss man auch – wenn sonst nichts mehr bleibt.

Aber es ist anstrengend, am Glauben festzuhalten, wenn sonst niemand gläubig ist und alle dich für einen komischen Kauz halten. Ich hatte letztes Jahr so ein Team von einer Nachrichtensendung hier, im Dezember. Die wollten herausfinden, warum ich mache, was ich mache. Ich fand sie nett; die Frau, die mich interviewte, war hübsch und freundlich, der Kameramann aß Mince Pies, trank Tee und lachte über meine Witze. Aber sie zeigten die Aufnahmen im August, während der Sauregurkenzeit, sofort wurde in den Zeitungen darüber berichtet – *Santa Claus in der Zeitschleife hofft auf Schnee* –, und eine Weile kamen aus dem ganzen Land Leute hierher, um meine Lichterwand zu bestaunen und über den alten Trottel zu lachen, der denkt, jeden Tag ist Weihnachten.

Eine Weile war das ganz lustig. Kinder wollten mit mir reden, manche schickten mir sogar Weihnachtskarten. Dann hörte es auf. Aber die Sache sprach sich in den falschen Kreisen herum. Vandalen drangen in meinen Garten ein und schlugen meine Beleuchtung kaputt. Gewisse Zeitungen setzten ein Gerücht in die Welt: Ich sei eine Art Perversling und würde unter verlogenen Vorwänden kleine

Kinder in mein Haus locken. Eine neue Schlagzeile – *Böser Santa* – und danach rannten die Kinder weg oder sprühten Sprüche auf meine Gartenmauer. Die Sache ist vier Monate her und leider noch nicht vorbei.

Ich habe Santa Claus repariert. Wie sich herausstellte, war es nur ein Wackelkontakt, kein gezielter Vandalismus. Eigentlich müsste es mir besser gehen, aber irgendwie funktioniert das heute nicht. Um sechs Uhr morgens ist es noch dunkel, und ich stelle die Lichterwand an, um sie noch mal leuchten zu sehen, bevor die Sonne aufgeht. Komisch – es fühlt sich einfach nicht weihnachtlich an. Dabei steht es heute im Kalender, heute bin ich im Einklang mit der Welt. Selbst eine kaputte Uhr geht zweimal am Tag richtig, wie Phyllis immer gesagt hat, und genauso fühle ich mich heute, am Weihnachtsmorgen. Wie eine kaputte Uhr, nur Zifferblatt und keine Zeiger.

Meistens mache ich mir um sechs eine Tasse Tee und esse ein kleines Frühstück, Toast und Orangenmarmelade, dann putze ich den Rosenkohl, schäle die Karotten und die Kartoffeln und schiebe den Truthahn in den Backofen, damit er zum Mittagessen fertig ist. Aber ausgerechnet heute habe ich überhaupt keine Lust dazu. Fernsehen? Auf einem der Kabelprogramme läuft *Eine Weihnachtsgeschichte* (nach Charles Dickens, der Klassiker von 1938, mit Reginald Owen als Scrooge), das heißt, heute muss ich mir keins meiner Videos ansehen. Aber ich habe den Film bereits einhundertundviermal gesehen (und das Remake von Alastair Sim aus dem Jahre 1951 ebenfalls schon siebenundfünfzigmal). *Weiße Weihnachten* liegt mit dreihunderteinmal auf dem zweiten Platz, dicht hinter *Ist das Leben nicht schön?*. Alle drei kommen heute im Fernsehen, auf verschiedenen Sendern, aber komischerweise bin ich überhaupt nicht in der Stimmung, einen dieser Filme zu sehen. Ich versuch's mit dem Radio. Weihnachtsmusik auf sämtlichen Kanälen. Ich besitze eine ganze Sammlung von Weihnachtskassetten, angefangen mit der unheimlichen »Stille Nacht«-Version, gesungen vom Chor des King's College, bis hin zu Mike Batts »A Wombling Merry Christmas«. Ich kenne sie alle in- und auswendig, aber heute kann ich mich nicht darauf konzentrieren. Von der Musik wird mir regelrecht schwindelig, die munteren Stimmen der DJs erfüllen mein Herz mit einer grauenvollen Stille.

Let it snow, let it snow, let it snow.

Ich schaue hinaus, aber da ist nichts. Nur das hohe schwarzblaue Himmelszelt ohne Sterne. Um mich herum gehen nun in allen Häusern die Lichter an. Die Bradshaw-Kinder, fünf und sieben Jahre alt, sind schon seit Stunden wach. Ich habe an ihrem Schlafzimmerfenster gesehen, dass sich drinnen etwas regt, und immer wieder sind ihre kleinen Gesichter verschwommen hinter der Fensterscheibe aufgetaucht und haben zu den tanzenden Pinguinen auf meinem Dach hochgeschaut.

Diese bekloppten Pinguine, die Tag und Nacht »Winter Wonderland« singen. Wie kann ich das aushalten? Mr Bradshaw hat recht, die Pinguine waren ein Fehlgriff – mit einer schnellen Bewegung stehe ich auf, obwohl es noch gut zwei Stunden bis zum Anbruch der Dämmerung sind, und knipse die Lichterwand aus.

Die plötzliche Dunkelheit ist ein regelrechter Schock. Wenn meine Vorhänge offen sind, kommt normalerweise genug Licht von draußen rein, um mein ganzes Wohnzimmer zu erhellen. Jetzt ist da nur noch der matte Glanz des kleinen künstlichen Weihnachtsbaums neben dem Fernseher. Und die Lichterkette auf dem Kaminsims. Aus bloßer Neugierde schalte ich sie auch aus. Die Dunkelheit ist beruhigend. Ich stelle mir vor, dass ich dieses Jahr Weihnachten ausfallen lasse: kein Plumpudding, keine Mince Pies, keine Ansprache der Königin, kein *Ist das Leben nicht schön?*, kein Kartoffelpüree mit Bisto-Soße. Keine Truthahn-Sandwiches, keine Sketche von *Morecambe & Wise* auf Video, keine Geschenke, kein Lametta. Nur Friede auf Erden und den Menschen ein Wohlgefallen.

Einen Moment lang hält mich dieser Gedanke mit magischer Kraft fest. Was für eine verlockende Vorstellung, diesem Impuls nachzugeben, frei zu sein, zu lesen – vielleicht einen Thriller oder einen historischen Schmöker –, dazu ein einfaches Mittagessen, Cracker mit Käse. Vielleicht könnte ich sogar bei Phyllis vorbeischauen. Sie wohnt nicht weit von hier, ein paar Bushaltestellen die Meadowbank Road hinunter – einen Moment lang sehe ich es vor mir, wie ich mich auf den Weg mache, mir eine Fahrkarte kaufe, die gekieste Einfahrt hinaufgehe und klopfe (vielleicht hat sie einen Kranz aus Stechpalmen um den Türklopfer gehängt). Ich sage: »Guten Morgen, Phyllis« (statt »Fröhliche Weihnachten«), sehe ihr Lächeln, rieche das feine Aroma aus Rosen und Waschpulver. Mehr nicht. Kein Lichterzauber, keine Wunder. Keine Engel, die den Weg weisen. Kein Bedford Falls.

Das könntest du machen. Es ist gar nicht so schwer. Die Stimme klingt ganz ähnlich wie die von Alastair Sim in der 1951er Version von *Eine Weihnachtsgeschichte*. Eine nüchterne, gebieterische Stimme, die man nicht so leicht ignorieren kann. *Hör einfach auf. Heute. Jetzt gleich.*

Kann ich das? Was für eine unglaubliche Erleichterung. Erleichterung und gleichzeitig eine furchtbare, diffuse Angst. Aufhören? Einfach aufhören? Aber was mache ich dann?

Wieder sehe ich mich in Gedanken die Einfahrt zu Phyllis' Haus hinaufgehen. Ich stelle mir vor, wie der Kies unter meinen Schuhen knirscht. Dieses frostige Geräusch. Neben der Tür steht bestimmt ein Topf mit Lavendel. Und Winter-Stiefmütterchen am Wegrand. Phyllis lächelt so sagenhaft süß, vor allem, wenn sie überrascht ist. Dann streicht sie sich immer die widerspenstigen Haarsträhnen hinters Ohr. Vielleicht steht eine Kanne Tee auf dem Herd. Und neben ihrem Sessel eine Keksdose. Sie studiert immer gern Reiseprospekte, vielleicht kann ich ja diesmal mit ihr fahren, und dann verbringen wir Weihnachten in Portugal, Italien oder Spanien. Hier in England ist es doch viel zu kalt um diese Jahreszeit. Eine Luftveränderung würde uns guttun.

Ich kann es fast schon vor mir sehen, ich kann es fast schon hören, wie Musik in meinem Kopf. Ein neues Leben, eine neue Hoffnung, eine Stadt, die über Bedford Falls und den ewigen Ersatzschnee hinausgeht. Eine Sekunde, und schon bin ich von meinem Sessel aufgestanden, wie benommen, eine Hand auf der Türklinke, Mantel und Mütze bleiben am Haken, als könnte der Moment, den ich brauchen würde, um sie zu holen, vielleicht ausreichen, dass Bedford Falls mich für immer zurückholt –

Und dann klingelt es völlig unerwartet an der Tür.

Heute? Um sechs Uhr früh? Das gibt's doch gar nicht. Der Briefträger kann es jedenfalls nicht sein (am ersten Weihnachtsfeiertag kommt keine Post). Und es können auch nicht die Bradshaws sein, die sich über die Lichter beschweren wollen. Aber wer dann? Besuch? Ein Witzbold? Hektisch reiße ich die Tür auf. Ein eisiger Windstoß bläst mir entgegen, und die Luft riecht nach Weihnachten – Gewürznelken, Apfel, Tannenzweige und Brandy. Doch da ist niemand. Das Gartentor ist zu, die Straße menschenleer. Aber es hat eindeutig geklingelt.

Jedes Mal, wenn du hörst, wie eine Glocke läutet …

Ich kenne diese Stimme. Es ist die Stimme von Henry

Travers in *Ist das Leben nicht schön?*. Freundlich, warmherzig und einfach unwiderstehlich. Und gleichzeitig klingt sie wie meine eigene, so ähnlich, dass ein Außenstehender Mühe hätte, uns zu unterscheiden. Wie kann ich denken, meine Arbeit sei getan? Wie kann ich es auch nur in Erwägung ziehen, ausgerechnet heute meinen Posten zu verlassen? Geschenke müssen verpackt werden, protestiert die Stimme. Man muss Lieder singen, Kartoffeln rösten, die Füllung zu walnussgroßen Kügelchen rollen und zusammen mit den Würstchen und den Speckscheiben auf ein Backblech legen. Die Innereien aus dem aufgetauten Truthahn entfernen, den Pudding in eine Keramikform geben und diese dann in einen Topf mit kochend heißem Wasser stellen. Wenn diese Aufgaben nicht erledigt werden, welche gefährlichen Schleusen könnten sich dann noch öffnen? Welche Sterne werden verblassen, welche Choräle versinken, welche Erlösung wird aufs Spiel gesetzt?

Ich begreife, dass ich nicht weggehen kann. Ich bin eine kaputte Uhr, für immer stehengeblieben zu einer unmöglichen Zeit. Sollen andere zu neuen Ufern aufbrechen, wenn sie unbedingt wollen. Wenn sie können. Was mich betrifft – ich muss meinen Pflichten nachkommen. Ich muss Opfer bringen, Strümpfe füllen, Warnungen aussprechen, Leben berühren. Ob es mir passt oder nicht, ich bin der Geist der gegenwärtigen Weihnacht, und ich muss mich an die Arbeit machen.

Ganz, ganz langsam entferne ich mich von der Tür. Ein Klick, und die Lichterwand erstrahlt von neuem. Am Kaminsims blinkt die Lichterkette. Dieser seltsam nostalgische Tannenduft muss durch den Türspalt hereingeweht sein. Und als ich aus dem Fenster blicke, hinauf in den violettblauen Himmel, der allmählich heller wird, kann ich die ersten Schneeflöckchen tanzen sehen.

Möchtest du wieder Kontakt aufnehmen?

Das Internet ist meines Erachtens der perfekte Ort für Geistergeschichten. Das Leuchten des Laptop-Bildschirms spätabends, Stimmen aus einer anderen Welt. Als ich Blaue Augen *schrieb, das man ja auch als eine Art Geistergeschichte bezeichnen kann, fand ich es mit der Zeit immer spannender zu beobachten, wie wir zunehmend von der virtuellen Welt abhängig werden. Ich sah die Beziehungen, die wir dort aufbauen, die Communities, die wir schaffen. Kontakte mit Menschen, die wir im echten Leben vielleicht nie kennenlernen. Diese Welt kann ein großes Fest mit Freunden sein – oder der einsamste Ort auf dem Planeten. Es ist alles eine Frage der Perspektive.*

Im Netz stirbt niemand richtig. Das ist eine Wahrheit, die ich erst allmählich richtig begreife. Dinge, die vergänglich und flüchtig erscheinen, werden dort für immer gespeichert, zwar verborgen womöglich, aber für alle, die diese kleinen Partikel der Vergangenheit, diese Schnappschüsse aus den Archiven des Vergessens, ernsthaft finden wollen, sind sie durchaus wieder herstellbar.

Ich habe mich vor zwei Jahren bei Twitter angemeldet, um mit meinem Sohn in Kontakt zu bleiben. Mit Charlie, neunzehn Jahre alt, zum Studium an der Uni. Wir haben uns immer gut verstanden, und mir war schon im Vorfeld klar gewesen, dass er eine Lücke hinterlassen würde, wenn er geht, aber dass dieses Loch so riesengroß und abgrundtief sein würde, das hatte ich nicht geahnt. Ständig wartete ich darauf, dass er anrief, ständig machte ich mir Sorgen. Dabei gab es gar keinen konkreten Anlass. Doch allein im Haus zu sein, ohne ihn, das war viel schlimmer, als ich erwartet hatte.

Das Haus ist groß, vielleicht zu groß für Mutter und Sohn. Dazu gehören nämlich: ein enormer Garten, eine Pferdekoppel, ein Wäldchen, ein Fluss. Charlie hat es irgendwie geschafft, all das mit Leben zu erfüllen, so dass es vor Energie nur so summte und brummte. Nun hingegen war es fast nicht auszuhalten. Nicht leer, nein – von Geistern bewohnt: der fünfjährige Charlie in seinem Baumhaus, mit einem Glas voller Kaulquappen, Charlie, der Gitarre spielt oder *We Will Rock You* inszeniert, mit seinem alten Puppentheater und einer CD mit *Queen's Greatest Hits*. Mir war bis dahin gar nicht bewusst gewesen, wie raumgreifend so ein Jugendlicher sein kann und welche Stille seine Abwesenheit verursacht, eine Stille, die auf das Haus drückt, als hätte plötzlich die Schwerkraft zugenommen.

Doch dann hat mein Sohn mich in die Welt der sozialen Netzwerke eingeführt: Facebook, YouTube und vor allem Twitter. Twitter tat ich zuerst als das trivialste dieser Phänomene ab, aber es sollte, wie ich inzwischen weiß, mein Rettungsanker werden. Meinen Sohn sofort greifbar zu haben, zu wissen, was in seiner Welt geschieht, Kontakt aufzunehmen, wann immer ich will – das war alles andere als trivial, und trotz meiner Technikphobie freundete ich mich seinetwegen blitzschnell damit an.

Mein Netzname war *@MTnestgirl*. *MT* als eine Anspielung auf Charlies Vorliebe für Musiktheater und *nestgirl* wegen meiner Mutterrolle. Er hieß *@Llamadude*, ein Name, den ich ziemlich albern fand, der aber irgendwie zu ihm passte.

»Ich bleibe immer in Kontakt«, sagte er. »Egal, wo ich bin. Versprochen.«

Und so war es auch. Er meldete sich von der Universität, aus Internetcafés auf der ganzen Welt, er meldete sich über das Telefon oder sein BlackBerry, von Konzerten, Campingplätzen, Festivals. Oft war es gar nicht so leicht, eine gute Verbindung zu bekommen, aber Charlie hielt sein Versprechen und schickte mir jeden Tag einen Tweet. Das geht ja ganz schnell – hundertvierzig Zeichen oder auf einen Link klicken oder ein Foto senden.

Und auf einmal war ich nicht mehr allein, ich war dort, bei Charlie und seinen Freunden. Ich ging mit ihnen in die Vorlesungen, schaute mir mit ihnen Filme an, hörte ihre Musik. Charlie hielt über Twitter mit ganz verschiedenen Leuten Kontakt. Manche waren auch im echten Leben seine Freunde, andere waren Künstler, denen er noch nie begegnet war, Schauspieler, Sänger, Schriftsteller, Techniker. Diese virtuellen Freunde wurden auch meine Freunde. Ich besuchte ihre Seiten und las ihre Blogs, ich schaute mir Clips von ihren Konzerten an, ich nahm an ihrem Leben teil. Wie durch einen Spiegel beobachtete ich meinen Sohn und all seine Interaktionen. Ich konnte nicht persönlich bei ihm sein, aber ich war bei allem, was er tat, dabei, eine liebevolle Präsenz, ein waches Auge, ein Geist in einer Maschine.

Neuigkeiten erfährt man am schnellsten über Twitter. Genauso blitzschnell werden Herzen gebrochen. Ein kalter Wintermorgen, eine vereiste Straße, ein Lastwagen auf der Gegenfahrbahn, und mein Sohn auf seinem Fahrrad, dem Fahrrad, das ich ihm vor einem Jahr geschenkt habe, zu seinem achtzehnten Geburtstag.

Hundertvierzig Zeichen genügen, um die ganze Welt einstürzen zu lassen. Zuerst erschienen einzelne Nachrichten auf meiner und seiner Timeline – *OMG, stimmt das mit @Llamadude? Gibt's was Neues? Weiß jemand Bescheid? Was ist mit @MTnestgirl?*

Und dann, fast sofort und immer wieder, immer wieder: *Oh, fuck.*

Der Tod sollte stumm sein, sagte ich mir. Der Tod sollte ein schwarzes Loch sein. Aber die Nachricht von Charlies Tod wurde von der morphischen Resonanz bei Twitter angetrieben, von dieser mystischen, mysteriösen Kraft, die Vogelschwärme zusammenhält, so dass diese eine Formation bilden, die sich immer weiter ausdehnt, getragen von halbbewusstem Kreischen.

Vögel gelten ja als die Boten, die eine Verbindung zwischen der hiesigen und der nächsten Welt herstellen. An diesem Morgen waren sie massenhaft unterwegs, die virtuellen Herolde des Todes, sie zwitscherten wie verrückt, völlig hilflos, und ihr Flügelschlag war wie eine Wand aus weißem Rauschen.

Vor Charlies Tod hatte ich nur ein knappes Dutzend Follower. Jetzt folgten mir vollkommen fremde Leute. Hunderte. Was wollten sie von mir? Wollten sie ihr Beileid ausdrücken, oder war es Schadenfreude? Hatten sie vielleicht das Bedürfnis, an einer realen Tragödie teilzunehmen?

Ich sagte mir, es wäre besser, offline zu gehen. Meine Timeline war fast nicht zu ertragen. Die entsetzliche Nachricht von Charlies Tod hatte sich innerhalb von Minuten herumgesprochen. Tausende von Twitter-Nutzern meldeten sich zu Wort. Fremde schickten Beileidsbekundungen, Sänger und Schauspieler, denen mein Sohn gefolgt war, zeigten ihr Mitgefühl. Das war mehr, als ich aushalten konnte, aber trotzdem schaffte ich es nicht, mich auszuloggen.

Ich erinnere mich, wie Charlie mir einmal von Schrödingers Katze erzählt hat, diesem Wesen, das zugleich tot und lebendig zwischen den Wirklichkeiten schwebte. Auf Twitter war Charlie *lebendig*, ich konnte immer noch seine Statusmeldungen lesen – vor knapp einer Stunde hatte er noch begeistert verkündet, dass er demnächst in London eine Aufführung von *Les Misérables* sehen wird. Dass er zum Frühstück ein Sandwich mit Speck gegessen hat, dass er seinen aktuellen Avatar ausgetauscht hat gegen ein Foto, das ich vor vielen Jahren aufgenommen hatte – Charlie mit zwölf, am Meer, wie er breitbeinig auf einer riesigen Sandburg steht, während die heranrollende Brandung ihre weißgekrönten Wellen gegen die Brüstung schleuderte und die Möwen herabsausten.

Gleichzeitig erfüllte ich in der anderen Welt ganz mechanisch meine Pflichten. Aber das Leben erschien mir wie eine Abfolge von sepiagetönten Fotos. Das Notwendige regeln. Die Beerdigung. Männer und Frauen à la Magritte, schwarze Vögel, die um eine Grube im Boden flattern. Ich flüchtete mich wieder zu Twitter, mit einer Mischung aus Angst und Erleichterung – Erleichterung, weil ich diese tote Welt verlassen konnte, Angst, weil ich nicht sehen wollte, wie Charlies letzter Tweet von *vor 24 Stunden* zu immer weiter entfernt liegenden Zeitangaben zurückwich.

Ich überlegte, ob ich seinen Account löschen sollte. Aber dafür hätte ich das Passwort gebraucht. Das galt auch für seine anderen Accounts. Seine Facebook-Seite war immer noch offen, seine Pinnwand gepflastert mit Nachrichten. Sein YouTube-Channel war noch voller Videos, und als ich mich wieder bei Twitter einloggte, sah ich als Erstes eine Empfehlung, bei der unter den Personen, denen ich vielleicht gern folgen würde, *@Llamadude* aufgeführt war.

Noch schlimmer war die Sache mit den E-Mails. Automatisch erstellt, trafen sie in regelmäßigen Abständen bei mir ein: *Ein Account, dem du gefolgt bist (@Llamadude), hat sich seit 14 Tagen nicht mehr gemeldet. Möchtest du wieder Kontakt aufnehmen?*

Zuerst löschte ich diese Nachrichten. Ich versuchte, die ganze Funktion abzustellen. Aber Charlie hatte mir mein Konto eingerichtet, und ich hatte keine Ahnung, wie man irgendetwas ändert.

Möchtest du wieder Kontakt aufnehmen?

Sollte ich vielleicht meinen eigenen Account löschen? Aber Twitter war für mich inzwischen viel mehr als nur ein Mittel, um mit anderen in Verbindung zu bleiben. Bei Twitter fühlte ich mich Charlie ganz nah. Umgeben von seinen virtuellen Freunden. Hier redeten die Leute über ihn, und dann erschien sein Name auf meiner Timeline. Manchmal waren ganze Gespräche mit Charlies Namen markiert, und ich konnte ihn mir vorstellen, wie er zuhörte und sich an dem Austausch beteiligte. Das war ihre Art, ihn am Leben zu erhalten, nehme ich an, so sorgten sie dafür, dass wir immer wieder an ihn dachten.

»Du solltest mehr rausgehen«, sagte meine Mutter. »Es ist nicht gesund, immer herumzusitzen. Und dadurch, dass du stundenlang auf Twitter bist, kommt Charlie auch nicht zurück.«

Ja, klar, Mama. Aber –

Die Ägypter hatten ihre Pyramiden. Zu Königin Victorias Zeiten bauten sich die Menschen ihre Marmordenkmäler. Und Charlie hatte Twitter; ungesund, mag ja sein, aber hier lebte mein Sohn weiter, versteckt, verschlüsselt, weggepackt. Ich fing an, ihn in alles, was ich schrieb, einzuschließen. Meine Kommentare füllten seine Timeline. Der Tag, an dem er zum letzten Mal etwas gepostet hatte, entfernte sich immer mehr. Es gibt Leute, die reden mit den Menschen, die sie geliebt haben, am Grab. Ich redete mit Charlie von meinem Zimmer aus, bei einer Tasse Tee und ein paar Keksen. Ich erzählte ihm, was ich tagsüber gemacht hatte, ich beschrieb den Garten. Ich zitierte Lieder aus Musicals. Ich leitete Posts weiter, von denen ich wusste, dass sie ihm gefallen würden. Langsam, aber sicher bekam ich immer mehr Follower. Bald waren es über zweitausend.

Nur die automatischen E-Mails erinnerten mich an die Existenz der anderen Welt: *Ein Account, dem du gefolgt bist (@Llamadude), hat sich seit 40 Tagen nicht mehr gemeldet. Möchtest du wieder Kontakt aufnehmen?*

Diesmal klickte ich die Option *Ja* an.

Und eines Tages fand ich in meinem Posteingang folgende Nachricht vor:

@Llamadude hat auf deinen Tweet geantwortet.

Das konnte nicht wahr sein. Unmöglich. Irgendein Fehler, dachte ich. Niemand benutzte Charlies Konto. Mein Sohn war in puncto Sicherheit im Netz extrem gewissenhaft gewesen, seine Passwörter hatte er genau durchdacht, damit man sie nicht knacken konnte. Ich meldete mich bei Twitter an und ging blitzschnell meine Mitteilungen durch.

Da! Da war es. Von *@Llamadude*. Das kleine Trigramm aus Satzzeichen – Semikolon, Minus, schließende Klammer. Eins der vielen Zeichen, die von der Online-Community als Emoticons bezeichnet werden. In diesem Fall ein Zwinkern, ein kleines Lächeln, neben dem Avatar meines toten Sohnes.

;-)

Lange starrte ich nur darauf. Auf diese Kombination von Satzzeichen. Natürlich wusste ich vom Verstand her, dass es nicht mein Sohn sein konnte. Aber ein Teil von mir dachte anders. Untersuchungen haben ergeben, dass bei uns Twitter-Usern die Endorphine genauso ansteigen, wenn wir den Avatar eines Freundes sehen, wie wenn wir ihm persönlich begegnen – und das hier war Charlie, der mir zulächelte, irgendwie, von jenseits des Grabes.

Jemand musste das Konto gehackt haben. Entweder das – oder einer von Charlies Freunden hatte sein Passwort herausgefunden. Nervös erwartete ich die Flut von Junkmail, die unvermeidlich folgen würde, wenn sein Konto gehackt worden war. Oder schlimmer, die betrunkenen Quasseleien irgendeines Mitbewohners, der Charlies Identität angenommen hatte. Aber nichts dergleichen geschah. Nur dieses Lächeln.

;-)

Außer mir hatte es anscheinend keiner bemerkt. Die meisten von Charlies Freunden waren inzwischen anderweitig unterwegs. Meine Follower verabschiedeten sich auch einer nach dem anderen und wurden von irgendwelchen Aufständen und Kriegen in Anspruch genommen. Ich erzählte es meiner Mutter, die mir dringend empfahl, eine Trauertherapie zu machen.

Aber in meinem Inneren hatte sich etwas verschoben. Meine Mutter hätte das niemals begriffen. Die Nachricht vom Konto meines Sohnes hatte das Wesen meiner Trauer verändert. Etwas, das ich verloren geglaubt hatte, war wieder aus dem Dunkel aufgetaucht.

Es ist nicht immer leicht, in Kontakt zu bleiben. Das Internet ist ein hochkomplexes System, aber es ist längst nicht vollständig ausgereift. In den entlegeneren Winkeln der Welt kann es immer noch passieren, dass man minutenlang – wenn nicht sogar stundenlang – warten muss, bis eine Verbindung zustande kommt.

Der Gedanke war so absurd, dass ich ihn gar nicht in Worte fassen konnte. Aber wenn ich abends an meinem Schreibtisch saß und auf den Bildschirm starrte, spürte ich den Sog dieser Idee. Charlie hatte versprochen, den Kontakt zu halten. Er hatte nur länger gebraucht, um online zu gehen.

Ein Account, dem du gefolgt bist (@Llamadude), hat sich seit 90 Tagen nicht mehr gemeldet. Möchtest du wieder Kontakt aufnehmen?

Ich wartete auf die Bestätigung. Sie kam nach einer ganzen Weile, in Form eines Links – einer komplizierten Kette von Kodes, die so abgekürzt waren, dass alles in die 140 Twitter-Zeichen passte.

@Llamadude hat dir einen Link geschickt.

Ich klickte auf den Link. Der Bildschirm wurde schwarz. Einen Moment lang dachte ich schon: Es ist ein Virus. Dann erschien die Sanduhr, und ich begriff, dass ich auf ein Foto wartete. Es dauerte ein paar Minuten. Dann konnte ich die Schrift oben auf dem Bildschirm lesen und sah, dass der Link von einer GoogleEarth-Seite stammte. Eine Luftaufnahme. Ich sah ein Haus, Bäume, einen kleinen Fluss –

Das ist ja mein Haus, dachte ich.

Mein Haus, aufgenommen an einem Tag, als das Laub sich gerade zu verfärben begann. Mein Wagen war draußen auf der Straße geparkt. Und am Rand des Rasens lag etwas, das in der Sonne funkelte …

Es war Charlies Rad. Mit dem er an dem Tag, als er starb, unterwegs war. Nun konnte ich haargenau rekonstruieren, wann dieses Foto entstanden war: im September 2009, kurz bevor Charlie aufs College ging. Ein Hubschrauber war über unser Haus geflogen – man sah seinen Schatten auf dem Bild –, und Charlie und ich hatten unter den großen Bäumen gesessen. Wenn man durch das Blätterdach schauen könnte, würde man uns da sitzen sehen, kleine, hoffnungsvolle Gestalten, festgehalten für alle Ewigkeit.

Ich merkte, wie ich anfing zu zittern. Warum hatte er mir dieses Foto geschickt? Ohne Nachricht, sogar ohne Emoticon. Was wollte er mir sagen? Dass nichts für immer verloren sein musste? Dass ich ihn irgendwie erreichen konnte?

Ich blieb die ganze Nacht an meinem Computer sitzen. Ich hatte Angst, dass ich das Bild vielleicht nie wieder finden würde, wenn ich mich ausloggte oder auf eine andere Seite ging. Ich döste ein bisschen in meinem Schreibtischstuhl, aß ein Sandwich, schaute meine Mails an, öffnete ein neues Fenster auf Twitter und stellte fest, dass ich das alles tun konnte, ohne die Verbindung zu Charlie zu verlieren. Ich blieb den ganzen nächsten Tag und die ganze Nacht am Computer und wartete auf Anweisungen. Draußen sausten die Tage und Nächte vorüber, wie am Fenster eines fahrenden Zuges.

Vor ein paar Tagen wollte mich meine Mutter besuchen. Ich hörte, wie sie an die Haustür klopfte, öffnete aber nicht. Ich will meinen Computer nicht unbeaufsichtigt lassen. Nach einer Weile ging sie wieder. Sie probiert immer noch gelegentlich, mich anzurufen, aber ich gehe nicht ans Telefon.

Hundert Tage seit Charlies Tod. Die meisten meiner Follower sind weg. Das ist mir egal, solange ich Charlie habe. Wenn ich von meinem Schreibtisch aufstehe, habe ich oft das Gefühl, ich kippe gleich um. Vielleicht esse ich nicht genug. Ich habe irgendwie überhaupt keinen Appetit. Aber es geht mir sofort besser, wenn ich Charlies Bild betrachte, das Bild von unserem Haus, aus der Vogelperspektive, wie der Blick eines Engels auf einen geliebten Menschen.

Und wenn ich mich konzentriere, glaube ich manchmal, dass sich das Bild verändert. Eine verschwommene Stelle vorne ganz links, ein buntes Leuchten zwischen den Bäumen. Und lag Charlies Rad nicht am Rand des Rasens, während es jetzt an der Mauer lehnt? So war's doch, oder? Ich weiß es noch genau.

Ein Account, dem du gefolgt bist (@Llamadude), hat sich seit 120 Tagen nicht mehr gemeldet. Möchtest du wieder Kontakt aufnehmen?

;-)

Regentage und Montage

Es gibt Menschen, die extrem wetterfühlig sind: unter anderem ich. An sonnigen, hellen Tagen spüre ich eine kreative Energie, an trüben, regnerischen Tagen schaffe ich es nur mit Mühe, einen Satz zu tippen. Gegen diese jahreszeitlich bedingte Lethargie kämpfe ich an, indem ich meinen Arbeitsplatz hell beleuchte und in leuchtenden Farben ausgestalte, aber Regenwetter deprimiert mich trotzdem.

Man würde denken, für den Posten des Regengottes müsse man sich bewerben. Als die himmlischen Aufgaben verteilt wurden, hätte man kurz innehalten können, um sich zu überlegen, was diese Entscheidung für den Betroffenen bedeutete – zum Beispiel, wie es für ihn ist, ständig nassgeregnet zu werden, tagein, tagaus, Winter wie Sommer, morgens und abends. Der Fairness halber sollte man allerdings erwähnen, dass es nicht nur Regen gibt, sondern ganz verschiedene Arten von Niederschlägen: Schnee, Graupel, Sprühregen, Nieselregen, Sturzregen, schottischen Dunst, Londoner Nebel, Aprilregen, Gewitter, Hagel, tropischen Monsun und natürlich den ganz normalen Alltagsregen: leicht, gemäßigt, heftig und unzählige andere Varianten.

Aber irgendjemand musste die Aufgabe übernehmen, und während der letzten fünftausend Jahre oder so war ich auf dieser Erde dafür zuständig.

Selbstverständlich habe ich überall auf dem Planeten

verschiedene Erscheinungsformen oder, wie wir Götter sagen, Aspekte. Im südamerikanischen Regenwald existiere ich immer noch als Chaac, von den Mayas, oder als Tlaloc, von den Azteken, der göttliche Gemahl der Wassergöttin Chalchiuhtlicue mit dem Jaderock; in Teilen Afrikas firmiere ich als Hevioso, der Bewahrer der himmlischen Winde, in Australien als Bara, der Monsun-Gott, der stets mit Mamariga, dem trocknen Wind, im Streit liegt. Ich habe Drachen in China gesehen, *Kami* in Japan. Als Yu Chi, der Herr des Regens, habe ich Huáng Di besiegt, zurzeit des Gelben Kaisers. Ich war Taranis, der Donnerer, Enlil, der Herr der Gerste, Triton, der Besänftiger der Stürme. Ich wurde verehrt, geliebt, angebetet, gesegnet, verflucht, gesucht und angerufen.

Heutzutage tue ich mein Bestes, um trocken zu bleiben.

Es ist nämlich ganz schön schwer, ein Regengott zu sein, wenn man den Zenit überschritten hat. Früher war Regen wichtig, ein Wintergewitter jagte den Menschen Angst und Respekt ein, der Sommerregen gab ihnen Anlass zu feiern. Heutzutage haben die Meteorologen alles im Griff. Heutzutage ziehen die Leute ihren Regenmantel an, klappen den Schirm auf, und unsereiner fragt sich: *Wozu die Mühe?*

Klar, ich hätte mir einen schlechteren Ort aussuchen können, um mich niederzulassen. Manhattan, New York, wo keiner irgendwas wahrnimmt, wo die Gehwege glitschig sind vom Fett der Takeaways und die Elemente nur einen Teil der großen Rund-um-die-Uhr-Lichtershow der Stadt ausmachen. Und trotzdem bemerken sie mich – im Unterbewusstsein spüre ich das –, deprimiert und muffig sind sie, klappen den Mantelkragen hoch, wenn ich mich nähere, blicken besorgt zum Himmel, wenn der durchschnittliche monatliche Niederschlag an einem einzigen Tag gleich doppelt und dreifach herunterkommt.

Seit zwölf Monaten bin ich nun hier. Zweimal so lang, wie ich normalerweise irgendwo bleibe. Aber New York entspricht mir. Ich finde es toll, wie die Neonlichter durch die nassen Fensterscheiben meiner kleinen Zweizimmerwohnung im dritten Stock scheinen. Ich mag den heißen, säuerlichen Geruch des Sommerregens auf den staubigen Gehwegen, die elektrischen Blitze über den hohen Gebäuden, den kristallklaren Pulverschnee.

Mein gegenwärtiger Name ist Arthur Pluviôse. *Klingt irgendwie französisch*, sagt mein Vermieter, leise missbilligend. Ich versichere ihm (und es stimmt), dass ich noch nie in Frankreich war (allerdings habe ich gehört, dass einer meiner Aspekte in Paris lebt, offenbar als Cabaret-Tänzerin, die sich auf nasse T-Shirts spezialisiert und unter dem Künstlernamen Reine Beaux arbeitet). Ich selbst habe keinen konkreten Beruf. Ich lebe immer noch von dem Geld, das ich mir bei meinem letzten Job zusammengespart habe, als Assistent eines Scharlatans, eines angeblichen Regenmachers aus den Südstaaten. Dieser hatte sein ganzes Leben lang frei erfundene Behauptungen aufgestellt, bis er letztes Jahr im Sommer endgültig übergeschnappt ist: Er war in Kansas, in einem winzigen Kaff namens Deuteronomy, und während seines Aufenthalts hat es dort komischerweise ein halbes Jahr lang ununterbrochen geregnet.

Ich erinnere mich mit einer gewissen Nostalgie an Deuteronomy. Es war das letzte der großen Monster-Unwetter – der ganze Mais wurde weggeschwemmt, die Wolken türmten sich am Himmel, der Donner grollte, als würde ein Güterzug über den Himmel rollen. Ein Mensch könnte auf so eine Leistung stolz sein, weil er wirklich etwas bewirkt hätte. Offene Landschaft, und er könnte über die Felder schreiten, als gehörten sie ihm, und nicht umgekehrt.

Aber in der Großstadt ist alles anders. Zuerst habe ich das gar nicht kapiert. New York kam mir einfach nur vor wie ein Wald aus hohen Gebäuden, sozusagen Bäume aus Glas und Beton, dunkel vom Regen. Dazu blinkende Neonschilder über tropfnassen Markisen, Menschen in schwarzen Mänteln, mit gesenkten Köpfen und niedergeschlagenem Blick, und gelegentlich irgendwo ein Schirm, der sich wie ein Windrad dreht, während er munter die Straße entlanggepustet wird. Sehr gut, dachte ich, das kenne ich. London, Moskau, Rom – bei Regen sind alle Großstädte gleich. Die Leute ebenfalls.

Und dann habe ich sie kennengelernt. Das Mädchen. Sie wissen schon, wen ich meine. Ich hatte sie ein paarmal von meinem Fenster aus beobachtet. Man kann sie nicht übersehen: Haare bis zur Taille, Augen wie das Meer, und selbst bei Regenwetter trägt sie ein gelbes Kleid.

Diesmal hatte sie in der Lobby Zuflucht gesucht. In meiner Lobby. Was für ein glücklicher Zufall. Ich war gerade auf dem Weg nach draußen, als ich sie sah. Sie war nass bis auf die Haut und weinte bitterlich. Ich führte sie in mein kahles kleines Zimmer mit den regengrauen Vorhängen und dem wolkengrauen Teppich, gab ihr einen meiner Pullover und machte ihr eine Tasse Tee mit Zitrone.

»Dieser blöde Regen«, sagte sie.

Ich reichte ihr ein Handtuch, damit sie sich die Haare trocken rubbeln konnte. Sie war eine echte Blondine, Haare wie die Sonne, wenn diese hinter einer Gewitterwolke wieder ein Auge aufschlägt. Sie hatte einen ausländischen Namen – schwedisch oder so was –, aber ihre Freunde nannten sie Sunny. Der Saum ihres gelben Kleides war mit kleinen Gänseblümchen bestickt – vielleicht waren es sogar echte Gänseblümchen, ich weiß es nicht –, sie trug grüne Riemchensandalen, und ich verliebte mich sofort in sie, Knall auf Fall, ohne jede Vorwarnung. Wie ein Hagelschauer aus heiterem Himmel.

»Dieser blöde Regen.«

»Ich weiß«, sagte ich. »Sie hätten einen Schirm mitnehmen sollen.«

»Ich habe keinen«, sagte Sunny.

»Bitte, bedienen Sie sich.« Ich öffnete eine Schranktür, um ihr den Inhalt zu zeigen.

Sie schaute hinein, und ihre blauen Augen wurden riesengroß.

Nun ja, ich besitze wirklich sehr viele Regenschirme. Schwarze Schirme mit Teak-Griff, Seidenschirme mit Griffen aus Elfenbein, praktische blaue Schirme, die man zusammenfalten und in der Tasche mitnehmen kann, frivole erdbeerrote Schirme mit hervorquellenden Froschaugen, durchsichtige Schirme, die aussehen wie Quallen, Schirme, auf denen Kunstwerke abgebildet sind (Monets Seerosen, Lowrys kleine Streichholzmännchen, die schönen Frauen von Modigliani mit den dunklen Schlafzimmeraugen), psychedelische englische Golf-Schirme, amerikanische College-Schirme in den entsprechenden College-Farben, elegante französische Schirme mit der Aufschrift *Merde, il pleut!*.

Hingerissen betrachtete sie meine Sammlung. »Ich glaube, Sie haben wirklich eine Schwäche für Schirme«, sagte sie dann und wischte sich die Augen.

»Ich bin ein Sammler«, sagte ich. »Suchen Sie sich ruhig einen aus.«

»Aber ich will Ihre Sammlung nicht kaputt machen.«

»Keine Sorge. Ich würde mich freuen. Bitte, greifen Sie zu«, wiederholte ich. Draußen schüttete es noch heftiger als vorhin. »Ich glaube, es wird ein verregneter Sommer.«

So wählte sie einen aus: einen himmelblauen Schirm mit

einem schlanken goldplattierten Griff und Gänseblümchenmuster. Er passte zu ihr, und das sagte ich ihr auch. Ich spürte, dass mit mir etwas passierte, was ich nicht kannte. Alarmglocken schrillten in meinem Kopf, aber ich hörte sie kaum – wegen der Engelsstimmen, die überall ertönten, wo dieses Mädchen auftauchte.

»Vielen Dank«, flüsterte Sunny, und schon fing sie wieder an zu weinen. Sie schlug die Hände vors Gesicht wie ein kleines Kind, den Schirm an die Brust gepresst. »Entschuldigen Sie«, stammelte sie mit einem leisen Schluchzen. »Es liegt am Regenwetter. Ich halte das nicht aus. So wie in dem Song von den Carpenters, kennen Sie den? *Rainy Days and Mondays?* Es ist so kalt. Und es wird immer so dunkel …« Sie verstummte und schenkte mir ein angestrengtes Lächeln. »Entschuldigen Sie«, sagte sie noch einmal. »Ich weiß, es ist albern, aber ich hasse den Regen. Klingt verrückt, oder?«

Ich musste meinen Stolz hinunterschlucken. Ja, selbst ein Regengott besitzt so etwas wie Stolz, und ich gestehe, dass ich dieses Unwetter eigentlich für eines meiner besten gehalten hatte. »Nein, das klingt überhaupt nicht verrückt«, sagte ich und nahm ihre Hand. »Sie haben wahrscheinlich eine – wie nennt man das noch mal? Eine saisonal-affektive Störung. Stimmt's?«

»Wahrscheinlich.« Sie lächelte wieder, und ihr Lächeln war wie die Morgendämmerung: Vögel sangen, Blumen erblühten, Hasen und Rehe tanzten ausgelassen durch den Frühlingswald. Ach, es hatte mich erwischt. Und wie!

»Schauen Sie raus«, sagte ich. »Es hat aufgehört zu regnen.«

Ich bekam Sodbrennen von dieser Aktion, aber sie lohnte sich, einfach um Sunnys Gesichtsausdruck zu sehen. Ich wackelte mit dem großen Zeh, und die Wolken teilten sich, jedenfalls ein bisschen. Auf einem Weizenfeld in Kansas staunten die Farmarbeiter nicht schlecht, als sie sahen, wie aus einem bis dahin wolkenlosen Himmel plötzlich dicke Schneeflocken fielen.

Über unseren Köpfen schwebte eine einzelne Feder aus Sonnenlicht.

»Da! Ein Regenbogen!«, rief Sunny. »Wer hätte das gedacht.«

Ich hatte einmal einen Aspekt – als Ngalyod, die Regenbogenschlange –, der quer durch die Welten eine Straße zum Königreich der Toten heraufbeschwören konnte. Vorsichtig hob ich den kleinen Finger. In Kinshasa begann die Regenzeit fast drei Monate zu früh. In Manhattan leuchtete der Regenbogen noch heller, ein zweiter Regenbogen erschien, und plötzlich erstrahlte die halbe Stadt in sieben Farben.

»Wow«, murmelte Sunny.

»Es gäbe keinen Regenbogen, wenn es nicht geregnet hätte.«

Sie musterte mich mit ihren wunderschönen Augen. »Wollen wir rausgehen?«

»Klar, wenn Sie möchten.«

Ich nahm einen Schirm, einen braunen, mit einem Muster aus konzentrischen Kreisen, und gemeinsam – sie mit ihrem eigenen Schirm, blau wie der Himmel und voller Gänseblümchen – traten wir hinaus auf die Straße. Die Sonne glitzerte in den blauen Pfützen, durch die Sunny mit ihren Sandalen platschte. Es nieselte immer noch leicht, aber irgendwie klangen die Tropfen sehr munter, wie kleine Hände, die Beifall klatschen. Gewitterwolken zogen auf, weil sie spürten, dass ich mich näherte, aber ich vertrieb sie mit einer möglichst diskreten Handbewegung. In Okinawa in Japan ging über einem Einkaufszentrum ein völlig überraschender Hagelsturm nieder und verursachte einen Materialschaden von vierzehn Millionen Dollar.

Um uns herum tanzten die Regenbogen wie Derwische.

»Das ist ja verrückt!«, rief Sunny lachend. »So was habe ich noch nie gesehen.«

Ich nickte mit einem wissenden Lächeln. Ich glaube, so was hatte kein Mensch in New York je gesehen.

Es muss in jedem Winkel der Welt Aspekte von uns geben. Alte Götter, verlorene Götter, halb vergessene sterbliche Götter, die sich mit Jobs im Cabaret oder im Zirkus durchschlagen, während wir doch früher unsere eigenen Königreiche hatten. Da kann es leicht passieren, dass man sich selbst vergisst und die menschliche Lebensdauer zum allein gültigen Maßstab erklärt. Man zieht regelmäßig um und versucht mit allen Mitteln die Fähigkeiten zu verschleiern, die man vielleicht trotz allem noch besitzt – eine gelegentliche Heilung hier, ein überraschender Blitz göttlicher Eingebung da, Gewitterwolken am blauen Augusthimmel, die sich missmutig über das ausgedörrte Land ergießen.

Ich hätte gern gewusst, ob Sunny ahnte, wer sie wirklich war. Ob sie es vielleicht in ihren Träumen vermutete? Bruchstücke von Aspekten, ausgestreut über eine sich immer weiter ausdehnende Welt. Atum, der aus dem Sonnenei entstand; Theia, die Gattin des Hyperion, Amaterasu in Japan, Tezcatlipoca in Mexiko oder einfach nur Sól, der Strahlende. Die süße Sunny mit ihrem Gänseblümchenschirm unter dem schimmernden Regen.

Eigentlich glaubte ich, dass sie es nicht wusste. Sie war zu sehr ein Geschöpf des Augenblicks. Zu Tode betrübt – und gleich darauf himmelhoch jauchzend. Sie war einmalig, ein echtes Unikat. Ich habe schon viele Gottheiten kennengelernt, Aspekte, Inkarnationen. Bei meinem Job passiert einem das gelegentlich. Aber die meisten sind kaputte, müde Gestalten, die dauernd jammern, den Tagen ihres vergangenen Ruhms nachtrauern und sich darüber beschweren, dass es keine richtigen Tempel mehr gibt und dass auch die Gläubigen nicht mehr so sind wie früher.

Aber Sunny war vollkommen anders. Sogar in New York, wo die Menschen bekanntlich nicht viel mitbekommen, zog sie die Blicke auf sich. Vorübergehende Passanten nahmen sie aus dem Augenwinkel wahr, und die Mienen hellten sich auf, ihre Haltung straffte sich wie von Zauberhand, Verkehrspolizisten mit teigigen Gesichtern entspannten sich irgendwie, wenn Sunny vorbeikam, und ganz oft blieben die Leute stehen und blickten nach oben, rochen den Wind oder lächelten plötzlich, ohne selbst zu wissen, warum.

Und ich? Tja, ehrlich gesagt, es strengte mich fürchterlich an, die Fassade aufrechtzuerhalten. Alles tat mir weh, mein Kopf platzte fast, meine Finger und Zehen verkrampften sich, weil ich die Wolken wegschieben musste. Überall auf der Welt passierten Dinge, die sich meiner Kontrolle entzogen: In Mexiko regnete es Fische, im Londoner Stadtteil Ealing gab es einen Mini-Hurrikan, in einem französischen Dorf an der Baise regnete es in weniger als zehn Minuten zwölf Zentimeter. Und inmitten der Tropfen fielen lebendige Frösche herab. Grüne.

Doch Sunny war glücklich, und nur das zählte. Um sie herum tanzten die Regenbogen, der Regen sang, die Sonne schien, umgeben von violetten Wolken. Es brachte mich fast um, und trotzdem wünschte ich mir, es würde nie aufhören. Ich wünschte mir sehnlichst, Sonne und Regen könnten ewig Hand in Hand durch die hektischen Straßen von Manhattan spazieren.

Sunny war durchnässt, und so kaufte ich ihr Gummistiefel – gelbe, mit kleinen Enten –, damit sie besser durch die Pfützen hüpfen konnte. Und ich kaufte ihr einen blauen Regenmantel mit Knöpfen, die aussahen wie Miniblumen. Im Schutz ihres Gänseblümchenschirms aßen wir ein Eis und redeten. Sie erzählte von ihrer Kindheit im sonnigen Schweden (oder wo auch immer sie ihrer Ansicht nach gelebt hatte), und ich schilderte meine Erlebnisse in Deuteronomy, Kansas. Und die ganze Zeit tanzten die Regenbogen, und die Leute, die uns begegneten, schienen verwirrt, aber gleichzeitig sehr vergnügt. Manche machten eine Bemerkung über das komische Wetter, doch die meisten sagten überhaupt nichts.

Ich hielt es lange aus, sehr lange. Ihretwegen. Aber selbst ich schaffte es nicht ewig. Mein Kopf pulsierte, es juckte mich in den Fingern, weil ich bewirken wollte, dass die Wolken sich von ihrer schlechtesten Seite zeigten. Und das taten sie dann auch – sie verdunkelten die Sonne, die Regenbogen verblassten, und die Tropfen klatschten nicht mehr leise in die Hände, sondern trommelten lautstark auf den Gänseblümchenschirm, und schon verschwand Sunnys Lächeln.

»Arthur, ich glaube, ich muss gehen.«

Ich schaute sie an. Das heißt, im Grunde hatte ich sie die ganze Zeit angeschaut, ohne Pause. »Der blöde Regen, stimmt's?«

»Tut mir leid.«

»Ist völlig okay. Es ist ja nicht deine Schuld.«

»Aber du sollst wissen, dass ich mich wirklich gut amüsiert habe.« Sie lächelte noch einmal kurz, das scheue Lächeln eines Schulmädchens, das sich bei einem Erwachsenen für die nette Party bedankt. Sie drehte sich um, doch dann kam sie blitzschnell noch mal angeschossen und drückte mir einen Kuss auf die Wange. »Können wir das bald wieder machen?«, fragte sie. »Wenn es mal nicht regnet?«

»Ja, klar«, log ich. »Jederzeit.«

Ich wusste natürlich, dass das nicht stimmte. Selbst mit der rosaroten Brille auf der Nase plante ich bereits den nächsten Umzug – ich wollte meine Sachen packen und die Stadt verlassen, vielleicht sogar den Kontinent. Wie sich herausstellte, musste ich gar nicht weit weg. Ich zog aus meiner kleinen Wohnung aus, nicht ohne meine Schirmkollektion, und landete in einem Zimmer in Brooklyn, wo es jetzt seltsamerweise viel häufiger regnet als in Manhattan.

Es war nicht so, dass ich sie nicht wiedersehen wollte – bei Gott, ich wünschte mir nichts sehnlicher –, aber die Sache mit unseren gegensätzlichen Aspekten durfte nicht ignoriert werden, vor allem die Frage, welche Auswirkungen unser Zusammensein auf die Erde haben könnte. Hurrikane, Tornados, Flutwellen – selbst die größten Romantiker wissen, dass eine Liebesgeschichte unmöglich nur aus Regenbogen bestehen kann.

Also ließ ich sie gehen. Ich schaute ihr nach, wie sie die endlose Straße hinunterging, in ihrem gelben Kleid und mit dem Gänseblümchenschirm. Als sie die Ecke erreichte, sah ich, wie ein Sonnenstrahl durch die Wolken brach und genau auf der kleinen, bunten Gestalt landete, die nun für immer aus meinem Leben verschwand.

»Ich liebe dich«, murmelte ich, während ich da im Regen stand und das Wasser mir in kleinen kalten Rinnsalen übers Gesicht lief. Meine Kopfschmerzen waren wie weggeblasen, aber im Herzen spürte ich einen Schmerz, der vorher noch nicht da gewesen war.

Wie gesagt, es wurde ein verregneter Sommer.

Die Baumnymphe

Auf den seltsamsten Wegen kommt die Liebe zu uns. Diese eigenwillige kleine Erzählung ist möglicherweise die einzige Interspezies-Liebesgeschichte, die je geschrieben wurde.

In einer stillen Ecke des Botanischen Gartens steht, zwischen einer Gruppe von alten Bäumen und einer dichten Stechpalmenhecke, eine grüne Eisenbank. Vor dem Grün im Hintergrund sieht man sie kaum, nur selten nimmt jemand auf ihr Platz, denn die Sonne kommt dort nicht hin, und man hat einen sehr begrenzten Blick auf die Wiesen. Auf einer Plakette in der Mitte der Rückenlehne steht *Zur Erinnerung an Josephine Morgan Clarke, 1912–1989*. Ich weiß das so genau, weil ich sie selbst dort angebracht habe. Dabei kannte ich Josephine kaum. Lange hatte ich sie so gut wie gar nicht beachtet, bis sich an einem verregneten Frühlingstag unsere Wege kreuzten und wir fast Freundinnen wurden.

Ich war fünfundzwanzig, schwanger und stand kurz vor der Scheidung. Fünf Jahre vorher war mir mein Leben noch wie eine endlose Reihe offener Türen erschienen, doch nun hörte ich, wie diese Türen ins Schloss fielen, eine nach der anderen: Ehe, Job, Träume. Meine einzige Freude war der Botanische Garten mit seinen moosbewachsenen Pfaden, den verwinkelten Wegen und stillen Alleen, gesäumt von Eichen und Linden. Dieser große Garten wurde mein Zufluchtsort, und wenn David bei der Arbeit war (und er war fast immer bei der Arbeit), ging ich dort spazieren, atmete den Duft des frisch gemähten Rasens und beobachtete das Spiel der Sonnenstrahlen zwischen den Blättern. Es war hier immer verblüffend ruhig. Selten begegnete ich anderen Besuchern, und ich war sehr froh darüber. Eine kleine Ausnahme gab es allerdings: die ältere Dame in dem dunklen Mantel, die immer auf derselben Bank unter den Bäumen saß und zeichnete. Bei Regen brachte sie einen Schirm mit, an sonnigen Tagen einen Hut. Diese Dame war Josephine Clarke, und bis heute – fünfundzwanzig Jahre später und mit zwei Töchtern, die eine verheiratet, die andere noch in der Schule – habe ich sie nicht vergessen und denke oft an die Geschichte, die sie mir erzählt hat, die Geschichte ihrer ersten und einzigen Liebe.

Es war ein unerfreulicher Morgen gewesen. Daniel ging zur Arbeit, nachdem wir gerade noch gestritten hatten (mal wieder). Wortlos trank er seinen Kaffee und verschwand dann im Regen. Ich war müde und fühlte mich unförmig in meinen Schwangerschaftsklamotten, die Küche musste dringend geputzt werden, im Fernsehen gab's nichts Gescheites, und überhaupt kam es mir vor, als hätte die Welt überall vergilbte Ränder, wie die Seiten einer Zeitung, die man immer wieder gelesen hat, bis nichts Neues mehr übrig bleibt. Um die Mittagszeit hatte ich endgültig die Nase voll, und weil es nicht mehr regnete, machte ich mich auf den Weg in den Botanischen Garten. Aber kaum war ich durch das große schmiedeeiserne Tor getreten, da fing es wieder an zu schütten. Ich rannte schnell zum nächsten Baum, um nicht nass zu werden, und auch Mrs Clarke hatte dort Zuflucht gesucht.

Wir saßen nebeneinander auf der Bank. Sie widmete sich stumm ihrem Skizzenblock, während ich in den blöden Regen hinausschaute, ein bisschen befangen, so wie man sich eben fühlt, wenn man durch äußere Umstände gezwungen ist, einem fremden Menschen zu nahe zu kommen. Obwohl ich natürlich wusste, dass es sich nicht gehört, schielte ich auf den Zeichenblock – ganz verstohlen, so wie man in der U-Bahn heimlich bei jemandem die Zeitung mitliest. Die Seite war voller Baum-Studien. Das heißt, eigentlich war es immer nur *ein* Baum, stellte ich fest, als ich näher hinschaute, nämlich der Baum, unter dem wir saßen, eine Buche, deren frische Blätter im Regen zitterten. Die Dame verwendete einen weichen grünen Kreidestift, und mit sicheren, feinen Strichen gelang es ihr meisterhaft, die Struktur der Rinde, die Kraft des hohen, geraden Stammes und die Bewegung der Blätter einzufangen. Als sie merkte, dass ich ihr zuschaute, entschuldigte ich mich schnell.

»Kein Problem«, sagte Mrs Clarke. »Sie können sich gern alles ansehen, wenn Sie wollen.« Und damit reichte sie mir den Block.

Höflich nahm ich ihn entgegen. Eigentlich passte mir das gar nicht – ich wollte allein sein, ich wollte, dass es aufhörte zu regnen, und hatte nicht die geringst Lust, mich mit einer alten Dame über ihre Zeichnungen zu unterhalten. Aber die Skizzen waren wirklich hervorragend. Selbst ich konnte das sehen, obwohl ich wahrlich keine Expertin bin. Sie waren elegant, gut strukturiert, sparsam. Eine ganze Seite hatte sie mit Blättern gefüllt, eine zweite galt der Rinde, eine dritte der Stelle, wo der Zweig aus dem Stamm kommt und die Textur der Rinde anfangs gröber ist, bis sie dann ganz glatt wird und der Zweig mit anmutigem Schwung zum Baldachin aus Laub aufsteigt. Da waren Winterzweige, Sommerlaub, Schösslinge, Wurzeln, Blätter im Wind. Insgesamt bestimmt fünfzig Seiten mit Skizzen, alle wunderschön und alle von demselben Baum.

Als ich aufblickte, merkte ich, dass sie mich fragend musterte. Sie hatte strahlende Augen, hell und braun und wissbegierig. Und auf ihrem lebhaften, schmalen Gesicht erschien ein seltsames Lächeln, als sie ihren Notizblock wieder an sich nahm. »Ein tolles Kunstwerk, was?«, sagte sie.

Ich brauchte einen Augenblick, um zu kapieren, dass sie mit »Kunstwerk« den Baum meinte. »Ich hatte schon immer eine Schwäche für Buchen«, fuhr sie fort. »Schon als kleines Mädchen. Nicht alle Bäume sind so freundlich, manche – vor allem die Eichen und die Kiefern – können Menschen gegenüber sogar ziemlich feindselig sein. Das ist nicht ihre Schuld. Wenn man so lang verfolgt wird wie diese Bäume, hat man das Recht, eine gewisse ethnische Feindseligkeit zu entwickeln, stimmt's?« Sie lächelte mich an, aber ich schaute nervös in den Regen. Sollte ich es wagen, schnell zum Bushäuschen zu rennen? Lieber nicht. Na ja, insgesamt wirkte die Frau eher harmlos, also erwiderte ich ihr Lächeln und nickte, in der Hoffnung, dass sie sich damit zufriedengab.

»Deshalb kann ich so etwas hier nicht leiden«, sagte Mrs Clarke und deutete auf die Bank, auf der wir saßen. »Diese Holzbank unter dem lebendigen Baum – und überhaupt, dass wir schon immer so viele Bäume fällen und verbrennen. Mein Mann war Schreiner. Er hat nie begriffen, was es mit Bäumen auf sich hat. Für ihn ging es nur um das Produkt, Dielen, Möbel und so weiter. Sie spüren doch nichts, hat er immer behauptet. Ich muss schon sagen, wie kann man mit so viel Dummheit zusammenleben?« Sie lachte und fuhr mit den Fingerspitzen zärtlich über den Rand ihres Blocks. »Klar, ich war noch jung. Früher ging ein Mädchen von zu Hause weg, um zu heiraten und Kinder zu bekommen. Das wurde erwartet. Wenn man sich dagegen gesperrt hat, dachte jeder, dass irgendwas nicht stimmt. Und so kam es, dass ich schon mit zweiundzwanzig schwanger und verheiratet war – ausgerechnet mit Stan Clarke. Ich wohnte in einem winzigen Haus in einer Querstraße der Station Road und habe mich immer wieder gefragt: War's das? Kann das wirklich alles gewesen sein?«

An dem Punkt hätte ich mich verabschieden sollen. Aber Mrs Clarke erzählte ja nicht nur ihre eigene Geschichte, sondern auch meine, und in den einsamen Kammern meines Herzens vibrierte ein Echo. Ohne es richtig zu merken, nickte ich wieder zustimmend, und mit ihren leuchtend braunen Augen musterte sie mich voller Mitgefühl und überraschend humorvoll. »Nun, wir alle finden kleine Dinge, die uns trösten«, sagte sie mit einem Schulterzucken. »Stan hatte keine Ahnung, er lebte ganz nach dem Motto: Was ich nicht weiß, macht mich nicht heiß. Aber er hatte ohnehin nicht viel Phantasie. Außerdem hätte niemand, der mich kannte, mir das zugetraut. Ich führte den Haushalt und war fleißig, ich erzog meinen Jungen – und keiner ahnte etwas vom Nachbarn nebenan und den vielen Stunden, die wir gemeinsam verbrachten.«

Sie schaute mich wieder an, und auf ihrem lebendigen Gesicht erschien ein Lächeln, das aus tausend Fältchen bestand. »Ja, ja, ich hatte einen Freund«, sagte sie. »Und er war alles, was ein Mann sein muss. Groß, schweigsam, selbstbewusst, stark. Sexy – und wie! Wenn er nackt war, konnte ich es manchmal kaum ertragen, ihn anzuschauen, so schön war er. Das einzige Problem – er war kein Mann.«

Seufzend strich sie über ihren Zeichenblock. »Eigentlich war er gar nicht männlich«, fuhr sie fort. »Bäume haben kein Geschlecht – jedenfalls nicht im Englischen –, aber sie besitzen eine Identität. Eichen sind maskulin, mit ihren tiefen Wurzeln und ihrem mürrischen Wesen. Birken sind kapriziös und weiblich, und das Gleiche trifft auch auf

Weißdorn und auf Kirschbäume zu. Aber mein Freund war eine Buche, eine Rotbuche, das heißt, im Herbst verwandelte er sich in eine Art Rotschopf, während er im Frühjahr verblüffende Nuancen von Violett und Grün aufwies. Seine Haut war blass und glatt. Seine Gliedmaßen erinnerten an die eines Tänzers, sein Körper war aufrecht, schlank und athletisch. Bei trübem Wetter wurde er trist, aber bei Sonnenschein leuchtete er wie ein Tiffany-Lampenschirm, bronzefarben und rosé mit Sonnentupfern, und wenn man unter seinen Zweigen stand, konnte man im Rauschen der Blätter den Ozean hören. Der Baum stand ganz hinten in unserem Minigarten. Er war das Letzte, was ich sah, wenn ich schlafen ging, und das Erste, wenn ich morgens aufwachte. Und an manchen Tagen, das schwöre ich, stand ich am Morgen nur auf, weil ich wusste, dass er da war und auf mich wartete, stolz, eine klare Gestalt vor dem leeren Himmel.

Mit jedem Jahr verstand ich ihn besser. Bäume leben langsam. Und lange. Ein Jahr war für ihn wie ein Tag, und ich lernte Geduld, ich lernte, Gespräche über Monate hinweg zu führen und nicht über Minuten, über Jahre eher als über Tage. Ich konnte schon immer gut zeichnen – Stan fand natürlich, das sei reine Zeitverschwendung –, und nun zeichnete ich die Buche (oder den BAUM, wie ich ihn nun nannte), ich zeichnete diesen BAUM immer wieder, im Winter und im Sommer. Jedes Detail war mir wichtig, so wie das bei Liebenden ist. Mit der Zeit war ich richtig besessen von ihm, von seiner Form, seiner berauschenden Schönheit, von der komplexen Sprache der Blätter und Schösslinge. Im Sommer redete er durch seine Zweige mit mir, im Winter vertraute ich seinen schlafenden Wurzeln leise flüsternd meine Geheimnisse an.

Wissen Sie, Bäume sind die beruhigendsten und kontemplativsten aller Lebewesen. Wir Menschen sind ja auch nicht dafür geschaffen, in diesem hektischen Tempo zu leben und ewig hinter etwas her zu rennen, wie Laborratten, die durch die Labyrinthe huschen, dem Unvermeidlichen entgegen. Und unterwegs versuchen wir, ein paar bittere Leckerbissen zu ergattern. Bäume sind anders. Wenn ich bei den Bäumen bin, merke ich, wie mein Atem langsamer wird, ich fühle meinen Herzschlag und merke, dass die Welt um mich herum sich in Harmonie bewegt. Ich spüre Ozeane, die ich noch nie gesehen habe und niemals sehen werde. Der BAUM war nie nervös. Nie wütend, nie zu beschäftigt, um zuzuhören und etwas anzuschauen. Andere mögen kleinlich, hinterhältig, grausam oder unfair sein – aber nicht der BAUM. Er war immer da, immer ganz er selbst. Und während die Jahre vergingen und ich immer abhängiger wurde von der heiteren Ruhe und Gelassenheit, die seine Gegenwart mir schenkte, ekelte ich mich zunehmend vor den verschwitzten rosaroten Laborratten mit ihren unsympathischen Umgangsformen, und langsam, aber sicher fühlte ich mich nur noch zu Bäumen hingezogen.

Trotzdem dauerte es eine ganze Weile, bis ich die Tiefe meiner Gefühle begriff. Damals war es ja schon schwer genug, zuzugeben, dass man einen Schwarzen liebte, oder noch schlimmer, eine Frau –, aber meine Variante der Liebe tauchte noch nicht einmal in der Bibel auf, was mir das Gefühl gab, ich könnte womöglich der einzige Mensch mit dieser speziellen Neigung sein und das fünfte Buch Moses hätte bei seiner Wiederholung der Zehn Gebote die Möglichkeit einer artübergreifenden Liebesbeziehung zwischen einer Frau und einem Baum schlicht übersehen.

Deshalb habe ich mir über zehn Jahre lang eingeredet, dass es gar keine Liebe sei. Aber im Lauf der Zeit wuchs meine Besessenheit immer mehr. Ich verbrachte den größten Teil des Tages draußen im Freien und zeichnete. Daniel, mein Sohn, machte seine ersten Schritte im Schatten des BAUMS, und in warmen Sommernächten schlich ich mich, barfuß und im Nachthemd, hinaus ins Freie, während Stan oben im Schlafzimmer schnarchte, als wolle er die Toten auferwecken. Zärtlich schlang ich die Arme um den harten, lebendigen Körper meines Liebsten, und unter den wandernden Sternen drückte ich mich an ihn.

Es war gar nicht immer leicht, die Sache geheim zu halten. Stan hatte, wie gesagt, nur sehr wenig Phantasie, aber misstrauisch war er trotzdem, und er muss gespürt haben, dass er irgendwie betrogen wurde. Dass ich zeichnete, hatte ihm sowieso noch nie gepasst, und jetzt nervte ihn mein kleines Hobby regelrecht, als würde er in meinen Baumskizzen etwas entdecken, was ihm nicht gefiel. Die Jahre hatten Stan nicht unbedingt gutgetan. Als wir uns kennenlernten, war er ein schüchterner junger Mann gewesen, nicht besonders intelligent und im Umgang ziemlich unbeholfen, wie das bei Leuten, die am liebsten mit den Händen arbeiten, manchmal vorkommt. Nun war er griesgrämig und früh gealtert. Nur in seiner Werkstatt wurde er richtig lebendig. Er war ein ausgezeichneter Handwerker, sehr geschickt und großzügig mit seinen Materialien, aber meine Jahre mit dem BAUM hatten meine Sichtweise der Schreinerei verändert, und ich reagierte auf Stans Geschenke – Obstschalen aus Holz, Couchtische, kleine Schränkchen – mit versteckter Ungeduld und wachsendem Widerwillen.

Doch es kam noch schlimmer. Stanley begann davon zu reden, dass er gern umziehen würde, in eine hübsche Doppelhaushälfte, mit einem richtigen Garten, nicht nur einem großen alten Baum und einem Fleckchen Rasen.

Wir konnten es uns leisten, Daniel hätte dann die Möglichkeit, draußen zu spielen, und obwohl ich immer nur den Kopf schüttelte und mich weigerte, darüber zu sprechen, tauchten schon bald die ersten Kataloge bei uns auf, lautlos, wie Krokusse im Frühling, und in diesen Katalogen wurden Schlafzimmer mit eigenem Bad, Kaminecken, angebaute Garagen und Gaszentralheizungen angepriesen. Ich musste gestehen, dass das alles sehr verlockend klang. Aber für mich war es einfach unvorstellbar, den BAUM zu verlassen. Ich war inzwischen regelrecht abhängig von ihm. Ich kannte ihn, und irgendwie glaubte ich, dass auch er mich kannte und brauchte und dass er mich auf eine Art, die bei seiner stolzen, alten Spezies bisher unbekannt war, gernhatte.

Vielleicht hat meine Unruhe mich verraten. Vielleicht habe ich Stan unterschätzt, weil er immer so praktisch war und immer so laut schnarchte, wenn ich spät noch in den Garten huschte. Ich weiß nur so viel: Eines Nachts, als ich zurückkam, beglückt von der Dunkelheit, den Sternen und dem Wind in den Zweigen, meine Haare zerzaust und an meinen Füßen Spuren von grünem Moos, da wartete er auf mich.

›Du hast einen anderen, stimmt's?‹

Ich versuchte gar nicht, es zu leugnen. Ja, es war fast eine Erleichterung für mich, endlich alles zuzugeben, auch mir selbst gegenüber. Für unsere Generation galt es als Schande, sich scheiden zu lassen, es bedeutete, dass man gescheitert war. Ich wusste, was mir bevorstand: ein Prozess, Stanley würde auf seinem Recht beharren, Daniel würde in die unangenehme Auseinandersetzung hineingezogen werden, und alle unsere Freunde würden für Stanley Partei ergreifen und wilde Vermutungen über meinen mysteriösen Liebhaber anstellen. Aber ich war bereit, mich der Realität zu stellen, sie zu akzeptieren, und in meinem Herzen sang ein Vogel, so laut, dass ich nur lachen konnte.

›Stimmt's, oder hab ich recht?‹ Stanleys Gesicht sah aus wie ein schrumpeliger Apfel, aus dem wie zwei Stecknadelköpfe seine Augen hervortraten. ›Wer ist es?‹

›Das wirst du nie erfahren.‹

Den Rest der Nacht verbrachte ich, in eine Wolldecke gehüllt, unter dem BAUM. Es war windig, aber nicht kalt, und als ich aufwachte, hatte der Wind aufgehört, und ich lag unter lauter wunderschönen violett-grünen Blättern. Ich ging ins Haus – und stellte fest, dass Stan fort war. Sein ganzes Werkzeug hatte er mitgenommen, ebenso einen Koffer mit Kleidung. Am Ende der Woche folgte ihm Daniel. Ein zwölfjähriger Junge braucht seinen Vater, und außerdem war Daniel schon immer eher Stanleys Sohn gewesen als meiner. Trotz allem war ich glücklich. Ich hatte nie Besuch, aber ich war nicht einsam, sondern empfand ein seltsames Freiheitsgefühl. Ohne Stan und Daniel waren meine Sinne viel wacher als vorher, und ich verbrachte den größten Teil meiner Zeit unter dem BAUM, horchte auf die Bewegung in der Erde, hörte zu, wie das Gras wuchs und die bedächtigen Wurzeln sich, Zentimeter um Zentimeter, in dem dunklen Boden ausdehnten.

Es schien mir, als würde ich alles zum ersten Mal sehen: die Vögel hoch oben in den Zweigen, die Insekten, die sich unter der Rinde ihre Tunnel gruben, das Wasser, das eine halbe Meile unter der Erde lag. Ich schlief immer im Freien. Ich vergaß zu essen. Ich hörte sogar auf zu zeichnen. Tag und Nacht lag ich unter dem königlichen Blätterdach des BAUMES, und es gab Momente, da war ich überzeugt, dass ich Wurzeln schlagen und sanft und selig in der Erde versinken konnte, ohne eine Spur zu hinterlassen. Was für ein beglückendes Gefühl! Die Zeit verlor jede Bedeutung. Ich vergaß die Sprache der Eile, ich vergaß alle Formen menschlicher Kommunikation. Zweimal rief eine Nachbarin mir über den Zaun etwas zu, aber ihre Stimme war schrill und unschön, also ignorierte ich sie. Es regnete, aber ich fror nicht, sondern wandte mein Gesicht dem Regen zu und ließ die Tropfen in meinen offenen Mund rinnen. Mehr Nahrung brauchte ich nicht. Die Tage vergingen, und ich begriff, dass ich endlich mit ihm zusammen sein würde, wir waren wie die beiden Liebenden in dem alten Mythos – Philemon und Baucis hießen sie, glaube ich –, die sich in Bäume verwandelten, damit sie sich nie mehr voneinander trennen mussten. Ich war sehr glücklich, ich zog die Erde über mich wie eine Decke und grub meine Finger in den Boden. Bald würde es so weit sein, das wusste ich, meine Gliedmaßen hatten bereits Wurzeln geschlagen, ich konnte sie nicht mehr bewegen, selbst wenn ich es wollte. Die Rufe von der anderen Seite des Zauns wurden immer leiser, ich hörte sie kaum noch. Ich presste mein Gesicht in die Erde wie ein schläfriges Kind, das sich in sein Kopfkissen kuschelt. Und um mich herum nur die Geräusche des BAUMS, die mich tröstlich und liebevoll riefen.

Aber irgendetwas lief schief, etwas störte uns, wir spürten es in unseren Wurzeln. Eine gellende Stimme, so hoch, dass wir sie gar nicht verstanden, eine Bewegung, die für uns viel zu hektisch war. Die Ratten waren wieder da, die widerlichen rosaroten Ratten, sie rannten um uns herum, quiekten und nagten, kratzten und scharrten. Ich wollte protestieren, aber ich hatte meine Stimme verloren. Ich wurde entwurzelt, die Rattengesichter erschienen über mir, und als aus *wir* wieder *ich* wurde, hörte ich ihre Stimmen – und auch die Stimme des Buchenbaums, die zum ersten Mal laut wurde, vor Kummer und Schmerz –, und diese Geräusche übertönten den Klang der Welt da unten.

Ach, du liebe Güte, meine

Ruf den Krankenwagen, sie ist

Oh, meine liebe

Ich erwachte in einem Bett mit blütenweißen Laken und begriff, dass die Zeit nun wieder eine Rolle spielte. Stan, so sagte man mir, hatte vierzehn Nächte an meinem Bett gewacht, alle Krankenschwestern lobten seine aufopferungsvolle Treue. Es sei wirklich knapp gewesen, sagten sie, ich hätte Glück gehabt. Eine Lungenentzündung, unterernährt und dehydriert, noch ein paar Stunden, und man hätte mich nicht mehr retten können. Stan, sagten sie, sei vorbeigekommen, gerade noch rechtzeitig, und als ich versuchte, ihn nicht zu hören, so wie früher, stellte sich heraus, dass ich diese Fähigkeit verloren hatte.

›Es tut mir so leid, Schatz‹, sagte er. ›Ich hätte die Signale erkennen sollen.‹ Offenbar passte alles zusammen: das neurotische Verhalten, die sexuelle Abwehr, der Wunsch nach Einsamkeit, die zwanghaften Baumzeichnungen. Ein Zusammenbruch, mehr nicht. Bald werde es mir bessergehen, versprach er, denn der gute alte Stan werde für mich sorgen. Der dumme Streit sei längst vergessen, es habe ja nie einen anderen gegeben. Bestimmt würde ich in null Komma nichts wieder kerngesund. Außerdem gebe es tolle Neuigkeiten: Er habe einen Käufer für das Haus gefunden. Ganz unkompliziert, und demnächst würden wir in der kleinen Doppelhaushälfte wohnen, so wie wir es uns immer gewünscht hätten, mit einem hübschen Garten und ohne diese nervigen Bäume.

Ich wollte etwas sagen, brachte aber kein Wort heraus. Stan nahm meine Hand und ließ sie nicht mehr los.

›Keine Sorge, Schatz, es ist alles geregelt. Die Käufer sind sehr nette Leute, sie werden sich gut um das Haus kümmern. Nur der riesige alte Baum muss natürlich weg.‹

Meine Lippen fingen an, sich zu bewegen.

›Ja, natürlich, Schatz. Er kann da nicht bleiben, weil er ja das ganze Licht wegnimmt. Und ich möchte nicht riskieren, dass der Verkauf doch noch platzt. Am besten ruhst du dich jetzt ein bisschen aus und schläfst. Ich kümmere mich um alles.‹

Ich bin nie zu dem Haus zurückgegangen. Das hätte ich nicht ertragen, glaube ich. Dafür wusste ich einfach zu viel. Und die kleine Doppelhaushälfte habe ich auch nie gesehen. Sobald es ging, zog ich in eine Mietwohnung in der Nähe des Botanischen Gartens. Stan ließ jedoch nicht locker. Fast ein Jahr lang besuchten er und Daniel mich jeden Sonntag. Aber es gab nichts zu sagen. Man hatte mir das Leben gerettet, aber den besten Teil meines Ichs hatte ich unter dem BAUM gelassen. Ich konnte unmöglich in mein altes Leben zurückkehren, selbst wenn ich es gewollt hätte. Eines Tages, fast ein Jahr nachdem ich aus dem Krankenhaus entlassen worden war, brachte Stan mir ein Geschenk, in Krepppapier gewickelt. ›Pack's aus‹, ermunterte er mich. ›Hab ich für dich gemacht.‹

Es war eine Holzschüssel, mit einem Durchmesser von gut sechzig Zentimetern. Andeutungsweise herzförmig und perfekt aus dem Querschnitt eines Baumstamms gemacht, so dass man wunderbar die konzentrischen Kreise sehen konnte.

›Ich habe gedacht, du möchtest das vielleicht gern als Erinnerung‹, sagte Stan. ›Weil du den Baum so gernhattest und überhaupt.‹

Wortlos strich ich über den Rand der Schüssel. Er war glatt, kühl und makellos poliert. Mit der Fingerspitze tastete ich nach dem Herzen des Baums. Vielleicht war es ja nur Einbildung, aber eine Sekunde lang glaubte ich eine Reaktion zu spüren, ein leichtes Beben, als hätte ich einen sterbenden Nerv getroffen.

›Sie ist sehr schön, die Schüssel‹, sagte ich. Und ich meinte es ehrlich.

›Vielen Dank, Schatz‹, murmelte Stan.«

Diese Schüssel steht nun auf meinem Esstisch. Mrs Clarke hat sie mir hinterlassen, zusammen mit ihren Zeichenblöcken und ihren Baumstudien. Sie hatte sonst niemanden, die gute Frau. Stan war schon zehn Jahre vor ihr gestorben, und sie hat dann in einem Seniorenheim gelebt. Es hieß *The Willows*. Ich habe mich bemüht, Daniel zu finden, aber es gab keine Kontaktadresse. Die Leiterin von *The Willows* meint, dass er in Neuseeland lebt, aber niemand weiß Genaueres.

In einer ruhigen Ecke des Botanischen Gartens, zwischen einer Gruppe alter Bäume und einer breiten Stechpalmenhecke, steht eine kleine grüne Metallbank. Fast unsichtbar vor dem Grün des Hintergrunds. Nur selten setzt sich jemand außer mir hier hin. Die Leute sind alle viel zu sehr mit ihren Sorgen und Plänen beschäftigt, um eine Pause zu machen und ein bisschen zu plaudern. Aber ich brauche sie nicht mehr. Ich habe ja die Bäume.

Harry Stone und die 24-Stunden-Elvis-Kirche

Manchmal schenkt mir jemand eine Geschichte, ohne es zu merken. Diese hier stammt von einem T-Shirt, das mir ein amerikanischer Fan geschickt hat, mit der Aufschrift: Die 24-Stunden-Elvis-Kirche. *Offenbar gibt es diese Kirche tatsächlich, samt vielen gläubigen Anhängern. Ich glaube, heutzutage suchen wir unsere Religion, wo wir sie finden können. Ich habe die Elvis-Kirche in eine kleine Stadt in Yorkshire versetzt und die Gemeinde auf ein einziges Mitglied reduziert. Aber das Prinzip bleibt das gleiche.*

Was hätte Elvis getan?

Diese Frage hat mir in schwierigen Situationen, bei komplizierten Entscheidungen oder moralischen Konflikten schon oft weitergeholfen. Zum Beispiel in einem überfüllten Zug: Viele Leute müssen stehen, eine Frau steigt ein, vielleicht schwanger, vielleicht auch nicht, schwer zu sagen unter den vielen Klamotten, eingequetscht zwischen einem Jugendlichen mit einer Burberry-Baseballkappe und einer alten Dame mit mehreren Plastiktüten von Tesco. Ich meinerseits habe meinen Gitarrenkasten dabei und bin noch total kaputt von dem Auftritt gestern Abend im Lord Nelson. Ich frage mich: *Was hätte Elvis getan?*

Na ja, abgesehen davon, dass er nicht mit dem Zug nach Huddersfield gefahren wäre, ist die Antwort ziemlich klar. Also stehe ich auf, keine Frage, mit einem Lächeln und einer charmanten Geste (nur ein kleines bisschen beeinträchtigt dadurch, dass der Gitarrenkasten gegen die Haltestange knallt). Der Jugendliche hinter mir kichert, die alte Dame mit den Plastiktüten wirft mir einen tadelnden Blick zu, als hätte ich den Platz eigentlich ihr anbieten sollen, und die möglicherweise schwangere Frau lässt sich ohne ein Wort des Dankes auf den freien Platz plumpsen und reißt eine Tüte mit Chips auf, die nach Räucherspeck riechen. Blöde Kuh.

Eine halbe Stunde später erzählte ich das alles Lil, in der Cape-Cod-Frittenbude. Fischbrötchen-Lil ist mein größter Fan (und meine Agentin), sie sieht alles, weiß alles, was passiert, von Malbry bis zum Dorf hier. Für meine Art von Job ist das ein Riesenbonus.

»Wie schade, Schatz. Ich mach dir noch ein bisschen was zu essen, einverstanden?«

Elvis hätte ja gesagt – aber ich entschied mich anders. »Lieber nicht. In meiner Branche muss man fit sein, Lil.«

Lil nickte. Sie ist ziemlich groß und kräftig, mit einem glatten, gepuderten Gesicht und langen braunen Haaren. Vier Tage in der Woche arbeitet sie hier, und donnerstagabends liest sie Tarot-Karten im Pub, unter dem Namen Lady Lilith. Das heißt, sie versteht was vom Showbusiness, was ein großer Vorteil ist, denn – das muss man ja mal sagen – die meisten Leute haben null Ahnung, wie anstrengend und anspruchsvoll es ist, ein Elvis-Darsteller der Spitzenklasse zu sein.

»Guter Gig gestern?«

»Optimal.« Na ja, eigentlich war der Abend ein bisschen holperig verlaufen. Irgendwie kommen neue Leute ins Lord Nelson, und man merkt, dass sie nicht an Qualität gewöhnt sind. Einer der Zuhörer – ein großer, dünner Typ, der in seinem zerrissenen T-Shirt eine gewisse Ähnlichkeit mit Bruce Springsteen hatte – schrie die ganze Zeit: *Steh auf!* Und machte Bemerkungen wie: *Der Kerl ist doch nur 'ne halbe Portion! Heißt das, wir kriegen unser halbes Geld zurück?* Ich ging auf Bernie los (er ist der Ansager und hat den Bühnennamen Mike Stand), weil er mich in seiner Einführung nicht genug angepriesen hatte. Ich weiß ja, dass ich eher klein bin, sagte ich zu ihm, aber der King selbst war auch nicht besonders groß, das wurde nur durch die Kamera ausgeglichen, und außerdem ist alles eine Frage der Haltung. Woraufhin Mike sagte, er sei sich verdammt sicher, dass Elvis nie mitten in einer Nummer von der Bühne gesprungen sei, um einen Zuhörer im Publikum anzugreifen, weil der *Ich nehm nur 'ne halbe Portion* gerufen hatte.

Stimmt. Ich habe überreagiert. Aber man sollte eigentlich annehmen, dass es was zählt, wenn man ein halbes Jahr lang ohne irgendwelche Zwischenfälle aufgetreten ist.

»Ehrlich gesagt, Lily«, sagte ich und kippte Essig über meine Fritten. »Ich überlege, ob's nicht an der Zeit ist, weiterzuziehen. Es gibt ja noch andere Pubs als das Lord Nelson, oder? Zum Beispiel The Rat.«

So nannten wir das Ratcliff Arms, den wildesten Pub in Malbry. Vor vielen Jahren hatte ich dort schon mal gespielt. Da gab's fünfzig Pfund am Abend, aber das Geld war so was wie eine Gefahrenzulage.

Lily machte ein erschrockenes Gesicht. »Er hat dich doch nicht rausgeworfen, oder?«

»Natürlich nicht.« Ich warf ihr einen »Jailhouse Rock«-Blick zu, über den hochgeklappten Kragen hinweg. »Ich will nur was, das ein bisschen näher ist.« Ich senkte die Stimme. »Aus beruflichen Gründen.«

Sie riss die Augen auf. »Heißt das, du ...?«

»O-oh.«

Lily ist klug genug, um es in der Imbissbude nicht laut auszusprechen, weil hier ein Kommen und Gehen herrscht, aber sie ist der einzige Mensch (außer meinen Klienten, versteht sich), der um mein Geheimnis weiß. Tagsüber (und mittwochabends) kennt mich ganz Huddersfield als Jim Santana, Elvis-Darsteller der Spitzenklasse (Pubs, Hochzeiten und private Feste), aber nachts gehe ich als Harry Stone auf die Pirsch und streife durch die Straßen der Stadt, ein einsamer Ermittler und Privatdetektiv, der Schrecken aller Kriminellen und mutterseelenallein auf einem Kreuzzug gegen das Verbrechen in all seinen Erscheinungsformen. Wenn Sie ein Problem haben – und mich finden können (versuchen Sie es im Branchenverzeichnis oder an dem kleinen Anschlagbrett im Postamt von Malbry) –, dann löse ich es für Sie. Erinnern Sie sich noch an den Betrug bei *Raj Fruit & Vegetable*? Den habe ich aufgedeckt. Mr Raj dachte, er kommt damit durch, dass er im Großhandel Rosinen kauft, für fünfzig Pence das Pfund, diese einweicht, neu verpackt und sie schließlich als »Jumbo-Rosinen – essfertig« verkauft, in kleinen Körbchen für eins zwanzig.

Aber Mr Raj hatte nicht mit Harry Stone gerechnet. Ich meldete ihn beim Eichamt, dem Büro für Maß und Gewicht, das ihm postwendend einen bitterbösen Brief schickte. Geregelt. Diesen Beschiss wird er so schnell nicht noch mal versuchen, das kann ich Ihnen versichern.

Dann war da Darren Bray, von Brays Holzlager, mit diesem Lieferwagen, der mit einer abgelaufenen Zulassungsplakette an der Straße parkte. Und ein gewisser John Whitehouse, der für seinen toten Vater die Sozialhilfe kassierte, während seine Mutter die Garage ausbaute, ohne das Bauamt zu informieren. Und Mrs Rawlinson in der Snackbar unten bei der Methodistenkirche, die ihre Käse-Gürkchen-Sandwiches mit *Für Vegetarier geeignet* markierte, obwohl sie genau wusste, dass weder der Käse noch die Margarine von den zuständigen Behörden genehmigt worden war. Das war ein typischer Werbungsschwindel, und ich verbrachte eine Woche damit, dort herumzusitzen und Mrs Rawlinsons Milchtee zu trinken, während ich mit meiner digitalen Minikamera auf Lieferungen wartete. Aber letzten Endes habe ich es geschafft. Ich schaffe es immer. Für die Gemeinde. Für mich selbst. Und für Elvis.

Leider muss ich sagen, dass die Bezahlung nicht immer besonders gut ist. Mein Einkommen stammt größtenteils von meinen Auftritten, aber jeder gute Schnüffler braucht eine Tarnung, und meine ist phantastisch. Bei meiner Arbeit komme ich herum, ich lerne Leute kennen und habe so meine Informanten.

Zum Beispiel Lily. Fast alle nennen sie Fischbrötchen-Lil (und, wie gesagt, Lady Lilith, donnerstagabends und nach Vereinbarung). Sie warf einen raschen Blick über die Schulter, um zu prüfen, ob uns jemand hören konnte. Dann fragte sie: »Wer ist es?«

»Brendan Mackie. Fußballtrainer bei den Malbry Miners.«

Lil überlegte. »Ziemlicher Koloss. Tendenziell jähzornig. Hat nichts gegen einen guten Schluck. Er bestellt sich immer Schellfisch, Fritten, zwei Muscheln, Würstchen im Schlafrock – macht jedes Mal den gleichen Witz über die Würstchen (*Könnten größer sein, Schätzchen, aber andererseits müssen sie ja auch hohen Erwartungen gerecht werden*). Manchmal kommt seine Frau mit. Gail heißt sie. Blonde Strähnchen, dauergebräunt, ein bisschen nuttig, ihr Bruder arbeitet beim B&Q, Cola light, will nie Backteig mit ihrem Fisch.«

»Perfekt.« Wie gesagt – Lil ist klasse. Ich blickte mich um, aber die Bude war leer, und draußen sah ich auch nur Mr Menezies, der bei der Bushaltestelle stand und seine

Pommes aß. Sein Hörgerät stellt er immer ab, um die Batterie zu schonen. »Ganz unter uns, Lil, *sie* ist das Zielobjekt.«

»Wer? Gail?«

Ich nickte. »Ich hab mich neulich abends mit Brendan unterhalten. Ein Gig im Golden Cock, nach einem Fußballspiel. Wir sind ins Reden gekommen, wie das halt so ist. Er denkt, sie geht eventuell fremd.«

»Hat er dich angeheuert?«

»Mhm.« Na ja, nicht so ganz. Wörtlich hatte Brendan gesagt: *Ich würde viel dafür geben zu wissen, was sie so anstellt, wenn ich auf dem Platz bin*. Aber ein Detektiv muss zwischen den Zeilen lesen können, wenn er seine Tarnung nicht aufgeben will. Vermutlich konnte ich einen Zehner pro Tag von ihm verlangen, plus Spesen, falls ich mit einem Ergebnis ankam. Nicht gerade üppig, ich weiß. Aber ich wollte mich endlich mal mit einem echten Verbrechen auseinandersetzen, nicht nur mit einem Ehedrama. Und wenn Brendan Mackie tatsächlich erfuhr, dass seine Frau ihn betrog, dann war ich als Erster da, um den Mord aufzuklären.

Brendan Mackie. Lily hatte recht. Ich brachte es auf ziemlich genau 165 Zentimeter, wenn man Haartolle und Cowboystiefel mitrechnet, und dieser Mann überragte mich, selbst wenn er saß und ich stand. Aber mein Auftritt gefiel ihm. Er sagte, so herzhaft habe er nicht mehr gelacht, seit die Oma ihre Titten in die Mangel geklemmt hätte, und zahlte mir einen Drink.

»Und – macht sie Spaß, diese Elvis-Nummer?«

»Mhm.«

»Lohnt sich's?«

»Geht so.« Ich spürte von Anfang an, dass er die Feinheiten nicht verstehen würde: die Kostüme, die Beleuchtung, den Glamour, die Freiheit, das spannende Leben unterwegs.

»Ist Jim Santana eigentlich dein richtiger Name oder so was wie ein Pseudonym?«

»Es ist mein richtiger Name«, sagte ich. »Ich habe ihn 1977 urkundlich geändert.«

»Sehr gut.« Er trank einen Schluck von seinem Lager, ich trank einen Schluck von meinem Rum mit Cola. »Ich würde denken, das muss alles echt sein, also, für so einen Auftritt. Wie die Transen, die man in Amsterdam findet. Rund um die Uhr, stimmt's? Was ich sagen will – niemand würde das ernst nehmen, wenn man den Tag über ein total normaler Typ ist und abends dann Elvis.«

»Mhm.«

»Das ist echt der Wahnsinn.«

Wir unterhielten uns noch eine Weile. Ich war halb durch mit meinen Nummern, zwei Kostümwechsel abgehakt, zwei noch zu machen. Ich singe die ganzen Hits: »Love Me Tender«, »Jailhouse Rock«, »King of the Road«. Die Leute finden das toll, vor allem die älteren Semester. Es erinnert sie an die Zeiten, als sie noch wild und rebellisch waren. Heute hat man ja kaum noch etwas, wogegen man rebellieren könnte. Alles war schon da. Es gibt nichts Neues unter der Sonne, und egal, wie hell sie alle strahlen – die Kurt Cobains und Jim Morrisons dieser Welt –, am Schluss landen sie unvermeidlich in einem miesen Hotelzimmer, zugedröhnt und einsam. Alle, außer Elvis.

In meinem Wohnzimmer habe ich einen Altar für ihn, muss man wissen, mit Fotos und Plattenhüllen und Figuren. Lily sagt immer, das ist meine 24-Stunden-Elvis-Kirche. Ich halte ihn ja nicht für einen Gott oder so was, aber er ist meine Inspiration. Mein Idol. Meine Muse.

Ich versuchte, das Brendan Mackie zu erklären, merkte aber, so ganz begriff er das nicht. Im Grunde war es reine Zeitverschwendung. Je mehr er trank, desto mehr wollte er über seine Frau reden. Also ließ ich ihn quasseln, und nach und nach offenbarte sich der Fall.

Da ist zuerst die Verdächtige. Gail Mackie. Zweiunddreißig. Seit neun Jahren verheiratet, keine Kinder, kein Job. Langweilt sich zu Tode – mir ginge es genauso, wenn ich mit Brendan verheiratet wäre. Den lieben langen Tag nichts zu tun, außer in der Badewanne zu liegen, sich die Nägel zu machen, in den Pilateskurs und zum Lunch zu schlappen. Betrog sie ihn tatsächlich? Schien keineswegs ausgeschlossen. Alles passte. Die Heimlichtuerei. Dann: dass sie nicht ans Handy ging, dass sie abends oft loszog, dass sie spätnachts noch duschte, wenn Brendan schon im Bett war. Verliebt wie er war, stellte der Ehemann ihr nie irgendwelche Fragen. Gail braust schnell auf, wusste Lily zu berichten, und ich vermutete, dass Brendan sich nur mit einem eindeutigen Fotobeweis zufriedengeben würde. Ich dachte: endlich ein Job, der Harry Stone entspricht.

»Wann fangen wir an?«, fragte Lily mit funkelnden Augen.

Dieses *wir*! Sie und ich. Tja, wenn ich das könnte. Aber es ist eine stolze, einsame Aufgabe, professioneller Ermittler und Elvis-Darsteller zu sein. Und wenn meine Gegner je von Lily und mir erführen –

»Ich kann mir keinen Partner leisten, Lily.« Das sagte ich nicht zum ersten Mal. »Arbeit im Schatten. Mal so, mal so.« Mit meiner Pommes-Gabel als Waffe veranschaulichte ich die Situation. »Du würdest mich nur behindern, falls es zu einer Konfrontation käme, und wenn dir etwas zustoßen würde, dann …«

»Ach, Jim«, sagte Lil leise. »Lass mich dir helfen. Bitte.«

Ich schenkte ihr meinen »Love Me Tender«-Blick. »Schätzchen«, sagte ich. »Du hast schon so viel für mich getan.«

Tja, damit war die erste Etappe abgehakt. Nun musste der Verdacht des Klienten bestätigt werden, und dazu brauchte ich fotografische Beweise für die Untreue seiner Frau – dann gab's als Abschluss Bargeld für gute Arbeit. Ich ging davon aus, dass ich etwa eine Woche benötigen würde. Das hieß, etwa zehn Tagessätze, plus Spesen. Insgesamt ungefähr hundertfünfzig Pfund. Nicht übel – und viel weniger Stress als ein Auftritt im Lord Nelson am Samstagabend.

Punkt eins: das Zielobjekt ausfindig machen. Kein Problem, dachte ich. Wie sich herausstellte, war an dem Tag ein Spiel, also tauchte ich einfach mit meiner Minikamera vor dem Haus auf und wartete. Es war ein kalter Septembernachmittag, ich hatte den Gürtel meines Regenmantels eng um die Taille geschlungen und den Kragen hochgeklappt. Um mich warm zu halten, ging ich ein bisschen auf und ab. Gegen drei kam Gail schließlich aus dem Haus, zehn Minuten nachdem Brendan sich verabschiedet hatte. Sie hatte eine Sporttasche dabei, und ihr Pferdeschwanz wippte wie bei einem Schulmädchen.

So ein Mist. Sie nahm das Auto. Es war ein kleiner Fiesta. Das brachte mich etwas aus dem Konzept. Zurzeit besitze ich nämlich keinen Wagen (der letzte wurde zu Schrott gefahren, als es bei einem meiner vorigen Fälle Schwierigkeiten gab). Was tun? Ich musste mich schnell entscheiden. Den Gedanken, einfach in ein Taxi zu springen und hinter ihr herzufahren, verwarf ich sofort – auf der Meadowbank Road gibt es keine Taxis. Zwar bog gerade der 10er-Bus um die Ecke, aber ich konnte ja nicht erwarten, dass der Fahrer mir gestatten würde, das Kommando über sein Fahrzeug zu übernehmen. Also blieb mir nichts anderes übrig, als zum Cape Cod zurückzurennen und mir Lilys Micra zu borgen, aber in der Zwischenzeit war Gail schon längst verschwunden und die Spur nicht mehr heiß.

Ich folgte meiner Intuition und fuhr zum *Body in Question*, dem lokalen Fitnesscenter, wo es mir gelang, ein paar vielsagende Schnappschüsse zu machen, als Gail gerade aus der Umkleidekabine kam. Anschließend ging ich ins Sportgeschäft nebenan, investierte in eine Badehose (sechs Pfund plus Bademütze) und vertrieb mir dann die Zeit im Schwimmbecken neben dem Pilates-Studio mit der Glaswand. Von dort konnte ich bequem und ungestört jede Bewegung des Zielobjekts verfolgen.

Man muss schon sagen: Gail ist sportlich. Eine Stunde Pilates, eine halbe Stunde am Rudergerät, eine halbe Stunde schwimmen, eine halbe Stunde Step-Kurs, dann unter die Dusche und danach – Bingo! – ein großes, schlankes Glas Decaff Latte in der Saftbar des Gyms, in Gesellschaft eines jungen Mannes in einem Muskelshirt und Laufshorts aus Lycra.

Blitzschnell war ich aus dem Pool, geduscht und angekleidet, noch bevor Gail einen zweiten Latte bestellen konnte. Es dauerte allerdings ein kleines bisschen länger als erwartet (in der Eile hatte ich vergessen, mir ein Handtuch zu kaufen), aber trotzdem fand ich einen Platz nicht weit von dem jungen Paar. Ich machte noch ein paar belastende Fotos, und mit dem winzigen digitalen Aufnahmegerät in meiner Tasche würde ich es hoffentlich schaffen, ihre Unterhaltung aufzunehmen.

Ich bestellte mir eine Cola. Das Mädchen am Tresen guckte mich komisch an – na ja, ich gehe nicht oft schwimmen, meine Haartolle wird nass – und verlangte zwei Pfund von mir. Nur gut, dass der Fall schon so gut wie gelöst war. Zwei Pfund für ein Glas Cola! Vielleicht sollte ich mir den Laden hier als nächstes Ermittlungsziel vornehmen – die Cola schmeckte nämlich auch total verwässert. Ich trank betont langsam und versuchte die ganze

Zeit, mitzukriegen, was Gail und der Lycra-Knabe miteinander tuschelten, aber weil ich zu lang im Schwimmbecken gewesen war, hatte ich Wasser in den Ohren und verstand kein Wort.

Vielleicht ließ deswegen meine Konzentration nach. Entweder das – oder ein Stalker war mir gefolgt, denn durch eine merkwürdige Laune des Schicksals verwandelte der Jäger sich in den Gejagten: Gail schien misstrauisch zu werden, mir fiel ein paarmal auf, dass sie mich komisch beäugte, und einmal drehte sich auch der Lycra-Knabe zu mir um und musterte mich mit so unverhohlener Aggression, dass jemand, der nicht so viel innere Kraft besaß wie ich, garantiert eingeschüchtert gewesen wäre.

Aber nicht mit mir! Nicht mit Harry Stone. Unbeirrt erwiderte ich seinen Blick, hob mein Glas und prostete ihm mit der verwässerten Cola zu. Das nervte Gail irgendwie, sie erhob sich, der Lycra-Knabe machte einen Schritt in meine Richtung, aber dann sah er meinen stählernen Blick und überlegte es sich anders. Er ergriff die Flucht, nahm die Beine in die Hand und rannte zur Schwingtür, hinaus auf den Parkplatz und zu Gails Fiesta, der auf dem Platz eines Managers stand (illegal, wie ich konstatieren musste, und außerdem mit einem total schiefen Außenspiegel).

Ich folgte den beiden zurück zu Mackies Haus. Den Wagen parkte ich unten an der Straße, gegenüber vom Cape Cod. Lily war gerade dabei zu schließen (samstagabends arbeitet sie an der Bar des Rat). Als sie mich kommen sah, lächelte sie. »Alles in Ordnung, Jim?«

Lieber Gott, meine Tarnung! »Harry«, fauchte ich sie an und gab ihr die Autoschlüssel.

»Oh. Entschuldige, Liebling. Wie ist es gelaufen?«

»Nicht mal Elvis hätte es besser machen können. Schau dir's an.« Ich blickte zu Mackies Haus, wo jetzt sämtliche

Lichter brannten, bei geschlossenen Vorhängen, das Zielobjekt und der Verdächtige allein im Wohnzimmer, wo sie Gott weiß was trieben. »Hinreichender Verdacht, wie das im Fernsehen immer heißt. Ich kann dort also herumschnüffeln, so viel ich will. Allerdings gibt es eine Grenze, die ich nicht überschreite: Ich breche nicht ein, ich werde das Haus nicht betreten.«

»Sei vorsichtig, Jim.« Lily riss die Augen weit auf. »Sie dürfen dich doch nicht sehen, oder?«

Ich grinste. »Man muss sehr früh aufstehen, um Harry Stone mit runtergelassenen Hosen zu erwischen, Lil.«

Aus irgendeinem Grund wurde sie rot. »Ich komme mit. Schmiere stehen.«

»Tut mir leid, Lil. Das ist ein Job, den man allein erledigen muss.«

Bei Mackies Haus hatte ich abermals Glück. Die beiden hatten die Vorhänge einen Spalt weit offen gelassen, und ich konnte direkt ins Wohnzimmer spähen. Ich griff nach meiner Kamera. Der Raum war leer – Gail und ihr Typ befanden sich vermutlich in der Küche, um Kaffee zu machen –, aber direkt am Fenster stand ein sehr gemütlich aussehendes Sofa, passend für verbotene Aktivitäten, und meine Intuition sagte mir, dass dieses Möbelstück nicht mehr lange unbesetzt sein würde.

Also stand ich eine ganze Weile da, observierte und wartete. Es war kalt, es begann zu regnen, und ich spürte, wie die Tropfen in meinen Mantelkragen und in meine Stiefel rannen. Aber wer sich durch ein bisschen Regen entmutigen lässt, ist ein ziemlich jämmerlicher Privatdetektiv. Außerdem war ich sowieso noch nass vom Schwimmbecken. Um sieben hatte ich allerdings einen Auftritt – genauer gesagt, Jim Santana hatte einen Auftritt –, und ich ahnte schon, dass meine Haartolle gründlich bearbeitet werden musste, bevor ich mich wieder als Elvis-Darsteller der Spitzenklasse präsentieren konnte.

Trotzdem – die Pflicht rief und so weiter. Ich wartete etwa eine Viertelstunde, fror immer mehr und war schon völlig durchnässt. Doch dann – Bingo! Das Zielobjekt und die Verdächtige kamen ins Wohnzimmer, jeweils mit einer Tasse Kaffee in der Hand, und setzten sich hin. Nicht so dicht beieinander, wie ich es gern gehabt hätte, aber schon ziemlich nah. Ich fotografierte die beiden durch den Vorhangspalt. Was sie sagten, konnte ich zwar nicht hören, aber Gail lachte, und der Lycra-Knabe starrte so andächtig in ihren Ausschnitt, als stünde Weihnachten vor der Tür. Was hätte er geantwortet, wenn jetzt Brendan Mackie zur Tür hereingestürmt wäre? Wahrscheinlich nicht viel.

Komm schon, Gail, du hast nicht den ganzen Abend Zeit. Jedenfalls hoffte ich das. Spätestens um sieben musste ich mich auf den Weg machen, sonst verlor ich den Gig, und inzwischen war es schon Viertel vor. Was ich brauchte, war ein stichhaltiger Beweis dafür, dass die Verdächtige untreu war. Etwas, was ich Brendan vorlegen konnte (um mein Honorar zu kassieren). Dass Gail da saß, genügte nicht. Ich trat näher ans Fenster, veränderte den Winkel der Kamera – da landete plötzlich eine Hand, so groß und schwer wie ein York-Schinken, auf meiner Schulter, und ein Gesicht erschien vor mir, so rot wie ein York-Schinken, und aus dem Mund dröhnte eine Stimme, die ich kannte: »Ich glaub's nicht! Das ist ja Elvis.«

»Brendan!« Meine schöne, ausgebildete Stimme ging eine Oktave nach oben. »Äh – wie war das Spiel?«

»Wir sind beschissen worden. Zwei zu null. Dieser Scheiß-Schiri.« Er legte die Stirn in Falten, als würde er erst jetzt meinen hochgeklappten Mantelkragen, die andere

Frisur und die Kamera in meiner Hand bemerken. »Hallo!«, rief er und packte mich an der Kehle. »Was geht denn hier ab?«

Ich begann zu erklären, aber kaum hatte ich die ersten drei Worte hervorgestoßen, da kam auch schon Gail aus dem Haus gerannt, eine Zeitung über dem Kopf und den Lycra-Knaben im Schlepptau. »Da ist er wieder!«, schrie sie schrill. »Der verdammte Perversling aus dem Fitness-studio!«

Nun war schnelles Handeln angesagt. »Harry Stone«, sagte ich und hielt meinen Ausweis hoch. »Privatdetektiv.«

»Privat-*was?*«, riefen Brendan, Gail und der Lycra-Knabe im Chor.

Gail studierte meinen Ausweis.

»Harry Stone«, las sie vor. *»Privatdetektiv, Ermittlungen aller Art, Spezialgebiet: Eheliche Auseinandersetzungen*. Bren?« Mit Laser-Augen fixierte sie ihren Mann. »Was soll das heißen, verdammt noch mal?«

Brendan wich ihrem Blick aus und nahm seine Hand von meinem Hals. Meine Cowboystiefel berührten wieder den Boden, so wie es sein sollte.

»Außerdem ist das gar kein richtiger Ausweis«, fuhr Gail mit ihrer schrillen Stimme fort. »Der ist im Computer gemacht, und der Stempel ist auch nicht echt, sondern mit Kuli gemalt.«

»Er hat uns beobachtet«, meldete sich nun der Lycra-Knabe zu Wort, was mich dann doch überraschte. (Ich hätte gedacht, er würde augenblicklich davonlaufen, wenn er sah, dass sein Stündlein geschlagen hatte.) »Er hat Fotos gemacht, von unserer Gail und den Mädels im Gym.«

»Wie bitte?« Aua. Das lief echt nicht so, wie ich es geplant hatte. *Unsere Gail*. Konnte es sein, dass mir hier etwas entgangen war? Zu spät fiel mir ein, dass Lily irgendwas von einem Bruder erzählt hatte, der bei *B&Q* arbeitete. Zu spät begriff ich, dass sie mit *B&Q* nicht die berühmte Baumarktkette gemeint hatte, sondern *Body in Question*! Und als ich den Lycra-Knaben mit seinen blondgesträhnten Haaren und dem auffallend gleichmäßig gebräunten Teint etwas näher inspizierte, bemerkte ich – zu spät – die Familienähnlichkeit.

Brendan packte mich wieder am Kragen. »Du mieser kleiner Spanner!«

Ich wollte meine Kamera wegstecken, aber Brendan war schneller als ich. Er schnappte sie sich und ging die Bilder auf dem Display durch. Sein Gesicht erinnerte jetzt noch mehr an rohen Schinken als vorher. Wahrscheinlich hätte *ich* davonlaufen sollen. Aber das wäre unehrenhaft und würdelos gewesen – für mich, für Harry Stone und ganz besonders für Elvis.

Was hätte Elvis getan?

Höchstwahrscheinlich hätte er angefangen zu singen, oder er hätte Brendan eine in die Fresse gehauen, ehe dieser zuschlagen konnte. Für mich persönlich kamen beide Varianten nicht in Frage, und außerdem möchte ich meinen, dass selbst der King of Rock 'n' Roll Schwierigkeiten gehabt hätte, aus dieser kniffligen Situation herauszukommen, vor allem, wenn er zwanzig Zentimeter über dem Boden geschwebt hätte, am Ende von Brendan Mackies Arm.

»Es waren verdeckte Ermittlungen«, erklärte ich mit erstickter Stimme.

»Den Bären kannst du anderen Leuten aufbinden, du Perversling«, sagte Gail.

»Hör zu, Brendan, ich bin ja nicht mal scharf auf deine Gail …«

»Wie bitte?« Brendans Miene verdüsterte sich. »Willst du damit sagen, meine Frau ist hässlich?«

»Nein! Überhaupt nicht! Tut mir leid!«

»Tut dir leid? Dazu hast du auch allen Grund!«, schrie Brendan und hob die Faust.

»Nicht ins Gesicht«, flehte ich. »Bitte, ich habe heute Abend noch einen Auftritt ...«

Einen Moment lang blockierte seine verschwommene Faust meine Sicht, wie ein riesiger Meteor, der gleich die Erde trifft. Ich schloss die Augen. *Das war's,* dachte ich. *Ich werde nie mehr in den Clubs auftreten können, es sei denn, sie suchen einen Elefantenmenschen.* Doch dann hörte ich plötzlich eine ruhige Stimme, die ich gut kannte, und alles war vorbei.

Es war Lily. Klar. Sie musste die Szene von weitem beobachtet haben und gleich losgerannt sein, als sie sah, was sich hier abspielte. Sie packte Brendan am Arm, und er lockerte daraufhin seinen Griff. Wie gesagt, Lil ist groß und kräftig.

»Also – was ist hier los?«

Brendan wiederholte die wirre Geschichte, Gail und der Lycra-Knabe unterstützten ihn dabei. Ich stand stumm daneben und kam mir vor wie ein Vollidiot.

»Und ihr denkt, er war hinter *Gail* her?«, fragte Lil, als die drei verstummten.

»Ja, klar«, antwortete der Lycra-Knabe. »Hinter wem denn sonst?«

Lily sah ihn nur an. Nach einer Weile schaute Gail ihn ebenfalls an.

»Du willst doch nicht sagen, dass ...?«

»Doch«, sagte Lily. »Hast du das nicht gewusst?«

Jetzt glotzten alle mich an. Aber selbst Brendan grinste. »Stimmt, wenn ich's mir richtig überlege ...«

»Moment mal!«, protestierte ich.

So allmählich kapierte ich nämlich, was hier los war, und

es gefiel mir nicht so besonders. »Hey, ich bin der totale Hetero! Mehr Hetero geht gar nicht. Ich schwör's!«

Da warf mir Lily einen ihrer durchdringenden Blicke zu, und ich hielt die Klappe. Leicht fiel mir das allerdings nicht. Und ich konnte von ihren Gesichtern ablesen, dass die Information sich bis spätestens nächste Woche im ganzen Dorf herumgesprochen haben würde. Verdammter Mist. Das war für meinen Auftritt im Rat nicht gerade günstig – dort kann man nämlich das Testosteron regelrecht riechen. Ein Elvis-Darsteller – ein kleiner Elvis-Darsteller – war schon schlimm genug, aber ein schwuler Elvis-Darsteller, das war praktisch Selbstmord.

»Kacke«, sagte ich.

Der Lycra-Knabe musterte mich mitleidig. »Ist schon okay, Mann«, sagte er. »Ich wollte ja auch jahrelang der Wahrheit nicht ins Auge blicken, bis ich dann endlich mein Coming-out hatte.«

»Stimmt, er war total schüchtern«, sagte Gail. Sie lächelte jetzt auch, genau wie Brendan, was aus meiner Perspektive die einzige gute Nachricht war. Sein Gesicht sah dadurch eher aus wie gekochter Schinken als wie roher.

Gail fügte noch hinzu: »Weißt du, es gibt ja Clubs und solche Sachen, da kannst du hingehen. Ich wette mit dir, im Pink Panther würde dein Auftritt einschlagen wie eine Bombe. Und du könntest dort Leute kennenlernen« – sie tätschelte meinen Arm –, »das ist doch besser, als im *B&Q* rumzulungern.«

Tja, so war's. Ich brachte kein Wort heraus und warf Lily einen vorwurfsvollen Blick zu, aber sie schaute in die andere Richtung. Vielleicht hat sie mir das Leben gerettet, dachte ich verbittert, aber ist mein Selbstrespekt nicht doch ein zu hoher Preis?

Das war also das Ende des Falls Brendan Mackie. Das heißt nicht ganz. Am Horizont des ganzen Fiaskos erschien ein überraschender Silberstreifen, der meine Kosten beglich und zu einem gewissen Grad meine Glaubwürdigkeit wiederherstellte. Mit den Clubs hatte Gail nämlich recht gehabt. Top Act im Pink Panther am Freitagabend – hundert Pfund pro Gig, plus Trinkgeld und Drinks – und eine klasse Besprechung in der Lokalpresse.

Jim Santana, der lauteste, stolzeste Elvis-Darsteller in der Branche. Das stand in der *Morning Post*. Und ich habe es auf meine Visitenkarten drucken lassen. Über Nacht bin ich so was wie ein Star geworden. Plötzlich wollen mich alle Leute buchen, und Bernie vom Lord Nelson hat angeboten, mich wieder anzustellen – zum doppelten Gehalt.

Aber trotzdem – wie ich neulich abends im Cape Cod zu Lily gesagt habe: Es bedeutet, dass ich mich jetzt noch mehr anstrengen muss, um Harry Stone zu verstecken. »Ich mache das nicht fürs Geld, Lil«, sagte ich. »Der Ruhm ist ein launischer Freund, das hat auch Elvis gewusst, und ich werde mich nie von diesen hellen Lichtern täuschen lassen. Die Bühne ist vielleicht meine heimliche Leidenschaft, aber die Detektivarbeit ist mein Leben.«

Lil nickte irgendwie verlegen, ohne meinen Blick zu erwidern. Ich muss sagen, dass ich in letzter Zeit schon ein bisschen weniger nett zu ihr war, also wegen der Bemerkungen, die ich von Brendan Mackie und den Kumpels im Pub zu hören bekomme. Ich war das erste Mal seit der Sache mit Mackie wieder im Cape Cod und merkte, dass Lily Angst hatte, ihr Anteil an dem Fiasko könnte unsere besondere Beziehung kaputtgemacht haben. Ihre Hände zitterten ein bisschen, als sie die Temperatur in der Fritteuse kontrollierte, und ihr Gesicht war gerötet, was nicht nur von der Hitze kommen konnte. Als ich das sah, merkte ich, wie etwas in mir zu schmelzen begann. Ich kann auf Lily nie lang böse sein, muss man wissen, und außerdem war Freitagabend, das heißt, es gab Fisch.

»Und jetzt?«, fragte sie scheu und legte einen Schellfisch in die Fritteuse. Das Öl zischte und brodelte, und mir lief das Wasser im Mund zusammen. Niemand kann Fisch so lecker zubereiten wie Lily, niemand kann Fritten machen wie Lily, mit der Schale, von Hand geschnitten und genau die richtige Größe. Salz, Essig, Erbsenbrei und Scraps, alles in fettiges Papier gewickelt und in eine Ausgabe der *Daily Mail*.

Das war fast perfekt.

»Fischfrikadellen?«, sagte sie und schaute mich an.

Elvis hätte ja gesagt.

»Ja, dann lass dir's schmecken.«

Und das tat ich auch.

Die Geister der Weihnacht

Der Erzähler dieser kleinen Geschichte ist schon in »Es ist nirgends so schön wie in Bedford Falls« aufgetreten. In der Zwischenzeit habe ich weitere Aspekte seines Lebens zusammengetragen. Eigentlich ist er ein trauriger alter Mann, der in einer Traumwelt lebt. Aber dabei besitzt er, wie ich finde, mehr Integrität als andere Menschen, die sich selbst für total normal und vernünftig halten.

Es ist Heiligabend in der Festive Road. Fünfundfünfzig Minuten vor Mitternacht, und so wie's aussieht, werden wir endlich mal wieder weiße Weihnachten haben, auch wenn das weiße Element bis jetzt nur ein paar Flocken zustande bringt, die wie Schuppen aus dem fahlen Himmel herunterschweben. Aber das genügt. Wir Geister lernen, jedes bisschen Magie, dessen wir habhaft werden können, sinnvoll zu nutzen. Weiß Gott, es gibt ja heutzutage kaum noch Zauber, doch an diesem Abend findet das Wunder statt, hier in der Festive Road.

Wir haben eine Stunde Zeit. Das ist die Regel. Eine Stunde Magie, einmal im Jahr – und auch nur, wenn es schneit. Denn unter dem Schnee ändert sich alles: die Gehwege, die Dächer und Kamine, die geparkten Autos, die Pflanzenkübel, Milchflaschen und Parkuhren – sie alle tragen dann eine weiße Krone, so wie ein edles Glas Guinness von Schaum gekrönt sein muss. Und nun, da die ersten Flocken sich wie Gänseblümchen auf dem Rasen niederlassen, kann man sie sehen, die Geister der Weihnacht, wie sie aus den weißumrandeten Schatten, aus den dunklen Hauseingängen kommen.

Da ist die kleine Miss Gale, die all die alten Filme so geliebt hat – *Weiße Weihnachten* und *Ist das Leben nicht schön?* natürlich, aber ganz besonders den *Zauberer von Oz* –, und sie sieht jung aus in dem fallenden Schnee, wie sie da im gelblichen Lichtschein der Straßenlaterne angehüpft kommt und in ihren roten Dorothy-Schuhen tanzt. Dann der alte Mr Meadowes, der jeden Tag mit seinem Hund zu den Schulsportplätzen ging, und Mr Fisher, der Schriftsteller werden wollte, aber nie eine Geschichte gefunden hat, und Sally Anne, die eigentlich immer nur hübsch und brav sein wollte, und Jim Santana, der Elvis so leidenschaftlich liebte, dass er am Ende ganz allein war. Alle sind sie jetzt Geister, klar – Geister wie ich, wie die Straße selbst, die unter dem Schnee an Heiligabend kurzfristig zum Leben erwacht.

Ich weiß, was zu tun ist. Das, was ich immer mache, seit Phyllis vor vielen, vielen Jahren gegangen ist. Ich vermisse sie bis zum heutigen Tag, obwohl wir uns in puncto Weihnachten nie einigen konnten. Wie man weiß, liebe ich die festlichen Rituale, die Ansprache der Königin, die Mince Pies, Phil Spector und *Ist das Leben nicht schön?*. Jede Menge Lichterketten – nicht nur am Baum, sondern im ganzen Haus, auf dem Dach, im Garten, wie eine besonders schöne Kletterpflanze, die sich immer weiter ausbreitet.

Aber Phyl sah das anders. Sie litt unter der Kälte. Träumte von der Sonne, machte sich Gedanken darüber, was die Nachbarn dachten. Und jetzt bin nur noch ich da. Ich und die Geister und die Lichterwand, mit dem Rentier aus

Neon und den tanzenden Pinguinen, mit den Girlanden und Kränzen in allen Farben, unter und über dem Regenbogen, von hier bis nach Bedford Falls.

Hier versammeln sich nun die Geister, und die Lichterwand beginnt zu leuchten. Mit Streichhölzern kommt man nicht weit, heutzutage braucht es ein bisschen mehr technischen Aufwand. Für jeden ist etwas dabei – und nicht nur Lichter, sondern auch Stechpalmenzweige, Lampions, tanzende Schneemänner mit blinkenden Augen. Da ist ein großer, dicker Weihnachtsmann für die kleine Miss Gale, und als sie in ihren roten Schuhen näher tritt, springt er mit dröhnendem Gelächter und bimmelnden Glocken aus seinem Schlitten. Sally Anne macht schüchtern einen Schritt nach vorn, und plötzlich legt ihr jemand einen bunten Umhang um, während Jim Santana – sehr flott in seinem paillettenbesetzten Anzug, die Haartolle so hoch und glänzend wie ein Zylinder aus schwarzer Seide – die Hand ausstreckt, weil er sie um den ersten Tanz bitten will. Es gibt Mistelzweige und Mince Pies und kleine Becher mit Fruchtpunsch, und die ganze Zeit spielt die Musik. Mr Fisher erzählt Geschichten von Dickens, und die Lichterwand wechselt von Orange zu Gold zu Smaragdgrün zu Blau und schleudert kleine Lichtblitze über den Schnee, der liegen bleibt.

Das ist unser großer Augenblick. In dieser Beleuchtung strahlt jeder. Unter dem Schnee ist alles wie neu. Die Flocken fallen jetzt schneller, und schon kommt noch mehr Zauber, weil der Schnee mit weichen, blassen Fingern die Vergangenheit verpackt und unerfreuliche Gedanken auslöscht und schlechte Taten und böse Erinnerungen – alles wird verhüllt von einer dicken Decke aus frischem weißem Schnee.

Deshalb kommen sie hierher – sie, die Geister. Nur eine

Stunde lang, einmal ihm Jahr, sind sie frei, dürfen wieder von vorn beginnen und können, während der Schnee fällt und die Musik spielt, die Menschen sein, die sie schon immer sein wollten.

Fünf Minuten vor Mitternacht. Wird sie kommen? Jedes Jahr warte ich auf sie, und jedes Jahr füge ich mehr und hellere Lichter zu der Deko hinzu, in der Hoffnung, dass sie dieses Jahr auftaucht – mein Geist vergangener Weihnachtsfeste, meine Fee mit dem süßen Gesicht und dem Lachen, das klingt wie tausend Silberglöckchen. Aber Jahr für Jahr warte ich vergeblich, und ich denke manchmal, je mehr Lichter ich aufhänge und je mehr Geister in die Festive Road kommen, desto geringer werden meine Chancen, *meinen* Geist zu treffen, meine Phyllis, die ich an Heiligabend verloren habe, zwischen der Ansprache der Königin und einem Sketch von *Morecambe & Wise*. Leider, leider. Ein Schlaganfall, viel zu früh, und seither verbringt sie Weihnachten im Seniorenheim Meadowbank, wo sie blass und müde vor sich hin starrt, ohne zu sprechen, ohne etwas zu hören, nicht ganz schlafend, aber auch nicht ganz wach. Wie eine Prinzessin, die sich unter dem Schnee ausruht. Wie eine Prinzessin aus einem bösen Märchen, das keine Magie und kein Happy End kennt.

Noch eine Minute. Meine Geister spüren das und entfernen sich leise. Ich knipse nach und nach die Beleuchtung aus. Mr Fisher verabschiedet sich als Erster und verschwindet in den Schatten. Dann Sally Anne – sie zittert, als sich ihr Ballkleid wieder in Lumpen verwandelt. Und Miss Gale, die mit ihren roten Schuhen auf dem vereisten Weg ins Rutschen kommt, dann Jim, Mr Meadowes und alle anderen – sie verwandeln sich wieder in Landstreicher, Zuhälter, Huren, in unerwünschte Personen, während die Lichter erlöschen.

Ein einziges Licht lasse ich brennen, als die Kirchenglocke die Stunde schlägt. Dieses eine Licht bleibt immer an, obwohl die Ärzte mir schon tausendmal erklärt haben, dass es keine Wunder gibt, selbst wenn es schneit. Ich glaube, ich bleibe noch eine Weile hier draußen sitzen. Der Schnee ist wunderbar weich, wie ein Federkissen, und das letzte Licht – himmelblau, bei uns die Farbe der Hoffnung – verleiht allem einen magischen Glanz. Die Flocken bleiben auf meinen Armen liegen, auf meinem Gesicht, sie decken mich zu wie ein schläfriges Kind, sie hauchen mir Gutenachtküsse auf die Augen. Und während ich in die Dunkelheit schwebe, kann ich Phyls Stimme hören, ganz nah bei mir.

Frohe Weihnachten, flüstert sie.

Und plötzlich –

nur für diesen einen kurzen Augenblick –

plötzlich ist es so.

Wildfeuer in Manhattan

Ich habe diese Geschichte für Neil Gaimans Anthologie geschrieben. Sie ist eine Art Fortsetzung von »Regentage und Montage«, und die Fans meiner Runen-Bücher werden Aspekte verschiedener Figuren wiedererkennen …

Ich heiße zwar nicht so – na ja, nicht offiziell –, aber Sie können mich Lucky nennen. Ich wohne hier in Manhattan, in der Penthouse-Suite eines Hotels gleich beim Central Park. Ich bin in jeder Hinsicht ein vorbildlicher Bürger, pünktlich, höflich, sauber. Ich trage elegante Anzüge. Ich entferne mir die Brusthaare. Kein Mensch würde auf die Idee kommen, dass ich ein Gott bin.

Diese Wahrheit wird oft übersehen: dass alte Götter – wie alte Hunde – irgendwann sterben müssen. Es dauert nur länger, das ist alles. Und in der Zwischenzeit können Zitadellen einstürzen, Imperien untergehen, Welten können enden, und Gestalten wie wir liegen herum, überflüssig und weitgehend vergessen.

In vielerlei Hinsicht habe ich Glück. Mein Element ist das Feuer, und Feuer kommt nie ganz aus der Mode. Es gibt Aspekte von mir, die bis heute großen Einfluss haben – in euch Menschen ist noch zu viel aus den primitiven Zeiten vorhanden, und auch wenn mir nicht mehr so üppig geopfert wird wie früher, kann ich immer noch Gehorsam einfordern, wenn ich will (und wer will keinen Gehorsam?) –, nach Einbruch der Dunkelheit, wenn die Lagerfeuer angezündet werden. Die Trockengewitter in der Ebene, ja, die gehören mir, genau wie die Waldbrände und die Scheiterhaufen, die ziellosen Funken und die menschlichen Fackeln – alles meins.

Aber hier in New York bin ich Lukas Wilde, Sänger in der Rockband Wildfire. Na ja, ich sage Band. Unser einziges Album, *Burn It Up*, hat Platin geholt, doch dann ist der Schlagzeuger ziemlich tragisch ums Leben gekommen, auf der Bühne, durch einen völlig verrückten Blitzschlag.

Das heißt – vielleicht nicht völlig verrückt. Unsere einzige US-Tour war von Anfang bis Ende sehr gewitterlastig, einunddreißig der fünfzig Veranstaltungsorte wurden direkt getroffen. Innerhalb von neun Wochen verloren wir drei weitere Schlagzeuger, außerdem sechs Roadies und einen Lastwagen mit Technik. Sogar ich selbst hatte mit der Zeit das Gefühl, dass ich ein bisschen zu weit gegangen war.

Trotzdem – eine erstklassige Show.

Heute bin ich mehr oder weniger im Ruhestand. Ich kann es mir leisten. Als eines von nur zwei überlebenden Bandmitgliedern habe ich ein hübsches Einkommen. Und wenn ich mich langweile, spiele ich Klavier in einer Fetisch-Bar, genannt das Rote Zimmer, *The Red Room*. Ich selbst habe nichts für Latex übrig (man schwitzt so), aber man kann nicht bestreiten, dass Latex hervorragend isoliert.

Wahrscheinlich haben Sie es schon gemerkt – ich bin ein Nachtmensch. Tageslicht schränkt meine Entfaltungsmöglichkeiten ein, und außerdem braucht Feuer einen dunklen Nachthimmel als Hintergrund, um optimal zur Geltung zu kommen. Ein Abend im *Red Room*, Klavier spielen, die jungen Mädchen angaffen, dann noch ein bisschen Downtown, zur Erholung sozusagen. Nicht gerade die Szene, in der mein Bruder verkehrt. Deshalb war es für mich eine Überraschung, dass ich ihm an diesem Abend über den Weg lief, als ich die hervorragend entflammbaren Nebenstraßen der Upper East Side auskundschaftete, dazu »Light My Fire« summte und eine geeignete Stelle für eine Brandstiftung suchte.

Habe ich das noch gar nicht erwähnt? Also, in meinem gegenwärtigen Aspekt habe ich einen Bruder. Brendan. Mein Zwilling. Wir sind uns nicht besonders nah. Wildfeuer und Herdfeuer haben wenig gemeinsam, und er ist mit meinem ausschweifenden Lebensstil nicht so recht einverstanden. Ihm gefallen die häuslichen Freuden besser: backen und grillen. Man stelle sich vor! Ein Feuergott, der ein Restaurant führt – da wird mir ganz heiß vor Scham. Trotzdem, es ist sein Leben, sein Begräbnis. Jeder von uns fährt auf seine Art zur Hölle, und zudem ist sein auf offener Flamme gegrilltes Steak das beste weit und breit.

Es war nach Mitternacht. Mir war ein bisschen schwindelig vom Alkohol – aber ich war nicht so breit, dass man es mir angemerkt hätte –, und die Straßen waren still, soweit das in einer Stadt, die immer nur *ein* Auge zumacht, möglich ist. Eine Gruppe von Obdachlosen schlief zusammengekauert in Pappkartons unter einer Feuertreppe, eine Katze bediente sich an einer Mülltonne. Es war November. Dampfschwaden stiegen aus den Gittern der Abwasserschächte auf, und die Gehwege glänzten von kaltem Schweiß.

Ich überquerte gerade die Kreuzung 81st Street und 5th Avenue, vor dem ungarischen Fleischmarkt, da sah ich ihn. Eine vertraute Gestalt, mit Haaren wie glühende Kohlen, die teilweise von dem hochgeklappten Kragen seines langen grauen Mantels verdeckt waren. Groß, schlank und beweglich wie ein Balletttänzer – es wäre nicht groß verwunderlich, wenn ihn jemand mit mir verwechseln würde.

Bei näherem Hinschauen kommt allerdings die Wahrheit ans Licht. Meine Augen sind rot und grün, seine hingegen sind grün und rot. Trotzdem würde ich nie im Leben solche Schuhe anziehen.

Ich begrüßte ihn munter: »Rieche ich Feuer?«

Mit gehetzter Miene drehte er sich zu mir um. »Pssst! Horch mal!«

Ich war neugierig. Klar, wir haben uns noch nie besonders innig geliebt, aber normalerweise begrüßt er mich wenigstens, ehe er mit seinen Vorwürfen loslegt. Er nannte mich bei meinem richtigen Namen. Legte den Finger auf die Lippen und zog mich dann in eine kleine Seitengasse, in der es nach Pisse stank.

»Hey, Bren, was ist denn los?«, flüsterte ich und zupfte mir den Mantelkragen zurecht.

Er deutete mit einer knappen Kopfbewegung die fast menschenleere Gasse hinunter. Im Schatten sah ich zwei Männer, die in ihren langen Mänteln wie Schränke wirkten. Beide hatten ihren Hut tief in das schmale, längliche Gesicht gezogen und sahen überhaupt genau gleich aus. Kurz blieben sie am Bordstein stehen, blickten nach links, nach rechts und überquerten dann, gut aufeinander eingespielt, mit raschen, mühelosen Bewegungen die Straße, ehe sie wolfsgleich in der Nacht verschwanden.

»Verstehe«, sagte ich. Was stimmte. Ich hatte die beiden schon mal gesehen. Das spürte ich in meinen Adern. An einem anderen Ort, als ein anderer Aspekt habe ich sie gekannt, und sie haben mich gekannt. Glauben Sie mir – die beiden waren nur der äußeren Gestalt nach Menschen. Unter diesen Mänteln, die sie aussehen ließen wie Privatdetektive in einem Comic, bestanden sie nur aus Zähnen. »Was machen die zwei hier?«

Mein Bruder zuckte die Achseln. »Jagen.«

»Wen?«

Wieder zuckte er die Achseln. Er war noch nie besonders redselig, selbst als er kein Mensch war. Ich hingegen rede schon immer gern. Ich finde, Reden hilft.

»Heißt das, du bist ihnen schon mal hier begegnet?«

»Ich bin ihnen gefolgt, aber dann bist du gekommen, und ich habe kehrtgemacht, weil ich nicht wollte, dass sie auf uns aufmerksam werden.«

Das konnte ich gut verstehen. »Wer sind sie jetzt?«, fragte ich ihn. »Aspekte wovon? Ich habe sie seit Ragnarók nicht mehr gesehen, glaube ich, aber soweit ich mich erinnere …«

»Pssst!«

So allmählich nervte es, dass er mich dauernd anzischte. Er ist der ältere Zwilling, muss man wissen, aber gelegentlich nimmt er sich zu viel heraus. Ich wollte gerade heftig protestieren, als ich ganz in der Nähe ein Geräusch hörte und irgendetwas blitzschnell vor unseren Augen vorbeihuschte. Ich brauchte einen Moment, bis ich kapierte, was beziehungsweise wer es war. In dieser riesigen Stadt ist es schwer, die Randexistenzen zu sehen, und er hatte sich wie die anderen in einem Karton unter einer Feuertreppe versteckt. Doch jetzt bewegte er sich sehr schnell, und sein alter Mantel flatterte um seine mageren Knöchel, als hätte er Flügel.

Ich kannte ihn flüchtig. Es war der alte Moony, hier als ein Aspekt von Mani, dem Gott des Mondes. Ein komischer Kauz, der Arme (das passiert oft, wenn sie an der Flasche hängen, und das Met der Dichtung ist ein wirksames Gebräu). Aber er konnte rennen, und jetzt rannte er. Bren und ich wichen ihm aus, doch schon tauchten die beiden Typen in den langen Mänteln auf und fingen ihn am Ende der Gasse ab, bevor diese in die Straße mündet.

Diesmal waren sie näher bei uns – ich konnte sie riechen. Ein ranziger, animalischer Geruch, halb verfault. Na, Sie wissen ja, was man sagt: Einem fleischfressenden Ungeheuer kann man keine Mundhygiene beibringen.

Ich spürte, wie mein Bruder neben mir zu zittern begann. Oder zitterte ich selbst? Ich konnte es nicht sagen. Klar, ich hatte Angst, aber es floss noch so viel Alkohol in meinen Adern, dass ich eine gewisse Distanz zu den Dingen empfand. Auf jeden Fall rührte ich mich nicht vom Fleck, sondern blieb im Schatten stehen und gab keinen Mucks von mir. Die beiden Typen standen da an der Mündung zur Straße, und Moony blieb ebenfalls stehen, offenbar unentschieden, ob er kämpfen oder flüchten sollte. Und –

Kampf hieß die Parole. Okay, dachte ich. Selbst eine Ratte dreht um, wenn sie in die Enge getrieben wird. Das hieß aber noch lange nicht, dass ich mich einmischen musste. Ich konnte Moony ebenfalls riechen, seinen penetranten Gestank, diese Mischung aus Schnaps und Dreck und dem aufdringlichen Dichter-Aroma. Er hatte Angst, das wusste ich. Aber er war auch ein Gott – allerdings der abgehalfterte Aspekt eines Gottes –, was bedeutete, dass er kämpfen würde wie ein Gott, und selbst ein alter Alki wie Moony hat als Gott seine Tricks.

Die beiden Typen mussten sich auf einiges gefasst machen.

Einen Moment lang standen sie nur da, zwei Mäntel und ein verrückter Dichter, ein dunkles Dreigestirn unter einer einsamen Straßenlaterne. Dann bewegten sie sich – die beiden Typen mit fließenden, leichten Gesten, so wie vorher, während Moony schreiend lostorkelte und aus den Fingerspitzen einen raschen Blitz schleuderte. Er warf *Týr* – eine mächtige Rune –, und ich sah sie durch das Dunkel sausen, eine Art Metallsplitter, auf die beiden Gestalten zu, die keine richtigen Menschen waren. Diese duckten sich voneinander weg – kein Pas de deux hätte eleganter sein können –, dann kamen sie wieder zusammen, sobald das Geschoss vorbei war, und gingen in einer straffen Axtkopf-Formation auf den alten Gott zu.

Aber dadurch, dass er *Týr* geworfen hatte, war Moony aus dem Konzept gekommen. Es braucht Kraft, die Runen der alten Schriften zu werfen, und der größte Teil seines Glamourzaubers war nun aufgebraucht. Er öffnete den Mund – um einen Zauberspruch auszusprechen, vermutete ich –, doch ehe er einen Ton herausbrachte, gingen die beiden Mäntel mit einer unheimlichen, übermenschlichen Schnelligkeit auf ihn los. Wieder konnte ich ihren ranzigen Gestank riechen, aber diesmal roch es noch viel stärker, wie im Inneren eines Dachsbaus. Sie kamen immer näher heran und knöpften ihre Mäntel auf im Rennen – aber rannten sie tatsächlich? Sie schienen eher zu gleiten, wie Boote, und sie öffneten ihre langen Mäntel, wie Segel, um den überforderten Mondgott darin einzuwickeln.

Er setzte zu einem Zaubergesang an – das Met der Poesie –, und plötzlich überschlug sich seine betrunkene Stimme. Sie war jetzt die Stimme von Mani in seinem vollständigen Aspekt. Auf einmal war ein helles Leuchten zu sehen – die Jäger gaben nur ein Knurren von sich, mit entblößten Zähnen –, und einen Augenblick lang hörte ich den Wagengesang des wütenden Mondgottes, in einer Sprache, die man nicht erlernen kann. Doch schon ein einziges Wort dieser Sprache kann einen Sterblichen in einen Freudentaumel versetzen, die Sterne vom Himmel holen, einen Mann erschlagen und ihn wieder zum Leben erwecken.

Er sang, und einen Moment lang hielten die Jäger inne. Schimmerte da etwa eine vereinzelte Träne im Schatten eines schwarzen Filzhuts? Mani sang von Liebe und Tod, von der Schönheit, die Trostlosigkeit bedeutet, und dem kurzen Aufleuchten des Glühwürmchens, das die Dunkelheit erhellt – einen Flügelschlag lang, einen Atemzug lang –, dann aufflackert, verbrennt und stirbt.

Aber der Gesang schlug die Jäger nur kurz in seinen Bann. Tränen hin oder her – diese Typen waren hungrig. Sie glitten vorwärts, die Hände ausgestreckt, und jetzt konnte ich in ihre aufgeknöpften Mäntel blicken. Für einen kurzen Moment war ich mir ganz sicher, dass unter ihrer Kleidung kein Körper war, kein Fell, keine Schuppen, kein Fleisch, keine Knochen. Da war nur *der Schatten*, die Finsternis des Chaos, ein Schwarz jenseits der Farbskala, ein Loch in der Welt, alles verschlingend und unersättlich.

Brendan machte einen Schritt nach vorn, aber ich packte ihn am Arm und hielt ihn fest. Es war sowieso zu spät für den alten Moony. Er sank zu Boden – nicht mit einem lauten Aufprall, sondern mit einem seltsamen Seufzer, als wäre er durchstochen worden –, und die Kreaturen, die nun nicht einmal mehr menschenähnlich aussahen, stürzten sich auf ihn wie Hyänen, ihre Fangzähne blitzten, und nichts war zu hören, außer dem statischen Rauschen in den Falten ihrer Mäntel.

Auch ihre Bewegungen hatten nichts Menschliches. Nichts Überflüssiges. Sie fraßen ihn samt Blut und Hirn – jedes Leuchten, jeden Funken, radikal –, und was sie hinterließen, erinnerte nicht mehr an einen Mann, sondern eher an einen Scherenschnitt, der irgendwie in der engen Gasse liegen geblieben war.

Dann knöpften sie ihre Mäntel wieder zu, um die grauenvolle Leere darunter zu bedecken, und verschwanden.

Stille. Brendan weinte. Er war schon immer der Emotionalere von uns beiden gewesen. Ich wischte mir etwas

Feuchtes aus dem Gesicht (Schweiß, glaube ich) und wartete darauf, dass meine Atemfrequenz sich normalisierte.

»Das war übel«, sagte ich dann. »So was habe ich schon lange nicht mehr gesehen – eigentlich seit dem Ende der Welt.«

»Hast du ihn gehört?«, wollte Brendan wissen.

»Ja, allerdings. Wer hätte gedacht, dass der alte Mann noch so viel Glamour in sich hat.«

Mein Bruder schwieg und legte sich die Hand über die Augen.

Auf einmal merkte ich, dass ich hungrig war. Kurz überlegte ich, ob ich eine Pizza vorschlagen sollte, entschied mich dann aber dagegen. Bren war so empfindlich dieser Tage.

»Tja, ich nehme an, wir sehen uns später«, sagte ich und machte mich etwas zittrig auf den Weg. Warum sind Brüder immer so verdammt schwierig? Ich hätte ihn wirklich gern zu mir nach Hause eingeladen.

Ich konnte es damals nicht ahnen, aber ich wünschte, ich hätte gewusst, dass ich diesen Aspekt von ihm nie wiedersehen sollte.

Am nächsten Morgen schlief ich sehr lange. Wachte auf mit Kopfschmerzen, und mir war übel – ein Zustand, der mir irgendwie bekannt vorkam: So fühlt man sich nach mehreren Cocktails. Dann erst fiel mir alles wieder ein – so wie man sich daran erinnert, dass man im Fitnesscenter etwas Blödes mit dem Rücken gemacht hat. Man hat keine Ahnung, wie schlimm es ist, bis man am nächsten Morgen aufwacht. Ich schreckte hoch.

Die Typen, dachte ich. *Diese beiden Typen*.

Ich musste gestern Abend besoffener gewesen sein, als ich dachte. Denn jetzt am Vormittag griff die Erinnerung an die beiden wie eine kalte Hand nach meinem Herzen. Verzögerter Schock. Das Phänomen kannte ich, und um dagegen anzugehen, rief ich den Zimmerservice und bestellte die Speisekarte rauf und runter. Kaffee, Speck, Pfannkuchen, dazu literweise Ahornsirup. Ich arbeitete an meiner Rekonvaleszenz, was mir unter den Umständen auch ganz gut gelang, aber trotzdem konnte ich den Gedanken an den Tod des alten Moony nicht abschütteln; die routinierte Art, wie die zwei Mäntel sich über ihn hergemacht und seinen Glamour verschlungen hatten, bevor sie dann ihre Mäntel wieder zuknöpften und ganz selbstverständlich davongingen. Poesie in Bewegung.

Eigentlich hatte ich ja ziemlich Glück gehabt – wenn die beiden nämlich nicht zuerst Moony gerochen hätten, dann wären vermutlich ich und mein Bruder an der Reihe gewesen, sozusagen eine doppelte Portion des Tagesgerichts. Mir war alles andere als leicht ums Herz. Wenn die beiden wirklich hinter Leuten wie uns herjagten, war dies höchstens eine Atempause, keine Befreiung, und früher oder später würden die zwei Mäntel ihre Zähne an meiner Tür schärfen.

Also beendete ich mein Frühstück und rief Bren an, erreichte aber nur seinen Anrufbeantworter. Ich suchte die Nummer seines Restaurants heraus und wählte sie. Die Leitung war tot.

Ich hätte sein Handy angerufen, aber, wie gesagt, wir sind uns nicht sehr nahe. Ich hatte seine Handynummer gar nicht, ich wusste auch nicht, wie seine Freundin hieß, nicht mal seine Hausnummer kannte ich. Zu spät, stimmt's? Da sieht man's wieder. *Carpe diem* und so weiter. Ich ging unter die Dusche, zog mich an, und während am Himmel Wolken aufzogen, eilte ich zur Flying Pizza (was für ein blöder Name!), wo Bren arbeitete, in der Hoffnung, dass mein Zwillingsbruder mir alles erklären konnte.

Dort angekommen, wusste ich gleich, dass etwas nicht stimmte. Das heißt, ich ahnte es schon ein paar Straßen vorher. Sirenen, Feuerwehr, Geschrei und Rauch bestätigten nur meinen Verdacht. Die Gewitterwolken am Himmel hatten etwas ausgesprochen Bedrohliches: Wie Russenmützen mit nadelscharfen Blitzen hingen sie über der Szene der Verwüstung. Je näher ich kam, desto banger wurde mir. Ja, hier stimmte ganz eindeutig etwas nicht.

Ich blickte mich um, weil ich sicher sein wollte, dass mich niemand beobachtete. Dann warf ich mit der linken Hand die seherische Rune *Bjarkán* und schaute durch sie hindurch, wie durch ein Fernglas. Ich sah Rauch. Ich sah Blitze, die aus dem Boden kamen. Das Gesicht meines Bruders, bleich und angespannt, Feuer, Dunkelheit, dann – wie ich schon befürchtet hatte – den Schatten und seine Lakaien, die Wölfe, die Schattenjäger in ihren schweren Mänteln.

Diese Typen, dachte ich und fluchte leise. *Schon wieder.*

Und nun wusste ich, woher ich sie kannte, wo ich ihnen schon einmal begegnet war – und sie waren auch in diesem Aspekt ziemlich übel gewesen, doch damals hatte ich mehr zu tun gehabt als jetzt und sie nicht weiter beachtet, ehrlich gesagt. Heute nahm ich sie sehr viel ernster. Ich warf Tarnungsrunen um mich, als ich mich dem Trichter aus Rauch näherte, dem Scheiterhaufen, der einmal das Restaurant meines Bruders gewesen war und auf dem, soweit ich das wusste, Brendan geopfert worden war – in meiner Vision hatte er ziemlich elend ausgesehen.

Endlich war ich an Ort und Stelle. Ich hielt Ausschau nach den Mänteln. Überall Feuerwehrautos und Polizeiwagen. Am Ende der Straße war eine Absperrung, und eine Gruppe von Männern versuchte, das riesige, prasselnde Feuer, das sich schon tief in die Flying Pizza gegraben hatte, zu löschen.

Ich hätte ihnen sagen können, dass sie ihre Zeit vergeudeten. Das Werk eines Feuergottes kann man nicht mit Wasser besiegen wie einen Silvesterbrand – auch wenn der Gott nur für das Herdfeuer zuständig war. Die Flammen loderten zehn, zwölf Meter hoch, rein und gelb und hell, voller Glamourzauber, was für normale Sterbliche wahrscheinlich aussah wie sprühende Funken – aber wenn jemand von diesen Funken getroffen worden wäre, dann hätten sie ihn gefressen, mit Haut und Haar.

Und Brendan? Konnte es sein, dass er noch am Leben war?

Nun, wenn er noch lebte, musste er rechtzeitig davongerannt sein. Dieses Inferno hätte keiner überlebt. Und es hätte nicht zu Bren gepasst, in so einer Situation zu fliehen. Er hatte sich gestellt und gekämpft, das konnte ich aus meiner Vision schließen. Mein Bruder war ein entschiedener Gegner des Einsatzes von Glamourzauber in der Nähe von Menschen, und hätte ihn nicht eingesetzt, solange ihm noch eine andere Wahl blieb.

Ich setzte *Ós* ein – die Rune des Geheimnisses –, um das Schicksal meines Bruders zu entschlüsseln. Ich sah ihre Gesichter, wölfisch und schmal; ich sah sein Lächeln, die entblößten Zähne – eine Sekunde lang hätte er in dieser Vision ich selbst sein können, wild und wütend und von mörderischem Zorn erfüllt. Er war schon in Ordnung, mein Bruder. Er brauchte nur etwas länger, um in Fahrt zu kommen. Ich sah, wie er sein *Mindsword* zückte – ein flammendes Schwert, dessen Schneide von durchsichtigem Licht bebte. Es durchtrennte Granit mit der gleichen Mühelosigkeit wie Seide, ein Schwert, wie ich es seit dem Ende der Welt nicht mehr gesehen hatte, eine flackernde Flamme vom Schwert des Feuergottes. Doch es berührte den Schatten im Inneren eines aufgeknöpften Mantels nur und erlosch, eine Wolke aus Rauch.

Danach stürzten sie sich auf ihn, im Dunkeln. Frage beantwortet. Na ja, immerhin hatte mein Bruder sich stilvoll verabschiedet.

Ich wischte mir übers Gesicht und erwog die verschiedenen Gesichtspunkte. Punkt eins: Ich war nun ein einzelner Zwilling. Punkt zwei: Wenn er seine Angreifer nicht mitgenommen hatte (was ich bezweifelte), dann waren die zwei Mäntel inzwischen hinter mir her. Punkt drei –

Ich wollte gerade über Punkt drei nachdenken, da landete eine schwere Hand auf meiner Schulter, eine andere packte mich am Arm, knapp über dem Ellbogen, und dann drückten beide Hände zu, was wahnsinnig weh tat, und der Schmerz wurde immer schlimmer, weil das Gelenk blockierte. Eine leise, mir durchaus bekannte Stimme raunte mir ins Ohr:

»So ein Glück. Ich hätte wissen müssen, dass du da irgendwie drinsteckst. Dieses Chaos hier weist überall deine Spuren auf.«

Ich heulte auf und versuchte, meinen Arm aus dem Griff zu befreien. Doch der Bastard hielt mich fest.

»Eine Bewegung, und ich brech dir sämtliche Knochen«, knarrte die Stimme. »Das heißt, vielleicht breche ich sie dir auch so, um der alten Zeiten willen.«

Ich signalisierte, dass es mir lieber wäre, er ließe es bleiben. Daraufhin verdrehte er mir den Arm noch ein bisschen mehr – ich hörte schon ein leises Knacksen und schrie los. Er schubste mich rücksichtslos an die Mauer. Ich knallte dagegen, drehte mich aber blitzschnell um, mein *Mindsword* halb gezückt, und starrte in ein Augenpaar, so grimmig und farblos wie ein Regentag. Typisch! Ein Freund, der sich über irgendetwas beschweren will. Andere Freunde habe ich zurzeit offensichtlich nicht.

Na ja, ich sage *Freund*. Er ist einer von uns, aber man weiß ja, wie das ist: Feuer und Wasser können einander nicht leiden. Außerdem war er in seinem gegenwärtigen Aspekt größer als ich, er wog auch mehr und konnte härter zuschlagen. Sein Gesicht war eine Gewitterwolke, und jede Überlegung, sich gegen ihn zu wehren, verflüchtigte sich augenblicklich, wie billiges Parfüm. Ich steckte das Schwert in die Scheide und entschied mich für eine diplomatische Herangehensweise.

»Hey«, sagte ich. »Da ist ja Unser Thor.«

Er schniefte. »Eine dumme Bewegung, und ich ertränke dich eiskalt«, sagte er. »Ich habe eine ganze Armee von Gewitterwolken, die jederzeit losschlagen können. Dann bist du ausgelöscht, eh du dich's versiehst. Willst du es drauf ankommen lassen?«

»Habe ich so was je gemacht? Nette Begrüßung, mein Freund. Lange nicht gesehen.«

Er knurrte. »Arthur lautet der Name meines gegenwärtigen Aspekts. Arthur Pluviôse – und du bist tot.« Bei ihm klang das wie eine merkwürdige Namensgebungs-Zeremonie.

»Irrtum«, sagte ich. »*Brendan* ist tot. Und wenn du denkst, ich könnte am Mord meines eigenen Bruders beteiligt sein …«

»Würde ich dir durchaus zutrauen«, knurrte Arthur, aber ich merkte ihm an, dass die Nachricht ihn erschütterte. »Brendan ist tot?«, wiederholte er.

»Ja, leider.« Ich war gerührt – bisher hatte ich nämlich geglaubt, er hasse uns beide.

»Also warst du's gar nicht?«

»Mann, du bist ja schnell von Begriff.«

Er musterte mich mit finsterer Miene. »Wer dann?«

»Wer schon?« Ich zuckte die Achseln. »Der Schatten,

selbstverständlich. Chaos. Surt, der schwarze Feuerriese. Such dir deine eigene Metapher aus.«

Arthur seufzte tief. Als hätte ihn das alles schon so lange gequält, dass jede Nachricht – und sei es auch eine schlechte – ihm wie eine Erlösung erschien. »Dann stimmt es also«, sagte er. »Ich hab nämlich schon gedacht …«

»Endlich.«

Er ignorierte den Spott und drehte sich zu mir. Seine Regenaugen schimmerten. »Es sind die Wölfe, Lucky. Die Wölfe sind wieder unterwegs.«

Ich nickte. Wölfe, Dämonen – es gab in der Sprache der Menschen kein Wort, das genau erfasste, was sie waren. Ich nannte sie *Ephemera,* musste allerdings zugeben, dass ihr gegenwärtiger Aspekt nichts Ephemeres, nichts Flüchtiges hatte.

»Skól und Haiti, die Himmelsjäger, Sklaven des Schatten, Verschlinger von Sonne und Mond. Und auch von allem anderen, was ihnen in den Weg kommt, nebenbei bemerkt. Brendan muss sie attackiert haben. Er war ja noch nie besonders vernünftig.«

Aber ich merkte, dass er mir nicht mehr richtig zuhörte. »Von Sonne und …«, wiederholte er.

»Und Mond.« Ich schilderte etwas verkürzt die Ereignisse des gestrigen Abends. Arthur konnte sich aber offensichtlich nicht konzentrieren, irgendetwas lenkte ihn ab.

»Also nach Moony die Sonne, stimmt's?«, fragte er.

»Ist anzunehmen.« Ich zuckte die Achseln. »Vorausgesetzt, dass ein Aspekt von Sól hier in der Gegend ist und …«

»Ja, es ist ein Aspekt von Sól hier in der Gegend«, sagte Arthur grimmig. »Sie heißt Sunny.«

Als er das sagte, schimmerte in seinen Augen irgendetwas, was noch bedrohlicher wirkte als die Regenwolken über uns. Und auch gefährlicher als die Hand, die immer noch grauenvoll kumpelhaft und schwer wie Blei auf meiner Schulter lag. Das löste bei mir den Gedanken aus, dass der Tag für mich sogar noch unangenehmer werden konnte.

»Sunny«, wiederholte ich. »Dann ist sie als Nächste dran.«

»Nur über meine Leiche«, sagte Arthur. »Und über deine«, fügte er hinzu und lächelte sein böses Gewitterlächeln.

»Ja. Warum nicht?«, sagte ich, um ihn bei Laune zu halten. Das konnte ich mir leisten – ich war es gewohnt zu fliehen, und wusste, dass Lukas Wilde zur Not innerhalb einer Stunde verschwinden konnte, ohne eine Spur zu hinterlassen.

Er wusste das auch. Seine Augen wurden schmal, und die Wolken über uns begannen sich langsam in Bewegung zu setzen und kamen immer mehr in Schwung, wie Wolle auf einer Spindel. Eine kleine Delle erschien an ihrem tiefsten Punkt – bald würde daraus ein Lufttrichter entstehen, über und über gespickt mit tödlichem Glamourzauber.

»Vergiss nicht das berühmte Sprichwort«, knurrte Arthur und sprach mich mit meinem richtigen Namen an. »Wo du auch hingehst, das Wetter nimmst du mit.«

»Du tust mir Unrecht.« Ich grinste, obwohl mir überhaupt nicht nach Grinsen zumute war. »Ich bin gern bereit, deiner Freundin zu helfen.«

»Gut.« Arthurs Hand drückte immer noch auf meine Schulter, und sein Lächeln bestand nur aus Zähnen. »Wir halten uns im Schatten. Kein Grund, die Leute stärker einzubinden als unbedingt nötig. Okay?«

Es war ein dunkler, verregneter Nachmittag. Ich ahnte, dass noch viele folgen würden.

Sunny wohnte in Hell's Kitchen in Manhattan in einer kleinen Seitenstraße. Ihre Wohnung befand sich im dritten Stock. Ich komme selten in dieses Viertel, was erklärt, weshalb ich sie noch nie gesehen hatte. Unsere Leute verhalten sich meistens sehr diskret. Auch Götter haben Feinde, muss man wissen, und wir finden, dass es besser ist, wenn wir unseren Glamour für uns behalten.

Aber Sunny war anders. Zunächst einmal wusste sie gar nicht mehr, wer oder was sie war – jedenfalls nach Arthurs Aussage (Arthur ist wirklich ein idiotischer Name!). Das passiert manchmal. Man vergisst es und ist so beschäftigt mit dem gegenwärtigen Aspekt, dass man meint, man sei wie alle anderen. Vielleicht hat genau das sie so lange beschützt. Es heißt, dass die Götter sich um die Säufer und die Schwachsinnigen und um kleine Kinder kümmern, und Sunny fiel zweifelsohne in diese Gruppe. Wie sich herausstellte, hatte mein alter Kumpel Arthur fast ein ganzes Jahr lang nach ihr geschaut, ohne dass sie es wusste. Er hatte dafür gesorgt, dass sie den Sonnenschein bekam, den sie brauchte, um glücklich zu sein, und er hatte Schnüffler und Herumtreiber von ihrer Tür ferngehalten.

Selbst normale Leute wurden nämlich misstrauisch, wenn jemand wie Sunny in der Nähe wohnte. Schon weil es seit Monaten nicht geregnet hatte oder weil es vorkam, dass ganz New York unter einer Wolke lag, nur die zwei, drei Straßen in ihrer Gegend nicht. Oder wegen des komischen Nordlichts, das gelegentlich über ihrem Apartment am Himmel leuchtete. Nein, es lag an Sunny, ganz allein an Sunny, an ihrem Gesicht und ihrem Lächeln, nach dem sich überall, wo sie auftauchte, die Menschen umdrehten. Da konnte es schon passieren, dass ein Mann – ein Gott – sich verliebte.

Arthur hatte jetzt seinen Regengott-Aspekt abgelegt und sah mehr oder weniger aus wie ein normaler Bürger, aber ich merkte, dass ihn das irrsinnig anstrengte. Selbst aus einem halben Kilometer Entfernung hätte ich gesehen, dass er den Aspekt versteckte, so wie ein fetter Mann, der versucht, den Bauch einzuziehen, wenn ein hübsches Mädchen ins Zimmer kommt. Dann sah ich ihre Farben – von weitem, wie Lichter am Himmel –, und der Ausdruck auf seinem Gesicht, dieser Ausdruck wilden Begehrens, verstärkte sich noch.

Er musterte mich kritisch. »Fahr's 'ne Stufe runter, okay?«, ermahnte er mich.

Nun, das war nicht nett. Als Lukas Wilde sah ich normalerweise wesentlich eleganter aus, aber ich merkte, als ich Arthur anschaute, dass es ein ungünstiger Zeitpunkt war, ihn darauf hinzuweisen. Also dämpfte ich die Leuchtkraft meines roten Mantels. Meine Haare ließ ich allerdings so, wie sie waren, versteckte nur meine nicht zusammenpassenden Augen hinter einer extravaganten Sonnenbrille.

»Besser?«

»Geht so.«

Wir standen vor dem Haus. Typisches Apartment, auf der Rückseite des Gebäudes. Schwarze Feuerleiter, kleine Fenster, ein winziger Dachgarten, der grüne Blätter in die Dachrinne warf. Aber am Fenster war ein Licht zu sehen – es sah aus wie Sonnenlicht, würde ich sagen –, das hierhin und dahin leuchtete, je nachdem, wo in ihrer Wohnung sie sich aufhielt.

Manche Leute wissen einfach nicht, wie sie unbemerkt bleiben können. Es war echt ein Wunder, dass die Wölfe sie noch nicht im Visier hatten. Sie versuchte nicht einmal, ihre Farben zu verbergen, was, ehrlich gesagt, mehr als unklug war – verdammt, sie hatte noch nicht einmal die Vorhänge zugezogen!

Arthur warf mir einen warnenden Blick zu. »Wir werden sie beschützen, Lucky«, sagte er. »Und du bist schön brav. Okay?«

Ich zog eine Grimasse. »Ich bin doch immer brav. Wie kannst du nur so misstrauisch sein?«

Sie lud uns sofort zu sich ein. Ohne näher nachzufragen, ohne argwöhnisch hinter den offenen Vorhängen nach draußen zu spähen. Ich hatte sie im Vorfeld als hübsch, aber dumm eingeschätzt, doch nun sah ich, dass sie echt naiv war, ein kleines Mädchen, verloren in der großen Stadt. Nicht mein Typ, versteht sich, aber ich konnte verstehen, was Arthur in ihr sah.

Sie bot uns eine Tasse Ginseng-Tee an. »Arthurs Freunde sind auch meine Freunde«, sagte sie, und ich sah, wie er gequält eine Grimasse zog, während er versuchte, mit seinen dicken Fingern die kleine Porzellantasse zu halten. Er musste sich gleichzeitig nämlich noch furchtbar beherrschen, damit Sunny ja genug Sonnenschein abbekam …

Schließlich war es doch zu viel für ihn. Er stieß einen abgrundtiefen Seufzer der Erleichterung aus, und schon fing es draußen an, in Strömen zu regnen, und die Dachrinnen begannen zu gluckern.

Sunny machte ein unglückliches Gesicht. »Dieser blöde Regen!«

Arthur sah aus, als hätte ihm jemand einen schmerzhaften Schlag versetzt, genau an der Stelle, wo die Donnergötter ihr Ego haben. Er versuchte es wieder mit einem kläglichen Grinsen. »Fühlst du dich dadurch nicht geborgen?«, fragte er. »Und liegt für dich gar keine Poesie in dem Geräusch? Es klingt doch, wie wenn lauter kleine Hämmerchen auf die Dächer trommeln würden, oder?«

Sunny schüttelte entschieden den Kopf. »Iiiih, nein.«

Mit einem diskreten Zauber, verbunden mit der Rune *Kaen*, die ich mit den Fingern bildete, zündete ich das Feuer an. Kleine Flammen schossen aus dem Kamingitter und tanzten umher. Ein klasse Trick, fand ich – vor allem, wenn man bedenkt, dass es ein elektrischer Kamin war.

»Toll!«, rief Sunny und strahlte wieder.

Arthur gab ein leises Knurren von sich.

»Also, haben Sie in letzter Zeit irgendetwas Seltsames hier in der Gegend beobachtet?« Dumme Frage, wies ich mich innerlich zurecht. Setze eine Sonnengöttin in den dritten Stock eines Brownhouse in Manhattan, und du siehst unter Garantie mehr als das gelegentliche Feuerwerk. »Irgendwelche Typen in Anzügen?«, fuhr ich fort. »In dunklen Mänteln und mit Filzhut, wie in einem schlechten Comic aus den fünfziger Jahren?«

»Ach, die!« Sie goss Tee nach. »Ja, gestern habe ich zwei solche Typen gesehen. Sie haben in der Nebenstraße rumgeschnüffelt.« Sunnys blaue Augen verdüsterten sich ein wenig. »Besonders freundlich haben sie nicht ausgesehen. Was wollen die hier?«

Ich war drauf und dran, ihr von Bren zu erzählen und was mit dem alten Moony passiert war, aber Arthur warf mir einen Blick zu, der mich verstummen ließ. So ist das mit Sunny: Sie bringt die Männer dazu, Dummheiten zu begehen und bescheuerte, edle, aufopferungsvolle Dinge zu tun. Ich begriff allmählich, dass ich mich nicht raushalten konnte.

»Ach, um die brauchst du dir keine Gedanken zu machen«, versicherte ihr Arthur mit einem breiten Lächeln, packte mich am Oberarm und bugsierte mich hinaus auf den Balkon. »Das sind nur ein paar Typen, die wir suchen. Wir werden heute Nacht hier draußen campieren und nach ihnen Ausschau halten. Wenn es irgendwelche Probleme gibt, sind wir da. Also, keine Bange. Okay?«

»Okay«, sagte Sunny.

»Okay«, presste ich zwischen den Zähnen hervor (mein

Arm fühlte sich an, als hätte ihn jemand mit einem Hammer bearbeitet). Ich wartete, bis wir allein waren und Sunny drinnen die Vorhänge zugezogen hatte. Dann ging ich auf Arthur los: »Was soll das? Wir können die Ephemera nicht aufhalten. Das hast du doch hoffentlich inzwischen kapiert! Du weißt, was sie mit Moony und Bren gemacht haben. Für uns gibt es nur eine Chance: Wir müssen schneller laufen als sie. Wir müssen deine Freundin mitnehmen und sofort in eine andere Stadt fliehen, am besten auf einen anderen Kontinent, wo der Schatten weniger Einfluss hat.«

Arthur antwortete trotzig: »Ich laufe nicht davon.«

»Gut, meinetwegen. Es hat einen Riesenspaß gemacht mit dir – aua! Mein Arm!«

»Und du wirst ebenfalls nicht davonlaufen«, verkündete Unser Thor.

»Tja, wenn du das so sagst …«

Ich mag ja ein wenig impulsiv sein, aber ich weiß, wann ich mich einer *Force majeure* beugen muss. Arthur hatte beschlossen, dass wir beide Helden sein würden. Für mich gab es nur noch zwei Möglichkeiten. Entweder ich entschied mich dafür, ihm zu helfen und dadurch möglicherweise uns beiden die Haut zu retten, oder ich machte mich eiligst aus dem Staub, sobald er mal nicht aufpasste …

Ich überlegte noch – da sah ich unsere beiden Freunde im Hinterhof. Sie schnüffelten und knurrten wie Wölfe in Anzügen, und schon hatte ich keine Alternative mehr. Ich zog mein *Mindsword,* und Arthur zog seines. Glamours und Runen erfüllten die Nachtluft. Nicht dass diese Mittel uns retten konnten. Meinem Bruder Bren und dem alten Mondgott hatten sie ja auch nichts genützt. Und der Schatten – oder das Chaos, wenn man diese Bezeichnung vorzieht – besaß massenhaft eigenen Glamourzauber, mit dem er drei rebellische Götter, die vom Ende der Welt noch übrig waren, niedermachen konnte.

»Hey! Hier oben!«, rief Unser Thor.

Zwei Augenpaare blickten zu uns herauf. Ein Zischen, wie eine atmosphärische Störung, als die Ephemera sich auf unsere Position einstellten. Blitzende Zähne, ein teuflisches Grinsen – und schon kletterten sie die Feuertreppe herauf. Der menschliche Schein war komplett verschwunden, unter den schweren schwarzen Mänteln war nichts als Zähne und Klauen, wie Poesie mit einem unersättlichen Appetit.

Na super, dachte ich. *Gut gemacht, Thor, so verhält man sich unauffällig!* Aber war das ein aufopferungsvoller Akt, ein Trick, um ihre Aufmerksamkeit zu wecken – oder hatte er womöglich einen Plan? Wenn ja, wäre es das erste Mal. Unüberlegter Opfermut, das war eher sein Stil. Ich hätte ja nichts dagegen gehabt, aber leider bedeutete seine grenzenlose Großzügigkeit, dass er mich gleich mit opferte.

»Lucky!« Er regnete wieder. Auf unsere gesenkten Köpfe prasselten Bindfäden aus Wasser nieder und leuchteten im Neonlicht in verschiedenen Schwarz- und Orangetönen. Ein gewaltiger Wolkenbruch. Aus dem von Blitzen zerrissenen Himmel segelten sogar große Schneeflocken. Tja, so was passiert, wenn man sich in der Nähe eines Regengottes aufhält, der unter Stress steht. Ich wurde klatschnass und ärgerte mich, dass ich keinen Schirm dabeihatte. Die Ephemera ließen sich durch die Elemente jedoch nicht aufhalten. Selbst die Blitze, die wie herumirrende Geschosse im Hinterhof einschlugen (ich wollte auch etwas beitragen, setzte meine Fähigkeiten also völlig hemmungslos ein), hatten keine Auswirkung auf die Wölfe des Chaos, deren glitschige und irgendwie schlangenartige Gestalten sich jetzt auf der Feuertreppe unter uns befanden, nur noch drei Meter entfernt und sprungbereit.

Einer der beiden sprang. Ein Geschoss kam angeflogen – ich erkannte die Rune *Hagall*. Eine der mächtigsten Runen meines Kollegen – aber sie ging einfach durch den Wolf hindurch, mit einer kreischenden Rückkoppelung, dann wandte dieser sich wieder uns zu, knöpfte seinen Mantel auf, und ich glaubte genau zu erkennen, dass sich darunter Sterne befanden, Sterne und das sinnfreie Rauschen des Alls.

»Hör zu«, sagte ich zu ihm. »Was wollt ihr? Mädchen, Geld, Macht, Ruhm – das kann ich euch alles beschaffen, kein Problem. Ich habe hier großen Einfluss. Zwei gutaussehende, alleinstehende Typen wie ihr – im Showbusiness könnt ihr abkassieren, ihr könnt alle anderen abservieren.«

Keine besonders geglückte Formulierung.

Der erste Wolf grinste heimtückisch. *»Abservieren«*, wiederholte er. Jetzt roch ich ihn wieder, den scheußlichen Gestank, und mir war klar, dass Worte mich nicht retten würden. Erstens, weil diese Kreatur total ausgehungert war. Zweitens konnte ein Wesen mit so widerwärtigem Mundgeruch nicht im Entferntesten auf eine Karriere im Musikbusiness hoffen. Obwohl ja schon die merkwürdigsten Gestalten kurz davor gewesen waren. Meine Tochter Hel zum Beispiel, die Göttin der Unterwelt, hat in gewissen Kreisen eine solide Fanbasis, trotz ihres – sagen wir mal – eigenwilligen Aussehens. Aber diese Typen – nein, ehrlich. Zum Kotzen.

Ich warf ein paar Runen. *Týr, Kaen, Hagall, Ýr* – aber keine von ihnen schaffte es, ihn auch nur kurzfristig zu bremsen. Der andere Wolf war jetzt auch da, Arthur rang mit ihm, eingewickelt in die Flügel seines Mantels. Der Balkon löste sich bereits aus der Mauer. Funken und Splitter aus Runenlicht zischten durch den sintflutartigen Regen.

Verdammt, dachte ich. *Ich werde total durchnässt sterben.* Ich spannte eine Art Schutzschirm auf, mit der Rune *Sól*, und mit einem letzten, verzweifelten Aufbäumen meines Glamourzaubers warf ich sämtliche Feuer-Runen der erste Gruppe auf die beiden Gestalten, die vorher noch Wölfe gewesen waren, nun aber nur noch grimmige Inkarnationen der Rache verkörperten. Nichts entrinnt dem Chaos, weder der Donner noch das Wildfeuer – ja, nicht einmal die Sonne.

»Seid ihr da draußen?« Das war Sunny, die durch den Spalt zwischen den Vorhängen spähte. »Wollt ihr noch einen Schluck Ginseng-Tee?«

»Äh … nein, danke«, sagte Arthur, der inzwischen in jeder Hand einen Dämonenwolf festhielt und dazu dümmlich grinste. »Hör zu … äh, Sunny, bleib drinnen. Ich bin im Moment sehr beschäftigt …«

Einer der Wölfe befreite sich aus Thors Griff und stürzte sich augenblicklich auf mich, um mich rückwärts gegen das Geländer zu drücken. Der Balkon gab quietschend nach, und wir stürzten alle miteinander drei Stockwerke nach unten. Ich prallte auf der Terrasse auf – verdammt hart –, und der Wolf fiel auf mich drauf. Durch den Aufprall wich die ganze Kampfkraft aus mir, und ich wusste, dass es vorbei war.

Sunny schaute vom Fenster zu uns herunter. »Brauchen Sie Hilfe?«, rief sie mir zu.

Ich konnte jetzt direkt in die Kreatur hineinblicken, und was ich sah, war entsetzlich – wie in diesen Märchen, in denen den Schwestern die Zehen abgeschnitten und die Bösen von Krähen zu Tode gehackt werden. Oder wie die Geschichte von der kleinen Meerjungfrau, die für den Rest ihres Lebens auf Messerklingen gehen muss, weil sie es gewagt hat, sich zu verlieben … Aber Sunny kannte garantiert nur die Disney-Versionen, in denen immer alles gut ausgeht und Streifenhörnchen, Kaninchen und die gottverdammten Eichhörnchen (ich hasse Eichhörnchen!) harmonisch miteinander singen, in denen sogar die Wölfe am Schluss gut sind und keinem je etwas Schlimmes zustößt –

Ich grinste sarkastisch. »Ja, das wäre nett!«

»Okay«, rief Sunny, zog die Vorhänge auf und trat hinaus.

Und dann geschah etwas Merkwürdiges.

Ich beobachtete Sunny vom Hinterhof aus. Meine Arme waren seitlich weggedrückt, der Wolf saß jetzt rittlings auf mir, den Mantel ausgebreitet, so dass er aussah wie ein Geier, der kurz davor ist, seinen Schnabel in einen Augapfel zu stoßen. Die Kälte war erbarmungslos. Ich konnte meine Hände nicht mehr spüren, von dem Gestank wurde mir übel, der Regen trommelte mir aufs Gesicht, und mein Glamour blutete so schnell aus, dass ich wusste, mir blieben höchstens noch ein paar Sekunden …

Als Erstes spannte sie ihren Regenschirm auf.

Arthurs verzweifelte Anweisungen ignorierte sie – er kämpfte sowieso immer noch mit dem anderen Wolf. Seine Farben loderten grell, Runenlicht wirbelte um die beiden, im Zweikampf mit dem prasselnden Regen.

Und dann lächelte Sunny.

Es war, als würde die Sonne aufgehen, mitten in der Nacht. Das Licht war etwa sechzig Mal stärker als das hellste Licht, das man sich vorstellen kann. Der Hinterhof erstrahlte in gleißendem Weiß, und ich musste schnell die Augen zusammenkneifen, sonst wären sie in ihren Höhlen verbrannt. Alles geschah nun gleichzeitig und blitzschnell.

Vor allem aber hörte es auf zu regnen. Der Druck auf meiner Brust ließ nach, und ich konnte die Arme wieder bewegen. Das Licht, das zu grell gewesen war, um etwas zu sehen, zerfloss zu einem grünlich pinkfarbenen Leuchten. Die Vögel auf den Dächern begannen zu zwitschern. Blumenduft erfüllte die Luft – was hier im Hinterhof besonders verwunderlich war, denn eigentlich stank es penetrant nach Pisse –, jemand legte mir die Hand auf das Gesicht und sagte: »Alles ist gut. Sie sind weg.«

Das war's also? Ich öffnete die Augen. Entweder hatte ich eine schlimmere Gehirnerschütterung als gedacht, oder da war etwas, was Unser Thor mir nicht gesagt hatte. Er stand über mir, verlegen und irgendwie beschämt. Sunny kniete neben mir, ohne Rücksicht auf den Dreck hier im Hinterhof, ihr blaues Kleid leuchtete wie der Sommerhimmel, ihre nackten Füße erinnerten an kleine weiße Vögelchen, ihre zuckerblonden Haare fielen über mein Gesicht, und ich war froh, dass sie echt nicht mein Typ war, denn diese junge Frau bedeutete nichts als Probleme, so viel war klar. Sie schenkte mir ein Lächeln, leuchtend wie ein Sommertag. Arthurs Gesicht wurde gefährlich rot, und Sunny sagte: »Lucky, ist alles in Ordnung?«

Ich rieb mir die Augen. »Ich glaube, ja. Was ist mit Skól und Haiti?«

»Mit den beiden Typen?«, fragte sie. »Ach, die mussten weg. Ich habe sie in den Schatten zurückgeschickt.«

Jetzt war es an Arthur, sie verdutzt anzustarren. »Wie bitte – du weißt was vom *Schatten*?«

»Ach, Arthur, du bist so süß.« Sie stand auf, drehte eine Pirouette und drückte Unserem Thor ein Küsschen auf die Nase. »Als hätte ich hier so lang leben können, ohne zu merken, dass ich anders bin!« Sie blickte hinauf zum hell erleuchteten Himmel. »Nordlicht«, verkündete sie vergnügt. »Ich finde, das sollte es viel öfter geben. Aber ich bin wirklich dankbar, dass ihr zwei mich beschützt habt und überhaupt. Wenn die Lage anders wäre und wir nicht aus so gegensätzlichen Elementen bestehen würden, vielleicht hätten dann wir beide, du und ich – na, du weißt schon …«

Arthurs Gesicht verfärbte sich noch röter, falls das möglich war.

»Und was machen wir jetzt?«, fuhr sie fort. »Ich glaube, die Gefahr ist gebannt – jedenfalls für den Augenblick. Aber das Chaos weiß jetzt von uns. Und der Schatten gibt nie auf.«

Ich überlegte. Und dann kam mir ein Gedanke. »Hast du schon mal dran gedacht, im Showbusiness Karriere zu machen? Ich könnte dir bei der Band einen Job vermitteln.«

Konnte sie singen? Die meisten himmlischen Sphären singen wunderschön, versteht sich, und außerdem würde sie alles zum Leuchten bringen, wenn sie nur die Bühne betrat – wir könnten bei der Pyrotechnik ein Vermögen sparen.

Sunny strahlte wieder mit tausend Megawatt. »Ist Arthur auch in der Band?«

Ich musterte Arthur. »Darüber ließe sich nachdenken. Einen Schlagzeuger können wir immer brauchen.«

Wenn ich es mir recht überlegte: So einiges sprach dafür, gleich jetzt auf Tour zu gehen. Neue Leute, neue Besetzung, neue Ziele …

»Das wäre super.« Ihr Blick wanderte sehnsüchtig in die Ferne, und Arthur sah aus wie ein krankes kleines Hundchen. Nur gut, dass ich noch nie besonders romantisch war. Ich versuchte mir die Szene auszumalen: Sonnengöttin und Donnergott gemeinsam auf der Bühne, Abend für Abend.

Ich sah es deutlich vor mir. Wildfire, wieder auf Tournee. Begleitet von Fischregen und Nordlicht am Äquator. Dazu Hurrikane, Sonnenfinsternisse, Sonneneruptionen, Springfluten – und Blitze. Jede Menge Blitze.

Könnte ein bisschen riskant werden.

Aber auf jeden Fall eine irre Show.

Cookie

Vor ein paar Jahren habe ich mich einer Diätgruppe angeschlossen und ziemlich abgenommen. Das verlorene Gewicht habe ich durch Geschichten kompensiert. Viele von ihnen drehen sich um die verschiedenen Aspekte des Essens und warum es für uns so wichtig ist. Diese Geschichte erzählt von der komplexen Beziehung einer Frau zu Backwaren aller Art. Diese Frau bin nicht ich, aber ich weiß, was sie empfindet.

Der Gedanke, dass sie schwanger sein könnte, kam ihr ganz plötzlich, während einer Werbepause bei *CSI*. Sie hatte gerade eine Packung Minitörtchen verdrückt, *Mr Kipling's French Fancies*. Angefangen hatte sie mit den kleinen rosaroten (ihre Lieblingsfarbe) und als Letztes die braunen gegessen, denn diese Sorte mochte sie am wenigsten, wegen der hässlichen Farbe. Manchmal hatte sie schon überlegt, ob sie die braunen gar nicht essen sollte, aber das kam ihr dann immer so unordentlich vor, also stopfte sie letzten Endes doch alle in den Mund.

Maggie aß gern etwas beim Fernsehen. Sie fühlte sich dann geborgener und konnte besser entspannen. Außerdem bekam sie nur abends keine Schuldgefühle, wenn sie sich etwas gönnte. Bei der Arbeit war sie befangen und unsicher, mit ihrem Sandwich und ihrem Müsliriegel. Sie hatte das Gefühl, die anderen beobachteten sie – was wahrscheinlich auch stimmte. Über achtzig Kilo, und seht sie euch an, da futtert sie nichts als Kohlehydrate, du guter Gott. Deshalb wartete sie, bis sie nach Hause kam, kochte sich etwas – etwas ganz Einfaches, zum Beispiel Nudeln oder Reis – und goss sich ein Glas Wein ein.

Doch gelegentlich geriet die Sache außer Kontrolle. Alles schmeckte besser, wenn man nebenher fernsah. Besonders Süßigkeiten, weiß, zuckrig-pink und vanillegelb. Und alle zwanzig Minuten erinnerten die Werbepausen sie daran, dass es nichts Verlockenderes gab als Eiscreme, dass Schokolade die Menschen glücklich machte und der gefrorene Käsekuchen von Betty Crocker zurzeit bei Iceland im Sonderangebot war.

Also aß Maggie. Was hätte sie sonst tun sollen? Sie aß Himbeertörtchen und Kokosplätzchen und Schokokekse und Biskuitrollen und Rice Crispies und Zitronenbaiser-Torte. Auf die meisten Menschen konnte man sich nicht verlassen, aber auf Mr Kipling und Betty Crocker immer. Die beiden schenkten ihr Sicherheit, sie schufen eine kleine, süße Insel in einer Welt, die immer säuerlicher wurde.

Und jetzt das. Dieser Gedanke, der immer wieder kam. *Was ist, wenn ich schwanger bin?* Zuerst musste sie lachen – echt lustig, die unbefleckte Empfängnis bei über achtzig Kilo –, aber der Gedanke ließ sich nicht abwimmeln, er war wie ein streunender Hund, der unverdrossen immer wieder angeschlichen kam, weil er einmal gefüttert wurde. *Was ist, wenn ich schwanger bin?*

Dass sie schwanger aussah, war nicht zu leugnen, ihr früher so flacher Bauch war jetzt weich und rund, wie ein halbgebackener Laib Brot. Ihre Oberarme waren schlaff und wabbelig geworden, ihre Schenkel weiß, mit Dellen. Wenn sie schwanger wäre, würde keiner es merken. Noch nicht. Es war zu früh. Aus Erfahrung wusste Maggie, dass man vor dem vierten Monat eigentlich nichts sah.

Klar, sie war damals dünner gewesen. Selbst während der Schwangerschaft hatte sie nie mehr als sechzig Kilo gewogen. Sie hatte sich Sorgen gemacht um das Baby, dass es vielleicht nicht genug wog. Aber noch mehr Sorgen hatte sie sich wegen Jack gemacht. Jack war Maggies Mann. Er legte großen Wert darauf, fit zu bleiben, und lief jeden Tag fünf Meilen. Er riss Witze über ihren wachsenden Bauch. Nur dass es eigentlich keine Witze waren – und Maggie wusste das genau. Seit sie schwanger war, hatte sie ständig Lust auf Sachen aus der Bäckerei. Süße Teilchen mit Zuckerglasur, alle Sorten Brot, außerdem Donuts, Haferplätzchen, Kuchen … Jack, der überhaupt keine Kohlehydrate zu sich nahm, versuchte, sie davon zu überzeugen, lieber rohe, knackige Snacks zu probieren, aber ihr Körper wehrte sich. Sie konnte so etwas nicht essen. Ein Apfel oder Karottensticks waren mit einem Donut von Krispy Kreme doch nicht zu vergleichen.

Sie versuchte zu stricken, statt zu essen, und produzierte wie am Fließband kleine Mützchen und Schühchen, aber es half nicht gegen ihren Appetit. Im Gegenteil, der nahm dadurch sogar noch zu. All die Wollknäuel in Pastellfarben – Pink wie Marshmallows, Cremegelb wie Vanilleeis – verstärkten ihre Gelüste.

Jack fing an, ihr aus dem Weg zu gehen. Sie schwoll immer mehr an, wie man sich vorstellen kann. Nicht nur der Bauch, sondern auch ihr Gesicht und die Schenkel. Jack hatte etwas gegen Rundungen. Das wusste Maggie. Er mochte Frauen, die aussahen wie Knaben. Er und Maggie arbeiteten im selben Betrieb. Jack hatte ein eigenes Büro, Maggie nur eine Arbeitsnische im Großraum. Deshalb begegneten sie sich selten bei der Arbeit, und inzwischen sah sie ihn auch zu Hause so gut wie gar nicht mehr.

Es passierte schleichend. Zuerst stellte er es so dar, als

wäre er besonders rücksichtsvoll ihr gegenüber. *Ich weiß, du bist müde, Mags. Vielleicht gehst du heute Abend mal früh ins Bett.* Und sie war tatsächlich müde. Sehr sogar. Ihr Körper schien bei dem, was er durchmachte, nicht nur viel Essen zu brauchen, sondern auch sehr viel Ruhe. Also ging sie früh schlafen, während Jack immer neue Ausreden fand, weshalb er länger wegbleiben musste. Nach der Arbeit ging er gleich ins Fitnessstudio, während Maggie schon wieder zu Hause war und kleine Schühchen häkelte. Sie schaute dabei *CSI* und *Fringe* und *Lost*, überlegte sich mögliche Vornamen und bemühte sich, nicht an Kuchen zu denken.

Das funktionierte. Jedenfalls eine Weile. Sie schaffte es sogar, ein bisschen abzunehmen. Aber nicht so viel, dass man es merkte. Und ihr Gewicht interessierte Jack sowieso nicht mehr. Er hatte seine eigene Geburtsvorbereitungsroutine entwickelt, und die nahm er sehr ernst. Jeden Morgen ging er schon um sechs laufen, und abends machte er Krafttraining im Gym. *Ich muss in Form sein, damit ich mit meinem Sohn mithalten kann.* Auch das sollte klingen wie ein Witz. Aber Maggie wusste, dass auch das keiner war. Jack kaufte Babysachen in verschiedenen Blautönen, kleine Sporthemden, Shorts und Schühchen, die aussahen wie Turnschuhe. Manchmal fragte sich Maggie, warum Jack sich überhaupt ein Kind gewünscht hatte – er schien die ganze Erfahrung als eine Art aussichtslosen Marathonlauf zu betrachten. Wovor lief er weg? Oder vor wem? Und warum lief er überhaupt?

Sie versuchte, ihn zu überreden, doch zu Hause zu bleiben, aber das half nichts. *Warum soll ich mein ganzes Leben auf Eis legen, nur weil du schwanger bist?*, sagte er. *Du könntest doch mit ins Fitnessstudio kommen, wenn du willst. Aber du interessierst dich nur noch für Vornamen und Babyklamotten – und natürlich für alles, womit du dich vollstopfen kannst.*

Das war unfair. Maggie hatte ja aufgehört, für zwei zu essen. Eigentlich aß sie kaum noch genug für eine Person. Und hauptsächlich Reiswaffeln und Karottenstäbchen. Wie sie das Zeug hasste! Ihr wurde richtig schlecht davon, aber sie musste ihr Leben wieder in den Griff bekommen. Sie hatte schon fünfzehn Pfund mehr als gut war, jedenfalls nach Jacks Digitalwaage. Sie fühlte sich so mies – hässlich und fett. Plötzlich fing sie an, sich morgens zu übergeben. Anfangs erschien ihr das ganz okay, weil dadurch auch ihr ständiger Hunger aufhörte. Aber obwohl sie nur Humus und Karotten zu sich nahm, verlor sie kein Gewicht. Und die Fettrolle unter ihrem Kinn schien sogar noch üppiger zu werden.

Also fing sie an zu trainieren. Sie zwang sich, ins Fitnessstudio zu gehen. Ging aufs Laufband und die Rudermaschine, bis sie ganz verschwitzt war und mit feuerrotem Gesicht vor Erschöpfung keuchte. Diese Art von Sport hatte ihr noch nie gefallen. Bisher hatte sie so etwas auch gar nicht nötig gehabt. Aber Jack schien davon überzeugt zu sein, dass es helfen würde, und Maggie hatte gedacht, sie könnten es gemeinsam tun. Aber Jack hatte keine Lust, neben ihr zu laufen. *Das bringt mich aus dem Rhythmus*, sagte er. Und so kam es, dass sie ihn nur von weitem beobachtete und mühsam versuchte, mit ihm mitzuhalten. Dabei war sie die ganze Zeit so müde, ihr war ständig leicht übel, und sie dachte sehnsüchtig an Donuts und *CSI*.

Und dann verlor sie das Baby. In der zweiundzwanzigsten Woche – ein kleines bisschen zu früh. *So etwas kann jeder Frau passieren*, sagte der Spezialist. *Es ist nicht Ihre Schuld*. Nur dass es nicht jeder Frau passiert war, sondern ihr. Und wessen Schuld war das?

Was Jack anging – er lief einfach weiter. Und eines Tages lief er zur Küchentür hinaus, um direkt in den Armen einer jungen Frau aus dem Fitnesscenter zu landen, und Maggie war nun allein mit dem nutzlosen Babypolster und ihrer Trauer, doch der Appetit wollte einfach nicht verschwinden, nichts schien sie zufriedenzustellen.

Jack meinte, sie müsse eine Therapie machen. Maggie fand, dass Jack zur Hölle fahren sollte. An manchen Tagen sah sie ihn im Park, wo er mit seiner neuen Freundin joggte. Jack mochte schlanke, sportliche Blondinen. Diese hier hieß Cherry, was Maggie besonders albern fand. Es klang so, als würde Jack auch bei der Auswahl seiner Freundinnen auf gesunde Kost achten.

Diese ganze Erfahrung erschwerte es nur noch, den sich immer fester einnistenden Gedanken – *Was ist, wenn ich schwanger bin?* – irgendwie zu integrieren. Um schwanger zu werden, musste ein Mann seinen Beitrag leisten, sagte sie sich, aber die Logik half nichts. Klar, Jack war weg, die einzigen männlichen Wesen in ihrem Leben waren Mr Kipling und die Helden der Fernsehserien, die sie bis tief in die Nacht schaute. Und doch –

Die Zeichen waren untrüglich. Ihr Bauch rundete sich immer mehr. Ihre Brüste schwollen an und wurden empfindlich. In den Monaten nach der Fehlgeburt hatte sie sich extrem leer gefühlt. Gleichgültig, was und wie viel sie aß, nichts konnte das babyförmige Loch in ihrem Bauch füllen. Aber jetzt war da etwas. Ein Völlegefühl. Die Ahnung einer Möglichkeit. *Ich esse für zwei*, sagte sie sich im flackernden Licht des Fernsehers, und es erschien ihr beinahe wahr, obwohl es doch unmöglich war. *Es geschehen immer wieder Wunder. Das weiß ich. Das Leben schenkt einem manchmal eine zweite Chance.*

Eines Abends fing sie wieder an zu stricken. Sie empfand es als therapeutisch und strickte eine Babygarnitur im selben Zuckerrosa wie die Glasur auf Mr Kipling's French

Fancies. Davon bekam sie Appetit. Was wiederum zur nächsten Garnitur führte, diesmal gelb wie ein Zitronen-Cupcake. Dann ein Paar Babyschuhe in Creme-Vanille. Diesmal war kein Jack da, der die Instinkte ihres Körpers bremste. Sie konnte sehen, wie ihr Bauch immer dicker wurde. Verbunden mit einem Glücksgefühl und einem gewissen Stolz. Was machte es schon, dass sie keinen Mann hatte? Dann gehörte das Baby eben nur ihr. *Mein Brot im Ofen,* dachte sie lächelnd, während sie eine Packung mit Bakewell-Törtchen aufriss. Ohne schlechtes Gewissen diesmal. Schließlich aß sie wieder für zwei.

Im fünften Monat ihrer mysteriösen Schwangerschaft begannen die Leute, sie neugierig zu mustern. Maggie spürte die Seitenblicke, die unausgesprochenen Kommentare ihrer Arbeitskollegen. Sie aß keine Sandwiches mehr, keine Müsliriegel. Jetzt, da sie zwei versorgen musste, konnte sie ihren Gelüsten hemmungslos nachgeben. Also aß sie zum Lunch an ihrem Schreibtisch herzhafte Gemüsetaschen von Greggs, ganze Packungen glasierte süße Brötchen, pink oder weiß, und vielleicht noch einen Donut oder zwei, tröstlich und weich und am liebsten mit einer dicken Schicht Puderzucker. Wann würde jemand nach dem Geburtstermin fragen? Irgendwie traute sich keiner – schließlich wussten alle von Jacks Neuorientierung. Maggies Freunde im Büro waren eigentlich eher Jacks Freunde, das heißt, es gab niemanden, der ihr die Frage stellen konnte, die garantiert seit Wochen alle beschäftigte: Konnte es sein, dass Maggie tatsächlich schwanger war?

Doch Maggie war das irgendwie egal. Sollten sie hinter ihrem Rücken tuscheln, so viel sie wollten. Die Tatsache, dass keiner wusste, was los war, machte das Baby nur noch wertvoller. *Du gehörst mir,* flüsterte sie zärtlich. *Nur mir, kleine Cookie.*

Als Vornamen fielen ihr vor allem Backwaren ein. Sally Lunn. Angel Cake. Sonderbar, aber sehr ansprechend. Kosenamen waren ja auch immer süß: Sugar, Cupcake, Cookie, Honeybun, Sweetiepie. Und sie zweifelte diesmal keine Minute daran, dass es ein Mädchen sein würde. Sie brauchte keinen Ultraschall als Bestätigung. Überhaupt war sie noch kein einziges Mal beim Arzt gewesen. Wozu auch? Ihr ging es blendend. Beim ersten Mal hatte sie sich ja brav an alle Vorschriften gehalten, und die Ärzte hatten ihr nicht geholfen. Diesmal schaffte sie es allein.

Im Büro war sie häufig sehr schläfrig, vor allem nach dem Mittagessen. An manchen Tagen konnte sie kaum die Augen offen halten. Als ihre Vorgesetzte, Chloe, sie darauf ansprach, konnte Maggie es nicht mehr verschweigen. Sie wurde feuerrot und sagte: »Ich gebe mir große Mühe, aber du weißt ja, in meinem Zustand – da bin ich oft maßlos erschöpft.«

»In deinem Zustand?«

»Ja. Ich bin schwanger.«

Chloe starrte sie an. »Wie bitte?«

Ihre Reaktion war nicht gerade schmeichelhaft. Aber Maggie hatte Chloe noch nie besonders gemocht – sie war klapperdürr, hatte rote Haare, sah aus wie vierzehn und aß zum Mittagessen immer nur fettarmen Joghurt. Im Grunde hatte Chloe von nichts eine Ahnung. Wie sollte sie Maggie verstehen?

Nun machte die Neuigkeit schnell die Runde. Maggie wurde von ihren Kollegen unverhohlen angeglotzt, wenn sie in ihrer Arbeitsnische zu Mittag aß. Das störte sie nicht. Sie musste dafür sorgen, dass sie bei Kräften blieb. Und die anderen waren schlicht eifersüchtig, befand sie. *Eifersüchtig auf dich und mich, Cookie.*

Eine Woche verging, dann kam Jack zu ihr, als sie gerade

eine Pause machte. »Stimmt es, dass du behauptest, du seist schwanger?«, fragte er sie. »Chloe sagt, du hättest es ihr erzählt.«

Maggie zuckte die Achseln. »Ja, stimmt.«

Jack war fassungslos. »Gibt es wieder jemanden in deinem Leben?«

»Warum denn?«, sagte Maggie. »Mir geht es blendend. Ach …« Sie schwieg kurz. »Ich verstehe, was du meinst.«

Wenn sie jemanden kennenlernen würde, dann wäre Jack garantiert der Erste, der davon erfuhr. Er hatte nämlich eine besondere Begabung dafür, Informationen zu sammeln (und weiterzugeben), und obwohl er eindeutig nicht plante, zu Maggie zurückzukommen, hätte ein neuer Mann an ihrer Seite mit Sicherheit für ein paar Wellen gesorgt.

Jetzt musterte er sie prüfend von oben bis unten. »Du siehst furchtbar aus«, sagte er.

»Ehrlich? Das passt zu dir, dass du so was sagst.«

Wenigstens besaß er genug Anstand, um rot zu werden. »Mags, so habe ich es nicht gemeint. Ich wollte sagen, du hast ein bisschen zugenommen.«

»Ja, klar. Immerhin bin ich schwanger.«

»Aber das stimmt doch gar nicht!«

Maggie zuckte die Achseln. »Woher willst du das wissen?« Sie schaute ihn an und dachte plötzlich, dass eigentlich er derjenige war, der furchtbar aussah. Seine Wangenknochen traten viel zu stark hervor, seine Gesichtshaut wirkte schlaff. Aus den Manschetten schauten überraschend knochige Handgelenke heraus. Hatte er abgenommen? Arbeitete er zu viel?

»Du siehst auch nicht besonders gut aus«, sagte sie. »Bist du eigentlich noch mit Cherry zusammen, oder ist die Frischobstdiät vielleicht doch nicht nahrhaft genug?«

»Versuch nicht abzulenken, Mags.« Jack dachte, er würde

etwas von Psychoanalyse verstehen, weil er mehrere Folgen von *In Treatment – Der Therapeut* gesehen hatte. »Es geht um dich. Um das, was du den anderen erzählst. Dass du angeblich schwanger bist.«

Maggie lächelte. »Warum denkst du, es stimmt nicht?«

»Na ja, weil … weil es nicht stimmen kann!« Er klang wie ein kleiner Junge. »Von wem sollst du denn ein Kind erwarten? Von mir jedenfalls nicht, und einen anderen Mann gibt es nicht. Was willst du auf die Welt bringen? Eine Familienpackung Donuts?«

Eigentlich hätte sie sich über diese Bemerkung aufregen müssen. Aber die Schwangerschaft schien eine besänftigende Wirkung auf sie zu haben. Sie lächelte Jack nur an, auf ihre neue, heitere Art, und sagte: »In vier Monaten wirst du es sehen, Jack. Komm, nimm dir einen Keks.«

Danach wussten wirklich alle Bescheid, und jeder hatte eine Meinung zu Maggies rätselhafter Schwangerschaft. Die Meinungen unterschieden sich allerdings nur insofern, als manche glaubten, Maggie sei verrückt geworden, während andere davon überzeugt waren, dass sie das alles erfand, um Jack zurückzugewinnen. Beide Einschätzungen fand Maggie so absurd, dass sie gar nicht versuchte, die Leute aufzuklären. Nein, sie horchte immer nur auf das süße, warme Gefühl in ihrem Bauch und fütterte es mit Brot und Torte, mit Keksen und Kuchen.

Warum hatte sie eigentlich immer gedacht, sie brauchte einen Mann, um ein Kind zu bekommen? Das Kinderlied von früher stimmte genau: *Sugar and spice and all things nice – that's what little girls are made of* … Zucker und Gewürze und lauter Köstlichkeiten – daraus sind kleine Mädchen gemacht … Und Cookie – ja, so sollte sie heißen, die Kleine –, Cookie wusste ganz genau, was sie brauchte. Im Lauf der Zeit stellte sie immer höhere Ansprüche. Sie sorgte dafür, dass Maggie immer wieder Heißhungeranfälle bekam: auf süßen Reispudding, Apfelkuchen mit Sahne, Erdbeertörtchen, Treacle Tarts, Croissants mit Honig, frisches Baguette.

Nach sieben Monaten war Maggie so müde und schwer, dass sie nur noch zu Hause bleiben und fernsehen wollte. Auf dem Sofa unter einer Wolldecke liegen, eine Karaffe mit rosaroter Limonade neben sich, außerdem vielleicht noch einen Becher heiße Schokolade und einen Teller Rosinenbrötchen mit Aprikosenmarmelade. Das war ihr Mutterschaftsurlaub, sagte sie sich, und niemand stellte es in Frage. *Bezahlter Sonderurlaub*, stand in dem entsprechenden Formular. Maggie machte sich nicht die Mühe zu widersprechen. Die anderen glaubten nicht an ihre Cookie? Na und? Maggie brauchte diese Leute nicht. Gelegentlich rief jemand an. Klar, sie meinten es alle gut. Aber Maggie wollte keine Hilfe. Sie wollte keine Diättipps und keine Trauerbegleitung und keine Beziehungstherapie und auch sonst keine Lösungsvorschläge, die diese angeblichen Freunde ihr für ihre angebliche Phantomschwangerschaft empfahlen. Cookie war kein Phantom. Cookie besaß mit ihren sieben Monaten schon eine so ausgeprägte Persönlichkeit, dass die übrigen Menschen zu Geistern verblassten. Cookie war warm, Cookie war süß, Cookie war lieb und gut – und Cookie hatte immer Hunger. Deshalb gab Maggie ohne jedes Bedauern die Arbeit auf und widmete sich nur noch Cookie. Diese Entscheidung schenkte ihr neue Energie. Sie fing an selbst zu backen, was bedeutete, dass sie nicht mehr so oft aus dem Haus musste. Vom Baumarkt ließ sie sich Farbe bringen, um endlich das Kinderzimmer herzurichten – was sie und Jack nie geschafft hatten. Sie strich die Wände Rosenrot, mit einer Borte aus Muffins, mit Schablone gemalt. Sie nähte Vorhänge mit dem gleichen Muster. Als sie gerade dabei war, das Kinderbett zusammenzubauen (helles Holz, Bettwäsche ebenfalls in Muffin-Design), und nebenher eine Packung Schokoladenkekse mampfte, um nicht abzuschlaffen, klingelte es an der Tür.

Es war Jack. Diesmal sah er noch schlechter aus als bei ihrer letzten Begegnung. Unrasiert, bleich, abgemagert. Er trug Turnschuhe, ein graues T-Shirt und ausgebeulte Jeans, und er roch verschwitzt, als käme er direkt aus dem Fitnessstudio. Er warf einen kurzen Blick in das Kinderzimmer und ließ sich dann so abrupt auf einen Stuhl sinken, als hätte ihn jemand geschubst.

»Ach, Mags! Was ist denn nur los mit dir?«

Maggie schenkte ihm ein mitfühlendes Lächeln. Für Männer war es schwer, vor allem für Männer wie Jack. Das Band zwischen Mutter und Kind war so stark, dass die Väter sich oft ausgeschlossen fühlten. Aber daran war schließlich nicht sie schuld – Jack war zuerst auf Distanz gegangen. Vielleicht bedauerte er das ja, so kurz vor der Geburt. Nur schade, dass das alles Maggie nicht mehr interessierte. Cookie war jetzt ihr Ein und Alles.

Sie setzte sich zu Jack aufs Sofa, das unter ihrem Gewicht bedenklich nachgab. In den letzten zwei, drei Monaten war das Baby wirklich stark gewachsen, aber Maggie fühlte sich prima. Diesmal fand sie sich auch schön. Ihre Haut schimmerte. Ihre Haare glänzten. Ihr Körper ging auf wie warmer Teig. Sie roch nach Backwaren, nach Zucker, nach Hefe. Sie sah das auch an der Art, wie er sie anschaute: sein Blick halb erschrocken, halb ehrfurchtsvoll, wie bei einem Kind.

»Was soll das alles?«, fragte er.

»Ich treffe die nötigen Vorbereitungen«, antwortete sie. »Es dauert nicht mehr lang, bis Cookie auf die Welt kommt.«

»Cookie?«

»Ja, so heißt sie. Ich habe es noch keinem verraten.« Sie lächelte wieder, weil sie sich so freute. Er hatte sie zwar verlassen, trotzdem war Jack immer noch der Mann, den sie geliebt hatte, und da schien es nur recht und billig, dass er den Namen des Kindes wusste, bevor es geboren wurde. Schützend legte sie sich die Hand auf den dicken Bauch. Cookie schlief gerade tief und fest, aber demnächst würde sie wieder Hunger bekommen. Maggie fragte sich, ob Jack auch gern die Hand auf ihren Bauch legen würde, so wie früher, als sie noch zusammen waren. Aber wollte sie das überhaupt? Oder gehörte das alles der Vergangenheit an?

Doch Jack wirkte irgendwie beunruhigt. Sein Mund war ganz verzerrt, als wäre er zu schnell gelaufen. »Maggie«, sagte er und schaute ihr ernst in die Augen. »Du musst damit aufhören. Du brauchst Hilfe.«

»Hilfe? Warum? Ich habe dir doch gesagt, es geht mir gut. Dem Baby auch.«

»Welchem Baby?«, fragte Jack. »Wessen Baby ist es? Woher kommt es? Aus dem Pizza Hut? Und jetzt nimmst du auch noch Mutterschaftsurlaub … du kaufst Babykleidung … du richtest alles her!« Er zeigte zur offenen Tür des Kinderzimmers mit seinem Muffin-Design. »Maggie! Du musst professionelle Hilfe suchen!«

»Würdest du dich als Helfer anbieten?«, fragte sie. Es sollte wie ein Scherz klingen.

Jack zuckte die Achseln. »Ich mache mir Vorwürfe. Ich hätte nicht einfach abhauen sollen. Aber der Verlust des Babys …« Er wandte den Blick ab. »Ich wusste nicht weiter, Mags. Ich habe mich wie ein Idiot benommen. Glaub mir, es tut mir sehr leid.«

»Es tut dir leid?« Maggie war wie betäubt.

»Ich hätte dich nicht verlassen dürfen. Das ist mir jetzt

klar. Ich habe mit Cherry Schluss gemacht. Ich könnte wieder hier einziehen, wenn du das willst …«

»Hier einziehen?«

Er nickte. »Ich kann mich um dich kümmern und dafür sorgen, dass du wieder auf die Beine kommst. Deine Stelle wird für dich freigehalten, bis du zurückkommst. In England leidet jeder Vierte irgendwann im Leben an einer Depression. Wir suchen dir einen Therapieplatz, vielleicht hilft dir ja auch Prozac oder Lithium. Und dann können wir wieder mit Sport anfangen, damit du ein besseres Gefühl von dir selbst bekommst. Wenn du abnimmst, überwindest du bestimmt auch diese … diese Wahnvorstellung!«

»Diese Wahnvorstellung?« Jetzt wurde Maggie doch sauer. »Glaubst du, ich bilde mir das alles nur ein? Hier – fühl doch mal!« Sie packte seine Hand und legte sie auf ihren Bauch. »Spürst du, wie Cookie kickt?«

Jack zog schnell seine Hand weg. »Blähungen. Nichts als Blähungen«, murmelte er.

»Denkst du das wirklich?«

»Ach, Maggie, ich weiß es.«

»Das reicht. Raus hier.« Sie zitterte. Cookie machte sie wieder hungrig. Im Kühlschrank stand ein kalter Rhabarberstreusel. Mit einer Kugel Vanilleeis war es genau das Heilmittel, das ihr der Arzt jetzt verschreiben würde. »Ich habe im Moment keine Zeit für so etwas«, sagte sie, als sie Jacks verdutztes Gesicht sah. »Ich muss noch viel erledigen, wesentliche Dinge, nicht so was Nebensächliches wie Sport.«

»Maggie, bitte! Ich liebe dich!«

Er meinte es ernst, das spürte sie. Gleichzeitig wusste sie, dass es zu spät war. Cookie war wichtiger. Und wenn Jack sie tatsächlich zurückgewinnen wollte, musste er sich entscheiden.

Sie sagte: »Wenn du mir beweisen kannst, dass du für mein Baby ein richtiger Vater sein willst, dann …«

»Aber es gibt kein Baby!«, unterbrach Jack sie. »Du erfindest das alles nur! Du bist so dick, weil du dir angewöhnt hast, die ganze Zeit zu essen, und nicht, weil du schwanger bist.«

»Hör am besten gar nicht hin, Cookie«, murmelte Maggie. »Wir brauchen ihn nicht mehr.« Sie ging zur Tür und öffnete sie. »Tschüs«, sagte sie. »Schade, dass es für dich nicht passt.«

Von da an filterte Maggie alle Anrufe und brachte in der Wohnungstür einen Spion an. Die Vorbereitungen beanspruchten sie so sehr, da durfte keiner stören. Sie hatte sich für eine Hausgeburt entschieden – es fiel ihr zu schwer, das Haus zu verlassen –, und außerdem brauchte sie voraussichtlich gar keinen Beistand. Sie brauchte nur Ruhe und Frieden.

Wochenlang bekam kein Mensch sie zu sehen. Sie ging nicht ans Telefon, sie reagierte nicht mehr, wenn es an der Tür klingelte. Jack kam ein paarmal vorbei, ohne Erfolg, auch wenn er mindestens zweimal hätte schwören können, dass er sah, wie sich im Haus jemand bewegte. Maggie hatte die Türschlösser ausgetauscht. Das wunderte ihn nicht. Sein erster Versuch, die Polizei einzuschalten, stieß dort auf höfliches Desinteresse. Beim zweiten Versuch wurde er ausgelacht.

Liegt ein Verbrechen vor, Sir? Besteht Grund zur Annahme, dass Ihre Exfrau in Gefahr schwebt? Hat sie eine Bäckerei überfallen? Als Jack wieder ging, war er wütend und fühlte sich gedemütigt – und seine Sorge wuchs. In diesem Haus spielte sich etwas Unheimliches ab, hinter den ordentlich zugezogenen Vorhängen. Er überwachte, was geliefert wurde. Hauptsächlich verschiedene Backwaren, aber auch jede Menge Babysachen. Maggie redete nie mit den Lieferanten. Diese stellten die Ware nur im Eingang ab, gleich hinter der Außentür. Einmal, als Jack die Szene vom Auto aus verfolgte, erschien kurz eine massige, aufgeschwemmte Gestalt in einem pinkfarbenen Morgenmantel, um einen Karton mit Gebäck in Empfang zu nehmen. Sie bewegte sich in einem merkwürdigen Watschelgang und verschwand gleich wieder im dunklen Haus.

O *Gott!*, stöhnte er innerlich. *Es kann nicht wahr sein, dass sie so unglaublich dick geworden ist.*

Er wusste jetzt, was er tun musste. Er musste die Initiative ergreifen. Niemand wollte ihm helfen. Am nächsten Morgen wartete er, bis der Lieferwagen der Bäckerei vorfuhr. Dann sprang er aus dem Auto und stellte sich dem Mann höflich lächelnd in den Weg.

»Vielen Dank. Ich nehme die Sachen mit rein«, sagte er.

Der Lieferant musterte ihn unsicher.

»Keine Bange, ich wohne hier«, versicherte ihm Jack und hob das bedeckte Backblech auf die Schulter. Es roch nach Brot. Und nach Butterkuchen. Und nach langsam gegartem Obst.

»Meine Frau ist schwanger«, fügte er noch hinzu. »Sie lebt von diesem Zeug.«

»Ach so. Okay«, brummte der Lieferant und schaute Jack nach, wie er zum Eingang ging. Er sah aus, als würde er hier wohnen. Bewegte sich, als gehörte das Haus ihm. Und er hatte gesagt, seine Frau sei schwanger – na ja, so viel Kuchen konnte auch nur eine Schwangere verdrücken.

Das sagte der Lieferant jedenfalls später bei der Polizei aus. In der konkreten Situation zuckte er bloß die Achseln und ging, ohne lange nachzudenken. Die Haustür war nur angelehnt, vermutlich hatte Maggie den Bäcker kommen sehen. Und Jack trat ein, mit dem Backblech auf der Schulter, öffnete die Tür zum Wohnzimmer und –

Er hatte erwartet, Maggie würde im Dunkeln auf dem Sofa liegen, unter ein Federbett gekuschelt. Doch der Raum war hell erleuchtet. Auf dem Fußboden standen in verschiedenen Abständen Stehlampen mit rosaroten Schirmen. Dutzende von Lichterketten hingen über den Möbelstücken und breiteten sich auf dem Fußboden aus. Von der Decke hingen mehrere Mobiles: kleine Glöckchen, Scherenschnitte, Kristalle, die das Licht reflektierten. Und auf jeder Fläche standen Kuchen, kunstvoll arrangiert auf Tortenständern und mit Zierdeckchen. Kleine Törtchen mit Zuckerguss, süße Teilchen mit Glasur und einer Zierkirsche obendrauf, Makronen, Zitronenkuchen, Apfelschnitten und Zimtschnecken, gestapelt bis zur Decke hinauf. In dem bunten Licht funkelte und leuchtete alles wie der Schatz in Aladins Höhle.

Es sah aus wie eine Mischung aus der Grotte des Santa Claus und einem Pfefferkuchenhaus, fand Jack, und falls er noch daran gezweifelt hatte, dass seine Frau völlig übergeschnappt war – spätestens jetzt hatte er den Beweis dafür. So stellte sich ein Kind das Schlaraffenland vor.

Barbies Traumschloss. O Gott.

»Maggie? Bist du da?«, rief er.

Dumme Frage. Wo sollte sie sonst sein? Aber er bekam keine Antwort. Nur das leise Wispern der Papiermobiles war zu hören und das Geklimper einer Spieluhr, das allerdings aus einem anderen Zimmer zu kommen schien.

Jack stellte das Backblech ab. Der süße Geruch war unerträglich. Die Tür zum Nebenzimmer schien nur angelehnt. Behutsam öffnete er sie. Diesen Raum hatten sie damals gemeinsam als Kinderzimmer geplant – nur dass Maggie die Wände unbedingt pink streichen wollte, während er Blau bevorzugte, mit dem Ergebnis, dass die Wände weiß und kahl blieben, so trostlos wie der Tag, an dem sie ihr Kind zur letzten Ruhe betteten. In einer Schachtel, die das Krankenhaus zur Verfügung stellte. Ähnlich wie ein Bäckereikarton, nur gefüttert mit billigem weißen Satin.

Jetzt sah alles komplett anders aus. Das war Jack schon bei seinem letzten Besuch aufgefallen. Ein richtiges Kinderzimmer, hell erleuchtet und pink gestrichen, überall Kissen auf dem Fußboden und in der Mitte eine Wiege, halb verdeckt durch Vorhänge.

Jack machte ein paar Schritte in den Raum. Auch hier war Maggie nicht. Irgendetwas spielte leise klimpernd eine Melodie. Neben der Wiege drehte sich langsam eine Laterne und warf kleine Lichtpunkte auf die frisch gestrichenen Wände.

»Maggie?« Er wollte souverän klingen, wie jemand, der die Situation im Griff hat. Aber in diesem fremden Zimmer war seine Stimme kaum zu hören, sie wurde erstickt von dem süßlichen Geruch und der pastellfarbenen Übermacht der Kissen und Vorhänge. Er war allein im Raum, und trotzdem spürte er eine Präsenz. Fast so, als wäre da etwas – etwas, das atmete.

Diese Wiege. Diese schreckliche Wiege. Stand da so still. Sah aus, als würde sie hierher gehören. Als gäbe es einen Grund für den ganzen Krimskrams, für all die Requisiten. Und diese Vorhänge, die verhinderten, dass man sehen konnte, was in der Wiege lag –

Ein Baby konnte es nicht sein, so viel war klar. Vollkommen ausgeschlossen. Das Baby existierte nur in der verzweifelten Phantasiewelt seiner Frau. *Cookie.* Keks. Total verkorkst. Egal, was sich in der Wiege befand – ein Teddybär, eine Puppe –, es war nur ein Ersatz für das, was sie verloren hatte, ein Symptom ihres Wahns, der Beweis, dass dringend jemand eingreifen musste.

Er musste sie zur Rede stellen. Schließlich liebte er sie immer noch. Wenn er sie zwingen konnte, der Wahrheit ins Auge zu sehen, dann konnten sie vielleicht noch einmal von vorn anfangen, beziehungsweise an das anknüpfen, was sie früher gehabt hatten. Er machte noch einen Schritt auf die Wiege zu. Der süßliche Geruch wurde immer stärker. Zucker, Mehl, Milch – wie Pfannkuchenteig oder Plätzchenteig. Wieder glaubte er zu hören, dass sich hinter dem gemusterten Vorhang etwas bewegte und leise seufzte. War da etwas Lebendiges? Ein Kaninchen vielleicht? Oder eine Katze?

»Jack? Was machst du hier?«

Das war Maggie, die sich trotz ihres Körperumfangs lautlos von hinten angeschlichen hatte. Er drehte sich um. Irgendwie hatte er ein schlechtes Gewissen – aber warum? Er murmelte etwas in der Art, dass er sich große Sorgen um sie mache.

»Du machst dir Sorgen?« Sie lächelte. »Keine Bange. Wie du siehst, geht es uns beiden gut.«

»Euch beiden?«

»Ja. Cookie und mir.«

Jetzt hielt Jack es nicht mehr aus. Er ging zu der Krippe, riss mit zitternden Fingern den Vorhang beiseite. Der Stoff mit dem Muffin-Design zerriss. Ein paar Glöckchen bimmelten munter. Jack schaute in die Krippe, und vor Entsetzen blieb ihm der Mund offen stehen.

Maggie lächelte wieder. »Sie ist perfekt. Nicht wahr, Jack?«

Jack brachte kein Wort heraus, er starrte nur fassungslos auf das, was er da vor sich sah.

»Ich habe gewusst, dass alles gut wird, wenn ich mich auf

meinen Instinkt verlasse. *Sugar and spice and all things nice.* Stimmt doch, Cookie, oder?« Ihr teigiges Gesicht leuchtete. Sie fasste in die Krippe und holte heraus, was darin lag. Jack wich zurück, weg von seiner Frau, weg aus diesem Zimmer, weg, weg, er stolperte fast über die Lichterketten, die sich wie Efeuranken über den gesamten Wohnzimmerfußboden ausbreiteten.

Lächelnd blickte Maggie ihm nach. Sie hatte nichts anderes erwartet, weil sie wusste, dass Jack eine Weile brauchen würde, um sich mit der Vaterrolle anzufreunden. Sie schaute wieder auf das Baby hinunter und atmete mit einem seligen Lächeln den süßlich milchigen Duft ein. *Sugar and spice and all things nice –*

Und dann küsste sie das Ding in ihren Armen und sagte: »Hey, Cookie. Daddy ist da.«

Geister in der Maschine

Ich habe diese Geschichte für meine Tochter geschrieben, die Das Phantom der Oper *sehr mag und schon immer der Ansicht war, Christine Daaé habe sich für den Falschen entschieden …*

Er übernimmt immer die Nachtschicht. Er mag das Dunkel und die Einsamkeit. Das Leuchten des Bildschirms und ein paar LED-Lämpchen reichen ihm aus, er würde sich ja sogar mit verbundenen Augen zurechtfinden. Seit fünfzehn Jahren arbeitet er hier, seit er imstande ist, ein Kabel zu reparieren, und inzwischen kennt er jeden Quadratzentimeter des Senders, jeden Ordner im Archiv. Dieser Mann hat das Studio vom Analog- ins Digitalzeitalter geführt. Er ist viel mehr als ein Ingenieur, viel mehr als ein Tontechniker. Im Grunde *ist* dieser Mann Phantom Radio. Er kennt jedes Geheimnis, hört jedes Wort, das auf Sendung und bei abgeschaltetem Mikro gesprochen wird. Jedes Gerät ist durch seine Finger gegangen.

Aber für die meisten Leute von der Tagesschicht ist er einfach der Mann, der das System am Laufen hält. Manche kennen seine Stimme aus dem Lautsprecher; nur wenige haben jemals sein Gesicht gesehen. Nachts besteht dazu noch weniger Gelegenheit; der Sender funktioniert mit Minimalbesetzung, ab spätabends laufen nur noch aufgezeichnete Sendungen, die Aktivität vorgaukeln sollen, während die Leute von der Tagschicht zu Hause in ihren Betten liegen und er das Studio für sich allein hat.

Dann ist er am glücklichsten. Wenn er ganz für sich sein kann. Im Foyer sitzt ein Wachmann, aber der beachtet ihn nicht, und von Mitternacht bis fünf Uhr früh rauschen und summen in den Kopfhörern von Phantom Radio die Muschelstimmen der Geister und füttern die Schlaflosen und Verzweifelten mit ihrer aufgesetzten Herzlichkeit.

Eine schlaflose Zuhörerin sitzt gerade an ihrem Computer. Sie nennt sich *Lady von Shalott*; ihr richtiger Name ist viel prosaischer. Auch sie ist ein Nachtgeschöpf – vielleicht aus freien Stücken – und hört gern Radio: die munteren, vertrauten Stimmen, die Musik, die Songs, die gegen den riesigen Paravent der Nacht anplätschern und plappern und knistern.

Es stimmt, dass nachts alles anders klingt. Sogar die Stille hat einen anderen Klang, eine Resonanz, die man am Tag nicht wahrnimmt. Die Finger der Frau bewegen sich mit verblüffender Präzision auf dem Touchpad, beschwören Töne und Bilder herauf. Ihr Gesicht – so dicht am Bildschirm, dass ihre Stirn ihn fast berührt – sieht aus wie von Unterwasserlicht angestrahlt. Sie ist schön, aber das weiß sie nicht, sie ist blass wie jemand, der nur selten ans Tageslicht kommt, und in ihren Augen blitzen elektrische Fünkchen. Dies ist ihre Lieblingssendung, eine Aufzeichnung, die jede Nacht zwischen Mitternacht und drei Uhr früh ausgestrahlt wird. Besonders aufregend ist die Sendung nicht – einfach nur drei Stunden Oldies mit eingestreuten Kommentaren –, aber manchmal ist da noch etwas anderes. Etwas, was niemand sonst bemerkt. Zumindest nimmt die Frau das an. Denn wer außer ihr hört überhaupt zu? Es ist doch nur ein Lokalsender.

Sie schickt einen Musikwunsch. Das tut sie ziemlich

häufig. Sie schickt ihren Titel an musikwuensche@phantomradio.com. Obwohl das Programm nicht live gesendet wird, spielen sie jedes Mal ihren Song. Da muss jemand sitzen, sagt sie sich, der auf ihre Mails wartet. Heute Nacht ist sie nostalgisch, fast ein bisschen traurig. Welches Lied entspricht ihrer Stimmung? Vielleicht etwas von den Carpenters, harmlos und authentisch und irgendwie rührselig, wie der Glaube an die wahre Liebe. Sie tippt:

Liebes Phantom,
bist du da?

Ihr Computer ist mit einem Vocalizer und einem Braille-Display nachgerüstet. Durch das Tastgerät kann sie sich mit Leuten online verständigen. Kann ihre Stimmen hören, ein Echo des Lebens, das durch das Totenreich hallt.

Natürlich ist nichts davon real. Aber die Form der Wörter unter ihren Fingerspitzen, die Zeichen auf dem Braille-Display, die ihr so vertraut sind wie die Linien und Narben in ihrer Hand, haben etwas ungemein Tröstliches. Das Gerät erlaubt es ihr, Websites als ein Muster aus kleinen Stiften zu lesen, die aus der Tastatur herausragen und den Text in eine Form übersetzen, die sie versteht. Das ist ihr lieber als der Vocalizer; sie mag die synthetische Stimme nicht, das Braille-Display dagegen ist zart – so zart wie Perlen oder wie Reis im Glas oder das leise Geräusch von Regen auf den Dächern.

Liebes Phantom,
bist du noch da?

Sie tippt ihre Nachricht, schickt sie los, wartet. Unter ihren Fingerkuppen hebt und senkt sich das Web wie ein Wandteppich aus Pixeln.

Worauf warte ich?, denkt sie. *Was erwarte ich eigentlich?*

Manchmal wird sie schrecklich müde, wenn sie hier am Bildschirm sitzt und die Welt unter ihren Fingern spürt, anstatt ihr von Angesicht zu Angesicht zu begegnen. Sie fragt sich, was passieren könnte, wenn sie den Computer ausschalten würde und allein in die Welt hinausginge – und dann überlegt sie es sich anders, seufzt und legt die Hand wieder auf das Display, diese Fläche aus erhabenen Stiften, die sich entsprechend den Formen auf dem Bildschirm heben und senken und die sie feinfühlig mit den Fingerspitzen interpretiert.

Bist du da?

Er denkt: *Ja, ich bin da.*

Es ist ein bisschen wie Hellseherei oder Magie, und während sie immer weiter webt, singt sie sich selbst ein Lied vor, als wäre sie eine Meerjungfrau und könnte eines Tages in ihrem Netz einen glitzernden Sternenschwarm fangen.

Natürlich reflektiert der Bildschirm nur. Er enthält nicht die ganze Wirklichkeit. Das weiß sie, und dennoch kommt sie durch ihn der Welt und den Menschen näher als durch irgendetwas anderes. Die Lady von Shalott betrachtet die Welt durch einen Spiegel, denkt sie, und sie wartet auf einen, der sie durch den Spiegel zieht, wartet auf einen, der ihr Gesicht erblickt …

Er lächelt, als er die Mails liest. Es gibt nicht viele Leute, die zwischen Mitternacht und drei Uhr schreiben. Die Friedhofsschicht, sagen manche, und er, der auch ein Geist ist, übernimmt gern diese Schicht, sitzt gern hier im Dunkeln, weit weg von den Blicken und dem Geschwätz der Menschen.

Die meisten Leute haben bei Tageslicht Schwierigkeiten mit seinem Aussehen. Das liegt gar nicht so sehr an seiner zugegebenermaßen exzentrischen Gesichtsform, sondern eher an dem Muttermal, das ihn entstellt: die Ohrfeige eines zornigen Gottes.

Manche haben ihre Reaktion besser im Griff, andere schlechter. Sie lächeln ihn einfach nur stur an, als müssten sie etwas kompensieren. Andere sehen ihm erst gar nicht in die Augen, sondern fixieren einen Punkt hinter seinem Kopf. Es gibt auch Leute, die übertrieben liebenswürdig sind, andere tun ihr Möglichstes, um erst gar nicht in seine Nähe zu kommen.

Frauen und Kinder sind die Schlimmsten: die Kinder wegen ihrer ängstlichen Augen, die Frauen, weil sie Mitleid haben. Auf gewisse Frauen scheint er eine merkwürdige Anziehungskraft auszuüben – die hasst er inzwischen besonders. Frauen mittleren Alters, übergewichtig, der mütterliche Typ, Frauen, die davon träumen, ein Monster zu zähmen. Das sind die allerübelsten, findet er und bemüht sich nach Kräften, sie abzuschrecken, aber sie kleben an ihm wie die Kletten und deuten sein abweisendes Verhalten als einen Schrei nach Erlösung.

Sein Ausweg ist das Internet. Da muss ihn keiner sehen. Er kann als Avatar existieren, als Schrift auf dem Bildschirm, als Stimme in der Dunkelheit. Hier steht ihm die Welt offen, eine Welt, in der er nicht der einzige Gesichtslose ist.

Er checkt noch einmal die Mails. Da ist sie. Die Lady von Shalott. Sie schickt oft Musikwünsche, manchmal begleitet von einer kurzen Bemerkung, was sie heute gemacht hat oder warum sie ausgerechnet dieses Lied hören möchte oder einfach mit einem ihrer skurrilen Einfälle …

Liebes Phantom (so fängt sie immer an),
hast du dich je gefragt, was mit der Musik passiert, wenn sie aufhört? Die Schallwellen breiten sich natürlich weiter aus, also nehme ich an, dass sie nie zu Ende ist. Sie trudelt immer weiter ins Weltall hinaus, und wer will, kann sie auffangen. Es heißt, man kann sich etwas wünschen, wenn man eine Sternschnuppe sieht. Kann man sich auch bei einem Lied etwas wünschen?

Er schreibt nie zurück. Das Phantom gönnt sich keine privaten Chats. Aber das hält diese Frau offenbar nicht vom Schreiben ab. Sie scheint keine Antwort zu brauchen. Ihm ist aufgefallen, dass ihre Mails sogar immer länger werden. Vielleicht lockt sie die Dunkelheit – der Bildschirm als Beichtstuhl. Sie vertraut ihm alles Mögliche aus ihrem Privatleben an – nur eines nicht: warum sie überhaupt hier ist und sich den Weg in seine Welt ertastet.

*Ich mag die Songs, die du spielst (*schreibt sie*). Ich mag es, dass du sie nicht einfach nach dem Zufallsprinzip aneinanderreihst, sondern so, dass sie eine Geschichte erzählen. Höre ich jemals deine Stimme? Oder sind das nur die DJs, die Ansagen aufzeichnen, während jemand anderes das reale Programm zusammenstellt?*

Diese Frage hat ihm noch keiner gestellt. Die Stimmen im Äther – diese munteren Frühmorgenplauderer – bekommen immer viel Fanpost. Aber diese Frau interessiert sich anscheinend für das, was hinter den Kulissen geschieht. Sie ist klug, denkt er. Sie weiß, dass hier clever simuliert wird, damit es wie eine Live-Sendung klingt. Denn der Reiz des Nachtprogramms besteht in dem Gefühl der Verbundenheit, diesem Gefühl, dass da jemand ist, der in die Nacht hinein spricht, der mit einem wach ist und seine Gedanken mitteilt …

Wer bleibt denn bis drei Uhr nachts wach, um sich ein Band anzuhören?

Sie. Sie bleibt wach.

In letzter Zeit gibt er sich mehr Mühe mit der Zusammenstellung der Playlist. Er weiß, dass sie aufmerksam zuhört, und versucht, ein spannendes Spiel daraus zu machen und Hinweise auf aktuelle Ereignisse, auf Filme und Theaterstücke und sogar auf seine Träume einzuschmuggeln …

Liebes Phantom,
gestern Nacht hatte ich das Gefühl, dass du einsam bist. So viele traurige Songs. So viele Melodien in d-Moll. Fängt dein Name vielleicht mit D an? Ich versuche, ihn zu erraten. David. Dominic. Nein, das klingt nicht richtig. Ich glaube, du hast keinen Namen. Phantome sollten keinen Namen haben, oder?

Phantome sollten auch keine Träume haben, denkt er. Vor allem keine gefährlichen Träume wie diesen. Er kocht sich eine Tasse Tee und geht ins Bad. Schaltet das Deckenlicht an und studiert sein Gesicht im Spiegel.

Das tut er nicht oft. Aber manchmal muss es sein, denn manchmal muss man leiden, um ein Stück voranzukommen. Wenn sie ihn jetzt sehen könnte, würde sie bestimmt genauso reagieren wie die anderen. Ganz automatisch. Und er würde diesen Blick auffangen – halb Mitleid, halb Ekel –, und das bedeutet dann: Schluss, aus, Ende. Es wäre nicht das erste Mal. So läuft es immer. Und doch … und doch …

Liebes Phantom,
ich wünsche mir …

Was wünscht sie sich? Sie will, dass er ihr antwortet. Oder, noch besser, sie seine Stimme hören lässt. Das Braille-Display ist so nichtssagend, es nimmt den Wörtern ihren Klang. Ach, wenn sie ihn doch hören könnte, seinen Dialekt, welche Silben er betont, wie seine Sätze beschaffen sind.

Liebes Phantom (sagt sie),
weißt du, was ich mir wünsche? Ich würde so gern deine Stimme hören. Ich habe ein gutes Ohr für Stimmen. Und für Töne – einen falschen Ton höre ich auf zweihundert Meter Entfernung aus einer Menschenmenge heraus.

Ein falscher Ton – bin ich das?, denkt er. Ein Monster, das glaubt, es sei ein Mensch? Wenn er ihr doch nur ihren Wunsch erfüllen könnte. Aber das wäre nicht gut. Er würde nie damit durchkommen. Wenn er sich eigenmächtig in das Programm einschaltet, kann ihn das seinen Job kosten, und was dann? Wie würde er in der Menschenwelt zurechtkommen?

Ich wünsche mir …

Wenigstens ihren Musikwunsch kann ich spielen, denkt er. Das steht immerhin in meiner Macht. Und doch …

Ich wünsche mir, denkt er, *ich wünsche mir …*

Das Studio ist leer und voller Schatten. Der Stuhl, auf dem der DJ sitzen würde, sieht aus wie die Wiege der Dunkelheit. Dahinter steht ein Stutzflügel unter einer Segeltuchplane. Er zieht die Plane herunter. Legt die Finger auf die glatten, kühlen Tasten.

Aus den Kopfhörern summen und rauschen und murmeln die Geisterstimmen. Es ist fast zwei Uhr nachts, er ist allein, niemand kann ihn verpfeifen. Wer hört überhaupt um diese Zeit zu? Eine Handvoll Leute, die keinen Schlaf finden, ein Betrunkener, ein Depressiver, ein einsames junges Mädchen …

Liebes Phantom,
bist du wirklich da? Ich möchte das natürlich gerne glauben, aber manchmal bin ich mir nicht sicher. Sende ich Signale aus, ohne die Chance, je gehört zu werden, so wie die Musik, die ins All trudelt? Ich weiß, du kannst nicht antworten, und vielleicht ist es falsch, dass ich dich so bedränge, aber könntest du mir nicht ein kleines Zeichen geben? Irgendwas. Einen Punkt. Einen Strich. Oder bist du vielleicht genau wie ich – ein Geist in der Maschine?

Er lächelt. *Ein Geist in der Maschine.* Wieder hat sie seine Tarnung durchschaut. Genau das ist er bisher gewesen: namenlos, gesichtslos, stimmlos …

Es dauert ein Weilchen, bis er das Mikro überprüft und die Sendefrequenz eingestellt hat. Er wartet bis zum Ende des Songs. Stülpt sich die Kopfhörer über. Setzt sich an den Tisch. Und dann unterbricht er das Programm und schaltet auf Live.

Ein rotes Licht blinkt. Er richtet das Mikro aus. Setzt da ein, wo die Aufzeichnung aufgehört hat, mit der gleichen leisen, einfühlsamen Stimme.

Sie hören Phantom Radio. Wir senden das Nachtprogramm, das Sie von Mitternacht bis drei Uhr früh begleitet.

Wenn man nicht ganz genau zuhört, bemerkt man keinen Unterschied. Diese Stimmen sind doch alle identisch, denkt er, sie ähneln sich wie Vogelgezwitscher. Aber *sie* wird es merken. Sie hört zu. Da sie auf seine Frequenz eingestimmt ist, wird sie wissen, dass er da ist.

Und nun ertappt er sich dabei, dass er mit ihr spricht. Von Natur aus einsilbig, stellt er zu seiner Überraschung fest, dass er doch eine Stimme besitzt. Heute, hier in diesem Studio, wird er einen ganz speziellen Musikwunsch erfüllen, zum ersten Mal live und unplugged …

Sie hört es an der Stille. Echte Stille hat eine ganz andere Qualität als die Stille im Studio, und ihre Ohren, die jede Nuance erfassen, registrieren die Veränderung sofort.

Dann kommt seine Stimme, und die Härchen auf ihren Armen stellen sich auf wie die Stifte auf ihrer Tastatur. Sie reguliert die Lautstärke, justiert die Mitteltöne und die Bässe, um das optimale Ergebnis zu bekommen. Digitaler Klang ist so klar, denkt sie. Sie hört sogar die Geräusche in seiner Umgebung, den quietschenden Drehstuhl, das kurze Atemholen bei bestimmten Wörtern.

Ihre Finger liegen auf dem Display, sie sieht ihn jetzt fast vor sich. Sie kann sich die Form seiner Lippen vorstellen und die Kopfbewegung, wenn er sich vom Mikro abwendet und zur Tür schaut.

Das Klavier ist ein bisschen verstimmt – anderen Leuten würde das nicht auffallen, aber sie, mit ihrem feinen Gespür für Tonhöhen, hört jede Abweichung. Und als er singt – leise zuerst, dann immer selbstbewusster –, saugt sie jede Nuance, jede Modulation in sich auf. Artikulation, Phrasierung, persönliche Note, alles ist plötzlich glasklar, und die Stimme selbst, ungeübt, aber klangvoll, ist ein warmer, rauchiger Bariton, der perfekt zu dem Bild passt, das sie sich von seinem Gesicht gemacht hat …

Ich wünsche mir, ich wünsche mir. Das ist es, was ich mir wünsche. Dass dieser Augenblick nie aufhört, dass er sich auf einem ununterbrochenen, vollkommenen Algorithmus bis in dem Raum jenseits der Sterne fortsetzt …

Nach nicht einmal fünf Minuten ist es vorbei. Danach setzen die Musikkonserven wieder ein und die dumpfe Studiostille. Er fragt sich, wie das alles bei ihr angekommen ist. Er fragt sich, ob sie überhaupt zugehört hat. Vielleicht ist sie eingeschlafen. Vielleicht war sie gar nicht da.

Er checkt die Mails.

Liebes Phantom (sagt sie),

danke.

Mehr nicht. Warum? Hat er sie nervös gemacht oder irgendwie eine Grenze überschritten? Man kann leicht mit jemandem reden, der vielleicht gar nicht da ist. Aber wenn diese Person eine Stimme – oder ein Gesicht – bekommt, wird die Illusion zerstört. Könnte sein, dass sie sich jetzt von ihm zurückzieht. Oder, schlimmer noch, dass sie enttäuscht ist.

Er wartet. In dieser Nacht schreibt sie nicht mehr. In der darauffolgenden Nacht ist seine Ungeduld so groß, dass er sich kaum konzentrieren kann. Während des Tages hat Phantom Radio technische Probleme – zum ersten Mal seit Menschengedenken. Schließlich kommt der Produzent und findet ihn schlafend in der Tonkabine. Er zeigt Verständnis, auch wenn er ihn verwarnt – *Reiß dich gefälligst am Riemen, Mann* –, aber er schaut ihm kein einziges Mal ins Gesicht.

Es ist Mitternacht. Die Friedhofsschicht. Sie hat immer noch nicht geschrieben. Er verzieht das Gesicht zu einem bitteren Grinsen, weil er es gewagt hat, etwas anderes für möglich zu halten. Dass er sich nach all den Jahren immer noch zum Affen macht, gibt ihm eine gewisse perverse Befriedigung. *Als würde sich eine Frau wie sie jemals für einen Kerl wie dich interessieren*, denkt er. *Sie braucht dein Gesicht gar nicht zu sehen, sie weiß auch so, dass du ein Freak bist.*

Und doch …

Die gesamte Sendung über wartet er auf ihre Mail. Nichts kommt, nicht einmal ein Musikwunsch. Er ärgert sich über sich selbst, weil er etwas anderes erwartet hat. Wahrscheinlich hat sie längst auf einen anderen Nachtsender umgeschaltet. Oder sie liegt im Bett und schläft. Oder sie hat eine Verabredung.

Sie versucht heute Abend gar nicht erst zu lesen. Ihre Finger liegen wie taub auf dem Braille-Display. Der Bildschirm zeigt immer noch die Homepage von Phantom Radio, die sie seit der vergangenen Nacht nicht mehr neu aufgerufen hat. Sie hört sich nur die Songs an, die er ausgesucht hat – inzwischen kennt sie seine verschiedenen Playlists schon fast auswendig, sie hat ihnen sogar Namen gegeben. Die von heute heißt *Blue* und ist die melancholischste. Zufällig auch eine ihrer Lieblingslisten, deshalb wünscht sie sich heute Nacht keinen Song. Alle Songs von heute Nacht sind ihre Songs, und dieser Gedanke fühlt sich an wie Eiswasser und Gluthitze in einem. Sie genießt die schönen Melodien, auch wenn sie nicht so betörend sind wie seine Stimme, diese Stimme, die sich in ihre Träume gestohlen hat.

Habe ich mich etwa verliebt?, fragt sie sich. Kann man sich wirklich in den Klang einer Stimme verlieben? Sie legt eine Hand auf das Display und versucht, die Form seines Gesichts heraufzubeschwören, stellt sich vor, wie ihre Fingerspitzen über seine Lider streichen …

Liebes Phantom (schreibt sie),

ich liebe dich. Ich liebe dich wahrscheinlich schon länger, aber in der vergangenen Nacht, als du zu mir gesprochen hast.

Sie schickt die Mail ab, bevor sie Zeit hat, darüber nachzudenken. Nur einen halben Satz, als erwarte sie von ihm, dass er ihn für sie zu Ende bringt. Er muss ihn ein paarmal lesen, bevor er ihn versteht. So einfache Worte, und er kann ihre Bedeutung nicht entschlüsseln.

Liebe Lady von Shalott, beginnt er, doch dann überlegt er

es sich anders. Er schreibt nicht gern. Worte werden ihm nicht helfen. Stattdessen schaltet er wieder auf Live. Zuerst hat er keine Ahnung, was er sagen soll, doch dann setzt er sich ans Klavier, schlägt einen Akkord in d-Moll an und fängt an zu reden – oder vielleicht auch zu singen.

Ich wünsche mir, denkt er laut, *ich wünsche mir.*

Es muss etwas in der Luft liegen. Noch nie in seinem Leben sind ihm die Worte so zugeflogen. Vielleicht liegt es an der Nacht, denkt er, oder an der Vorstellung, dass die Schallwellen in die unendlichen Tiefen des Alls sausen.

Ich wünsche mir so …

An der Telefonanlage beginnt ein rotes Lämpchen zu blinken und hört nicht mehr auf. Da draußen müssen mehr Zuhörer sein, als er angenommen hat. Noch ein Lämpchen blinkt. Ein Stern. Ein Sternbild. Bald ist die Schalttafel übersät von Anrufen, überall blinken rote Lämpchen. Es ist sein Job, die Anrufe entgegenzunehmen, aber heute Nacht ist das Phantom anderweitig beschäftigt. Das alles hier kann bis morgen warten, denkt er. Und morgen hat er keinen Job mehr.

Bei diesem Gedanken wird seine Kehle trocken. Phantom Radio ist sein Leben. Was hat er sich nur gedacht? Ist er verrückt geworden? Welcher Dämon ist in ihn gefahren?

Er reißt den Kopfhörer herunter und tritt vom Mikrophon zurück. Schaltet auf das normale Programm um. Nein, es ist zu spät, sagt er sich. Er kann nicht so tun, als wäre nichts geschehen. Er hat sich ein Leben lang versteckt, und nun hat er sich allen, die zugehört haben, offenbart – nicht sein Gesicht hat er offenbart, sondern sein Herz.

Er checkt die Mails.

Liebes Phantom (schreibt sie),

ich glaube, es ist Zeit. Bitte komm in einer halben Stunde hierher.

Sie nennt einen Ort, eine Straße, eine Adresse.

Er tippt: *In Ordnung*. Er drückt *Abschicken*.

Und dann bleibt er wie angewurzelt stehen. Er schlägt die Hände vors Gesicht – dieses Gesicht, das kleine Kinder zum Weinen bringt – und steht lange einfach nur da. Ein großer, linkischer Mann mit einem hässlichen Muttermal, das aussieht, als hätte man ihm lila Tinte über das Gesicht gekippt. Am Mischpult hinter ihm blinken die Lämpchen wie verrückt. Irgendetwas – irgendein Kabel? – hat den Geist aufgegeben. Phantom Radio sendet nicht mehr. Aber das ist nicht mehr wichtig.

Er spürt, wie sein Herz hämmert.

Sie spürt, wie sich ihre Gedanken verwirren.

Und wenn sie nicht da ist?, denkt er.

Und wenn er nicht kommt?, denkt sie.

Und er tippt: *Es gibt etwas, was du wissen solltest.*

Und sie tippt: *Es gibt etwas, was ich nicht gesagt habe …*

Aber jetzt sind die Computer schon aus. Der Bildschirm ist leer, nur der Cursor blinkt auf dem blauen Hintergrund, das Braille-Display ist in seiner letzten Wellenform erstarrt.

Und niemand sieht, wie sie ihren Mantel anzieht, nach dem weißen Stock greift und die Tür öffnet. Und niemand außer dem schläfrigen Wachmann sieht, wie er ins Freie läuft. Die Geister von Phantom Radio wispern und summen in den schummrigen Räumen, und die Lämpchen an der Telefonanlage blinken ihre verschlüsselten Botschaften in die Dunkelheit.

Der Heimwerker

Viele Erzählungen in diesem Buch sind Gespenstergeschichten. Mit Geistern und Gespenstern aber ist es wie mit der Liebe oder mit Geschichten selbst: Sie begegnen einem an Orten, wo man sie nicht erwartet. Das Haus in dieser Geschichte ist schon öfter vorgekommen (unter anderem in einigen meiner Romane): Es ist nicht direkt mein Haus, aber die Geister sind zum Teil meine.

Zu akzeptieren, was ist, das ist der erste Schritt, heißt es. Danach setzt angeblich der heilsame Prozess des Loslassens ein. Man muss den Schmerz wirklich *spüren*, ehe man darüber wegkommen kann. Wenn das stimmt, muss ihn das alles doch tiefer getroffen haben, als ihm bewusst war. Die meisten Männer, deren Ehe in die Brüche geht, halten sich an ihre Freunde, fangen an zu trinken oder ziehen sich zurück, um ihre Wunden zu lecken.

Michael Harman kaufte sich ein Haus.

Bei den Leuten im Dorf hieß dieses Haus nur »die Villa«. Es war alt und heruntergekommen und ließ an Filme denken, in denen eine nette weiße Mittelschichtfamilie in ein einsam gelegenes neugotisches Monsterbauwerk einzieht (mit Indianerfriedhof und allem Drum und Dran) und sich dann wundert, dass seltsame Dinge geschehen. In diesem Fall gab es allerdings keine Familie. Und es geschah auch nichts Seltsames. Vielleicht, dachte er, hatte er die Villa ja deshalb gekauft: weil der viele leere Raum gefüllt werden wollte.

Hinter seinem Rücken waren sich alle einig, dass Michael endgültig übergeschnappt war. Die Scheidung war ja schon teuer genug gewesen, wie konnte man sich da noch *so etwas* aufhalsen? Dieses Ungetüm von Haus mit seinem total verwilderten Zwei-Hektar-Grundstück und einem Dach, das sich unter der Last von hundert Wintern abgesenkt hatte, und einem Leitungssystem, das nur noch ein Gewirr aus Bleirohren war. Und der Garten, vorwiegend Wald, aber dazwischen die überwucherten Reste eines Obstgartens, eines japanischen Spiegelteichs und eines von Mauern geschützten Ziergartens, dazu uralte Spalierbirnen, ein Rosengang und weiß der Himmel was noch alles – nur ein Heer von Gärtnern könnte das alles wieder in einen halbwegs ordentlichen Zustand versetzen. Und dennoch hatte Michael aus unerfindlichen Gründen dieses Haus gekauft und Annie damit geradezu in die Hände gespielt. Annie behauptete nämlich immer, mit ihm zusammenzuleben sei total unmöglich geworden. Seine Stimmungsschwankungen, seine Ausbrüche, sein ganzes irrationales Verhalten hätten solche Ausmaße angenommen, dass sie um ihre Sicherheit und die der Kinder fürchten müsse. Die Leute, die ihn kannten, glaubten das nicht. Gewalttätig war Michael nie gewesen. Kompliziert vielleicht und verschlossen, jemand, der trotz seines Berufs kaum je seine Gefühle zeigte und sein Innerstes selbst vor denen, die ihn liebten, versteckte.

Er war früher mal Schauspieler gewesen. Hauptsächlich Musiktheater. Bekannt geworden durch seine eindringliche Interpretation großer Bühnenrollen. Ein kräftig gebauter und eher schwerfälliger Mann mit Locken, einem schüchternen Lächeln und, seit er die vierzig überschritten hatte, einer Neigung zum Dickwerden. Sympathisch, aber nicht weiter bemerkenswert – bis auf seine schöne Singstimme, die ihm viele glühende Fans eingebracht hatte, hauptsächlich Frauen, darunter auch einige Verrückte. Eine hatte ihn fast zehn Jahre von Bühneneingang zu Bühneneingang verfolgt und ihm Geschenke gemacht. Andere hatten ihn mit Briefen belästigt, und eine hatte damit gedroht, seine Ehefrau zu erschießen. Alle behaupteten, ihn zu lieben. Keine kannte ihn wirklich. Mit der Zeit wusste er selbst nicht mehr richtig, ob er sich kannte. Jahre, die darin bestanden, aus dem Koffer zu leben und von einer provisorischen Bleibe zur nächsten zu ziehen. Er verpasste die ersten Schritte seiner Kinder, ihre ersten Worte, ihre Kindheit überhaupt. Fünfzehn Jahre Sonntagsbraten, Krippenspiele, Fußballturniere, häusliche Abende – geopfert auf dem Altar des staubigen alten Gottes, der nach Sägemehl und Schminke, nach Elektronik und Schweiß roch, des staubigen alten Gottes, der jenseits des Scheinwerferlichts im Dunkeln wohnte …

Und dann, eines Tages, ging alles in die Brüche. Seine wunderbare Stimme ließ ihn im Stich. Auf der Bühne selbst nur ein einziges Mal – Erschöpfung, Heuschnupfen, überstrapazierte Nerven –, aber von dem Moment an hatte er jedes Mal, wenn er hinaustrat, große Angst, und bald wurde diese Angst unerträglich. Schon bei den ersten Tönen einer Gesangsnummer brach ihm der Schweiß aus, sein Mund war voll Sägemehl, und ihn überschwemmte eine Panik, die er selbst nicht verstand. Er stieg mitten in der Laufzeit der Inszenierung aus, offiziell aus gesundheitlichen Gründen, eigentlich aber, weil er wusste, dass der staubige alte Gott ihn gewogen und für zu leicht befunden hatte.

Wenig später kam die Trennung. Annie hatte ihm den Rücken gestärkt, solange er die meiste Zeit beruflich unterwegs war. Ihn jeden Tag um sich zu haben – das konnte sie nicht. Sie besaßen ein Haus in Yorkshire, wo er seine spielfreien Tage verbracht und in den kurzen Monaten zwischen seinen Engagements gewohnt hatte. Jetzt, befand Annie, war das Haus zu klein für sie vier. Niemand kannte ihn mehr. Freunde waren in seiner Gegenwart befangen. Annie behandelte ihn wie einen Besucher. Selbst die Kinder vermittelten ihm das Gefühl, dass er ihnen den Platz wegnahm, den sie dringend brauchten, und Michael fühlte sich wie ein Gefangener ohne Aussicht auf Begnadigung …

Und dann verließ ihn Annie, nahm die Kinder mit, und er blieb mit einem halben Leben, einem halben Bankkonto und einem halben Herzen zurück.

Schließlich kaufte sich Michael Harman ein Haus. Wie das genau passiert war, wusste er immer noch nicht recht. Eigentlich hatte er etwas in der Nähe seiner Kinder gesucht, einen Loft vielleicht oder ein Apartment am Fluss. Aber plötzlich war er auf dem Grundstück eines heruntergekommenen Riesenhauses gelandet, wo in den Brennnesseln zwischen verwilderten Rhododendren ein abgeblättertes Schild *ZU VERKAUFEN* steckte.

Auch wenn alles dagegen sprach – es war Liebe auf den ersten Blick. Vielleicht wegen des Gartens, der Stille dieser zugewachsenen Wege. Vielleicht, weil er schon gleich wusste, dass es der ideale Ort für Kinder war. Vielleicht war es gerade die Aura von Vernachlässigung, die über dem Anwesen hing wie eine Wolke und das Gefühl weckte, dass unter all dem etwas darauf wartete, freigelegt zu werden.

Es war trotz des schlechten Zustands beileibe kein Schnäppchen. Doch für einen Verliebten gibt es keine Hindernisse, und schon bald gehörte das Anwesen ihm. Er zog sofort ein, obwohl das Haus eigentlich nicht bewohnbar war. Annie und die Kinder wohnten im Familiendomizil, und Michael hauste wieder unter improvisierten Umständen. Das Dach war undicht, die Wände waren feucht, heizen konnte man nicht. Aber es war Frühling, die Nächte waren mild, und schlimmer, als aus dem Koffer zu leben, konnte es nicht sein.

Zu akzeptieren, was ist, ist der erste Schritt, heißt es. Die ersten drei Wochen verbrachte er damit, ein Verhältnis zu dem zu bekommen, was er da gekauft hatte: der alten Villa mit den efeubewachsenen Außenwänden, dem Dach aus solidem Yorkshire-Schiefer. Dazu gehörten vier Schlafzimmer, zwei Bäder, eine Bibliothek, eine Küche, eine Speisekammer, ein Kinderzimmer, ein Schulzimmer, eine Spülküche mit einem Fleischerblock und Fleischerhaken, an denen früher bestimmt Schinken, Enten, Fasane und ganze Rinderhälften gehangen hatten, ein alter Weinkeller, in dem alles mit einer zentimeterdicken Staubschicht überzogen war, etliche Buntglasfenster. Das Glas war großenteils gesprungen, aber in der Morgensonne leuchteten die Fenster wunderschön und warfen Leitern aus verschiedenfarbigem Licht auf das Parkett, das sicher einmal edel gewesen war, jetzt aber narbig und zerfurcht dalag. Es tat schon fast weh, sich vorzustellen, wie die Villa einmal gewesen sein musste: harmonisch auf einem gepflegten Grundstück stehend, elegant eingerichtet, herrschaftlich, selbst nach den Maßstäben des Dorfes Malbry, das laut Aussage der Einheimischen früher mehr Rolls-Royces pro Quadratmeile aufzuweisen hatte als irgendein anderer Ort im Norden.

Jetzt galt das natürlich nicht mehr. Die *Millionärsmeile*, wie die Leute hier sagten, war fast vollständig in Büros, Eigentumswohnungen und Altenheime umgewandelt worden. Nur wenige Häuser befanden sich noch im ursprünglichen Zustand und stemmten sich hartnäckig gegen den Strom der Zeit. Und Michael konnte sehen, dass die Villa unverkennbar Zeugnis für den vergangenen Glanz ablegte. Unter den Tapetenbahnen mit den abgelösten Ecken kamen original Morris-Tapeten zum Vorschein, und als er die Wände eines Treppenhauses freilegte, fand er ein gut erhaltenes *Trompe-l'œil*, eine arkadische Landschaft, gesehen durch ein gemaltes bogenförmiges Rosengitter. Er wusste, dass das Haus mindestens anderthalb Jahre leer gestanden hatte, erkannte aber bald, dass das für ihn nur ein Vorteil war. In den letzten fünf Jahrzehnten war hier nichts mehr renoviert worden. Die elektrischen Leitungen waren antik, ebenso die Lichtschalter, die kunstvollen Türbeschläge, die mit Schnitzereien verzierten Zedernholzgeländer, das Buntglas, die monumentale Porzellanbadewanne, die riesigen eichenholzgefassten Kamine. In der Küche hatte man ein paar Modernisierungsversuche unternommen, aber bei näherem Hinsehen stellte sich heraus, dass unter dem Linoleum wunderschöne alte Steinfliesen lagen, die in einem warmen, weichen Naturton schimmerten, nachdem er sie geschrubbt und geölt hatte.

Das würde Annie gefallen. Der Gedanke brachte einen unerwarteten Schmerz mit sich. Annie würden auch der gusseiserne Herd, der Rauchabzug, der Fleischerblock, die Anrichte und die sichtlich vielbenutzten Granitarbeitsflächen gefallen. Welche Ironie des Schicksals. Fünfzehn Jahre zu spät hatte er das Haus gefunden, von dem Annie immer geträumt hatte.

Michael wurde allmählich klar, dass Häuser genau wie Menschen Liebe brauchten. Dieses hier war viel zu lange vernachlässigt worden, und jetzt machte er es sich zur Aufgabe, es wiederzuerwecken.

Bevor das Theater sein Leben aufgefressen hatte, war er der Sohn eines Bauunternehmers gewesen. Sein Vater hatte ihm vieles beigebracht, was sich jetzt als nützlich erwies.

Zwar überstiegen Dinge wie das Verlegen von Strom- und Wasserleitungen seine Fähigkeiten, doch er stellte fest, dass er vieles noch konnte, wovon er dachte, er hätte es längst vergessen.

Anfangs arbeitete er, um sich zu betäuben. Um nicht nachzudenken. Er arbeitete, bis seine Hände bluteten, seine Lunge voll Staub war, jeder Muskel seines Körpers weh tat und er eine so dumpfe Müdigkeit verspürte, dass nichts mehr zu ihm durchdrang. Aber bald veränderte sich dieses Grundgefühl. Es hatte etwas wohltuend Simples, körperliche Arbeiten zu verrichten: Parkett abzuziehen und zu versiegeln, Verkleidungen von alten Türen abzureißen und das Schnitzwerk freizulegen, Wände zu verputzen, Holz abzuschmirgeln, zu verspachteln und zu beizen. Eines Tages ertappte er sich sogar beim Singen – er war gerade dabei, das schäbige Furnierparkett herauszunehmen, und darunter kamen wunderschöne Pechkieferdielen zum Vorschein.

Was ging in ihm vor? Aus der Selbstkasteiung wurde zunehmend eine Lust. Seine Hände waren jetzt robuster und bluteten nicht mehr. Sein Körper arbeitete geschmeidig und effizient. Es war fast so, als würde er dadurch, dass er das alte Haus von den verfallenen Schichten befreite, auch selbst etwas abstreifen – eine alte Haut. Oder die Vergangenheit. Wenn er nun so allein in dem leeren Gebäude arbeitete, sang er fröhlich vor sich hin, und der staubige alte Gott hatte nichts mehr zu sagen.

Sechs Wochen vergingen. Es wurde Sommer. In dieser ganzen Zeit verließ Michael kaum das Haus. Die Nachbarn waren zurückhaltend, stellte er fest: Niemand kam und störte ihn. Der Handyempfang im Haus war schlecht, wahrscheinlich wegen der Bäume, nur SMS kamen durch. Per SMS bestellte er Material und machte Handwerkertermine. Für seine Essensversorgung gab es in der Nähe einen Sandwich-Shop. Er hatte keinen großen Appetit, was seine Energie aber nicht verringerte. Während er sich durch die vielen Zimmer arbeitete, stieß er auf Spuren der Vergangenheit: ein Paar lederne Babyschühchen, versteckt in einem Kamin, ein Woodbine-Päckchen mit vier Zigaretten unter einem Fußboden (Hinterlassenschaft eines Handwerkers, der sich bestimmt für seine Schusseligkeit verflucht hatte), Seiten einer Zeitung von 1908, eingeritzte Namen auf der Unterseite eines Fensterbretts im Schulzimmer.

Je mehr er über das Vorleben des Hauses herausfand, desto neugieriger wurde er. Die Villa hatte zuletzt einem gewissen Dr. Graham Peacock gehört und nach dessen Tod leer gestanden, bis sie schließlich samt Inventar verkauft wurde. Eine Firma für Haushaltsauflösungen hatte sie weitestgehend ausgeräumt, bis auf die Deckenlampen, Armaturen und Beschläge sowie eine Reihe sperriger Möbelstücke, die so alt waren wie das Haus selbst. Michael stellte Recherchen an und brachte in Erfahrung, dass Dr. Peacock, ein älterer Herr, das Haus von seinen Eltern geerbt hatte und dass seine Mutter Emily, geborene Lundy, die einzige Tochter der Ersteigentümer gewesen war.

Fred Lundy hatte einen Textilbetrieb besessen, Lundy Mills, damals im ganzen Land bekannt. Er hatte Frances Liversidge geheiratet, die Tochter eines Liverpooler Teehändlers. Das Paar hatte zwei Kinder, Emily und Ned; ein weiterer Sohn, Benjamin, starb schon im Säuglingsalter. Michael überlegte, ob die Schuhe im Kinderzimmerkamin vielleicht diesem frühverstorbenen kleinen Jungen gehört hatten und Frances sie als Teil irgendeines geheimen Rituals dort versteckt hatte.

In den letzten sechs Wochen hatte er keinen Versuch

gemacht, seine Frau zu kontaktieren. Die Vorstellung, sie – und erst recht die Kinder – wiederzusehen, war am Anfang zu schmerzhaft gewesen. Doch nun fragte er sich immer öfter, was Annie von diesem neuen Haus halten würde. Er sah sie im Geist in der Küche stehen, den alten Steinboden betrachten und seine Arbeit bewundern, während die Kinder, die neunjährige Holly und der sechsjährige Ben, im Garten Plätze für selbstgebaute Höhlen suchten, den Dachboden erforschten oder das Kinderzimmer bestaunten.

Schließlich lud er sie ein, sein Werk zu besichtigen. Das Haus war natürlich noch längst nicht fertig, aber immerhin war das Dach wieder dicht, und einige Räume hatten begehbare Böden. Und er war stolz auf seine Arbeit, stolzer, als er es je vor einem Theaterpublikum gewesen war.

Bevor sie eintrafen, bemühte er sich, Pfade ins hohe Gras zu mähen, um etwas Ordnung in das Chaos des Gartens zu bringen. Dabei stieß er auf ein Zierbecken mit einem Wasserspeier in Form einer Seejungfrau. Seine kindliche Freude über diese Entdeckung überraschte ihn selbst.

Annie und die Kinder hatten sich für vier Uhr angesagt. Um fünf waren sie immer noch nicht da. Die Villa hatte kein Festnetztelefon. Michael checkte sein Handy.

Er fand eine SMS von Annie, hörte im Kopf ihre spröde Stimme.

Michael, tut mir leid. Ich dachte, ich wäre so weit, bin ich aber nicht. Die Kinder haben sich gerade einigermaßen gefangen, ich will nicht wieder alles aus dem Gleichgewicht bringen. Vielleicht in ein paar Wochen. Mach's gut, Annie.

Er löschte die SMS. Machte sich Tee. Ging an die Arbeit im großen Badezimmer – ein paar Original-Bodenfliesen waren gesprungen, aber er hatte auf dem Dachboden einen Karton mit Reservefliesen gefunden. Nach einer halben

Stunde sang er wieder vor sich hin. Die wunderbare Singstimme schwang sich empor wie ein mythischer Vogel.

Am nächsten Tag kam sein Freund Rob vorbei. *Sein* Freund? Na ja, eher Annies Freund, ein Nachbar, den sie beide schon ewig kannten. Annie mache sich Sorgen, sagte Rob. Sie habe ihn geschickt, um nach dem Rechten zu sehen.

Nach dem Rechten sehen. Wieder diese Stimme. Annies helle, spröde Stimme in seinem Kopf. Die eine Hälfte seiner Person erfüllte es mit Hoffnung: Wenn sie ihn kontrollierte, war er ihr nicht gleichgültig. Aber gleich darauf belehrte ihn Rob eines Besseren. Die Leute tratschten, erklärte er. Natürlich seien sie neugierig. Er sei ja auf seine Art berühmt, da werde die Presse garantiert darauf anspringen.

»Worauf?«, fragte Michael verwirrt.

Rob wirkte ganz verlegen. »Auf dieses Haus«, sagte er. »Das, was du hier tust – diese unheimliche Besessenheit.«

Offenbar hatten die Nachbarn doch mehr mitgekriegt, als er gedacht hatte. Seine Herumfragerei im Dorf, die Baumaterialien, der Dachdecker, der Installateur, der Elektriker – das war alles registriert worden. In einem Dorf bleibt nichts unbemerkt, und die Buschtrommeln von Malbry trugen weit.

»Guter Gott«, sagte er. »Wieso Besessenheit?«

Rob erzählte, was er gehört hatte. Dass Michael verrückt geworden sei, dass er wie ein Einsiedler lebe und sich kaputt arbeite. »Du hast abgenommen«, sagte er.

»Ich hatte ja auch ein paar Kilo zu viel.«

»Aber wofür machst du das alles?«, sagte Rob. »Du willst doch nicht allein hier wohnen. Das sind, was weiß ich, zehn Zimmer mindestens. Und was soll mit dem Haus werden, wenn du wieder arbeitest?«

Michael zuckte die Achseln. »Wer weiß. Wird sich schon finden.«

»Und außerdem spukt es hier«, sagte Rob wie jemand, der seine Trumpfkarte zieht.

Jetzt musste Michael lachen. »Es spukt hier?«

»In alten Häusern spukt es immer«, sagte Rob.

Dass Rob, der in der Werbebranche arbeitete, einen silbernen BMW fuhr und samstags Squash spielte, so etwas Abergläubisches von sich gab, war in Michaels Augen wirklich urkomisch. Klar, manche alten Gebäude hatten etwas Unheimliches – Michael hatte während seiner zwanzig Jahre in verschiedenen Theatern gelegentlich solche Schwingungen gespürt –, aber die alte Villa gehörte nicht dazu. Hier gab es keine unerklärlichen kalten Luftbewegungen, keine wispernden Stimmen im Dunkeln, nichts, was auf einen Hausgeist schließen ließ. Ja, in paranormaler Hinsicht hatte die Villa so viel Atmosphäre wie der Mond auf der physikalischen Ebene.

»Weißt du, Michael, Annie meint, du solltest vielleicht eine Therapie machen.«

Sein Lachen erstarb augenblicklich. Typisch Annie. Was glaubte sie denn, was er machte? Das hier sei seine Therapie, sagte er, keine Sitzungen bei irgendeinem jungen Schnösel mit Diplom. Apropos verrückt – vielleicht könnte sie ja selbst professionelle Hilfe gebrauchen, dieses Gerede von Spukhäusern klinge schließlich auch nicht besonders rational …

Beim Sprechen wurde seine Stimme immer lauter. Diese Stimme, die früher unverstärkt bis zum obersten Rang getragen hatte, schnitt jetzt durch das Schattendunkel wie eine Sichel. Kurz darauf verabschiedete sich Rob und ließ Michael mit dem Gefühl zurück, das Misstrauen seiner Frau auf allen Ebenen bestätigt zu haben.

Er checkte sein Handy. Keine SMS. Netzstärke gerade mal bei einem Strich. Er überlegte, ob er ins Dorf gehen sollte, um einen Ort mit besserem Empfang zu finden, entschied sich dann aber dagegen. Wozu? Stattdessen ging er in die örtliche Bibliothek und lieh sich ein paar lokalhistorische Werke aus. Fred Lundy und seine Familie hatten hier in der Gegend zur Prominenz gehört. Vielleicht war ja in einer Geschichte des Dorfs etwas über sie zu erfahren.

Er brauchte drei Tage, um die Bücher in seinen Arbeitspausen zu lesen. Das Haus war 1886 von Fred Lundy gebaut und 1910 modernisiert worden (die Buntglasfenster, die Wandgemälde und der Landschaftsgarten stammten aus dieser Phase). Ned war 1918 gefallen, nur ein paar Tage vor Kriegsende, und Emily hatte erst spät geheiratet, einen gewissen Travers Peacock; ihr Sohn war Graham Peacock. Der Ehe war allerdings keine lange Dauer beschieden gewesen: Travers Peacock starb in Übersee, und Emily kehrte 1925 mit ihrem kleinen Sohn in die Villa zurück, wo sie bis zu ihrem Tod im Sommer 1964 wohnte. Graham Peacock starb, laut Aussage der Dorfbewohner, als Junggeselle und vermachte sein beträchtliches Vermögen irgendeiner Hilfsorganisation für Blinde.

Das also waren die nicht vorhandenen Geister der alten Villa. Eine ganz normale Familie. Mutter, Vater, Tochter, Sohn. Waren sie glücklich gewesen? In seiner Vorstellung ja. Auch nach dem Tod des Babys – sie hatten ja immer noch einander. Damals bedeutete Familie noch etwas anderes als heute. Man bewältigte Probleme gemeinsam, statt einfach wegzulaufen. Geister und Gespenster, sofern es welche gab, dachte er, waren doch eher unglückliche Wesen, die etwas Unbewältigtes oder Quälendes aus der Vergangenheit noch einmal auszutragen versuchten.

Da konnte er sich hineinversetzen. Er hatte selbst jahrelang wie ein Geist gelebt, sich unsichtbar gemacht, anderer Leute Text gesprochen, nur im Scheinwerferlicht Gestalt angenommen und seinen Part so perfekt gespielt, dass er selbst am Ende verschwunden war.

Vielleicht war er ja der Geist, dachte er. Vielleicht hatte das alte Haus ihn deshalb so freundlich empfangen. Beim Gedanken an das, was Rob gesagt hatte, musste er grinsen. *Diese unheimliche Besessenheit.* Was war denn so unheimlich daran, ein Haus wieder in ein Heim zu verwandeln?

Bis jetzt war ihm gar nicht bewusst gewesen, dass es das war, was er tat. Ein Haus war mehr als nur die Summe seiner Zimmer, seiner Decken, Wände, Fenster. Ein Haus war die Summe der Menschen, die darin gelebt und geliebt hatten, die darin gestorben waren, die ihren Namen ins Holz geritzt, mit ihren Sohlen die Treppenstufen abgewetzt hatten. Ein Haus wie die alte Villa verdiente Respekt: Respekt vor den Fähigkeiten seiner Erbauer, vor ihrem Handwerkerstolz und ihrer Liebe zum Detail, Respekt vor seiner Geschichte, seinem Alter und all der Arbeit, die in seine Instandhaltung geflossen war. Früher, sagte er sich, hatte hier sicher auch Personal gelebt: ein Kindermädchen, eine Haushälterin, mehrere Gärtner, ein Dienstmädchen, eine Köchin. Jetzt war nur er da, Michael. Der Gedanke erfüllte ihn mit Stolz und gleichzeitig mit Demut. Er fand einen Versandhandel für Spezialtapeten und ersetzte die alten Morris-Tapeten. Er suchte nach der Sorte Möbeln, wie sie die Lundys gekauft hätten, und ließ sie Stück für Stück ins Haus liefern. Das war teuer, lohnte sich aber; die Elektro-, Installations- und Gipserarbeiten waren schon seit einer Weile abgeschlossen, und er konnte sich nun ganz auf die entscheidenden Details – das Glas, die Fliesen, die Wandbeläge – konzentrieren.

Zwölf Wochen wohnte er jetzt schon hier. Der Sommer

ging allmählich in den Herbst über. Das Laub verfärbte sich, die bisher milden Nächte wurden kalt. Zum ersten Mal probierte Michael die Zentralheizung aus. Die Kombination aus mächtigen Klassenzimmerheizkörpern und großen offenen Kaminen funktionierte ganz gut. Er säuberte die Kaminroste und behandelte sie mit Ofenschwärze, nach Tipps aus einem Bibliotheksbuch über den viktorianischen Haushalt. In einem Antiquariat im Ort trieb er außerdem Mrs Beetons *Anleitung zur Haushaltsführung* auf, die sich als verblüffend nützlich erwies.

Auf Streifzügen durchs Dorf fand er noch mehr über die Lundys heraus. Sie hatten ein Familiengrab auf dem örtlichen Friedhof, bestehend aus einem schwärzlichen Obelisk in einem Kieskarree, dessen vier steinerne Eckpfosten durch eine rostige Kette verbunden waren. Fred und Frances lagen neben Emily und Benjamin. Neds Name stand zwar ebenfalls auf dem Grabmal, aber nach den Dokumenten waren seine sterblichen Überreste nie gefunden worden. Für Emilys Sohn war Platz gelassen worden, doch Graham Peacock ruhte nicht im Familiengrab. Irgendwie erschien das Michael richtig. Peacock war kein Lundy gewesen. Er hatte in der Villa gewohnt, sich aber nicht um sie gekümmert, also hatte ihn das Haus verstoßen.

Michaels Neugier wuchs. Er recherchierte noch weiter über die Lundys. Entdeckte, dass sie eng mit der nahen Gemeindekirche St. Mary's verbunden gewesen waren und dass Fred Lundy 1918 zum Gedenken an seinen toten Sohn ein kleines Buntglasfenster gestiftet hatte. Ein Scheck für die Erhaltung des Kirchendachs, und schon bekam Michael Zugang zu sämtlichen Kirchenbüchern und Aufzeichnungen: Geburts- und Todesurkunden, Korrespondenz zwischen Fred Lundy und dem Gemeindepriester, Dankesbriefe an Emily für eine Spende zugunsten der Armen. Dann war da noch eine Blechschatulle mit weiteren Briefen und etlichen Fotos der Familie und des Hauses, Haushaltsrechnungen der Villa, einem eng beschriebenen Notizbuch, Postkarten aus aller Welt an Emily Peacock und detaillierten Plänen für einen Wassergarten. Sogar ein paar Schulzeugnisse für Ned Lundy aus den Jahren 1900 bis 1904 waren dabei. Anscheinend wusste niemand, warum diese Dinge aufbewahrt wurden, und es interessierte sich auch keiner dafür. Nach einer weiteren Spende für das Kirchendach durfte Michael die Blechschatulle ganz in seine Obhut nehmen.

Der Inhalt erwies sich als fesselnde Lektüre. Jedes Stück verband ihn enger mit dem Haus und dessen Bewohnern. Er besaß jetzt Fotos von ihnen allen. Ein Hochzeitsfoto: Fred mit steifem Kragen und Backenbart, Frances, sehr jung aussehend, die dunklen Haare zu einer Zopfkrone mit eingeflochtenen Efeublättern frisiert. Babybilder von Emily und Ned, Blumenkörbchen, Matrosenanzug. Die beiden als größere Kinder, fotografiert im Stil von Julia Cameron. Ein Familienfoto von 1908, die Eltern sitzen nebeneinander, dahinter steht Emily, die ihrer Mutter sehr ähnlich sieht, in einem hellen Kleid, die Haare offen, und Ned in Uniform, leicht unscharf, als ob er vor lauter Ungeduld, endlich wegzukommen, nicht hätte stillstehen können.

Hatten sie es gewusst? Hatten sie irgendwie gespürt, dass bald ein Teil aus ihrem Kreis herausgebrochen werden würde? Oder ging der unbewegte Ernst in ihren Gesichtern nur auf die endlose Belichtungszeit zurück?

Fred war ein kräftig gebauter Mann gewesen, der eine gewisse Ähnlichkeit mit Michael Harman hatte: dunkle Haare, die sich vielleicht gelockt hätten, wäre es ihnen erlaubt worden. Ned kam eher nach Frances: feingliedrig und voller Energie. In den Schulzeugnissen wurde seine Schrift getadelt – mit Recht, wenn man seine krakeligen Postkarten aus Frankreich anschaute. Er war ein lebhaftes, schwer zu bändigendes Kind gewesen; im Garten gab es überall Bäume, die Spuren seines Taschenmessers trugen – genau wie das Fensterbrett im Schulzimmer, und in etlichen alten Kinderbüchern, die bei der Haushaltsauflösung übersehen worden waren, stand in derselben unsauberen Schrift *Edward Albert Lundy*.

Michael gefiel das alles sehr. Der Garten war bestimmt ein Paradies für Jungen gewesen. Er sah im Geist Schaukeln, Baumhäuser, Höhlen, einen Mischlingshund, der überall herumstrolchte. Dreckige Fußballstiefel in der Eingangshalle, die Stimme der Haushälterin: *Master Ned! Herein jetzt, aber sofort*! Papierdrachen, Einmachgläser mit Kaulquappen, Frösche. Frances, die ein ärgerliches Gesicht machen wollte, aber ein nachsichtiges Lächeln nicht unterdrücken konnte. *Jungen sind Jungen, Fred. Lass ihn doch*.

Es wurde Spätherbst, die Blätter fielen. Michael war froh, dass er mit den Malerarbeiten außen fertig war. Er wandte sich dem Garten zu, stutzte Sträucher, harkte Laub, mähte ehemalige Rasenflächen, die längst zu Wiesen geworden waren. Sein Agent schrieb, beschwerte sich, dass er ihn telefonisch nicht erreichen konnte. Michael checkte zum ersten Mal seit zwei Wochen sein Handy, fand ein Dutzend SMS, die er ungelesen löschte, und machte sich wieder an den Garten.

Der war noch verwahrloster, als er befürchtet hatte. Michael fand Wege unter einer dicken Schicht aus verrottetem Laub, umgekippte Statuen und verwilderte Rosen. Außerdem einen japanischen Wassergarten – wahrscheinlich der, der auf den Plänen in der Schatulle entworfen worden war –, völlig zugewachsen mit uralten Rhododendren. In einem Dickicht von Dornengestrüpp stand ein hölzernes Gartenhäuschen; als er sich den Zutritt erkämpft hatte, entdeckte er einen Kasten mit Pinseln, eingetrockneten Aquarellfarben und einem stockfleckigen Skizzenblock, auf dessen Deckblatt in sorgfältiger bräunlicher Druckschrift ein Name stand: *Emily Geraldine Lundy*.

Emily hatte also gemalt? Irgendwie überraschte ihn das nicht. Seine Tochter Holly malte auch gern – jahrelang hatte er ein von ihr gemaltes Bild an seinem Garderobenspiegel hängen gehabt. Wie Holly es hier wohl finden würde? Auf einmal merkte er, dass er seit Wochen kaum an sie – oder Ben oder Annie – gedacht hatte, und er bekam schreckliche Schuldgefühle.

Wie konnte es sein, dass er sie alle so schnell vergessen hatte? Nein, nicht *vergessen*, aber als er nach dem Verlustschmerz suchte, fand er nur ferne Erinnerungen. Annie, wie er sie zum ersten Mal gesehen hatte, in der ersten Reihe eines Provinztheaters. Die kleine Hand seiner Tochter, die seinen Zeigefinger festhielt. Bens Augen, so blau und zutraulich. Doch vor diese Erinnerungen schoben sich jetzt andere, die nicht seine eigenen waren und trotzdem verblüffend klar. Ned im Matrosenanzug, wie er auf einen Baum kletterte, Emily in ihrem Gartenhäuschen, konzentriert über ein Aquarell des japanischen Gartens im Frühling gebeugt. Und Frances. Die schöne Frances mit ihren locker geflochtenen Haaren: Strahlend kam sie mit einem Armvoll Rosen die Allee entlanggelaufen …

Ein Geräusch hinter ihm ließ ihn zusammenfahren. »Frances?«

Er drehte sich um, und einen Moment lang sah er sie, wie Orpheus Eurydike gesehen haben musste: helles Gesicht, dunkle Haare, schemenhaft –

Dann erkannte er Annie, Annie in Jeans und Mantel, mit neuer Kurzhaarfrisur. Lang gefielen ihm ihre Haare eigentlich besser – so wie damals, als er sie kennengelernt hatte.

»Wer ist Frances?«, fragte Annie.

Michael versuchte, es zu erklären. Aber er spürte schnell ihr Desinteresse. Annie war gekommen, um ihm eine Predigt zu halten, und würde erst wieder gehen, wenn er sich alles angehört hatte.

Ihre Vorwürfe entsprachen in etwa dem, was Rob schon gesagt hatte. Sie redete von seiner Besessenheit und dass er abgenommen habe und warum er sich weigere, ans Telefon zu gehen. Michael entgegnete, dass der Handyempfang hier im Haus so schlecht sei. Annie musterte ihn skeptisch und sagte nun auch etwas von Therapie.

Er bot an, ihr das Haus zu zeigen. Annie lehnte ab. Vermutlich glaubte sie, dass sie mit dem Überschreiten der Schwelle die Oberhand verlieren würde. Seine Handwerksarbeiten interessierten sie nicht, sagte sie, und seine Recherchen erst recht nicht. Er erkundigte sich nach den Kindern; sie erwiderte, sobald er wieder zur Vernunft gekommen sei, werde sich ein Arrangement finden lassen. Als Annie ging, fühlte er sich zum ersten Mal seit Wochen hilflos, wütend, verletzt, aber gegen Abend hatte er sein inneres Gleichgewicht wiedergefunden. Eine Kinderschaukel am Ast eines alten Goldregenbaums holte ihn in die Wirklichkeit zurück. Und als er zufällig eine halb unter altem Laub begrabene Steinbank entdeckte, lieferte ihm das eine weitere Aufgabe. Schon bald war die Erinnerung an seine Frau und die unbarmherzigen Dinge, die sie gesagt hatte, wieder verblasst.

An diesem Abend machte er ein Feuer in der Feuergrube hinter dem japanischen Garten. Er verbrannte die Gartenabfälle, die sich im Lauf des Tages angesammelt hatten, und gewisse Erinnerungsstücke aus seinem früheren Leben: die Preise und Auszeichnungen, mehrere Alben, die Schachtel mit den Zeitungsausschnitten, die er im Lauf seiner Karriere gesammelt hatte (meistens, ohne sie zu lesen). Es tat nicht weh, diese Dinge verbrennen zu sehen. Im Gegenteil, es war, als würde nun die letzte Schicht seiner alten Haut von ihm abfallen, schmerzlos, so dass er ganz neu und frisch hier stand.

Er hängte im Kinderzimmer Fotos von seinen Kindern auf, aber sie wirkten irgendwie deplatziert. Zu bunt, zu modern. Deshalb ersetzte er sie durch die Fotos von Emily und Ned Lundy: Ned, acht oder neun Jahre alt und mit Wuschelkopf, lang bevor der Erste Weltkrieg anbrach, dem er zum Opfer fiel; Emily mit zwölf oder dreizehn, hübsch posierend, in einem weißen Kleid, die Haare mit einer Schleife zurückgebunden. Er bewunderte die magische Kunst der Fotografie, keine digitale Wegwerf-Knipserei, sondern etwas, was das Wesen der Lundy-Kinder über die Zeit bewahrt hatte. Was danach kam – Emilys Ehe, Neds Krieg –, spielte keine Rolle mehr. Das war jetzt vergessen. Hier mussten die Kinder nie erwachsen werden, und Frances brauchte nicht zu altern und zu sterben. Ihr Porträt hing bereits im Wohnzimmer über dem Kamin: Frances mit neunundzwanzig, die langen Haare in einem üppigen Knoten, dunkles Seidenkleid, bestickte Stola. Trotz des Kleids wirkte ihr Gesicht ganz modern, fand Michael, ihre Augen schienen zu lächeln, wenn er sie anschaute, und ihm durchs Zimmer zu folgen.

Näher als allen anderen fühlte er sich allerdings Fred Lundy. Seine Gegenwart war überall im Haus und im Garten zu spüren. Die meisten Briefe in der Schatulle waren von oder an Fred: Rechnungen, Instruktionen für Bauhandwerker, Korrespondenz mit seinen verschiedenen Textilfirmen und dem örtlichen Waisenhaus, das die Lundys gegründet und unterstützt hatten. Aus den Briefen ging hervor, dass Fred Lundy ein gebildeter Mann war, ein großzügiger Arbeitgeber und ein bescheidener Mensch, was angesichts seines Status in Malbry eher überraschte. Er interessierte sich aufrichtig für die Leute, die für ihn arbeiteten, bemühte sich, ihre Lebensbedingungen zu verbessern, sprach mit echter emotionaler Beteiligung über die Not der Armen und insbesondere ihrer Kinder.

Und dann war da das Notizbuch, das Michael zwischen den Papieren in der Schatulle gefunden hatte. Fred war Laienprediger gewesen und hatte manchmal in St. Mary's gepredigt oder bei seinen Besuchen im Waisenhaus kleine Ansprachen gehalten. Das Notizbuch enthielt Ideen für diese Auftritte und außerdem Gedanken verschiedenster Art, die er offenbar im Moment ihres Entstehens rasch festgehalten hatte, sowie prosaischere Vermerke: Liefer- und Personaltermine, Familienanlässe, Geburtstage.

Die Welt draußen ist hart und grausam, las Michael, als er darin blätterte. *Der Rückhalt einer Familie, eines Heims, in dem er geschätzt und geliebt wird, das ist es, was ein Mann auf dieser Welt braucht. Wenn er das hat, ist er unbesiegbar. Hat er es nicht, ist seine Macht nicht mehr als ein kurzer Regen, der eine Zeitlang die Pflastersteine dunkel färbt und verschwindet, sobald die Sonne scheint.*

Und ein Stück weiter: *Ein Heim besteht nicht aus Mauersteinen und Mörtel. Ein Heim besteht aus dem, was bleibt, wenn die Mauersteine und der Mörtel dahin sind.*

Und noch ein Stück weiter: *Vor allem sollte ein Mann von den Dingen umgeben sein, die er liebt.*

In diesem Mann erkannte Michael immer mehr einen Seelenverwandten, der in jedem Stein und jedem Stück Eichenholz der alten Villa weiterlebte. Er hängte das Porträtfoto von Fred über den Kamin in der Bibliothek, seinem Lieblingszimmer, wo man inmitten der Bücherwände still in einem Sessel am Kamin sitzen und den Duft von Einbandleder und Holzfeuer einatmen konnte.

Michael gewöhnte sich an, Pfeife zu rauchen. Er hatte früher nie geraucht, aber jetzt erschien es ihm nur natürlich. Der Geruch von Pfeifentabak war so würzig und stimmungsvoll wie der von verbrennendem Laub. Er rauchte nur in der Bibliothek. In der Küche oder gar in Frances' Wohnzimmer zu rauchen wäre irgendwie unverzeihlich gewesen.

Bitte, Fred. Denk an die Kinder. Nur in der Bibliothek.

Der Winter kam. Seine Koteletten wurden länger. Er bestellte sich weitere Bücher über Einrichtungsthemen. Er durchsuchte den nahegelegenen Schrottplatz nach Originaltürbeschlägen und alten Badezimmer-Armaturen. Er bestückte das Schulzimmer mit Spielzeug und Büchern aus lokalen Antiquitätenläden. Er ließ sich sogar einen Weihnachtsbaum liefern, eine knapp vier Meter hohe Fichte, die aufgestellt fast bis an die Wohnzimmerdecke reichte, und verbrachte einen beglückenden Vormittag damit, den Baum mit Tannenzapfen und alten Christbaumkugeln zu schmücken. Das alles kam ihm überhaupt nicht merkwürdig vor, im Gegenteil, er fand es schwer zu glauben, dass seine Kinder nicht draußen im Schnee spielten, Weihnachtslieder singend von Haus zu Haus zogen oder Stechpalmenzweige für einen Kranz sammelten, während seine Frau in der Küche die Weihnachtsbäckerei beaufsichtigte. Ja, er roch regelrecht den Duft von Plumcake und Mürbeteigplätzchen, Brandy, Äpfeln und Marzipan.

Würde Annie vorbeikommen? Oder hatte sie wirklich vor, die Kinder von ihm fernzuhalten, bis er eine Therapie machte? Das wäre natürlich albern – er konnte ja das Umgangsrecht einklagen. Aber Tatsache war, dass er gar keine Lust hatte, aus dem Haus zu gehen. Die Welt der Juristen, Banken und Agenten war Teil einer Vergangenheit, die er endlich hinter sich gelassen hatte. Die Vorstellung, dorthin zurückzukehren, fand er lästig und unnötig. Außerdem gab es immer noch so viel zu tun. Ein Haus wie die alte Villa war nie fertig. Wenn man eine Sache erledigte, stieß man stets auf zwei neue Aufgaben, die in Angriff genommen werden mussten. Es störte ihn nicht, dass das alles sehr zeitaufwendig war. Im Gegenteil, er freute sich darüber. In seinem alten Leben war er den Regisseuren, Produzenten, Dramaturgen, Kritikern ausgeliefert gewesen. Hier in der Villa hatte er das Sagen. Hier war er akzeptiert.

Er hatte halb damit gerechnet, dass Annie kommen würde. Er hatte Weihnachtsgeschenke für die Kinder gekauft. Eine Puppe für Holly, einen Drachen für Ben, Orangen für beide. Für Annie hatte er in einem Antiquitätengeschäft im Ort einen Armreif erstanden: Weißgold mit Saphiren, so leicht und grazil wie ein Spitzenband. Er packte die Geschenke ein und legte sie unter den Weihnachtsbaum, zündete Kerzen an und wartete – aber worauf?

Draußen schneite es. Der Adventskalender an der Wand – original viktorianisch – zeigte, dass es nur noch sechs Tage bis Weihnachten waren. Am Klavier in der Eingangshalle sang Michael Weihnachtslieder. Zum ersten Mal seit zwanzig Jahren – mit seiner anderen Familie hatte er das nie getan. Er war selbst ein bisschen schockiert, dass er Annie und die Kinder in Gedanken »seine andere Familie« nannte, aber sein jetziges Leben unterschied sich so sehr von dem, das er mit ihnen geführt hatte.

Und dann, an Heiligabend, hörte er draußen ein Auto vorfahren: Annie stand vor der Haustür und starrte verdutzt auf den Kranz, den Michael am Türklopfer aufgehängt hatte. Sie hatte Holly und Ben dabei; beide sahen viel älter aus, völlig anders als beim letzten Mal. Klar, das war ja auch über ein halbes Jahr her. Und während seiner Karriere als Schauspieler hatte er von seinen Kindern oft auch nur Momentaufnahmen mitbekommen: Holly plötzlich mit braunen Haaren, während sie doch eben noch ein blondes Engelchen gewesen war. Ben, der sich unwiderruflich vom großäugigen Baby in einen kleinen Jungen verwandelt hatte.

Annie trug einen schwarzen Mantel, der sie älter machte, als sie war. Sie lächelte, als er die Tür öffnete; dann sah sie ihn, und der Mund blieb ihr offen stehen.

»Mein Gott!«, rief sie. »Was ist denn mit dir passiert?«

Ihre Reaktion war natürlich total übertrieben. So stark hatte er sich nicht verändert. Und die Kinder – Annie musste sie indoktriniert haben: Sie schauten ihn an wie einen Fremden.

Aber er wollte ihnen unbedingt das Haus zeigen. Die Früchte all seiner Mühen. Dies war der Moment, auf den er die ganze Zeit gewartet hatte: Er wollte ihre Gesichter sehen, wenn sie das Schulzimmer erblickten, das Kinderzimmer, das Schaukelpferd auf der Galerie, überhaupt alles, was er für ihre Ankunft vorbereitet hatte. Der Webervogel baut sein Nest in der Hoffnung, eine passende Partnerin anzulocken; wenn die Nester fertig sind, fliegt das Weibchen von einem Nest zum anderen, inspiziert die Arbeit der Kandidaten und trifft dann ihre Wahl; die übrigen Männchen können noch einmal von vorn anfangen oder sich eine weniger kritische Gefährtin suchen.

»Mein Gott. Wie viel Arbeit du in dieses Haus gesteckt hast. Ich habe gehört, es war halbverfallen.« Was Annie sagte, war ja ganz ermutigend, aber ihr Tonfall wirkte seltsam verhalten. Sie bewunderte gebührend, was er ihr zeigte. Michael wurde mitteilsamer, erzählte ihr die Geschichte der Villa, wies sie auf Stuckdetails und Deckensimse hin, zählte auf, was er alles gemacht hatte und noch machen wollte. Die Kinder blieben dicht bei ihrer Mutter. Das

Kinderzimmer schien sie zu beeindrucken, aber Ben hatte Angst vor dem Schaukelpferd und den Porzellanpuppen mit ihren Zähnen. Holly erklärte, es sei »unheimlich« – das Wort, das auch Rob benutzt hatte –, und plötzlich begriff Michael: Das Haus gefiel weder den Kindern noch Annie.

»Klar gefällt es mir. Es ist sehr schön«, widersprach Annie, aber es klang nicht sehr überzeugend. »Es ist nur ein bisschen …«

»Unheimlich?«, sagte er.

Sie zuckte die Achseln. »Es ist wie ein Geisterhaus. Überall diese schrecklichen alten Bilder. Wie kannst du die nur dauernd um dich haben?«

Damit meinte sie natürlich die Lundy-Fotos. Die waren Annie nicht geheuer? Fast hätte er gelacht. Er wollte ihr alles erklären, merkte aber, dass sie unruhig war. Sie schaute immer wieder auf ihr Handy.

»Du hast hier wirklich kein Netz?«

Er schüttelte den Kopf. »Liegt wahrscheinlich an den Bäumen.«

Sie fröstelte. »Wie hältst du das aus, Michael? Und es ist kalt hier, eiskalt …«

»Ach ja?« Michael war überrascht.

»Und diese komischen Geräusche …«

Die typischen Geräusche eines arbeitenden alten Hauses: das leise Knacken der Dielen, das Gluckern von Wasser in den alten Bleirohren, das Ticken der Standuhr aus dem Holz einer Eiche, die zu Shakespeares Zeiten ein junger Baum gewesen war.

»Ich weiß, wie sich alte Häuser anhören, Michael. Aber das hier ist etwas anderes. Ich sage dir, ich höre die ganze Zeit Stimmen.«

Er lächelte. »Ich wusste gar nicht, dass du so eine lebhafte Phantasie hast.«

Sie fasste ihn am Arm. »Komm nach Hause, Michael. Die Kinder vermissen dich. Ich vermisse dich auch. Komm nach Hause, dann versuchen wir, die Probleme in den Griff zu kriegen. Wir können noch mal neu anfangen. Gib diese Villa auf und komm nach Hause …«

Er starrte sie verständnislos an. »Das hier ist mein Zuhause.«

Der erste Schritt besteht darin, zu akzeptieren, was ist.

Kurz darauf gingen sie; die Geschenke blieben unausgepackt unter dem Weihnachtsbaum liegen. Es wurde dunkel. Und es schneite wieder. Michael setzte sich in die Bibliothek und rauchte. Der Tabakduft mischte sich mit dem Tannennadel- und Holzfeuergeruch aus dem Wohnzimmer. Er goss sich aus der Karaffe auf dem Bibliothekstisch einen Brandy ein und ging dann hinüber ins Wohnzimmer mit dem prasselnden Kamin. Dort setzte er sich aufs Sofa und wartete, dass irgendetwas passierte.

Wieder kamen aus der Küche Backofendüfte. Sie erwärmten sein Herz. Es war so lange her, dass er eine hausgemachte Mahlzeit genossen hatte. Er zündete einen mehrarmigen Kerzenleuchter an und knipste das elektrische Licht aus. So war es viel schöner: die Flammen, die sich funkelnd in den Christbaumkugeln spiegelten, das Spiel von Licht und Schatten, weich und intim. Aus dem Spielzimmer glaubte er die Stimmen seiner Kinder zu hören: Neds aufgeregtes Geplapper, Emilys leise Ermahnungen.

Die Standuhr schlug Mitternacht.

Michael lächelte. »Fröhliche Weihnachten«, sagte er.

Er schloss einen Moment lang die Augen, ließ den Kopf auf die Polsterlehne zurücksinken und lauschte den Geräuschen der Nacht: Äste klopften an die Fensterscheiben, Holzscheite knackten im Kamin, kaum hörbar nahten Schritte über das frisch versiegelte Parkett und verharrten beim Weihnachtsbaum, Papier wurde aufgerissen und raschelte leise, dazu kindliches Gekicher, das sofort unterdrückt wurde.

Psst! Du weckst noch Papa!

Dann fühlte er, wie sich jemand neben ihn aufs Sofa setzte … Sie lehnte den Kopf an seine Schulter und schob ihre schmale, kühle Hand in seine. Er roch ihr Parfüm, Veilchen und Sandelholz, er spürte ihren Atem an seinem Hals wie einen sanften Windhauch – und war das, was er durch die halbgeschlossenen Lider sah, das Glitzern von Saphiren, eine feine weißgoldene Mondsichel an einem schlanken Handgelenk?

Akzeptieren ist der erste Schritt, heißt es. Dann kommt der Heilungsprozess. Michael war nur nicht klar gewesen, wie sich das eine im anderen spiegelte und dass die Rettung von Dingen zur Selbstrettung werden konnte und der Restaurator sich selbst restaurierte, ja, dass es möglich war, durch simples Loslassen mehr zu erreichen, als man sich je hatte träumen lassen.

Ein Heim besteht nicht aus Mauersteinen und Mörtel. Ein Heim besteht aus dem, was bleibt, wenn die Steine und der Mörtel nicht mehr da sind.

Schließlich öffnete Michael die Augen.

»Hallo, Liebling«, murmelte er. »Ich bin daheim.«

Die Muse

Seit vielen Jahren gibt es hier im Bahnhof genau so ein Café. Ich liebe die Sahnetorten, die vom Alter schon etwas krümelig sind, die angeschlagenen Becher, den bedenklich klebrigen Teppichboden, die fettigen Specksandwiches, die unerklärlich missmutige Art des Mannes hinter der Theke. Irgendwie ist das Café ein kreativer Hotspot, denn immer, wenn ich dort bin, komme ich mit der Idee für eine Geschichte wieder heraus. Nun droht die Renovierung, und ich ahne schon, dass die Tage dieses Cafés gezählt sind. Aber bislang hat es unbeschadet überlebt, wie eine Zeitkapsel aus den Fünfzigern. Vielleicht hat irgendein göttliches Wesen beschlossen, es unter seinen Schutzmantel zu nehmen …

Manche Leute zünden Duftkerzen an. Andere beten. Wieder andere wandern nachts durch die Straßen und hoffen auf Inspiration. Ich brauche die Specksandwiches und einen Becher mit süßem Tee im Café an Gleis Nr. 5 des Bahnhofs Malbry, meinen Laptop auf den Knien und das Geräusch der Züge, die vorbeirattern.

Manche Orte sind einfach so. Inspirierend, meine ich. Vielleicht ist es irgendwas in der Luft. Oder unterirdisch verläuft eine Ley-Linie. Von außen sieht das Café nicht nach viel aus. Ein verwittertes Schild mit der Aufschrift BAHNHOFSCAFÉ, daneben ein Bild zweier Masken, die eine komisch, die andere tragisch, und ein Musikinstrument, das eine Leier sein könnte. Das war's aber auch schon an künstlerischem Leitmotiv. Innen eine klebrige Arbeitsplatte, ein Grill, eine Glasvitrine mit einer Auswahl von Gebäck, das vermutlich frisch war, als Lloyd George in der Downing Street regierte. Ein Regal mit dicken Keramikbechern; eine Uhr, deren Zifferblatt zerbrochen ist, eine riesige Teemaschine, eine Katze, ein Dutzend kleiner Tische mit kippeligen Stühlen, der Geruch von kaltem Zigarettenrauch.

Ja, an Gleis 5 rauchen die Leute noch. Es gab schon Beschwerden, aber soviel ich weiß, hat man bisher nichts dagegen unternommen. Die normalen Leute haben ihr eigenes Café – dort gibt es Panini und Gemüsechips und ernährungsphysiologisch ausgewogene Sandwiches, deren Kaloriengehalt deutlich sichtbar auf der Verpackung vermerkt ist. Diese Leute haben mit dem Café hier wenig zu tun. Sie nehmen auch kaum Notiz davon. Ins Bahnhofscafé kommen nur die Raucher, die Trainspotter, die Obdachlosen, die Randexistenzen – und natürlich Leute wie ich, die etwas anderes suchen als eine Tasse Tee und ein mehliges Brötchen oder ein mürrisches Nicken von Fat Fred, dem Frittierer, oder einen Platz, wo sie Zuflucht vor dem Regen finden und eine ordentliche Fluppe rauchen können.

Es hat eine ganze Weile gedauert, bis ich das kapiert habe. Zu Hause habe ich ein Arbeitszimmer, einen Schreibtisch mit Löschblattunterlage, ein Telefon. In meinem näheren Umfeld habe ich einen gewissen Bekanntheitsgrad erreicht. Man hat meine Bücher bei *WH Smith's* gesehen; es könnte sogar passieren, dass jemand mein Gesicht erkennt. Ich sage mir, ich habe es nicht nötig, in einem schmuddeligen Loch zu schreiben, das nach Rauch stinkt und wo niemand geputzt hat, seit der Teppich verlegt wurde. Aber die Wahrheit ist: Doch, genau das habe ich nötig. Ich habe es anders versucht, weiß Gott. Aber dieser Ort geht einem unter die Haut. Hier liegt irgendwas in der Luft.

Jennifer, meine Frau, hält mich für verrückt. Noch schlimmer, sie hat den Verdacht, dass ich sie betrüge. Mit wem denn, frage ich mich? Etwa mit Fat Fred? Oder mit Brenda Baps, die immer das Brot aufschneidet und mindestens fünfzig ist, mit einem Gesicht wie eine Lokomotive und einem Hintern wie ein Klavierhocker? Jennifer versteht nichts von Kreativität. Wenn sie ein Buch kauft, guckt sie sich zuallererst immer das Foto des Autors an, noch bevor sie den Klappentext liest. Sie hat eine ganz bestimmte Vorstellung von Literatur, und das sind Romane, in denen Frauen mittleren Alters sich durch Schönheitsoperationen neu erfinden. Oder lustige afro-karibische Familien gewinnen gegen hartgesottene Cockneys, und das nur mit Hilfe von mariniertem Hühnchen und einer positiven Lebenseinstellung. In vielerlei Hinsicht ist sie die ideale Leserin. Aber sie hat keine Ahnung, wo es herkommt – dieses gewisse Etwas, das die Wörter festhält und sie in eine klare Form zwingt. Wobei ich selbst ja nicht viel mehr Ahnung davon habe, ehrlich gesagt – auch nicht nach all den Jahren der Suche nach dem goldenen Topf, der sich mir irgendwie immer entzieht.

Jennifer glaubt an die Muse. Tja, ich arbeite seit dreißig Jahren in diesem Metier und habe noch nie auch nur die Spur von einer entdeckt. Nirgends raschelnder Faltenwurf, Lautenklänge, überirdische Melodien. Nur flüchtige Beobachtungen unterwegs: ein Lächeln auf dem Gesicht eines Fremden, ein außergewöhnliches Licht am Abendhimmel, ein Löwenzahn, der zwischen den Gehwegritzen wächst. Und in den letzten fünf Jahren hat es nicht einmal so was gegeben. Nur eine Wüste, in der sich die Wörter wie Kakteenschatten einem leeren Horizont entgegenstrecken.

Aber in den vergangenen eineinhalb Jahren oder so hat sich etwas verändert. Die Wüste ist aufgeblüht. Ausgerechnet hier im Bahnhofscafé an Gleis 5. Ich bin nicht der Einzige, der diesen besonderen Glanz in der Luft bemerkt hat. Er zieht auch andere an: schüchterne Leute mit Moleskine-Notizbüchern und einem Ausdruck vager Verwunderung auf dem Gesicht. Größtenteils Lyriker, zugegeben, aber auch hier und da ein Romanautor wie ich. Ein Künstler mit seinem Skizzenblock. Ein gestresster Drehbuchautor fürs Fernsehen, der dem perfekten Dialog hinterherjagt. Sie alle kommen hierher, in dieses versiffte Café. Der Gemeinderat von Malbry wollte es sogar schon schließen und durch einen anständigen Warteraum ersetzen, mit blankgeputzten Stühlen, Neonbeleuchtung und einem Automaten, an dem man Cola light und Thai-Chili-Chips kaufen kann.

Das alte Café hat zu viele Mängel, die auf Grund der neuen Gesetzgebung behoben werden müssen: das Rauchen, der bedenkliche Hygienezustand, das Fehlen von ernährungsphysiologischer Information. Außerdem gibt es keine Rampe für Rollstuhlfahrer, und in dem Bereich, in dem das Essen serviert wird, streift die Katze von Gleis 5 herum.

»Es wird trotzdem nie passieren«, sagt Fred, während er Speckstückchen aus der Pfanne kratzt und auf mein Sandwich häuft. Diese Stückchen sind das Beste daran. Der Speck wird im eigenen Fett gebraten, wodurch die höchste Sättigungsstufe der weichen weißen Brötchen sichergestellt ist. Das Ergebnis brächte jeden Ernährungsberater dazu, sich die Haare zu raufen. Aber wenn man klugerweise noch einen Klacks braune Soße dazugibt und das Ganze auf einem angeschlagenen und ziemlich fragwürdig aussehenden Teller serviert (nichts mit Gewerbeaufsicht an Gleis 5), dazu einen großen Becher Tee, bekommt es etwas Magisches, etwas, was die ersten hundert Seiten eines Romans anschieben kann. Und wenn der Roman erst einmal von seinen Fesseln befreit ist, stellt er sich vielleicht als das Beste heraus, was dieser alte Schriftsteller je zustande gebracht hat.

Vielleicht glaube ich ja doch an die Muse. Ein Mann, der die magischen Eigenschaften eines Speckbrötchens sieht, kann vermutlich an alles glauben. Ist es der Speck? Die braune Soße? Das Brötchen? Oder ist es Fat Fred, den ich auf den ersten Blick eher mürrisch fand, der aber im Lauf der Monate mit mir warm geworden ist – und inzwischen ist er die Instanz, an die ich mich in Krisensituationen wende.

Fat Fred versteht nichts von Syntax oder Stil. Aber er hat ein feines Gespür für Handlung, und das passt zu einem Mann, der viele Menschen kommen und gehen sieht. Mit dem Zucken einer Augenbraue oder seiner breiten Schultern stimmt er den Geschichten, die ich ihm beiläufig erzähle, zu – oder auch nicht.

Und dann ist da Brenda, deren spezielle Aufgabe es ist, die Brötchen für die Sandwiches aufzuschneiden, und deren unfehlbarer Instinkt für das richtige Timing sicherstellt, dass der Toast immer heiß und lecker mit halbgeschmolzener Butter serviert wird und mit einem Löffel Erdbeermarmelade (aus dem Eimerchen, hausgemacht) den Lauf eines trüben Tages drehen und ihn wie einen leuchtenden Sommertag erscheinen lassen kann. Ihre Umgangsformen wirken auf den ersten Blick auch etwas schroff, aber man kann sie relativ leicht für sich gewinnen – mit einem Lächeln und freundlichen Gesten, wenn man zum Beispiel die Teetasse und den leeren Teller zum Abwaschen zurück auf den Tresen stellt. Diesen Job übernimmt normalerweise Spotty Sam, ein fröhlicher Siebzehnjähriger, dessen Verhalten gegenüber Brenda und Fred genug Abwehr zeigt, um mich glauben zu lassen, dass diese nicht so recht zusammenpassenden Personen irgendwie verwandt sein müssen. Zu fragen habe ich mich allerdings noch nicht getraut.

Eineinhalb Jahre als Stammgast, der immer um Punkt acht Uhr erscheint und erst wieder geht, wenn geschlossen wird, haben mir ein gewisses Wohlwollen eingebracht. Aber diese Leute haben um sich herum ein Sperrgebiet eingerichtet, das mehr ist als nur Unnahbarkeit oder das Bedürfnis nach Privatsphäre. Die drei sind eigentlich nichts Besonderes, sie gleichen schon fast Karikaturen: der dicke Mann, die Frau mit dem groben Gesicht, der muntere Junge. In all den Monaten habe ich kaum etwas über sie erfahren; ich weiß nicht, wo sie wohnen, wofür sie sich interessieren oder was sie machen, wenn sie nicht hier bei der Arbeit sind.

Aber heute ist irgendetwas anders. Es scheint einer dieser Tage zu sein, an denen die Dinge sich verschwören, um etwas Neues zu offenbaren. Die Luft ist der Inbegriff von April, der Himmel hat eine mythische Frühlingsfarbe. Mein neues Buch nähert sich dem Höhepunkt und benötigt nur noch eine Zutat, damit die Alchemie komplett ist. Und alle Züge aus Malbry sind gestrichen – irgendein Problem auf der Strecke nach Manchester –, was bedeutet, dass das Bahnhofscafé fast leer ist, bis auf einen unserer Stammgäste (ein ortsansässiger Lyriker, zu erkennen an dem Moleskine-Notizbuch und den unfrisierten Haaren, die in Dichterkreisen offenbar ein Standardmerkmal sind) und ein paar ältere Zugfanatiker, die die Waggons am Ende des Gleises zählen.

Ich setze mich an meinen üblichen Platz neben der Tür. Ich bestelle Tee und ein Speckbrötchen. Brenda wirkt müde und zerstreut. Fred ist nirgends zu sehen. Die Katze von Gleis 5, eine Tigerkatze, schleicht hinter dem Tresen herum, wo sich wahrscheinlich die Lebensmittel befinden – ein krasser Verstoß gegen die Bestimmungen der Gewerbeaufsicht.

Brenda macht das Sandwich und bringt es an meinen Platz. Ihr Sandwich ist nicht ganz so lecker wie das von Fred, aber trotzdem mehr als gut genug, heiß und gerade genug getoastet, dass das süße Brot leicht karamellisiert.

»Ist Fred nicht da, Brenda?«, erkundige ich mich. Wie gesagt – ich bringe mein Geschirr immer zurück. Das gibt mir ein gewisses Recht, so eine persönliche Frage zu stellen.

Brenda mustert mich abschätzend. »Irgendwo unterwegs«, sagt sie. »Verschiedene Sachen erledigen.«

Mir fällt auf, dass ich heute das erste Mal im Bahnhofscafé bin, ohne dass Fred hinter der Theke steht. *Sachen erledigen* – das klingt mir nicht nach einem triftigen Grund für eine Verletzung der Anwesenheitspflicht. Sam macht auch den Eindruck, als sei er mit den Gedanken woanders, meilenweit entfernt von seinem normalen fröhlichen Ich. Er lungert hinter dem Tresen herum, trocknet nachlässig ein Glas ab und schaut dabei immer wieder nach draußen, auf das Gleis mit den nicht vorbeifahrenden Zügen.

»Was ist los?«, frage ich ihn.

Sam schaut mich komisch an. »Keine Ahnung.«

Ich senke die Stimme. »Erzähl mir keinen Quatsch.« Das Café ist fast leer. Der Lyriker mit seinem Notizbuch sitzt zu weit weg, um uns zu hören, und er ist sowieso in seiner eigenen Welt versunken – bis Mittag wird er nicht mehr auftauchen. »Irgendwas stimmt doch nicht. Fred ist nicht hier. Und ihr beide seht aus wie zehn Tage Regenwetter. Also, was ist los?«

Sam zuckt die Achseln. »Diese Bonzen von der Zentrale. Wir haben Post gekriegt. Sie wollen uns schließen.«

»Der Gemeinderat sagt das schon die ganze Zeit«, entgegne ich. »Wir müssen Unterschriften sammeln.« Fakt ist, dass die Stadtverwaltung ständig droht, das Café an Gleis 5 zu schließen, aber niemand glaubt daran. Dieses Café ist ein Teil des Bahnhofs. Man kann sich gar nicht vorstellen, dass es nicht mehr da ist.

»Es ist aber nicht der Gemeinderat«, mischt sich Brenda ein. »Es ist unsere Zentrale. Sie stampfen uns ein. Kürzungen, heißt es.«

»Ihre Zentrale?« Ich bin immer davon ausgegangen, dass das Bahnhofscafé für sich steht. Es sieht jedenfalls nicht aus wie eine Kette – wer also sind die Bonzen aus der Zentrale?

Brenda zuckt wieder die Achseln. »Das spielt jetzt keine Rolle mehr. Sie waren immer ein guter Gast.« Sie wirft einen missbilligenden Blick auf den Lyriker mit den unfrisierten Haaren, der den ganzen Morgen mit einer einzigen Tasse Tee dasitzen wird, um dann ohne Gruß abzuzischen. Und natürlich auch ohne sein Geschirr zurückzubringen. »Wenn Sie's unbedingt wissen wollen«, fährt sie fort. »Wir sind nicht so ganz das, was man ein seriöses Unternehmen nennen würde.«

»Ich bin mir nicht sicher, ob ich verstehe, was das bedeutet«, sage ich.

»Es bedeutet«, erklärt sie mir geduldig, »dass alle guten Dinge ein Ende finden müssen. Wir sind praktisch schon immer hier am Gleis 5. Wir ziehen den Kopf ein und kommen irgendwie durch, ohne aufzufallen. Uns macht es echt Spaß, hier zu arbeiten. Aber jetzt, wegen der Rezession und so, sollen wir zurück in die Zentrale. Die Bonzen verfügen nicht über genügend Mittel, um uns weiter an persönlichen Projekten arbeiten zu lassen. Wir müssen uns dem restlichen Team anschließen, und das heißt, wir müssen den Laden schließen, so leid es mir tut. Spätestens Ende der Woche.«

»Ende der *Woche?*«, sage ich. »Aber was wird dann aus meinem Manuskript?«

Ich versuche, ihr meine verzweifelte Lage zu schildern. Dass aus irgendeinem aberwitzigen Grund in den letzten eineinhalb Jahren meine einzige Inspiration von hier kam, aus dem Café an Gleis 5; dass die fettigen Specksandwiches und die riesigen Tassen mit Builders-Tee mein einziger Rettungsanker waren. Wenn das Café nun schließt, wie um alles in der Welt soll ich da mein Buch zu Ende bringen?

Brenda schaut zu Sam hinüber und seufzt. »Ja«, sagt sie. »Es ist ein Jammer.«

Ich erläutere meine Wahnvorstellungen mit Hilfe der Illustriertenpsychologie: Schriftsteller sind furchtbar abergläubisch und immer unter Druck; sie sind abhängig von persönlichen Ritualen, die für die Außenwelt keine sinnvolle Logik besitzen. Manche können nur in einer bestimmten Schriftart schreiben, andere nur zu einer bestimmten Tageszeit oder eben nur an einem ganz bestimmten Ort.

Sam grinst. »Sie brauchen mir das nicht zu erklären. Ich weiß genau, was Sie meinen.«

»Wirklich? Das wusste ich ja gar nicht. Was schreibst du?«

»Nein, nein, ich schreibe nicht. Ich bin eher der Theatertyp.«

Ich versuche, mir Sam auf der Bühne vorzustellen, was mir aber nicht so ganz gelingt.

»Das Schreiben ist eher Freds Ding«, sagt er mit einem Blick zu Brenda. »Gedichte, Stücke und so was.«

»Wie schön«, sage ich. »Es ist immer gut, ein Hobby zu haben. Und was ist mit Ihnen, Brenda?«

»Ich war mal Tänzerin.«

»Oh.« Ich lächle nach wie vor sehr höflich. Zur Not kann ich mir den dicken, wenig belesenen Fred als Schriftsteller vorstellen oder Sam als Schauspieler, aber Brenda Baps als Tänzerin –

»Sie dürfen nicht nach dem Äußeren urteilen«, sagt sie, als könnte sie Gedanken lesen. »Inspiration kommt in allen Formen und Größen daher, wie Sie ja sicherlich schon selbst erlebt haben.«

Und damit geht sie zur Theke zurück und sagt nichts mehr, während sie die Kuchen neu arrangiert.

Ich trinke meinen Tee ziemlich langsam aus. Der Lyriker mit den unfrisierten Haaren ist schon weg. Brenda sammelt das Geschirr ein, wischt die Theke ab und geht dann zur Seitentür, um das Schild von GEÖFFNET auf GESCHLOSSEN zu drehen.

»Heute kann ich genauso gut früher Schluss machen«, murmelt sie. »Es kommt garantiert keiner mehr.«

»Sie hören also wirklich auf?«

Brenda nickt. »Ja, tut mir leid. Es lässt sich nicht ändern.« Dann kommt ihr ein Gedanke. »Aber … vielleicht können Sie ja den Betrieb übernehmen. Ich meine, wenn wir es hier geschafft haben, kann es für jemanden wie Sie auch nicht viel schwerer sein. Im Grunde müssen Sie nur Speck braten und Tee kochen.«

Ich muss mich beherrschen, um nicht zu grinsen. »Ich weiß nicht, wie …«

»*Und* Sie könnten die Katze behalten«, sagt Sam und strahlt.

Ich seufze. »Ich mag Katzen sehr, aber ich glaube nicht, dass das für mich eine Lösung wäre.«

»Vielleicht doch. Man kann nie wissen«, sagt Sam.

Und so geschieht es, dass ich zehn Minuten später schon zu Hause bin, viel früher als sonst, aus Gründen, die ich meiner Frau unmöglich erklären kann. Ich habe kein einziges Wort geschrieben, aber auf dem Arm trage ich eine getigerte Katze, die mir in unserer Küche sofort vom Arm springt und direkt auf die Kühlschranktür zusteuert.

Jennifer ist nicht da. Ich stelle der Katze eine Untertasse mit Milch hin und gehe in mein Arbeitszimmer, in der Annahme, dass ich die nächsten drei Stunden stumm und starr dort herumsitzen werde.

Aber weit gefehlt! Ich sitze keineswegs untätig herum, sondern fange einfach an zu schreiben. Die Muse, wer auch immer sie sein mag, ist mitgekommen. Um vier Uhr habe ich sechstausend Wörter geschrieben und das letzte Teilchen meines Handlungspuzzles gefunden. Kein Speckbrötchen, kein Tee, kein Toast – aber es läuft trotzdem. Wenn die Inspiration einmal loslegt, dann geht sie ab wie ein D-Zug.

Die Katze sitzt schnurrend unter meinem Schreibtischstuhl. Ich vergesse fast, dass sie da ist. Erst um fünf Uhr, als meine Finger wund sind vom Tippen, verlässt sie ihren Platz unter dem Stuhl und verlangt ihr Abendessen.

Ich serviere ihr eine Scheibe Schinken. Sie schnurrt lobend. Sie trägt ein Halsband, wie ich jetzt sehe, und in ein Metallschildchen ist ihr Name graviert. KALLIOPE, steht darauf. Eher ungewöhnlich für eine Katze, und schon gar nicht das, was ich von so bildungsfernen Leuten wie Brenda und Fred erwartet hätte. Der Name kommt mir bekannt vor, also schaue ich ihn im Internet nach.

Wie ich vermutet hatte, ist es ein klassischer Name. Eine der Musen heißt so. Die Seite nennt alle neun Musen, ihre Namen, ihre Symbole und Attribute. Drei Attribute fallen mir besonders ins Auge, vielleicht weil ich sie jeden Tag über der Tür des Bahnhofscafés an Gleis 5 gesehen habe: die ernste Maske der Melpomene, der Muse der Tragödie,

die lachende Maske der Thalia, der Muse der Komödie, und die Leier, das Symbol der Terpsichore, der Muse des Tanzes.

Ich denke an das Trio von Gleis 5. Fat Fred mit seiner tragischen Aura; Sam, der Junge mit dem fröhlichen Gesicht; Brenda, die gesagt hat, sie sei früher Tänzerin gewesen, was ich ihr nicht glauben wollte. Natürlich ist die Parallele absurd. Die Musen sind nur Archetypen, eine Allegorie für das ewige Streben des Menschen. Sich vorzustellen, sie seien real und könnten menschliche Gestalt annehmen, um sich in menschliche Angelegenheiten einzumischen – das ist doch albern. Oder? Das sind Sachen, die Jennifer in einem Buch mit Kurzgeschichten lesen könnte, verfasst von einer verspielten, übermütigen Schriftstellerin, die so was mag. Aber ich weiß es besser. Ich würde mich nicht zu einem abstrusen Handlungsaufbau herablassen. Ich studiere die menschliche Natur, meine Inspiration kommt von innen, begleitet von Blut und Schweiß und harter Arbeit. Diese kristallklare Denkweise ist es, die mich von anderen absetzt. Ich bin absolut selbstkritisch und der Logik verpflichtet.

Was die Katze betrifft, die frivolerweise nach der Muse der Dichtkunst benannt ist – ich denke, es tut keinem weh, wenn ich sie ein, zwei Wochen hierbehalte. Nein, ich glaube nicht, dass sie irgendwie mehr ist als eine Katze, aber Sie wissen ja, Künstler sind exzentrisch, kreativ und abergläubisch. Manche zünden Duftkerzen an. Andere beten zu ihren Vorfahren. Wieder andere haben auf ihrem Schreibtisch etwas stehen, das ihnen Glück und Inspiration bringen soll.

Und was das Café an Gleis 5 betrifft – bisher geht alles seinen gewohnten Gang, auch wenn es jetzt von Leuten geführt wird, die das ehrenamtlich machen. Die meisten sind irgendwelche arbeitslosen Schauspieler, Möchtegernpoeten und andere Leute dieser Art, die Zeit haben. Auch ich arbeite immer noch gern da. Ich fühle, wie mich das Café erdet und mich näher an meine Leserschaft heranführt. Ich nehme die Katze mit – zu Hause wird sie unruhig. Außerdem würden die Gäste sie vermissen.

Und so floriert unser Café nach wie vor. Wir Gäste – Dichter, potentielle Dramatiker und Schriftsteller wie ich, die es irgendwie gut finden, in einem anspruchslosen Ambiente zu arbeiten –, wir alle bleiben hier im Kontakt mit unserer Muse, bei gebuttertem Toast und süßem Tee und fettigen Specksandwiches.

Das Game

Diese Erzählung stand eines Nachts zu später Stunde vor mir; sie kam aus dem von Geistern heimgesuchten Geschichtenspeicher, dem Internet. Ich hoffe jedenfalls, dass es nur eine Geschichte ist. Ein Teil von mir denkt, es könnte doch wahr sein.

Es gibt kein gottverdammtes Level X. Ich weiß das, weil ich alles bis Level 1000 durchgespielt habe, ich schwör's, da ist nichts außer dem Game, keine geheime Botschaft, kein spezieller Download, keine nackten Weiber oder was, nur immer wieder ein Screen mit Zahlen und Formen und sinnlosem Zeug, wie bei einem dieser altmodischen Automatenspiele à la *Space Invaders* oder *Breakout*, die sich Style-Freaks für ihre Achtzigerjahre-Retro-Lofts kaufen.

Natürlich redet man nicht über das Game. Das tun nur Loser und Quitter. Ach ja, und Charlie. Auf den komme ich gleich noch zu sprechen. Loser reden über das Game, haben aber von nichts eine Ahnung. Quitter tun so, als hätten sie weiß Gott was erreicht, aber irgendwie merkt man doch immer, was los ist. OC – mein bester Freund – sagt, er ist bis über Level 10000 gekommen, aber das ist nur Angeberei Marke OC. Niemand ist so viel online.

Trotzdem, OC hat mich überhaupt erst auf das Game gebracht. Wir nennen ihn OCD, nach der Abkürzung für diese Psycho-Störung mit den Ticks, weil er keine Sekunde still sitzen kann. Wenn er nicht mit dem Fuß auf den Boden klopft, wippt er mit dem Knie oder trommelt mit den Fingern. Ein pausenloses *tapp-tapp-tapp*, wie bei einem Hamster im Laufrad. Aber er ist ein guter Gamer, der schnellste, den ich kenne. Und er war's, der mir damals von diesem Onlinespiel erzählt hat, diesem Game, das alle spielen.

Zuerst sieht es nicht so geil aus, sagte er, *aber es macht süchtig. Es zieht einen rein.*

Es zieht einen rein. Kann man wohl sagen. OC hat Augenringe, als ob er ein ganzes Jahr nicht geschlafen hätte. In der Schule habe ich ihn seit Tagen nicht mehr gesehen. Das ist totaler Einsatz, ehrlich wahr. Vielleicht war es ja doch keine Angeberei.

Man muss es ernst nehmen, sagt er, *sonst hat es keinen Sinn. Fang gar nicht erst an, wenn's dir nicht ernst ist.*

Ich sage, es sei mir ernst.

Okay, Mann. Ich sag's ja nur. Weil es für das Game nämlich keine Website gibt, nur diese speziellen URLs. Man muss wissen, wo man die findet.

Hör jetzt auf mit dem blöden Getue, sage ich. Willst du, dass ich spiele, oder nicht?

Klar will ich das, sagt er. *Ich zeig's dir doch gerade, oder? Also, Alter, du fängst auf Level 1 an, und wenn du durchkommst und nicht aussteigst, kriegst du die Codes für Level 2. Dann 3 und 4 und so weiter …*

Und wenn man nicht durchkommt?, frage ich.

Das merkst du dann. Er grinst, so wie jemand, der beim Schokoladeessen auf Silberpapier beißt, und seine Augen sind halb zu, aber ich sehe darin lauter kleine Lichter tanzen, Spiegelungen vom Computerbildschirm. *Du kriegst den Code nur einmal gezeigt. Und er gilt maximal vierundzwanzig Stunden. Danach ist der Link abgelaufen. Noch mal von vorn anfangen kannst du vergessen, weil das Game dich gar nicht lässt. Du musst dranbleiben, wenn du's schaffen willst.*

Was denn schaffen?

Tja, sagt er, *das ist ja das Interessante. Genau weiß es keiner. Keiner weiß, wie viele Levels es gibt oder ob es einfach ewig weitergeht. Keiner weiß, wer die Software geschrieben hat. Manche Leute meinen, dass es ein Joke ist. Lauter Loser und Quitter. Die echten Gamer sind alle noch drin. Und warten auf das große Ding.*

Auf das große Ding, sage ich.

Level X, und jetzt flüstert er: *Man weiß es, wenn man da ist. Aber man weiß nicht, wann das ist. Bei manchen ist es vielleicht Level 101, bei anderen ist es Level 1000. Ich hab gehört, ein Typ hat es schon auf Level 12 geschafft, so ein echter Newbie, und plötzlich, zack! Level X. Einfach so. Echter Glückspilz. So läuft das. Man weiß nie. Aber das ist das Game. Deshalb spielen wir's.*

Klang ganz schön komisch. Aber, okay, dachte ich, warum nicht? Ist ja nur ein Spiel.

Und was ist auf Level X, Mann?

Er zuckt die Achseln. *Ich sag doch, ich hab's noch nicht erreicht. Aber ich werd's schaffen. Das weiß ich. Ich spür's. Ich bin nah dran.* Er grinst, und seine Augen blitzen wieder, kleine Funken wie von brennendem Papier tanzen darin. *Ich hab so viele Gerüchte gehört,* sagt er. *Dass es auf eine spezielle Site führt, zu so 'nem exklusiven Gamer-Treff. Oder wohin, wo man Gratis-Pornos runterladen kann. Oder auf so eine Hochsicherheitssite, die irgendwie mit dem Militär zu tun hat. Ein Typ, ein Loser, hat geschworen, er hätte so was wie ein Portal in einer anderen Dimension gefunden, aber dann hat sich rausgestellt, es war alles erstunken und erlogen, und außerdem ist er eine Woche später gestorben, und seine Eltern wollten dem Game die Schuld geben, aber jeder hat gewusst, dass es nicht daran lag. Er war nämlich auf allem möglichen Zeug …*

Zeigst du's mir jetzt, oder was?, frage ich.

Er schaut mich aus diesen seltsamen Augen an und klopft mit dem Fuß auf den Boden, *tapp-tapp-tapp*, wie er's immer macht, wenn er hyper ist. *Lass mich ja nicht hängen, Mann. Wenn du aussteigst …*

Ich steig nicht aus.

Okay. Setzt dich. Mach einfach, was ich mache.

Er loggt sich ein. Gibt einen Code ein. Ich gebe meine Daten ein, E-Mail-Adresse und alles. Und dann, urplötzlich, ist da dieser Screen. Keine Regeln, keine Homepage, keine Warnung. Ich bin drin im Game. Ich bin in Level 1.

Stimmt, zuerst sieht es wirklich nicht besonders geil aus. Keine Wahnsinnsgraphik, überhaupt kein Artwork, nur Zahlen auf schwarzem Hintergrund, eben wie so ein Achtzigerjahre-Retro-Scheiß.

Ich weiß. Es wird besser, glaub mir, sagt er.

Und was muss man jetzt tun, Mann?

Fühl's einfach. Geh rein. Übernimm die Kontrolle.

Und so habe ich angefangen, das Game zu spielen. Plötzlich war es drei Stunden später. Es fühlte sich aber an, als hätte ich erst eine Minute gespielt. OC war längst gegangen, ich hatte es gar nicht gemerkt. Ich saß in meinem Zimmer an meinem PC; meine Eltern waren unten und machten, was Eltern so machen. Die Zahlen auf dem schwarzen Screen bewegten sich in einer Art Zufallskaskade – nur dass daran nichts zufällig war, nach ein, zwei Stunden merkte man das. Indem man die Zahlen auf eine bestimmte Art gruppierte, konnte man ein Bild von etwas anderem erahnen, etwas *hinter* den Zahlen, so wie wenn man einen alten Fernseher einzustellen versucht. Und obwohl es keinen Soundtrack oder so was gab, stöpselte ich mir die Ohrhörer rein, einfach nur als Konzentrationshilfe, und von Zeit zu Zeit hörte ich so ein Wispern oder Rascheln.

Es war irgendwie witzig. Interessant, auch wenn ich nicht genau kapierte, was ich tun musste. Und dann brach es so plötzlich ab, dass ich mich fragte, ob der Saft weg war. Ich fluchte kurz und klickte auf Refresh, aber nichts passierte. Ich checkte meinen PC. Alles funktionierte einwandfrei. Checkte meine Internetverbindung. Alles in Ordnung. Schaute dann in den Verlauf, um festzustellen, wo ich über drei Stunden gewesen war. Aber der Verlauf war gelöscht, keine Spur von dem verdammten Game.

Ich schickte OC eine Nachricht. Er war nicht online. Ich versuchte es auf dem Handy. Er ging nicht dran. Woher zum Teufel sollte ich jetzt wissen, ob ich Level 1 geschafft hatte? Ich schaute auf die Uhr. Halb eins. Ich hatte den ganzen Abend mit dem Game verplempert, meine Hausaufgaben konnte ich vergessen, und was hatte es gebracht? Kurz fragte ich mich, ob OC vielleicht irgendein Idiotenspielchen mit mir getrieben hatte, aber irgendwie war das nicht seine Art. Also, was jetzt – hatte ich gewonnen oder verloren? War ich noch drin im Game oder nicht?

Und dann blinkte mein Postfach. *Du hast Post!* Der Absender war *admin*@irgendwas, eine ewig lange Webadresse, nur Zahlen und Hashtags und so.

Ich öffnete die Mail. Las:

LEVEL 1. DU HAST GEWONNEN. 200 KUDOS. WEITERSPIELEN ODER AUFHÖREN?

Jede der beiden Möglichkeiten war ein blau unterstrichener Link.

Also klickte ich auf WEITERSPIELEN und wartete.

Nach zehn Sekunden erschien etwas: noch ein Link. Eine URL. Ich wollte wissen, was als Nächstes passierte, also klickte ich auf den Link. Ich war wieder im Game. Keine Homepage, kein Level 2, nur diese Zahlen, die wie Fische auf dem tiefschwarzen Hintergrund herumschwammen. Genau wie bei Level 1, nur dass alles irgendwie klarer aussah, höher aufgelöst, weniger körnig.

Ergibt keinen Sinn, ich weiß. Aber so kam's nun mal rüber, und obwohl ich total fertig war und am nächsten Tag Schule hatte, spielte ich weiter, und als ich das nächste Mal auf die Uhr schaute, war's fünf Uhr morgens. Ich hatte fast die ganze Nacht gespielt, ohne es richtig mitzukriegen, und mein Kopf tat tierisch weh, und als das Spiel plötzlich wieder vom Bildschirm verschwand, war alles, was ich denken konnte: *Bin ich durch? Bin ich noch im Game?*

Fünf Minuten später kam eine E-Mail von *admin*. Ja, ich hatte Level 3 erreicht; mein Kudos-Stand war jetzt 550. Und ob ich weiterspielen oder aufhören wolle?

Tja –

Heute in die Schule zu gehen bringt eh nichts, sagte ich mir, als ich auf den Link klickte. Ich konnte mich ja telefonisch krankmelden: eine Runde schlafen, duschen, einen Happen essen, irgendwann meine Hausaufgaben machen und den Tag ansonsten streichen. Nach dieser Entscheidung ging es mir gleich besser. Meine Eltern würden mir glauben, wenn ich ihnen sagte, ich sei krank. Zu der Zeit schwänzte ich kaum. Also ging ich in Level 3 und beendete es um die Mittagszeit, kaputt und schlapp, aber um 680 Kudos reicher und im Besitz des Links zu Level 4.

So fing es an. Das Game. Das sagenhafte, sinnlose, süchtig machende, Körper und Seele fressende, wahnsinnige Game. Nicht mehr ganz so intensiv wie beim ersten Mal. Ich lernte, dass ich einen Rhythmus finden musste. Tagsüber ein braver Junge sein und mich abends dann einloggen. Sonst hätten meine Eltern mitgekriegt, dass ich nicht mehr ganz ich selbst war. In der Schule wie zu Hause – ich lebte das Game. Ich aß, trank und träumte das Game. Und wenn ich nicht spielte, ging ich auf Websites, in Chatrooms und Foren und versuchte, so viel wie möglich darüber rauszufinden, wer das Game designt und geschrieben hatte, wer noch mitspielte, wer ausgestiegen war und vor allem, was es mit Level X auf sich hatte, das manche Leute für einen Topf voll Gold hielten und andere für einen Kübel Scheiße.

In dieser Zeit war ich ein wahrhaft Gläubiger, ein wiedergeborener Gamer. Genau wie OC, den ich immer noch ab und zu sah und der manchmal online mit mir redete (wenn er gerade nicht das Game spielte), glaubte ich an Kudos und an Level X und dass wir mehr taten, als uns nur wegen irgendwelcher Pixel einen Netzhautschaden zu holen.

Level 16, 15 000 Kudos, und ich fing gerade erst richtig an. Vor allem aber glaubte ich jetzt zu ahnen, worauf es hinauslief und dass sich irgendwo in diesem Chaos aus Zahlen und Formen eine Antwort herauszuschälen begann. Ich nehme an, das glauben wir alle – jedenfalls bis zu dem Schockmoment, dem Augenblick der Wahrheit, wenn man so will.

Meiner war vor einem Monat, als Charlie starb. Irgendwas im Gehirn, hieß es, anscheinend hatte er an Epilepsie gelitten, was aber keiner wusste. Er war auch ein Klassenkamerad von mir – ein Klassenkamerad, kein Freund. Im Gegenteil, ich konnte ihn nicht ausstehen, aber nicht, weil er größer und kräftiger war als ich oder weil er gut in Sport war oder weil er perfekte Zähne hatte. Auch nicht, weil er mich immer drangsaliert hatte, als wir noch kleiner waren.

Nein, ich konnte Charlie nicht leiden, weil er behauptete, er hätte Level X erreicht, und weil ihm alle glaubten. Außer OC und mir natürlich. Wir wussten, dass Charlie ein verlogener Blödmann war. Erstens mal sah er nicht aus wie ein Hardcore-Gamer. Er hatte viel zu reine Haut, viel zu saubere Haare und viel zu gute Noten, und er hatte diese frische, gesunde Ausstrahlung, die von Sex, gesunder Ernährung, Sport und ausgiebiger Betätigung im Freien kommt.

Die Mädchen standen auf Charlie – und umgekehrt. Deshalb spielte er das Game. Nur um in der Schule Mädchen aufzureißen. Nicht unbedingt das, was ich unter »es ernst meinen« verstehe. Deshalb waren OC und ich ja so stocksauer, als wir die Gerüchte mitkriegten: dass Charlie Level X erreicht hatte und dass er jetzt das Game verriet, das heißt, sein Wissen gegen Bewunderung verscherbelte.

Jawohl, *verscherbelte*. Typen wie Charlie verschenken nichts. Die wissen, wie man sich vermarktet. Und in der Woche davor hatten wir miterlebt, wie Charlie vor einer Gruppe erwartungsvoller Möchtegern-Spieler über das Game auspackte, ihnen Geheimnisse hinwarf wie Dreck – ohne jeden Respekt vor Leuten wie OC und mir, die sich an die Regeln hielten und keinem irgendwas sagten.

Herrgott. Man glaubt es nicht, wenn man's nicht gehört hat. Das Evangelium nach Charlie. Alles lag offen da, wenn auch mehr oder weniger falsch: Wie man aufsteigen kann, indem man hinter den Zahlenscreen schaut, wie man sich Kudos verdient und (dieser Punkt war mir neu) wie man seine Kudos für Sachen ausgeben kann.

Ausgeben? Wie denn?, fragte OC.

Du musst es fühlen, sagte Charlie. *Du musst hinter die Realität schauen und kapieren, dass das alles hier* – er machte eine vage Armbewegung – *nichts anderes ist als Zahlen und Pixel, die so miteinander verbunden sind, dass es aussieht, als wäre da was. In Wirklichkeit ist da aber nichts als Raum. Kein Du. Kein Ich. Nur Raum, Mann. Wie Quantenphysik oder was.*

Jetzt wurde es echt schwer, durch Charlies Geschwafel durchzusteigen. OC hakte nach, aber Charlie machte plötzlich total zu und sagte nur: *Ich muss aufpassen – wenn ich zu viel sage, können üble Sachen passieren.*

Was für üble Sachen? Ich war neugierig.

Er grinste. Seine Zähne waren strahlend weiß. *Wenn ich dir das sage, hängst du mit drin. Außerdem – nur Quitter und Loser quatschen. Ich kann dir nur raten, pass auf, was du dir wünschst, du könntest es kriegen.*

An dem Abend saßen OC und ich in meinem Zimmer, zogen uns Joints rein, aßen Chocolate-Chip-Cookies, klapperten Chatrooms und Foren ab und überlegten, wie wir es Charlie heimzahlen könnten, dass er so ein eingebildetes Arschloch war, aber vor allem, dass er das Game in den Dreck zog. Dann spielten wir wieder – wir schafften es nie lange ohne. Ich schloss Level 29 mit maximaler Punktzahl ab und verdiente mir weitere 4000 Kudos, aber als diesmal mein Postfach blinkte und die Nachricht kam, dass ich durch war, gab's da noch eine weitere Option:

LEVEL 29. DU HAST GEWONNEN. 100 000 KUDOS. SPAREN ODER AUSGEBEN?

Ich zögerte kurz, die Finger über den Tasten. Das SPAREN ODER AUSGEBEN fing an zu blinken.

Ich schaute zu OC rüber, der auf der Couch weggepennt war, einen halb aufgegessenen Keks in der Hand. »Hast du so was schon mal gekriegt, Mann?«

»Hä? Was?«

»Die Option, deine Kudos auszugeben.«

OC setzte sich auf. Er sah total bedröhnt aus, aber irgendwas Neues in Sachen Game, und er war sofort wach. »Lass sehen.« Er inspizierte den Bildschirm.

»Also hatte Charlie doch recht. Was meinst du?«

»Klick drauf, Mann«, sagte er schließlich. »Klick auf AUSGEBEN und warte ab, was passiert.«

»Wie lang soll ich warten?«

»Klick einfach drauf.«

Also klickte ich. Ein, zwei Sekunden war der Bildschirm

leer, dann kam die Option: WEITERSPIELEN ODER AUFHÖREN?

Natürlich klickte ich auf WEITERSPIELEN. Und dann – na ja, anscheinend war ich kurz weg. OCs Dope war extrem stark, und ich hatte in der Nacht davor nicht viel geschlafen, und als ich aus dem flüsternden, unangenehmen Nebel wieder auftauchte, stellte ich fest, dass mein Kudos-Stand wieder auf Null war, dass OC sich davongeschlichen hatte und es draußen schon langsam hell wurde. Das Verrückteste war allerdings, dass ich irgendwie in *einer* Nacht 35 Levels geschafft hatte – was mehr als eine phantastische Leistung war, es war total *unmöglich*. Echt. Musste ein Softwarefehler sein, dachte ich, so gut ist keiner.

Aber ich fühlte mich okay. Sogar unverdient gut, dachte ich. Also duschte ich, zog mich an, verdrückte ein Riesenfrühstück und ging in die Schule. Ich war relaxt und hellwach und wollte mit jemandem, der wirklich was davon verstand, über meine Game-Nacht reden.

Aber OC war nicht da. Was mich nicht sonderlich überraschte. Bestimmt war er noch fertig von unserer Nacht-Session – er hatte in letzter Zeit viel heftiger gespielt als ich, und er begriff nie, wann er mal eine Pause einlegen musste. Klar, er hieß ja nicht umsonst OCD, aber inzwischen war es so weit, dass er manchmal das Essen vergaß – und man sah ihm seinen Lebenswandel auch schon an. Er hatte diese krumme Gamer-Haltung und die Gesichtsfarbe, die man von zu wenig Sonne und zu viel Zeit vor dem Bildschirm bekommt. Seinen Eltern war das offenbar egal. Und wenn es sie doch interessierte, hatten sie wahrscheinlich eingesehen, dass sie nichts dagegen machen konnten. Sie waren viel älter als die meisten anderen Eltern – so mit grauen Haaren und Sudoku-Heftchen – und dachten sicher, es sei normal, dass er seine Zeit am Computer verbrachte. Jedenfalls war er nicht in der Schule. Und deshalb kam es überhaupt dazu, dass ich mit Charlie redete.

Ich traf ihn ganz allein am Sportplatz, wo er seinen mitgebrachten Lunch aß. Komisch – sonst saß er doch immer im Aufenthaltsraum, umringt von Mädchen und Möchtegern-Gamern, ließ sich hofieren und war überhaupt der Größte. Heute sah er aber relativ blass aus, als würde er eine Grippe ausbrüten. Seine Haare war auch ziemlich fettig, und im Gesicht hatte er rote Flecken, wie ein Ekzem oder was.

Ich setzte mich neben ihn und packte meinen Lunch aus. Roggenbrot mit Käse und Schinken. Nicht schlecht. Ma ist phasenweise auf einem Gesundheitstrip, und man weiß nie, was in der Lunch-Dose ist – Couscous oder Mungbohnen oder Nudeln oder was; einmal waren es allen Ernstes Falafel.

Charlie hatte ein Baguette-Sandwich. Er hatte noch nicht viel davon gegessen. Ich sagte: »Was macht das Game? Bist du noch drin?«

Charlie antwortete achselzuckend: »Klar.« Klang nicht gerade fröhlich. Ich versuchte ihn aufzuheitern. Nicht aus Mitgefühl oder so, sondern weil ich über das reden wollte, was letzte Nacht passiert war. Wobei ich es gar nicht mehr so genau wusste, was garantiert an dem Gras lag, aber ich erinnerte mich an das Flüstern und wie ich etwas *hinter* dem Screen gefühlt hatte, als wäre er eine Art Instrument, das nur aus Zahlen und Licht bestand, und als wäre meine Hand der Bogen oder was, und das Licht war wie die Saiten, und die Musik – wenn man es so nennen konnte – war so, als ob man sich auf etwas Fernes und Seltsames einschwingt, wie *Resonanz* oder so was …

Ich weiß. Ich klinge schon wie OC. Aber genau so fühlte es sich an. Kosmisch. Bedeutungsvoll. Mysteriös. Und Charlie wusste etwas darüber, das merkte ich. Es stand ihm ins Gesicht geschrieben. Vielleicht nichts Gutes. Aber trotzdem wichtig. Wichtig für mich.

Ich sagte: »Du warst doch auf X, Mann. Was kommt nach Level X?«

Er sah mich böse an. »Verschon mich. Es gibt kein verficktes Level X.«

»Dann war das also alles gelogen?«

Ich hatte es ja von Anfang an für eine Lüge gehalten. Typen wie Charlie werden so geboren – mit einem Silberlöffel voller Lügen im Mund. Ich hatte ihm nicht mal abgenommen, dass er das Game je gespielt hatte. Geschweige denn, sich Kudos verdient. Aber jetzt war ich mir unsicher. Vielleicht wegen irgendwas in seinem Gesicht. Oder weil er »verfickt« gesagt hatte. Typen wie Charlie sind viel zu clean, um so ein Wort zu benutzen. Sein Dad ist Laienprediger, seine Ma Psychotherapeutin, und er kriegt Baguette mit in die Schule. Wahrscheinlich mit Gruyère oder was. Ich wette, er kann den Käse sogar richtig aussprechen.

»Du weißt doch, wie das ist«, sagte er schließlich und guckte dabei auf sein Baguette. »Die Leute fragen einen aus. Da ist es einfach mit mir durchgegangen. Emily war dabei und …«

Emily. Klar. Wir alle kannten Charlies Freundin. Die Sorte Mädchen, die dich voll erwischt und nicht mehr loslässt, als hättest du einen Angelhaken verschluckt. Meilenweit über meiner Liga, aber irgendwie süß, als wüsste sie ehrlich nicht, wie die nicht so tolle Hälfte der Menschheit lebt.

»Und als jemand was von Level X gesagt hat …« Charlie zuckte wieder die Achseln. »Da ist es mir eben rausgerutscht. Na und? Tut ja keinem weh. Aber es gibt kein Level X.«

»Dann erzähl mir was über die Kudos«, sagte ich.

»Da gibt's nichts zu erzählen. Das ist einfach nur eine Art, den Punktestand zu messen.«

»Wie hoch ist deiner?«, fragte ich ihn.

Er starrte wieder auf sein kaum angebissenes Baguette. »Weiß ich nicht mehr«, sagte er.

Das war garantiert gelogen. Wenn man das Game spielt, weiß man seinen Kudos-Stand *immer*. Es ist wie mit den Followern auf Twitter, man weiß es ganz genau, wenn man einen verloren hat, und es versetzt einem immer so einen Stich.

»Du weißt es nicht?«, sagte ich.

»Lass mich gefälligst in Ruhe, Mann. Mir geht's nicht gut.«

Das stimmte vermutlich. Charlie sah wirklich nicht besonders blühend aus. Hatte Emily ihn abserviert? Und hatte ich dann eventuell eine Chance bei ihr? Mir war schon klar, dass ich keine hatte, aber träumen muss ja mal erlaubt sein. Außerdem fühlte ich mich super. Vielleicht wegen der Game-Session letzte Nacht, vielleicht auch einfach, weil die Sonne schien. Der Sommer kam, und ich spürte die Sonne im Gesicht, als hätte ich zehn Jahre im Dunkeln gehockt. Ich muss mehr rausgehen, sagte ich mir, als ich Charlie mit seinem Baguette da sitzen ließ. Zu viel Computerspielen macht stumpf und dumpf, und außerdem muss ich unbedingt was für meine Haut tun.

Trotzdem spielte ich das Game weiter. Jede Nacht zwei, drei Level, nur damit der Link nicht ablief. Ich wollte nicht rausfliegen, wo ich doch gerade so einen Lauf hatte. Und ich war echt gut – ich war jetzt auf Level 100 und wieder bei 1000 Kudos, wobei die SPAREN-ODER-AUSGEBEN-Option nicht noch mal aufgetaucht war. Das Game ist in so was ganz schön willkürlich – wie das Leben, könnte man sagen –, und ich hielt die Spielerei einigermaßen in

Grenzen. Auch wegen meiner Eltern – sie sind in Sachen Computer wesentlich fitter als OCs Eltern, und ich wollte nicht, dass sie sich zu sehr dafür interessierten, was ich online mache. Aber vor allem wegen Emily. Sie hatte sich wirklich von Charlie getrennt, wie sich rausstellte, und war vielleicht doch für einen wie mich zu haben.

Ich weiß. Es klingt zu schön, um wahr zu sein. Ich und Emily – das ist ja schon fast absurd. Als würde ich auf meinem Lunch-Sandwich statt Käse und Gürkchen Räucherlachs finden. Meine Noten wurden besser. Ich achtete mehr auf mein Äußeres und hörte auf, obszöne Schimpfwörter zu benutzen (na ja, fast). Meine Haut wurde viel besser. Ich ging abends joggen und schaffte schon zwei Meilen, ohne ins Schwitzen zu kommen.

Es war aber nie so, dass ich das Game vergaß. OC hatte recht: Es macht süchtig. Ich sagte mir, es ist so eine Art Therapie, etwas, was mir nach einem anstrengenden Tag beim Runterkommen hilft. Manche Leute hatten dafür Musik, andere das Fernsehen. Ich hatte das Game. Punkt. Manchmal fragte ich mich schon, wo ich eigentlich war, während dieser wispernden Stunden der Dunkelheit, so dicht am flimmernden Bildschirm, dass es sich anfühlte, als könnte ich hindurchtauchen – aber wohin? Zu einer Pixelquelle? Einer Lichtmatrix? Aber ich ließ das Game nie total an mich ran, sondern hielt mich an die Regeln, blieb im Spiel und redete mit keinem drüber.

Und dann starb Charlie, wie gesagt. Urplötzlich. Irgendeine unerkannte Krankheit, hieß es. Aber seine Eltern sagten, das Game sei schuld. Offenbar gab es da so eine Art Selbsthilfegruppe für Eltern, deren Kinder unter etwas litten, was sie als »Nebenwirkungen« bezeichneten. Dazu gehörten ihrer Meinung nach so vielfältige Symptome wie antisoziales Verhalten, Depressionen, Pickel, Appetitmangel, Stimmungsschwankungen, Heimlichtuerei, Narzissmus, schlechte Noten etc.

Na ja – willkommen in der Welt der Teenager, Leute! Nur dass Charlies Mutter eisern behauptete, ihr Sohn sei vorher nie so gewesen. Charlies Mutter hatte Einfluss, und außerdem war Charlies Vater Laienprediger, deshalb kriegte schließlich die Presse Wind davon, und es kam ein Artikel in der Regionalzeitung und auch noch ein Bericht in den Lokalnachrichten. Daraufhin sprangen die landesweiten Medien darauf an, und eh man sich's versah, brachte die *Daily Mail* einen Artikel von so einer wichtigtuerischen alten Ziege, die das Game für den *tragischen Tod dieses allseits beliebten Schülers* verantwortlich machte. (Komisch, dass tote Jugendliche immer *allseits beliebte Schüler* waren, außer sie haben einen Amoklauf an ihrer Schule veranstaltet, dann waren sie immer Außenseiter und Einzelgänger, und jedem war klar gewesen, dass sie böse enden würden.) Man kann sich's ja vorstellen. Schlagartig brach im Internet die totale Hysterie aus. Das Game wurde auf Twitter gehashtaggt, und jeder hatte eine Meinung dazu, auch Leute, die es noch nie gespielt hatten. OCs Eltern kapierten schließlich, dass ihr braver Junge das Game spielte, und nahmen ihm den Computer weg, was bedeutete, dass er jeden Abend zu mir kam und mich bekniete, ihn an meinen PC zu lassen. »Nur eine halbe Stunde, Mann!« Was mir total auf die Nerven ging.

Nicht dass ich ihn nicht sehen wollte oder was, aber da war das Game, und da war Emily, und deshalb hatte ich sowieso schon das Problem, dass die Tage zu kurz waren. Außerdem wurde der gute OC langsam eine echte Pest mit seinem Gezappel und seinem starrenden Blick und, na ja, mal ehrlich, mit seiner mangelnden Körperhygiene.

Als ich ihn ein paar Tage nicht sah, auch nicht in der Schule, da dachte ich schon, er hätte eine andere Möglichkeit gefunden, vielleicht die Spielarkade oder die Bibliothek, und ich vergaß irgendwie, ihn anzurufen. Einmal riefen seine Eltern bei uns an und fragten, ob er bei mir sei. Ich sagte, ich hätte ihn schon eine Weile nicht mehr gesehen, dachte aber nicht weiter drüber nach. Ich ging davon aus, dass er bald wieder auftauchen würde. Außerdem war ich mit meinen eigenen Sachen beschäftigt.

Und dann passierte es wieder. Die SPAREN-ODER-AUSGEBEN-Option! Nur dass diesmal noch eine dritte Wahlmöglichkeit angeboten wurde: RISIKO.

Ich hatte einen totalen Lauf – 300000 Kudos und Level 999, aber immer noch keine Spur von Level X. Als ich vor dem Bildschirm saß und auf diese Zahlenkaskade schaute, dachte ich: Und wenn das alles ist? Jeden Abend das Game spielen, nach etwas suchen, was nie eintritt? Wenn *das* der ganze Sinn der Sache ist?

SPAREN, AUSGEBEN ODER RISIKO?, fragte der Screen, und ich dachte: Verdammt, was soll's?

Ich klickte auf RISIKO.

Kurz wurde der Bildschirm dunkel. Dann leuchtete er wieder auf und zeigte mir einen Kudos-Stand von 500000 an. Ich wartete auf das Level. Das Game reagierte langsam.

Schließlich kam wieder das Hauptfenster, wo sonst immer die WEITERSPIELEN-ODER-AUFHÖREN-Option kam. Aber diesmal war es ein bisschen anders. Diesmal stand da VERDOPPELN ODER AUFHÖREN?

Ich starrte eine Weile darauf. Was sollte das heißen? Und dann blinkte der Screen, als ob er ungeduldig würde, und eine Nachricht poppte auf:

ZEHN SEKUNDEN.

NEUN SEKUNDEN.

Jetzt sah ich hinter dem Screen Zahlen herumschwimmen, in Schwärmen wie winzige Fische, zusammengehalten durch morphische Resonanz; ab und zu änderten sie die Formation, oder platzten heraus wie zerbrochenes Sicherheitsglas.

Der Countdown ging weiter.

ACHT SEKUNDEN.

SIEBEN SEKUNDEN.

SECHS SEKUNDEN.

FÜNF SEKUNDEN.

VERDOPPELN ODER AUFHÖREN?

Meine Kudos hatten offenbar einen bestimmten Stand überschritten. Ich war irgendwie in der Zielzone. Mein Kopf war voll mit diesen Zahlen, mein Körper war nur noch Pixel und Licht; gleich könnte ich durch den Screen fassen und das Gesicht des Allmächtigen Gottes berühren –

Also klickte ich hastig auf VERDOPPELN.

Der Screen wurde wieder schwarz. Zwanzig Sekunden später blinkte mein Postfach, und da war eine Mail von *admin@*. Sie enthielt nur zwei Wörter: GAME OVER.

Kein VERSUCH'S NOCH MAL. Keine zweite Chance. Kein Level X. Keine Kudos.

Game over. Ich war raus.

Fassungslos starrte ich auf den Bildschirm. »Das kann doch nicht wahr sein!« Mir fiel eine Geschichte ein, die wir in Englisch gelesen hatten, über einen Dichter, der auf Acid oder so was war und anfing, ein total phantastisches Gedicht zu schreiben, aber plötzlich stand irgendein Typ vor der Tür und blieb *ewig*, und als er wieder ging, war nichts mehr da, kein Gedicht und keine Seele.

So fühlte ich mich, als ich plötzlich aus dem Game war. Als hätte ich einen Moment lang Gott gesehen, und dann hatte mir jemand das, was ich gesehen hatte, vor der Nase weggeklaut. Ich rief OC an. Er nahm nicht ab. Hatte wahrscheinlich seine Ohrstöpsel drin, also textete ich ihn an.

WTF, Mann? Bin aus dem Game geflogen!

Seine Antwort kam sofort. *Ich weiß, Mann. Tut mir leid.*

Woher?, schrieb ich.

Bin da. Hab's doch gefühlt. Level 10000 und drüber.

Level 10000? Quatsch. Niemand ist so viel online. Aber es erklärte immerhin, wo OC sich zurzeit seine Kicks holte. Seine Eltern hatten sich anscheinend erweichen lassen und ihm seinen PC wiedergegeben.

Du verarschst mich, schrieb ich.

Ohne Scheiß. Wahnsinn. So was hab ich noch nie gesehen.

Keine Ahnung, was mich mehr ärgerte: dass ich aus dem Game raus war oder dass OC noch drin war. Machte er sich über mich lustig? Aber so raffiniert ist OC nicht. War er nicht. Ist er nicht. Ach, egal.

Ich musste ihn einfach fragen. *Wie ist es?*

Wahnsinn. Wow. Total der Wahnsinn.

Na ja, mit Worten hatte es OC noch nie gehabt, und im Eifer des Game-Gefechts – oder was er sonst noch alles genommen hatte – konnte ich vermutlich nichts Konkreteres von ihm erfahren.

Kann ich rüberkommen?, schrieb ich.

Ich wusste, es würde mich fertig machen, aber ich musste es sehen. Es war natürlich nicht dasselbe, wie wenn ich selbst … aber …

Bin nicht zu Hause, schrieb er.

Ich wollte ihn gerade fragen, wo er war, als bei mir die nächste Nachricht kam. Kurz waren die Wörter auf dem Display verschwommen, wie etwas auf dem Meeresboden.

Das ist es, Mann. Endlich. Level X.

Quatsch! Aber ich wusste, er log nicht. OC hatte mich noch nie angelogen, nicht mal, als wir klein waren. Zu spät, um zu ihm zu gehen, dachte ich. Ich kann nur hier bleiben und ihn irgendwie dazu bringen, mit mir zu reden.

Oh, Mann. Das ist der Wahnsinn, kam von ihm. *Kann man gar nicht beschreiben.*

Super, OC, danke. Mann der Worte. *Erzähl,* drängte ich ihn.

Eine gefühlte Ewigkeit kam gar nichts. Dann: *Geht nicht. Du bist nicht im Game.*

Was? Das kannst du nicht machen! Plötzlich war ich so wütend, dass ich beinah das Handy an die Wand gefeuert hätte. Ich konnte nicht glauben, dass er mich einfach hängenließ – nach allem, was wir gemeinsam erlebt hatten! Außerdem hatte er mich doch überhaupt erst auf das Game gebracht. Und dann die unzähligen Abende, die er bei mir rumgehangen hatte, die tausend Situationen, in denen ich ihn in der Schule vor den anderen beschützt hatte, die ihn wegen seiner Ticks hänselten und ihm seine Brille klauen wollten.

Ich rief ihn an. Diesmal nahm er ab. Die Verbindung war beschissen, ich hörte in dem Rauschen gerade noch OCs Stimme und das vertraute Trommeln seiner Fingernägel auf der Tischplatte.

»Wo bist du denn, Mann?«, fragte ich.

Er klang weit, weit weg. *Überall,* glaubte ich zu hören. *Überall und nirgends. Charlie hatte recht. Es ist alles nur Raum. Nichts als leerer Raum –*

Okay, klar, er war auf irgendeinem Trip, hatte weiß der Teufel was genommen. Aber ich fand es trotzdem gruselig, ihn so zu hören, so fern und undeutlich, als wäre er auf dem Mars oder irgendwo – und nicht gleich um die Ecke. Ich strengte mich an, ihn zu verstehen, aber seine Stimme ging immer wieder weg, wie bei einer Netzstörung.

Ich würde dir ja gern erzählen, wie es ist, sagte die träumerische, drogenschwere Stimme. *Aber du musst es selbst sehen. Wenn jemand im Traum durchs Paradies gehen würde und eine Blume geschenkt bekäme, als Beweis dafür, dass seine Seele dort war, und wenn er dann beim Aufwachen die Blume in seiner Hand vorfindet – ey, Mann, was dann?* Seine Stimme wurde immer verwaschener.

»Sag mir, wo du bist«, bedrängte ich ihn.

Er lachte auf eine ganz komische Art, so dass sich mir die Nackenhaare sträubten. *Ich muss weg. Mach's gut –*

Das war das Letzte, was ich von ihm hörte. Man fand ihn zwei Tage später in einem verlassenen Lagerhaus. Laut der gerichtsmedizinischen Untersuchung war er schon mindestens eine Woche tot, aber die Todesursache blieb unklar. Seine Eltern gaben natürlich dem Game die Schuld, aber es konnten auch Drogen oder sonst was gewesen sein. Die *Daily Mail* nannte ihn einen *allseits beliebten, vielversprechenden Schüler*, und es gab einen Tag schulfrei, wenn man auf die Beerdigung ging, was OC mehr Freunde einbrachte, als er zu Lebzeiten je gehabt hatte.

Ich spiele keine Onlinespiele mehr, konzentriere mich lieber aufs Lernen. Das letzte Telefongespräch mit OC war schon gruselig genug, aber in letzter Zeit höre ich seine Stimme an den abartigsten Orten. Einmal kam sie aus dem Radio, als ich einen Sender suchte. Und als ich einmal gerade mit Emily telefonierte – per Festnetz, mein Handy benutze ich kaum noch –, hätte ich schwören können, dass ich ihn mit den Fingernägeln auf dem Mobilteil herumtrommeln hörte. Einmal saß ich an meinem Laptop, checkte meine Facebook-Nachrichten und versuchte, die zu ignorieren, die immer wieder von seinem Account kommt – *Möchtest du wieder Kontakt aufnehmen?* –, als ich plötzlich sein Lachen zu hören glaubte. Und dann höre ich manchmal seine Stimme, wenn ich was von YouTube runterlade. Oder in einem Soundtrack oder aus meinem Gitarrenverstärker, wie ein Signal aus dem Jenseits.

Und immer wieder fragen mich Leute nach dem Game. Ob ich es noch spiele. Ob ich ausgestiegen bin. Ob ich noch Kudos habe.

Heutzutage versuche ich, nicht mehr über das alles nachzudenken. Wenn ich's aber trotzdem tue, habe ich den Verdacht, dass das Leben vielleicht wie das Game ist, nichts als leerer Raum zwischen den Pixeln von Wiege und Grab, und dass da irgendwo außerhalb von Zeit und Raum ein Spieler ist, der vor einem Bildschirm hockt, eine Riesenhand auf der Tastatur, bereit, für das ganze Universum Strg/Alt/Entf zu drücken.

Und Level X? Es gibt kein Level X. Das ist nur eine Geschichte, die wir unseren Kids erzählen, damit sie zufrieden sind und das Game spielen. Denn wenn wir ihnen sagen würden, was *wirklich* läuft, dass es keine Kontrolle, keine Erleuchtung, keine Gewinner, keine Verlierer, kein Level X gibt, dann würden sie alle verrückt werden, so wie Charlie und ich.

Deshalb reden wir nie über das Game. Deshalb tun wir immer weiter so, als ob. Und deshalb spielen die Jugendlichen das Spiel immer weiter, verdienen sich ihre Kudos, zählen ihre Punkte, leveln sich hoch, bis das GAME OVER kommt …

Klar kann ich mich auch irren. Wie soll man beweisen, dass es etwas *nicht* gibt? Ich bin aus dem Game raus – was weiß ich schon? Jeder hat die gleichen Chancen. Das habe ich neulich zu Emily gesagt, als sie bei Level 6 war. Sie ist keine große Gamerin, aber sie könnte ja Glück haben.

Also –

Bist du noch drin, oder bist du draußen?

WEITERSPIELEN ODER AUFHÖREN?

Es ist deine Entscheidung.

Road Song

Fünf Jahre nach meiner Reise in den Kongo reiste ich mit dem Kinderhilfswerk Plan UK *nach Togo. Dort habe ich alles über Kinderhandel erfahren. Die Kinder werden in die Sklaverei gelockt und als Prostituierte verkauft, indem man ihnen Wohlstand und ein schönes Leben verspricht. Diese Geschichte ist eine von vielen, die ich dort gesammelt habe.*

Es gibt hier so viele Gottheiten. Regengötter. Götter des Todes. Flussgötter. Windgötter. Götter der Maispflanze, Medizingötter. Alte Götter. Neue Götter, die von anderswo hierhergebracht wurden und sich in Einheimische verwandelt haben, indem sie ihre Wurzeln tief in der Erde versenkten und nun Signale, Geschichten und Lieder verschicken, wohin der Wind sie trägt.

Ein solcher Gott ist die Great North Road. Von Lomé an der Bucht von Benin führt sie bis hinauf nach Dapong tief im Norden. Wie ein staubiger Fluss. In der Großstadt Lomé entspringt sie, Lomé, mit seinen heißen, stickigen Straßen, seinen Märkten, den wunderschönen Boulevards, den Stränden und gestrandeten menschlichen Existenzen, die nun die Promenade entlangschlendern. Dazu kommen Heerscharen von Mopeds und Fahrrädern, die den größten Teil des Verkehrs ausmachen. Im Gegensatz zu einem Fluss trocknet die Great North Road nie aus, auch nicht in Dürrezeiten. Ihre unzähligen Legenden und Lieder verstummen nicht, und auch die Reisenden und ihre Berichte verschwinden nie.

Meine Geschichte beginnt am Rand von Sokodé. Sokodé ist riesig und ziemlich hektisch, fünf Stunden nördlich von Lomé gelegen und umgeben von kleineren Dörfern, die wie Dienerinnen der größeren Stadt wirken. Fürs Überleben sind diese Siedlungen alle von der großen Straße abhängig, aber viele Dorfbewohner waren noch nie weiter weg von zu Hause als ein paar Meilen nach Norden oder Süden. Oft klettern Leute die Trasse hoch, sitzen dann nur da und warten am Straßenrand auf das, was zufällig vorbeikommt: Händler auf Fahrrädern, Mopeds, Lastwagen, Frauen unterwegs zu den Feldern, um Mais zu ernten oder irgendwo Holz zu fällen.

Zu diesen Zuschauern am Straßenrand gehört auch Maleki, ein Mädchen aus dem nahegelegenen Kassena. Sie ist sechzehn, die Älteste von fünf Kindern. Maleki sitzt sehr gern im Schatten der Bäume und blickt hinaus auf die Great North Road, die an ihr vorbeirauscht. Marcellin, ihr jüngerer Bruder, hat immer die Kondensstreifen am Himmel beobachtet, während Jean-Baptiste sich mehr für die Lastwagen interessierte, denen er begeistert zuwinkte. Aber Maleki schaut nur hinaus in den Verkehr und freut sich über jedes Lebenszeichen. Im Lauf der Jahre ist sie zu der Überzeugung gekommen, dass diese Straße mehr ist als nur Staub und Asphalt. Ihrer Meinung nach besitzt sie eine ganz bestimmte innere Kraft, eine Identität. Und eine Stimme – manchmal nur ein fernes Zischen, manchmal mehrere verschiedene Stimmen, die so verlockend klingen wie ein Kirchenchor.

Wenn sie morgens um fünf aufsteht, um ihre Pflichten im Haushalt zu erledigen, wartet die Straße bereits auf sie und summt leise, eingehüllt in hauchdünne Nebelschwaden. Man könnte fast denken, sie schläft, aber Maleki weiß es besser. Die Straße ist wie ein Krokodil, sie hat immer ein Auge offen, sogar im Schlaf, und schnappt nach jedem, der so dumm war, nicht richtig aufzupassen. Maleki passt immer auf. Wenn sie ihren Sarong anzieht und fest verknotet, wenn sie ihr *Bandeau* um die Brust bindet, wenn sie barfuß durch den Hof geht, wenn sie Wasser aus dem Dorfbrunnen schöpft und dieses Wasser dann in die Waschhütte schleppt, wenn sie Feuerholz hackt und zu einem Bündel bindet, wenn sie dieses Bündel auf dem Kopf nach Hause trägt – immer hört sie das Lied der Straße, den *road song*, sie folgt mit den Blicken dem grauen Strom, der in einer unvorstellbaren, heimtückischen Ferne verschwindet, und sie sieht den Staub, der mit der Sonne aufsteigt und die Ankunft von Besuchern verkündet.

Heute Morgen ist die Straße fast stumm. Ein paar Fledermäuse flattern über einer Gruppe von Banyanbäumen, eine Frau mit einem Reisigbündel überquert die Straße von der anderen Seite, irgendein kleines Tier – eine Buschratte vielleicht – raschelt im Gestrüpp. Wenn ihre Brüder hier wären, denkt Maleki, dann würden sie jetzt jagen gehen. Sie würden windabwärts vom Dorf das trockene Gesträuch anzünden und warten, bis die Buschratten aus dem brennenden Unterholz gerannt kommen. Eine Buschratte liefert viel Fleisch – ein bisschen zäher als ein Hühnchen, aber sehr schmackhaft. Und dann würden die Jungen die Ratten, ausgenommen und auf einen Rahmen aus Stöckchen gespannt, am Straßenrand den Leuten verkaufen, die zum Markt fahren.

Aber Malekis Brüder sind schon lange fort, wie viele andere Kinder auch. Heutzutage jagt niemand Buschratten, und keiner steht in Sodoké am Straßenrand, um den Fahrzeugen zu winken. Niemand spielt mit ihr auf dem Hof *Ampé*, und erst recht keiner liegt auf dem Rücken unter den Bäumen und sucht den Himmel nach Kondensstreifen ab.

Sie stellt das Feuerholz draußen vor der Küchentür ab. Maleki wohnt in einer Art Siedlung aus Lehmziegelhäusern mit Wellblechdächern, die sich um einen großen Platz gruppieren. Es gibt ein Hühnerhaus, eine Mais-Scheune, eine Reihe von niedrigen Bänken, auf denen man gut sitzen kann. Am anderen Ende des Platzes befindet sich ein großer Kessel. Malekis Mutter braut in diesem Kessel das *Tchoukoutou*, ein Hirsebier, das sie dann überall im Dorf verkauft. Oder sie bereitet darin Sojakäse zu oder Maisbrei, um sie auf dem Wochenmarkt in Sokodé zum Verkauf anzubieten.

Maleki mag den Markt, dort gibt es so viel zu sehen. Junge Männer auf ihren Mopeds. Frauen, die auf dem Soziussitz mitfahren. Verkäufer, die Maniok und gebackene Kochbananen anpreisen. Pritschenwagen mit Bauholz, Voodoo-Männer, die Zaubersprüche, Amulette und Glücksbringer verkaufen. Am Straßenrand sind Stände mit Teigkugeln. Und es gibt noch mehr: Pfannkuchen und *Foufou*, Süßkartoffeln und Bananen, ganze Berge aus Hirse und Paprika und Reis. Stoffe in allen Farben, Sarongs und Schals und *Dupattas*. Perlenketten, Ohrringe aus Bronze, Armringe, Töpferware, Flaschen und Kalebassen, Gewürze und Salz, Chili-Girlanden, Kochtöpfe, Besen, Körbe, Plastikeimer, Messer, Coca-Cola, Maschinenöl und Sandalen aus geflochtenem Gras.

Die meisten Dinge sind zu teuer für Maleki und ihre Familie. Aber sie schaut gern zu und hilft ihrer Mutter, den Maisbrei zuzubereiten, den diese später an ihrem Stand verkauft. Man mahlt das Mehl zwischen zwei Steinen und kocht es dann in einer tiefen Pfanne. Und das Lied der Straße hat hier noch mehr Kraft, ein Lied von fernen Orten, von Händlern und Reisenden, aber es geht auch um den neuesten Tratsch und um Länder, deren Namen Maleki nur von den Landkarten kennt, die mit Kreide auf eine Tafel gemalt wurden.

Die Straße sieht Maleki, wenn sie sich zum Markt begibt und wieder nach Hause geht, jeden Tag, seit sie laufen gelernt hat. Manchmal macht sie sich allein auf den Weg, meistens aber gemeinsam mit ihrer Mutter, und sie balanciert den Mais in einem geflochtenen Korb auf dem Kopf. Bis vor zwei Jahren hat sie die Schule besucht, und die Straße hat gesehen, wie Maleki in die andere Richtung ging, in einer weißen Bluse und einem Khaki-Rock und mit einem Stapel Bücher unter dem Arm. In der Zeit klang das Lied anders, es erzählte von Mathematik und Englisch und Geographie, von Wörterbüchern und Fußballspielen, von Musik und Hoffnung. Doch seit ihre Brüder von zu Hause weg sind, geht Maleki nicht mehr in die Schule. Sie trägt auch keine Khaki-Uniform mehr. Und das Lied der Straße hat sich wieder verändert, jetzt singt es von Ehe und Familie, von Kindern, die auf dem Hof herumrennen, von langen Tagen in den Maisfeldern und kindischen Träumen, die für immer ausgeträumt sind.

Es war ja nicht so, dass sie wegwollte. Sie war eine vielversprechende Schülerin. Fast so klug wie ein Junge und auch beim Fußball richtig gut – selbst der Schulleiter musste das zugeben, allerdings widerstrebend, denn er hat etwas gegen Mädchenfußball. Aber Malekis Mutter hat einen Ehemann, der fast das ganze Jahr weg ist, und noch drei kleinere Kinder, die alle an Malaria leiden, sogar das Jüngste, das noch nicht mal zwei Jahre alt ist, und diese Mutter braucht dringend Hilfe. Sie hat großes Mitleid mit ihrer Tochter, doch sie weiß, dass vom Bücherlesen noch niemand satt geworden ist und Papier noch nie ein Stück Land gepflügt hat.

Außerdem denkt die Mutter: Wenn die Jungs nach

Hause kommen, gibt es Geld für alle und alles, für Kleider, Medikamente, Essen – in Nigeria essen die Leute jeden Tag Huhn, hat sie gehört, und alle haben ein Radio, ein Moskitonetz, eine Nähmaschine.

Das ist das Lied, das die Mutter hört. Ein Schlaflied, das von Träumen erzählt, die wahr werden, und für sie klingt es wie Adjales Stimme – Adjale mit dem goldenen Lächeln –, und obwohl sie ihre Söhne vermisst, weiß sie, dass die beiden eines Tage nach Hause kommen werden und den Wohlstand mitbringen, den man ihr versprochen hat. Es ist schwer, Kinder wegzugeben – zwei kleine Jungen, beide erst knapp über zehn – und in eine fremde Stadt ziehen zu lassen. Aber man muss Opfer bringen, hat Adjale zu ihr gesagt, und die beiden werden dort erstklassig versorgt. Jeder bekommt ein Fahrrad. Und ein Handy. Solche Schätze sind hier in Togo unvorstellbar, aber in Nigeria ist alles anders. Die Häuser haben Fliesenböden, ein Bad, fließend Wasser, Strom. Die Arbeitgeber sind freundlich und respektvoll. Sie kümmern sich um die Kinder wie um ihre eigenen. Auch die Mädchen bekommen neue Kleider, Schmuck und Make-up. Das hat Adjale ihr alles erzählt – Adjale mit der goldenen Stimme –, als die *Trafficker*, die Schleuser, die Menschenhändler, das erste Mal hierherkamen.

Die Menschenhändler. Was für ein schreckliches Wort. Malekis Mutter zieht *Menschenfischer* vor. Wie Jesus und seine Jünger. Die Great North Road ist für diese Leute der Fluss, und jedes Jahr reisen sie nach Norden, wie Fischer zu den Laichplätzen. Jahr für Jahr ziehen sie dann ab mit reicher Beute, jede Menge Jungen und Mädchen, viele erst zwölf oder dreizehn, so wie Marcellin und Jean-Baptiste. Sie schmuggeln die Kinder bei Nacht über die Grenze, gehen den Polizeipatrouillen aus dem Weg, denn keines der Kinder hat einen Pass. Manchmal transportieren sie die Kinder auch über den Fluss, auf Flößen aus Balken und Plastikfässern, die mit Schnur aus Bananenblättern zusammengebunden sind.

Ob sie ihre Söhne wiedererkennen wird, wenn sie heimkommen, fragt sich Malekis Mutter. Die beiden sind ja inzwischen schon Männer. Wenn sie sich das vorstellt, tut ihr das Herz weh. Und sie denkt an ihre Tochter Maleki – so klug, so jung, rote Fäden in die Haare geflochten und eine Stimme wie ein goldener Engel. Maleki wartet immer noch, auch nach so langer Zeit. Und wenn die Tagesarbeit getan ist und die rote Sonne am westlichen Horizont verblasst und die kleineren Kinder auf ihrer Doppelpritsche in der Hütte eingeschlafen sind, dann sieht Malekis Mutter ihre Tochter ganz still am Rand der Great North Road stehen, vom Schein der Dorffeuer angestrahlt. Sie singt leise vor sich hin und betet für die Rückkehr ihrer Brüder.

Maleki weiß nämlich, dass die Straße ein Gott ist, ein gefährlicher Gott, der besänftigt werden muss. Manchmal holt sich die Straße ein Kind, das sich verlaufen hat, und wenn man Glück hat, nur einen streunenden Hund. Zerquetscht von den Rädern eines Lastwagens. Aber die *Trafficker* nehmen mehr als das. Vier Kinder letztes Jahr. Drei im Jahr davor. Deshalb singt Maleki: *Mach, dass sie nicht kommen, bitte, bitte, halt sie fern, halt sie fern dieses Jahr,* und sie weiß nicht, ob sie zu Gott oder zu Allah betet oder zu der Great North Road selbst, diesem heimtückischen, staubigen Schlangengott, der die Kinder wegzaubert.

Nachts wirkt die Straße noch lebendiger als sonst, erfüllt von Gemurmel und Geflüster. Die vertrauten Geräusche des Dorfes, die Gesänge, das Trommeln, die spielenden Kinder, das Gedudel eines Radios oder eines Handys vor dem Haus des Chiefs, wo die Männer *Tchouk* trinken und über Geschäfte reden – das alles ist jetzt weit weg, so weit weg wie die Flugzeuge, die manchmal da oben fliegen und ihre Spur in Form von Kondensstreifen hinterlassen, bei denen man denken könnte, es hätte jemand mit den Fingernägeln über den Himmel gekratzt. Nur die Straße ist real, die Straße mit ihrem lockenden Lied, diese Straße, der wir unsere Kinder opfern, für eine wunderschöne Lüge, für den leuchtenden Traum von einem besseren Leben.

Maleki weiß, dass die meisten Kinder nicht zurückkommen. Um das zu wissen, braucht sie kein Lied. Die Menschenfischer sind erbarmungslose Jäger, mit ihren verführerischen Heilsversprechen. Sie kommen wie der Harmattan, der trockene Landwind, der jedes Jahr weht und die Erde ihrer ganzen Feuchtigkeit beraubt und den Mund mit bitterem rotem Sand füllt. Nichts wächst, nichts gedeiht, wenn der Harmattan bläst, nur die Träume dummer Jungen und ihrer noch dümmeren Mütter, die sie mit den Händlern gehen lassen – alle in ihren Sonntagsklamotten, falls die Patrouillen sie schnappen und ihre Verzweiflung riechen, jeder Junge mit einer dicken Scheibe kaltem Maisbrei, liebevoll in ein Bananenblatt gepackt und mit einem Stück rote Schnur umwickelt, als Glücksbringer.

Geld wechselt den Besitzer. Nicht viel, nicht einmal genug für einen Sack Getreide, aber das Baby braucht ein Moskitonetz und das Ältere ein Medikament, und sie *verkauft* ja ihre Kinder nicht, sagt sich Malekis Mutter, sie schickt sie ins Gelobte Land. Adjale wird sich um sie kümmern. Adjale, der ihr jedes Jahr Nachrichten von ihren Söhnen überbringt und sagt: *Nächstes Jahr schicken sie vielleicht eine Karte oder einen Brief oder sogar ein Foto.*

Aber etwas in ihrem Inneren wehrt sich immer noch, und sie fragt sich wieder, ob das, was sie getan hat, richtig war. Jedes Jahr lächelt Adjale und sagt: *Vertrau mir, ich weiß, was ich tue*. Es ist nicht leicht für sie, dass sie ihn nur einmal im Jahr sieht, aber sie weiß, er macht seine Sache gut, er hilft den Kindern, die entlang der Straße wohnen, und er hat ihr versprochen, dass er sie holt. *Bald, ganz bald,* sagt er. *Sobald die Kinder groß sind. In vier Jahren, vielleicht auch fünf, mehr nicht.*

Und Malekis Mutter glaubt ihm. Er ist wirklich gut zu ihr. Aber Maleki traut ihm nicht. Sie hat ihm noch nie getraut. Nur was kann ein Mädchen allein schon bewirken? Sie ist nicht imstande, die Leute aufzuhalten, so wenig wie sie den Harmattan mit dem roten Sand aufhalten kann. *Was kann ich tun?*, fragt sie die Straße. *Sag mir, was kann ich gegen sie tun?*

In dieser Nacht findet sie die Antwort, während sie allein am Straßenrand wartet. Der Mond steht hoch am Himmel, aber die Straße ist noch warm wie ein Tier, sie riecht nach Staub und Benzin und dem Schweiß unzähliger Füße, die Tag für Tag dort entlangtraben. Und vielleicht erhört die Straße ihr Gebet, oder vielleicht leiht ihr auch ein anderer Gott sein Ohr, aber heute Nacht erzählt die Straße eine Geschichte, und diese Geschichte erzählt sie nur Maleki: Es ist ein Lied von Einsamkeit, Schmerz und Verrat. Sie singt von kranken Kindern, die auf dem Weg nach Nigeria sterben, von Mädchen, die in die Prostitution verkauft werden, von vergeblichen Hoffnungen und Gewalt, von Krankheit, Hunger und AIDS. Sie singt von Enttäuschungen und von zwei Jungen mit den Kassena-Narben auf ihren Wangen, ihre Haut von dem bitteren roten Staub bedeckt, und die zwei Jungen kommen auf der Great North Road nach Hause. Sie haben keinen einzigen Penny, sie sind hungrig und schwach, nach zwei langen Jahren in Nigeria, wo sie jeden Tag vierzehn Stunden auf dem Feld geschuftet haben, nachdem sie für den Preis eines Fahrrads verkauft wurden. *Aber sie leben noch,* denkt Maleki, *sie leben noch und kommen nach Hause*. Und der hämmernde Rhythmus dieses neuen Liedes verbindet sich mit Malekis Herzschlag, während sie hier am Straßenrand bei Kassena steht, und ihre Füße beginnen, sich im Staub zu bewegen, ihr Körper beginnt zu schwanken und zu schwingen, hin und her, und in dem Moment hört sie sie alle, all die verschwundenen Kinder, sie stimmen mit ein in das Lied der Straße, ein Lied, das nicht überhört werden kann.

Und Maleki weiß jetzt, was sie tun kann, um die Kinderfischer zu bekämpfen. Viel ist es nicht, aber es ist ein Anfang, ein Samenkorn, das zu einem Baum heranwachsen wird, und aus diesem Baum wird ein Wald werden, und der Wald wird einen Schutz gegen den Wind bilden, der vielleicht sogar den Harmattan abhält.

Nicht heute. Nicht dieses Jahr. Aber vielleicht noch zu ihren Lebzeiten –

Das wäre doch mal was.

Sie geht an den Feuern vorbei nach Hause. Vorbei an der Hütte des Chiefs, vorbei am Maisfeld, vorbei an den runden Hühnerhäusern. Sie wäscht sich das Gesicht an der Wasserpumpe, sie trinkt aus einem ausgehöhlten Kürbis, sie isst eine Scheibe kalten Maisbrei, die ihre Mutter für sie auf dem Tisch bereitgestellt hat, sie legt ihre alte Schuluniform bereit, die weiße Bluse und den Khaki-Rock, und auch die abgetragenen alten Fußballschuhe, aus denen sie noch nicht herausgewachsen ist. Und als sie dann auf ihrer Matratze liegt, lauscht sie den Geräuschen der Nacht – und sie denkt an andere Straßen, an die Pfade, die wir für uns selbst erschaffen müssen.

Morgen, denkt sie, morgen ist alles anders. Statt an der Straße zu stehen, statt auf den Markt zu gehen, wird sie zum Schulhaus wandern, in ihrer Khaki-Uniform, sie wird ihre Fußballschuhe an den Schnürsenkeln hin und her schwingen, im Takt des Liedes, das nur sie hören kann. Ihre Mutter versucht bestimmt, sie daran zu hindern, aber nur halbherzig. Und wenn ihre Brüder endlich nach Hause kommen, wird sie zu ihnen sagen: *Warum seid ihr weggegangen? Das Gelobte Land ist hier – hier war es schon immer. In mir. In euch*. Und vielleicht kann sie mit der Zeit bewirken, dass auch ihre Brüder das Lied hören, das sie so deutlich vernimmt, und vielleicht werden ihre Kinder es ebenfalls hören und sie verstehen, wenn sie sagt: *Wenn die Straße dich nicht dorthinbringt, wo du hinmöchtest, dann musst du dir deine eigene Straße schaffen*.

Es gibt so viele Götter in diesem Land. In Togo. Flussgötter, Götter der Straße. Lauter falsche Götter – vielleicht. Aber die eigentliche Kraft liegt im menschlichen Herzen: in seinem Mut, in seiner Beharrlichkeit. Auch dies ist das Lied der Straße, und durch die Stimmen der Kinder lebt es weiter und wird jeden Tag stärker, es versenkt seine Wurzeln tief in der Erde und schickt die Samen der Veränderung hinaus in die Welt – wohin der Wind sie trägt.

Faith und Hope rechnen ab

Ältere Menschen lassen sich leicht einschüchtern, und sie werden oft vernachlässigt, manchmal von genau den Personen, die beruflich für ihr Wohlergehen zuständig sind. Gerade in Krankenhäusern und Pflegeheimen erleben wir es viel zu häufig, dass alte Menschen von oben herab behandelt und vergessen werden – die elementarste Pflege wird ihnen verweigert, manche werden sogar regelrecht misshandelt. In unserer Gesellschaft schauen viele Menschen in solchen Fällen weg. Diese Geschichte berichtet, wie es Faith und Hope gelingt, sich zu revanchieren. Falls die beiden Damen jemanden dazu inspirieren, sich ebenfalls zu wehren – umso besser.

Wie nett von Ihnen, dass Sie mal wieder bei uns vorbeischauen. Sie wissen ja, wir kriegen selten Besuch. Nur mein Sohn Tom kommt pflichtgetreu, aber er hat bekanntlich nie viel zu erzählen. Man kann sich nicht richtig mit ihm unterhalten. Im Grunde hören wir ihm immer nur zu und nicken an den passenden Stellen. Sein Job. Sein Chef. Die Immobilienpreise. Und, nicht zu vergessen, das Wetter. In Toms Vorstellungswelt wollen alte Leute immer nur übers Wetter reden.

Es gibt allerdings Dinge, in die ich ihn lieber nicht hineinziehen will. Das Seniorenheim Meadowbank ist eine Bühne, auf der Tragödien und Tragikomödien einander ablösen, dicht gedrängt wie bei Chaucer, und um sie zu verdauen, braucht man viel Humor – und einen guten Magen. Ich liebe meinen Sohn sehr, aber ihm fehlt beides. Deshalb halte ich mich lieber ans Wetter. Und zum Glück habe ich für meine geistige Gesundheit ja immer noch Hope.

Hope ist meine beste Freundin. Sie war Professorin für Englisch und hat ihre Cambridge-Manieren bis heute beibehalten: eine gewisse Sprödigkeit und eine fast militärisch korrekte Haltung, obwohl sie seit fünfzehn Jahren blind ist und hier noch kein einziges Mal Besuch bekommen hat. Aber ihr Verstand funktioniert immer noch einwandfrei – und sie hat mehr Verstand als die meisten anderen Leute. Mit ein bisschen Unterstützung von mir in meinem Rollstuhl schafft sie es, ihre Würde und ihren Humor zu bewahren, und das ist an einem Ort wie diesem hier unerlässlich.

Wir waren privilegiert, aber das sind wir längst nicht mehr. Seit unserem Spontanausflug nach London bewacht uns die Heimleitung strenger als die Gestapo. Ein Aufpasser hat den Ausgang im Auge, ein zweiter sitzt am Empfang, falls es irgendwelche Probleme geben sollte oder eine von uns die fünf Minuten, die wir wöchentlich telefonieren dürfen, überschreitet.

Kelly, die Blonde mit dem niedrigen IQ, ist längst ersetzt worden. Die Verwaltung hat statt ihrer eine Heimleiterin eingestellt, die alles steuern und überblicken soll: eine korpulente und kompetente Frau namens Maureen, die uns gegenüber einen gnadenlos munteren Ton anschlägt, der immer ein bisschen wie Wagner klingt, aber ihre demonstrative Fröhlichkeit kann nicht verbergen, dass ihre kleinen Augen mit den blauen Lidschatten kalt und metallisch glitzern.

Die anderen Mitarbeiter fügen sich Maureen. Da sind die dicke Claire, die ewig plappernde Denise, Sad Harry, der niemals lächelt, die Praktikantin Helen, der nette Chris (unser besonderer Freund) und außerdem Lorraine, die Neue, die im Personalraum raucht und sich an Hopes Chanel N° 5 bedient, wenn Hope nicht im Zimmer ist. Chris – der Einzige, der lebensecht mit uns redet – sagt, der Wechsel in der Leitung ändert für uns nichts. Aber er selbst wirkt irgendwie bedrückt, er ist nicht mehr so gut gelaunt wie früher, singt weniger oft mit uns, und erst neulich ist mir aufgefallen, dass er sogar seinen goldenen Ohrring nicht mehr trägt.

»Maureen war nicht damit einverstanden«, sagte er, als ich ihn gefragt habe. »Ich habe schon eine Abmahnung bekommen, und ich bin auf diesen Job angewiesen.«

Ja, das wissen wir. Chris hatte nämlich früher mal Schwierigkeiten mit dem Gesetz, und deshalb muss er besonders vorsichtig sein. Es war nichts Ernstes – falsche Freunde und ein bisschen Pech. Eine neunmonatige Freiheitsstrafe wegen Einbruchs, dann Sozialstunden und anschließend war seine Weste wieder weiß. Aber weiße Weste hin oder her – solche Dinge haben die Angewohnheit, haften zu bleiben. Bis heute, also Jahre später, bekommt er keine Kreditkarte und kein Darlehen. Nicht einmal ein eigenes Konto kann er eröffnen. Es steht alles in seiner Akte, und Menschen wie Maureen sehen sich solche Unterlagen genau an, auch wenn sie sich lieber die Person anschauen sollten.

Letzten Monat war Muttertag. Hope ist am Muttertag immer ein bisschen traurig, auch wenn sie sich nichts anmerken lässt. Ich weiß es auch nur, weil ich sie schon so lange kenne. Ihre Tochter Priscilla lebt in Kalifornien und schreibt nie. Nur alle Jubeljahre bekommen wir mal eine Postkarte – billige Dinger, schlechte Schrift. Ich lese sie ihr vor, mit ein wenig dichterischer Freiheit, falls nötig.

Dabei muss ich allerdings aufpassen. Hope merkt es sofort, wenn ich zu weit gehe. Die Karten bewahrt sie sorgfältig auf, in einem Schuhkarton unten in ihrem Kleiderschrank. Wenn Priscilla wüsste, wie viel diese Karten ihrer Mutter bedeuten, würde sie sich vielleicht ein bisschen mehr Mühe geben.

Tom kam natürlich. Seine Frau begleitet ihn nie. Die Kinder bleiben ebenfalls weg. Ich muss sagen, dass ich ihnen das nicht vorwerfe. Warum sollte irgendjemand an einem wunderschönen Frühlingstag freiwillig hier drin herumsitzen, statt draußen etwas mit der Familie zu unternehmen? Tom wollte mit mir eine Spazierfahrt machen, aber ich mochte Hope nicht allein lassen, und Maureen würde garantiert nicht erlauben, dass er uns beide mitnahm, das wusste ich. Also blieben wir hier und aßen die Pralinen, die Tom mitgebracht hatte, und bewunderten die Blumen – erfreulicherweise mal nicht seine üblichen Chrysanthemen, sondern süß duftende Maiglöckchen, die Hope genauso genießen konnte wie ich.

Feiertage sind hier im Seniorenheim immer sehr anstrengend. Es ist ein Kommen und Gehen, lauter Erwartungen, lauter enttäuschte Hoffnungen. Die Pflegerinnen sind gereizt und überfordert, weil sie versuchen, mit einem unmöglich knappen Budget ein »Festtagsessen« zu zaubern. Und unter den Bewohnern gibt es jede Menge Eifersüchteleien.

Mrs Swathen hatte ebenfalls Besuch, ihre Familie kommt regelmäßig. Mrs Swathen gibt gern an und lenkt die ganze Aufmerksamkeit auf sich. Jetzt verkündete sie mit lauter Stimme, gleich werde ihre Tochter erscheinen, mit ihrem Mann, dem Steuerberater, und den beiden entzückenden Kinderlein, Laurie und Jim. Sie würden mit ihr in ihrem Volvo zum Gartencenter fahren, um Tee zu trinken, Scones zu essen und die Frühjahrsblumen zu begutachten.

Das alles sagte sie mit der selbstgefälligen Stimme einer Bewohnerin, die erst seit einem Jahr hier ist und glaubt, dass die Besuchsbereitschaft ihrer Angehörigen bis in alle Ewigkeit anhalten wird. Wir anderen wissen es besser – aber das hinderte uns heute nicht daran, ihr neidisch nachzublicken, als sie aufbrach, und beim Anblick der süßen Kinder mit den rosigen Wangen im Rückfenster des Wagens einen Stich im Herzen zu fühlen.

Und schon zog Mrs McAllister ihren Mantel an, samt Schal und Handschuhen, nahm ihre Handtasche und stapfte in die Lobby, um dort zu warten. Eigentlich dürfen wir nicht ohne guten Grund in der Lobby sitzen, aber Mrs McAllister tut es trotzdem – immer, wenn jemand Besuch bekommt. Sie beharrt darauf, dass ihr Sohn Peter jeden Moment kommen wird, um sie nach Hause zu holen.

Wir haben schon viel über Peter McAllister gehört, aber nicht alles ist wirklich glaubwürdig. Seit ich hier wohne, war Peter schon Banker, Naturwissenschaftler, Polizist, Modedesigner, Oberbefehlshaber der Kriegsmarine und Lateinlehrer am St.-Oswald-Gymnasium, aber niemand kann sich erinnern, ihn je gesehen zu haben – nicht einmal die ältesten Bewohner.

Das Personal hat es längst aufgegeben, Mrs McAllister zu erklären, dass ihr Sohn vor sieben Jahren an Prostata-Krebs gestorben ist, und inzwischen erlaubt man ihr, neben der Tür zu sitzen, so lange sie will. Vorausgesetzt, sie behindert niemanden.

Diesmal war es allerdings anders. Wenn Chris oder Helen an der Rezeption gesessen hätte, wäre nichts passiert, aber da saß heute die Neue: Lorraine. Maureen hat sie eingestellt, und es ist sonnenklar, dass sie uneingeschränkt auf der Seite der Heimleitung steht. Sie ist ständig schlechter Laune. Außer im Umgang mit Maureen – da findet bei

Lorraine eine überraschende Persönlichkeitsveränderung statt, und sie wird plötzlich unglaublich effizient, allerdings nur für kurze Zeit. Kaum ist Maureen wieder weg, arbeitet Lorraine so wenig wie nur möglich, macht alle zehn Minuten eine Pause und redet mit uns – wenn überhaupt – in einem so strengen und schneidenden Ton, dass es schon an Verachtung grenzt.

Der Gerechtigkeit halber will ich erwähnen, dass wir alle Mrs McAllister öfter mal ziemlich nervig finden. Sie kann nichts dafür, die Arme. Mit zweiundneunzig ist sie die älteste Bewohnerin hier, und sie ist zwar körperlich insgesamt besser in Form als Hope oder ich, aber dafür schrecklich verwirrt. In ihrem Umkreis verschwinden viele Dinge: Pralinen, Brillen, Kleidung, Gebisse. Chris hat mir erzählt, dass er unter ihrer Matratze schon vierzehn verschiedene Zahnprothesen gefunden hat, außerdem zwei zerdrückte Donuts, eine Tüte Bonbons, eine halbe Packung Schokokekse, einen Kuschelpanda, mehrere Kriegsorden, die Mr Braun, unserem deutschen Mitbewohner, gehören, und einen grünen Gummiball, mit dem der Hund im Gemeinschaftsraum immer spielt.

Der Heimleitung hat Chris selbstverständlich nichts davon berichtet. Stattdessen hat er die entsprechenden Gegenstände den ursprünglichen Besitzern zurückgegeben und sich vorgenommen, in regelmäßigen Abständen unter der Matratze nachzusehen. Lorraine, das war klar, hätte so etwas nicht durchgehen lassen. So wie sie es jetzt nicht duldete, dass Mrs McAllister ohne Genehmigung in der Lobby saß.

»Meine Liebe, jetzt gehen wir mal wieder zurück in unser Zimmer«, sagte sie zu ihr. Die schrille Stimme drang bis in den Frühstücksraum, wo Hope und ich saßen, ich in meinem Rollstuhl und Hope in einem der Shackleton-

Sessel. Wir aßen Toms Pralinen und genossen den Sonnenschein. Chris putzte die Fenster und pfiff dabei leise vor sich hin.

»Gehen Sie bitte sofort in Ihr Zimmer!«, hörten wir aus der Lobby. »Niemand kommt Sie abholen, und ich kann es nicht zulassen, dass Sie den ganzen Tag hier sitzen.«

Die Antwort klang zaghaft, war aber trotzdem gut zu hören. »Mein Sohn Peter kommt doch immer donnerstags.« Es war Sonntag. »Er lebt in London. Er ist Kundenbetreuer bei der Bank, müssen Sie wissen. Und heute holt er mich wieder nach Hause.«

Lorraines Stimme wurde noch lauter, als spräche sie mit einer Schwerhörigen. »Hören Sie zu, diesen Unsinn können wir nicht länger hinnehmen. Ihr Sohn kommt nicht, um Sie zu holen, niemand kommt, um Sie zu holen, und wenn Sie nicht augenblicklich in Ihr Zimmer gehen, dann werde ich Sie persönlich dorthin bringen.«

»Aber ich habe Peter versprochen …«

»Himmelherrgott!« Wir hörten, dass Lorraine mit der flachen Hand auf den Schreibtisch schlug. »Ihr Sohn ist tot, haben Sie das vergessen? Er ist vor vielen Jahren gestorben. Wie soll er Sie da abholen?«

Hope holte tief Luft. Chris hörte auf, das Fenster zu putzen, und schaute mich an, die Mundwinkel nach unten gezogen, eine unglückliche Grimasse.

Aus der Lobby hörten wir nun nur noch die Stille – eine Stille, die schlimmer war als jedes Geschrei.

Klar, Mrs McAllister kann eine Nervensäge sein. Mir hat sie zum Beispiel mein Lieblingshalstuch weggenommen, das mit dem gelben Rand, und außerdem eine ganze Packung rosarot glasierte Plätzchen, die Tom mir zu Weihnachten geschenkt hatte. Das Halstuch bekam ich irgendwann zurück, allerdings mit einem Fettfleck, der nie wieder herausging. Die Kekse musste ich ihr lassen, weil sie fest davon überzeugt war, dass sie von Peter stammten, und ich brachte es nicht übers Herz, ihr zu widersprechen.

»Er ist so ein guter Junge«, sagte sie immer wieder mit einem entzückten Blick auf meine Weihnachtsplätzchen. »Er bäckt wunderbare Kuchen für sein riesiges Restaurant. Und er macht sich immer die Mühe, den weiten Weg aus London hierher zu fahren.«

Also ließ ich ihr die Kekse. Tom schenkt mir sowieso dauernd welche – er denkt, etwas anderes essen alte Damen nicht –, deshalb wusste ich, dass ich früher oder später eine neue Packung bekommen würde. Es war kein großes Opfer, und sie freute sich so darüber.

Doch als sie jetzt in den Frühstücksraum kam, war ihr Gesicht grau und eingefallen, wie ein verschrumpelter Apfel. »Sie behauptet, Peter ist tot«, klagte sie mit zitternder Stimme. »Mein Sohn ist tot, und kein Mensch hat es mir gesagt.«

Hope kann mit solchen Situationen besser umgehen als ich. Vielleicht kommt das von ihren Cambridge-Erfahrungen. Oder es liegt einfach in ihrer Persönlichkeit. Jedenfalls nahm sie Mrs McAllister in die Arme und ließ sie an ihrer Schulter weinen, tätschelte immer wieder ihren krummen Rücken und murmelte: »Sch-sch, ist schon gut, meine Liebe, das wird schon wieder.«

»Ach, Maud«, seufzte Mrs McAllister. »Ich bin so froh, dass du hier bist. Wann können wir wieder nach Hause?«

»Jetzt noch nicht«, sagte Hope sanft. »Bleiben Sie hier bei uns. Faith und ich, wir holen Ihnen eine Tasse Tee.«

Es heißt immer, dass niemand so empfindlich auf Ungerechtigkeit reagiert wie ein Kind. Erlebnisse aus der Kindheit – samt den dazugehörenden Gefühlen – halten sich sehr viel hartnäckiger im Gedächtnis als neuere Ereignisse. Ich weiß noch ganz genau, wie ein Mädchen aus meiner Klasse – sie hieß Jacqueline Bond, und wir waren sieben Jahre alt – mir aufgelauert hat, als ich zum Mittagessen nach Hause ging. Sie boxte mich immer wieder zwischen die Schulterblätter, ich hatte keine Ahnung, warum, und ihre jüngere Schwester Caroline schaute zu und lachte. Ich erinnere mich überdeutlich an meine hilflose Wut. Ich hatte keine Worte, um auszudrücken, wie sehr ich die beiden hasste. Meine Empfindungen hatten überhaupt nichts Kindliches. Selbst heute noch, siebzig Jahre später, kann ich die zwei Schwestern vor mir sehen, ihre mausbraunen Haare und die dünnen, dummen Gesichter, und ich hasse sie immer noch, obwohl sie ja auch längst alt sind – falls sie überhaupt noch leben. Ich hoffe, sie leben nicht mehr. So denken wir, wenn jemand gemein zu uns ist, und obwohl das Ereignis ewig zurückliegt, höre ich in mir immer noch die Stimme der Siebenjährigen, die empört schreit: *»Das ist nicht fair! Das ist nicht fair!«*, wohingegen Geburten, Todesfälle, Ehen und andere Enttäuschungen längst in den Hintergrund getreten und vergessen sind.

Meine Empörung darüber, dass Lorraine mit der armen, verwirrten Mrs McAllister so fies umging, war zwar nicht ganz so groß, doch manchmal reichte sie gefährlich nahe heran. Schuld daran war vor allem die Ungerechtigkeit. Es konnte doch nicht sein, dass Lorraine – oder irgendein anderes Mitglied des Personals – sich einbildete, man könne uns fertigmachen, und nicht einmal Angst davor hatte, dass wir uns beschwerten.

Genau das versuchten wir allerdings noch am selben Abend, als Maureens Schicht begann. Aber da schlief Mrs McAllister schon erschöpft in ihrem Zimmer. Lorraine benahm sich einwandfrei, und Chris war nach Dienstschluss noch dageblieben, um unsere Geschichte zu bestätigen, aber er schien sich bei der Aktion nicht besonders wohl zu fühlen.

In der Personalküche trank Lorraine einen Kaffee und tat so, als hätte sie keine Ahnung, worum es ging. Um ihre schmalen Lippen spielte ein Lächeln, und am Rand ihrer Kaffeetasse waren überall Spuren ihres bordeauxroten Lippenstifts zu sehen. Maureen schaute von ihrem Schreibtisch in der Lobby erst zu Lorraine, dann wieder zu Hope und mir. Chris würdigte sie keines Blickes, sie kommentierte gar nicht erst seine Anwesenheit.

Hope und ich hatten unseren Bericht abgeschlossen, wobei Hope sich streng an die Fakten gehalten hatte, ganz wie es ihren kühlen, nüchternen Cambridge-Manieren entsprach, aber ich schaffte es nicht ganz, meine Empörung zu unterdrücken. »Es war richtig gemein«, fügte ich noch hinzu und fixierte Lorraine durch die offene Küchentür. »Gemein und unnötig. Warum stört es Lorraine, wenn Mrs McAllister neben dem Eingang sitzt? Es schadet doch niemandem, wenn man ihr gegenüber ein bisschen nachsichtig ist.«

»Ich glaube, Sie können nicht ermessen, wie hart Lorraine arbeiten muss«, sagte Maureen.

»Lorraine und arbeiten?« Ich schüttelte den Kopf. »Sie tut nur etwas, wenn Sie hier sind und ihr auf die Finger sehen können. Sonst sitzt sie ständig im Personalraum, raucht und sieht fern.«

Auf diese Diskussion wollte Maureen sich jedoch nicht einlassen. »Nun ja, Kinder«, sagte sie abwiegelnd. »Ich hoffe, ihr wollt niemanden verpetzen. Denn ihr wisst ja, wenn man nichts Nettes über andere sagen kann, sollte man lieber …«

»Wir sind hier nicht im Kindergarten«, unterbrach Hope

sie. »Und es geht nicht um Klatsch und Tratsch, sondern um eine offizielle Beschwerde. Wenn es Ihnen lieber ist, können wir sie gern auch schriftlich einreichen.«

»Verstehe.« Maureens Gesichtsausdruck teilte mir alles mit, was ich über das Beschwerdeverfahren wissen musste – und wie unwahrscheinlich es war, dass so ein Brief jemals den Vorstand von Meadowbank erreichen würde. »Und was ist mit diesem jungen Mann?« Ihr Blick wanderte zu Chris. »Was hat er zu der Angelegenheit beizutragen?«

Chris sagte, er habe das Gespräch ebenfalls mitbekommen, und seiner Meinung nach habe Lorraine sich sehr unsensibel verhalten.

Mit ihren blau umrandeten Augen musterte Maureen ihn wortlos. Nach einer Weile nickte sie. »Gut. Überlassen Sie die Sache mir. Ich denke, Sie werden keinen Anlass zu Klagen mehr haben.«

Was selbstverständlich ein Irrtum war. Lorraine machte genauso weiter wie zuvor, ja, sie benahm sich noch schlimmer. Wir brauchten eine Weile, bis wir das neue Ausmaß ihrer Boshaftigkeit durchschauten. Sie schaffte es, sich systematisch bei der Leitung einzuschmeicheln, und gleichzeitig verunsicherte sie raffiniert die Leute, die sich eventuell bei Maureen über ihre Aktivitäten hätten beschweren können.

Dinge verschwanden. Zuerst nur Kleinigkeiten. Meine private Teetasse mit den rosaroten Blümchen. Meine neuen Strümpfe. Eine kleine Schachtel türkischer Honig, die Tom mir mitgebracht und die ich für einen besonderen Anlass aufbewahrt hatte.

Das klingt nicht besonders tragisch, klar, aber wir dürfen hier in Meadowbank so gut wie nichts Privates besitzen. Wir dürfen nur so viel mitbringen, wie in einen kleinen Schrank und eine Kommode mit drei Schubladen passt. Ich weiß, es sind nur materielle Dinge, aber hier, wo es kaum etwas gibt, was nicht den Stempel mit dem Meadowbank-Logo trägt, sind es genau diese Details, die uns daran erinnern, wer wir sind.

Ich vermisse immer noch meine eigenen Möbel. Es stimmt, den Flügel hätte ich unmöglich mitnehmen können, so wenig wie die Glasvitrine mit dem Geschirr meiner Mutter. Aber ein paar Sachen könnte man uns doch erlauben, oder? Zum Beispiel hätte ich gern meinen kleinen grün-braunen Teppich, meinen Schaukelstuhl und mein eigenes Bett. Vielleicht auch ein, zwei Bilder statt der billigen Blumendrucke, die man hier so zu lieben scheint. Aber Vorschrift ist Vorschrift, heißt es immer. Eine vernünftige Begründung habe ich allerdings noch nicht gehört.

Doch das geht schon irgendwie. Nur – wenn der Privatbesitz nur aus Kleinigkeiten besteht, dann werden eben diese Kleinigkeiten extrem wichtig, und es ist verblüffend, wie gern ich meinen Tee immer aus meiner eigenen Tasse getrunken habe. Jetzt muss ich eine Meadowbank-Tasse nehmen, und sofort schmeckt der Tee anders, irgendwie nach Institution, wie der Tee im Krieg, halb Sägemehl, halb Löwenzahn.

Hope kann auch verschiedene Sachen nicht mehr finden. Wenn man so wenig besitzt wie Hope, ist das besonders schlimm. An dem Tag, an dem sie feststellte, dass der Schuhkarton mit dem kleinen Bündel Postkarten von Priscilla verschwunden war, begriffen wir definitiv, dass es sich hier nicht um normale kleine Diebstähle handelte, wie sie in Meadowbank öfter vorkamen, sondern dass ein gezieltes Manöver dahintersteckte.

Selbstverständlich fiel uns als Erste Mrs McAllister ein. Aber seit sie endgültig kapiert hatte, dass ihr Sohn Peter nicht mehr lebte, war sie apathisch, blieb die ganze Zeit in ihrem Zimmer und redete mit niemandem. Hope und ich hatten erwartet, dass sie es wieder vergessen würde, wie immer bisher, doch diesmal blieb es in ihrem Gedächtnis haften. Sonst merkte sie sich kaum etwas – weder die Mahlzeiten noch die Toilettenbesuche oder die paar Fernsehsendungen, um die herum sie ihr Leben arrangierte. Nichts interessierte sie mehr. Es schien, als wäre diese eine Wahrheit – der Tod ihres Sohnes – für sie nun so riesengroß geworden, dass die Trauer alles andere überschattete.

»Eine Mutter sollte ihren Sohn nicht überleben«, sagte sie immer wieder, als Hope mich zu ihr ins Zimmer schob. »Wisst ihr, dass man mir nicht einmal erlaubt hat, zu seiner Beerdigung zu gehen? So sind sie beim Militär, wenn jemand als vermisst gilt.« Und nach einer kurzen Pause fügte sie noch hinzu: »Gott sei Dank bist du hier, Maud.« (Sie meinte Hope.) »Jetzt müssen sie mich gehen lassen, weil du mich nach Hause bringst.«

Worauf Hope wie immer erwiderte: »Bleiben Sie noch ein bisschen hier bei uns.« Und dann schob sie mich wieder hinaus.

Verglichen mit dem, was Mrs McAllister verloren hatte, waren unsere Verluste trivial, weshalb wir unsere Nachforschungen vorläufig auf Eis legten, denn wir waren uns ziemlich sicher, dass Mrs McAllister mit dem Verschwinden unserer Habseligkeiten nichts zu tun haben konnte.

Es war eigentlich nichts Konkretes – nur die Art, wie Lorraine uns anschaute, während sie ihren Aufgaben nachging, die Art, wie sie mit uns redete und uns mit ihrer harten, verächtlichen Stimme *meine Lieben* nannte. Es war die Art, wie sie ihre Finger in meine Schulter und meinen verlängerten Rücken bohrte, wenn sie mich aus dem Rollstuhl auf die Toilette hievte. Ich bemühte mich, den Drang wegzudrücken, solange Lorraine Dienst hatte, und lieber zu warten, bis jemand anderes zuständig war, aber manchmal ging es einfach nicht anders, und dann wussten Lorraines Finger genau, wo die empfindlichen Stellen sind, wie ein Goldschürfer auf der Suche nach Edelmetall. Hin und wieder stieß ich einen Schrei aus, und Lorraine entschuldigte sich, aber ich wusste, dass sie innerlich hämisch grinste.

Hope und ich unternahmen noch einen Versuch, uns zu beschweren. Auch diesmal kam Chris mit, sagte aber nichts. Mit einem unechten Lächeln auf dem Gesicht hörte Maureen uns zu und machte dann dezente Andeutungen, wir seien vielleicht ein klein wenig vergesslich geworden. Unser Beweismittel – meine geblümte Teetasse, die zerbrochen im Küchenmülleimer aufgetaucht war – wurde ignoriert. Wahrscheinlich sei sie mir heruntergefallen, sagte Maureen, und ich könne mich nicht mehr daran erinnern. Und überhaupt, warum sollte Lorraine so etwas tun? Und weshalb würde jemand wie sie sich für Hopes Postkarten interessieren?

Darauf wussten wir natürlich keine Antwort. Aber es seien noch andere Dinge verschwunden, beharrte Hope.

»Wertgegenstände?« Maureens Augen fingen an zu funkeln.

»Kann man so nicht sagen.« Wir dürfen hier im Heim nämlich keine Wertgegenstände haben. Allerdings habe ich ein paar Schmuckstücke – meine Perlenkette, eine Brosche, zwei Ringe und ein Armband – im Sitzkissen meines Rollstuhls verstaut.

»Ach.« Sie schien fast enttäuscht. »Denn falls es sich um Geld handeln sollte …«

»Nein«, sagte Hope mit Nachdruck. »Ich muss mich geirrt haben.«

Und damit drehte sie meinen Rollstuhl um und schob mich energisch weg. Es gab eine Zeit, da hätte ich mich gefragt, ob ihre Reaktion berechtigt war. Aber Hope sieht tatsächlich mehr als ich, obwohl sie blind ist, und ich wusste, dass sie in Maureens Stimme etwas gehört hatte, was auf eine Gefahr hinwies.

Dass Maureen unseren Freund Chris kritisch gemustert hatte, war mir natürlich auch nicht entgangen. Ich wusste ja, dass sie ihn nicht mochte. Aber bisher war ich noch nicht auf den Gedanken gekommen, sie könnte bei den Diebstählen Chris im Verdacht haben. Ihm selbst war das hingegen völlig klar. Deshalb war er so still und hielt auch später Distanz zu uns, als würde er befürchten, wir könnten die Aufmerksamkeit wieder auf ihn lenken – und damit indirekt auf seine blöde Vorstrafe. Lorraine wusste das ebenfalls und wurde in der folgenden Woche immer dreister. Hopes Parfüm verschwand. Das *Beste Oma der Welt*-Kissen verschwand von meinem Bett. Lorraine wusste, wir würden uns nicht noch einmal beschweren, weil wir damit unseren Freund in Schwierigkeiten bringen könnten.

Während der nächsten Tage war Maureen auffallend selten anwesend. Sie kümmere sich verstärkt um Verwaltungsaufgaben, erklärte uns Lorraine. Dadurch fiel es zunehmend in Lorraines Kompetenzbereich, die anderen Pfleger zu beaufsichtigen. In beängstigendem Tempo veränderte sich unser Seniorenheim immer mehr in die Richtung, die Lorraine vorgab.

Unsere ohnehin schon spärlichen Privilegien wurden plötzlich noch mehr beschnitten. Bewohner, die sich unterordneten, wurden bevorzugt behandelt. Andere wurden besonders streng beaufsichtigt. Zum Beispiel entfernte man die Blumen, die Tom mir mitbrachte, immer sofort wieder aus meinem Zimmer – aus »Hygienegründen«, hieß es. Hopes Kassettenspieler wurde konfisziert, weil man sich daran angeblich einen Stromschlag holen konnte. Chris durfte nicht mehr als Pfleger arbeiten. Man degradierte ihn zum Fensterputzer und »Mädchen für alles« und wies ihn strikt an, nicht mit den Heimbewohnern zu sprechen.

Bald darauf wurde Mrs McAllisters Versteck unter der Matratze entdeckt. Es fand sich nichts Wertvolles – Kekse, Seife, Spielzeug, Strümpfe und natürlich ein Gebiss, wie immer bei ihr. Lorraine machte jedoch einen Riesenaufstand. Als Konsequenz sollte Mrs McAllister den größten Teil des Tages in ihr Zimmer eingeschlossen werden, und das Personal wurde angewiesen, ihr Gebiss nur für die Mahlzeiten herauszurücken. Lorraine stellte diese Maßnahmen als absolut vernünftig und sinnvoll hin, denn offensichtlich könne man Mrs McAllister in puncto Gebiss nicht trauen, und es sei nicht einzusehen, warum das Meadowbank-Personal vor den Mahlzeiten stundenlang nach den Zähnen der Bewohner suchen sollte. Die Pfleger hätten genug zu tun, sagte sie, und außerdem brauche die gute alte Dame ihr Gebiss nicht unbedingt.

Egal, ob sinnvoll oder nicht – es war eine unangenehme Art, Leute zu schikanieren. Hope und ich durchschauten ihre Methode. Aber uns war inzwischen klargeworden, dass wir vorsichtig sein mussten. Lorraine hatte es auf uns abgesehen. Wenn wir sie provozierten, erregten wir nur ihren Zorn. Also ertrugen wir alles – anfangs mit stoischer Gelassenheit, allmählich aber wuchs die Verzweiflung.

Ohne Hope hätte ich wahrscheinlich den Mut verloren. Aber Hope kann unter ihren feinen Cambridge-Manieren knallhart sein. Abends saßen wir meistens in ihrem Zimmer (es war am weitesten entfernt von der Lobby und damit von Lorraine), tranken Tee aus Meadowbank-Tassen und redeten. Manchmal las ich ihr vor – Hope liebt ihre Bücher, und ohne den Kassettenspieler war sie wieder darauf angewiesen, dass jemand ihr laut vorlas. Oft blätterten wir auch in Reiseprospekten, ich beschrieb ihr alles bis ins Detail, und wir malten uns aus, wohin wir fahren würden, wenn wir freie Menschen wären. Am häufigsten diskutierten wir allerdings über Lorraine.

»Das Schlimmste ist die Hilflosigkeit«, sagte Hope eines Abends. »Ich meine, Kinder sind hilflos, aber immerhin haben sie die Aussicht, dass es mal besser wird. Bei alten Menschen ist das anders. Die werden nicht groß und stark, sie können sich nicht später mal an den Leuten rächen, die sie schlecht behandeln. Mach einen alten Menschen fertig, und er gehört dir bis an sein Lebensende.«

Was für ein deprimierender Gedanke. Wieder einmal musste ich an Jacqueline Bond denken.

»Was ist eigentlich aus ihr geworden?«, wollte Hope wissen, und ich merkte, dass sie das Gleiche gedacht hatte wie ich. Das kommt bei uns öfter vor. Wir sind wie ein altes Ehepaar und können die Gedanken der anderen erraten.

»Sie ist weggezogen«, sagte ich. »Eines Tages war sie einfach nicht mehr da.«

»Klingt gut. Wurde sie von der Schule geworfen?«

»Ich weiß es nicht mehr.«

Hope überlegte eine Weile. »Wirklich schade, dass du dich nie richtig gegen sie gewehrt hast«, sagte sie. »Das hätte eine kathartische Wirkung gehabt und dir bestimmt gutgetan. Aber trotzdem …« Sie lächelte ihr süßes Lächeln, was in letzter Zeit nur noch selten vorkam. »Für ein bisschen Katharsis ist es nie zu spät. Würdest du mir da zustimmen?«

Selbstverständlich! Ich konnte mir allerdings nicht vorstellen, wie das gehen sollte. Sich bei Maureen zu beschweren brachte nichts. Hier waren drastischere Maßnahmen gefragt. Aber was konnten wir tun?

Wir verbrachten Tage damit, verschiedene Möglichkeiten durchzugehen. Wenn Chris in der Nähe gewesen wäre, hätte er sofort gemerkt, dass wir etwas ausbrüteten. *Hey, Butch!*, hätte er gesagt. *Plant ihr zwei etwa einen Gefängnisausbruch?* Aber Chris wirkte total unglücklich in seiner neuen Position. Er wusste, dass ein Schritt in die falsche Richtung ihn den Job kosten würde. Ich konnte es ihm ansehen, wenn er Lorraine morgens ihren Tee brachte. Seine neuerdings so vorsichtigen Bewegungen sprachen Bände.

Hope und ich schmiedeten tatsächlich Pläne. In irgendeiner alten Zeitung hatten wir einmal einen Artikel über einen Rentner gelesen, der völlig ungehindert mit einer Pistole mehrere Postämter überfallen hatte, ohne auch nur sein Gesicht zu bedecken. Für die meisten Leute ist ein alter Mann mit Schiebermütze und Schal von anderen alten Männern nicht zu unterscheiden, und wer kommt überhaupt auf die Idee, einen Rentner zu verdächtigen?

»Denk dran, Faith, wir haben nur eine einzige Chance«, sagte Hope eines Abends, als wir wie immer in ihrem Zimmer saßen und redeten. »Wenn wir irgendwie Lorraines Misstrauen wecken, dann stürzt sie sich auf uns wie ein Geier. Gleichgültig, was wir tun, es muss schnell gehen, und das Ergebnis muss eindeutig sein.« So redet sie manchmal. Da hört man dann die Cambridge-Professorin durch. »Und es muss öffentlich sein«, fügte sie noch hinzu und nippte an ihrem Tee. »Ja, das ist das Wichtigste: Wir brauchen Öffentlichkeit.«

Das war gut und schön, aber welche Öffentlichkeit konnten wir erreichen? Wir verließen kaum noch unsere Zimmer, außer zu den Mahlzeiten, die langweilig und wenig verlockend waren, und zur monatlichen Untersuchung durch die Meadowbank-Ärztin. Nachrichten aus der Außenwelt erreichten uns durch Tom, Chris und die Friseurin, die gelegentlich hier aufkreuzte (und drei verschiedene Haarschnitte anbot, die alle gleich aussahen, sowie andere nicht besonders angenehme Behandlungen, zum Beispiel das Entfernen von Hühneraugen und Lymphdrainage). Im Januar gab es immer einen Tag der offenen Tür, doch weil sie so schnell abbaute, war es unwahrscheinlich, dass Mrs McAllister den nächsten Monat überstand – ans nächste Jahr war gar nicht zu denken.

Wir zerbrachen uns den Kopf, aber es fiel uns nichts ein. Ostern rückte näher, Lorraine feierte ein kleines Fest, weil sie zur stellvertretenden Heimleiterin befördert worden war. Und bald darauf wurde unsere Bewegungsfreiheit noch mehr eingeschränkt. Selbst für die einfachsten Dinge mussten wir lange Antragsformulare ausfüllen, Besuch durfte man nur zu bestimmten Zeiten empfangen, und sämtliche Fernsehsendungen, die wir mochten, wurden verboten, weil sie angeblich nicht unseren Bedürfnissen entsprachen.

Auf einmal hatte ich einen Geistesblitz. Ich muss zugeben, dass ich ihn erst noch eine Weile für mich behielt, weil ich nicht recht wusste, wie wir ihn in die Tat umsetzen sollten. Eigentlich hätte Hope auf diese Idee kommen müssen, fand ich. Die kluge Hope, mit ihrer BBC-Aussprache und ihrer kompromisslosen Freiheitsliebe. Doch in den letzten Tagen hatte Hope irgendwie nachgelassen. Nicht wie die arme Mrs McAllister und auch nicht so, dass es den anderen aufgefallen wäre, aber ich merkte es. Sie bewahrte selbstverständlich stets ihre Würde, war so ruhig und gelassen wie immer. Sie redete mit Mrs McAllister, die sie immer Maud nannte und sich an ihrer Schulter ausweinte, sie achtete auf sich und lief tagsüber nicht im Bademantel herum wie viele andere, aber ich konnte sehen, dass meiner alten Freundin etwas abhandengekommen war – das gewisse Etwas vielleicht, der blitzende Funke der Rebellion.

Dann passierte es. Ich beobachtete, wie Chris die Rauchmelder reparierte (Lorraine hatte Mr Bannerman wieder mal dabei ertappt, wie er auf der Toilette rauchte). Maureen war im Haus, weshalb Lorraine sich von ihrer besten Seite zeigte. Chris ebenfalls. Er arbeitete stumm, schaute mich nicht an und pfiff nicht einmal leise vor sich hin. Früher hätte er mit mir geredet – über Fußball, über das Fernsehen, über seine kleine Tochter Gemma, seine Exfrau, seinen Garten, seine Abende mit den Jungs. Heute lastete Lorraines Schatten auf ihm, und er zuckte regelrecht zusammen, als er meine Stimme hörte.

»Wie wär's mit einer Tasse Tee, Chris? Sie haben den ganzen Tag noch keine Pause gemacht.«

»Entschuldigen Sie, Butch.« Er klang fast normal, aber ich kannte Chris, deshalb wusste ich, dass etwas nicht stimmte. »Ich muss arbeiten. Das Zeug hier muss noch getestet werden, wenn es fertig ist.«

»Die Rauchmelder?«

»Genau.«

»Gute Idee«, sagte ich. »Vergessen Sie den Personalraum nicht.«

Wie erwartet lächelte er, sagte aber nichts. Lorraine rauchte dort nämlich ihre Silk Cuts, und ich hätte gewettet, dass sie irgendeine Vorschrift eingeführt hatte, damit das auch weiterhin so bleiben konnte. Was uns andere betraf – wenn Lorraine die Möglichkeit gehabt hätte, in jedem Zimmer einen Lachmelder zu installieren, dann hätte sie das bestimmt schon längst getan und den Nachschub abgeschnitten. Als ich das leise zu Chris sagte, wurde aus seinem Lächeln ein Grinsen.

»Sie können so was sagen, Butch«, seufzte er dann. »Ich

würde mich das nie trauen.« Und genau in dem Moment, als er das Wort *trauen* sagte, hatte ich meinen Gedankenblitz.

Der Vorstand unseres Heims besteht aus Leuten, die strikt auf der Einhaltung aller Regeln bestehen und unbedingt wollen, dass mindestens zweimal im Jahr eine Brandschutzübung durchgeführt wird. Die verläuft im Grunde genauso wie früher in der Schule: Die Sirene heult los, wir treten auf dem Rasen an, jemand gibt einen Zahlencode in den Feuermelder ein, damit die Feuerwehr nicht angerückt kommt. Zwei Pfleger rennen durchs Gebäude und kontrollieren sämtliche Zimmer, während Maureen von einem zum anderen geht und uns in ihrem süßlichsten Operetten-Singsang gut zuredet (*Ist schon gut, keine Panik. Es ist nur eine Übung, vergessen Sie das nicht. Ich habe doch gerade gesagt, es ist nur eine ÜBUNG!*), und genau dadurch sät sie Verwirrung, wie ein Sämann seinen Weizen.

Eigentlich ist es richtig lustig. Egal, wie oft Maureen die Brandschutzübung ankündigt, manche Leute vergessen sie trotzdem. Oder sie haben ihr Hörgerät nicht im Ohr. Oder sie sind gerade auf der Toilette (und in unserem Alter, das kann ich versichern, geht das unter Umständen ziemlich lang!). Oder sie sehen fern und wollen nicht raus. Letztes Jahr dauerte es fast eine halbe Stunde, bis das Gebäude leer war, obwohl sämtliche Mitarbeiter großen Einsatz zeigten. Jemand vergaß, den Code einzugeben – mit dem Ergebnis, dass Polizei und Feuerwehr angerauscht kamen –, und wir mussten eine Moralpredigt von Maureen über uns ergehen lassen, streng wie im Kindergarten. In dieser Standpauke teilte sie uns mit, dass wir, wenn es richtig gebrannt hätte, allesamt bei lebendigem Leib verbrannt wären.

Nun wurden also neue Rauchmelder eingebaut, und deshalb war wieder einmal eine Brandschutzübung angesetzt.

Ich vermute, dass vor allem Lorraine darauf drängte. Es war eine großartige Gelegenheit, um vor Maureen ihre Kompetenz zur Schau zu stellen und gleichzeitig bei den Heimbewohnern möglichst viel Angst und Unruhe auszulösen. Die Aktion war öffentlich, und in dem allgemeinen Chaos hatten Hope und ich vielleicht – ganz vielleicht – eine Chance, sagte ich mir.

Später am Abend unterbreitete ich Hope meinen Vorschlag. Sie war gerade bei Mrs McAllister gewesen, die einen ihrer schlechten Tage hatte, und obwohl Hope ihr gegenüber nie die Geduld verlor, merkte ich doch, dass die Besuche sie zunehmend strapazierten. Lorraine hatte dienstfrei – an der Rezeption saß die bekloppte Claire, kaute Kaugummi und las die Zeitschrift *Goodbye!*. Wir machten uns einen schönen Abend, mit einem Stapel Reiseprospekte (in der Woche war Italien an der Reihe) und ein paar Keksen, die wir in der Küche stibitzt hatten. Und natürlich mit viel Phantasie.

»Wohin geht's heute Abend?«, fragte Hope und dehnte sich, dass ihre Wirbel knackten.

»Ich dachte an Rom.«

Sie schüttelte den Kopf. »Ich glaube, ich habe die alten Steine satt und würde gern mal eine Ruinenpause einlegen«, sagte sie mit ihrem trockenen Humor. »Wie wär's mit etwas … Idyllischem?«

Ich erfüllte ihr diesen Wunsch nur zu gern und fing an, die Route zu planen: London-Paris-Mailand-Neapel, dann mit dem Schiff zu den Inseln, Sizilien, Ustica, Pantelleria – Orangenhaine, dunstig helle Vormittage, dicke schwarze Oliven und gesalzene Zitronen, Toast mit Sardellen und extravagante Weine, schlanke junge Männer, schön wie antike Helden, und majestätische Schmuckreiher, die durch die unglaublich blaue Luft flogen. Das ist unsere Art zu reisen, und ich habe gelernt, Hope alles dermaßen anschaulich zu schildern, dass sie es genauso vor sich sieht wie ich. Ich vermute, wir werden nie zu diesen fernen Orten reisen, aber wir träumen davon. Ja, ja, wir träumen.

Hope lag mit geschlossenen Augen auf dem Bett und genoss einen meiner besten Sonnenuntergänge, begleitet von einem imaginären Glas sizilianischem Rotwein.

»Das ist das wahre Leben«, murmelte sie so wehmütig, dass ich ganz nervös wurde. Normalerweise beteiligt sie sich mit großem Vergnügen an unserem Spiel, erfindet selbst tollkühne Details, um mich zum Lachen zu bringen (junge Männer, die nackt an einem verlassenen Strand schwimmen, eine dicke Frau, die durchs Wasser platscht, während die Blaskapelle einen Marsch von Souza spielt). Aber heute lag sie ganz apathisch da und lächelte nicht einmal. Sie bemühte sich krampfhaft, mit mir zu reisen, aber ich wusste, dass sie an Priscilla dachte und die Schachtel mit ihren Postkarten – die letzte Verbindung zwischen Mutter und Tochter, die nun auch gekappt worden war.

»Wenigstens weiß ich, dass es ihr gut geht«, hatte Hope nämlich bei jeder Postkarte gesagt. »Wenn ich mir vorstelle, ich wüsste gar nichts mehr von ihr, wenn ich mir vorstelle, ich würde sie für immer verlieren, so wie Mrs McAllister ihren Peter verloren hat …«

Als wäre sie nicht längst verloren! Die egoistische, eitle Priscilla, die so in ihre eigenen Angelegenheiten verstrickt war, dass sie es nicht mehr schaffte, an andere Menschen zu denken.

»Es wird übrigens immer schlimmer mit Mrs McAllister«, sagte Hope jetzt. »Ich habe es heute wieder gesehen. Sie hat die Hoffnung aufgegeben, das arme Ding.«

»Vielleicht gibt's noch eine Chance.« Ich dachte an meinen Gedankenblitz. Die Risiken, der kritische Zeitfaktor, was alles passieren konnte, falls der Plan nicht klappte – mein Herz begann, schneller zu klopfen, mein Atem stockte. So hatte ich mich vor sechzig Jahren beim Tanzen gefühlt.

Hope wurde sofort hellhörig. »Wieso sagst du das?«, fragte sie und setzte sich auf. »Hast du eine Idee?« Nun erzählte ich ihr alles, und ich sah, wie sich ihr Ausdruck veränderte – langsam kehrte Leben in ihr Gesicht zurück, so wie bei einem Polaroid-Foto nach und nach das Motiv erscheint.

»Und?«, fragte ich sie. »Was sagst du? Glaubst du, das könnte funktionieren?«

Sie nickte. »Jawohl, Faith. Ich glaube, das könnte funktionieren.«

Am nächsten Morgen kündigte Lorraine die Brandschutzübung offiziell noch einmal an. Hope und ich waren fast die ganze Nacht wach geblieben, hatten alles besprochen und geplant, wie zwei aufmüpfige Schülerinnen. In unseren Betten hatten wir die Kissen so arrangiert, dass man denken konnte, dort würde jemand liegen und schlafen – für den Fall, dass ein Mitglied des Personals (Lorraine, wer sonst) durchs Schlüsselloch spähte.

Betont sachlich teilte Lorraine uns allen mit, die Übung finde pünktlich um zwei Uhr nachmittags statt. Ein paar Leute stöhnten verärgert – um diese Zeit hörten die meisten hier auf BBC 4 die Seifenoper *The Archers.*

Lorraine verzog tadelnd das Gesicht (Hope und ich vermuteten, dass sie die Übung absichtlich so gelegt hatte) und hielt uns noch eine kleine Predigt darüber, wie egoistisch wir seien – wir wüssten nicht zu schätzen, wie sehr sie sich für unsere Belange einsetzte und dass sie als Einzige wirklich darauf achte, dass Rauch, Feuer und Stromschläge verhindert würden.

»Maureen hat mir berichtet, dass die letzte Brandschutzübung nicht besonders gut geklappt hat«, fuhr sie fort. »Ich hoffe, diesmal geben sich alle Mühe, damit wir das Gebäude innerhalb von maximal zehn Minuten evakuieren können« – an diesem Punkt lächelte sie ihr typisches Lächeln, nichts als Zähne, bis hinauf zu den Augen –, »sonst muss ich Maßnahmen ergreifen.« Das war eine Redewendung, die sie gern verwendete. Ihr Blick wanderte dabei zu Chris.

Nun, Hope und ich wussten, was das zu bedeuten hatte. Lorraine suchte nach einem Vorwand, um sich an Chris zu rächen, seit er sich damals mit uns wegen Mrs McAllister bei Maureen beschwert hatte. Ihm war das ebenfalls klar, das sah ich ihm an. Er presste die Lippen aufeinander und schaute weg. Zehn Minuten waren als Zeitvorgabe absolut unrealistisch. Und Lorraine wusste das ganz genau.

Hope neben mir lächelte in sich hinein. Auf meiner anderen Seite saß Mrs McAllister, mit eingefallenem Gesicht, weil sie kein Gebiss im Mund hatte.

»Ich erwarte, dass alle, die selbständig gehen können, innerhalb von fünf Minuten im Freien sind«, fuhr Lorraine mit strenger Stimme fort. »Dann kümmern wir uns um die anderen, genau wie letztes Mal. Auf keinen Fall will ich erleben, dass jemand eine Tasche oder einen Mantel oder Gott weiß was mitnimmt. Alle persönlichen Gegenstände bleiben im Zimmer. Verstanden? Im Zimmer! Keine Sorge – es brennt ja nicht richtig. Ihre Habseligkeiten sind in Sicherheit.«

Ich musste mir ein Grinsen verkneifen. Meine Beine funktionieren nicht besonders gut, aber mit meinem Kopf ist alles in Ordnung. Ich hatte durchaus Lorraines Blick bemerkt, diesen Seitenblick auf mich und meinen Rollstuhl. Ich wusste, was sie dachte, und tastete nach dem Kissen mit dem Gobelinbezug in meinem Rücken, in dem ich meine wenigen noch verbliebenen Schätze aufbewahrte.

Nichts Besonderes, versteht sich. Ein paar Schmuckstücke, zu edel, um sie jeden Tag zu tragen (ich bewahre sie auf für Toms kleine Tochter). Ein kleines Bündel Geldscheine (wir dürfen kein Bargeld bei uns haben, aber ab und zu ist es doch sehr praktisch). Eigentlich ist es völlig unmöglich, in Meadowbank etwas geheim zu halten, und ich vermute, dass die meisten Leute hier längst von meinem Kissen wissen, aber bisher haben alle ein Auge zugedrückt – und was schadet es schon, wenn ich ein paar winzige Kleinigkeiten für mich behalte?

Lorraine sah das selbstverständlich anders. Ich habe schon öfter beobachtet, wie sie meinen Rollstuhl kritisch beäugt. Aber ich habe immer gut aufgepasst, dass sie das Kissen nicht näher inspizieren konnte. Dies war für sie nun die große Chance, die Brandschutzübung, verbunden mit dem Befehl, alle persönlichen Gegenstände im Zimmer zu lassen – ein nur oberflächlich getarnter Vorwand, um alles auszuspionieren. Ich sah, wie bei dem Gedanken, dass sie endlich etwas Lohnendes in die Finger bekommen könnte, ihre Augen leuchteten.

»Wenn alle sich hier draußen aufgestellt haben, werden Chris und ich das Gebäude kontrollieren. Niemand rührt sich von der Stelle, bis alles untersucht ist.«

Sie reichte Chris einen Hauptschlüssel. Das war wieder typisch für sie. Die meiste Zeit schien sie Chris gar nicht zu bemerken, aber jetzt, bei ihren aktuellen Diebstahlplänen, band sie ihn ein – falls etwas schiefging, musste er als Sündenbock herhalten. Wenn sich jemand beklagte, dass ein Wertgegenstand verschwunden war, fiel der Verdacht automatisch auf ihn.

Hope nahm meine Hand und drückte sie kurz. Auf meiner anderen Seite brabbelte Mrs McAllister aufgeregt vor sich hin und nickte dabei immer wieder mit dem Kopf, als wollte sie einen Punkt besonders unterstreichen. Ich ergriff nun meinerseits ihre Hand, und sie umklammerte sie wie ein Kind, das Angst hat.

»Was ist los, Maud?«, flüsterte sie mit rotgeränderten Augen.

»Alles wird gut«, beruhigte ich sie – und hoffte inständig, dass das auch wirklich stimmte.

Die Zeit bis zwei Uhr zog sich quälend in die Länge. Es kostete uns unendlich viel Kraft, uns unauffällig zu verhalten. Maureen erschien um zwanzig vor zwei und ging in ihr Büro, um noch eine Tasse Kaffee zu trinken und eine Zigarette zu rauchen. Lorraine gesellte sich zu ihr; durch die Glastür beobachtete ich, wie sie miteinander redeten und lachten, als wären sie alte Freundinnen. Einmal blickten sie beide gleichzeitig nach draußen, und ich war mir sicher, dass sie sich über Hope und mich unterhielten. Aber ich tat, als würde ich nichts merken, und sie schauten wieder weg.

Zwanzig Minuten lang spielten wir Schach (Hope gewinnt jedes Mal), und dann warteten wir einfach im Gemeinschaftsraum. Chris bot an, uns einen Tee zu bringen, aber wir lehnten ab. (Ich hätte gern ja gesagt, aber in meinem Alter führt ein nicht eingeplanter Toilettenbesuch gelegentlich zu einer Katastrophe.) Stattdessen hörte ich Radio und versuchte, mich abzulenken. Ich wusste, dass sehr viel von Chris' Mitarbeit abhing, und es bedeutete natürlich ein gewisses Risiko, dass ich ihn nicht im Vorfeld informierte, aber trotzdem erschien es mir besser – er ist wirklich auf diesen Job angewiesen, und er ist schon unsicher genug gegenüber der Heimleitung.

Dann ging's los – genau in dem Moment, als die Titelmusik von *The Archers* ertönte. Die Aufregung war so groß, dass ich meine Angst fast vergaß. Eine jaulende Sirene, die einem durch und durch ging. »Es ist so weit, Hope«, flüsterte ich. Sie stand auf und tastete nach den Griffen meines Rollstuhls.

Ich ließ die Bürotür nicht aus den Augen. Noch war sie geschlossen. Maureen und Lauraine ließen sich offenbar Zeit, was mir bestens ins Konzept passte. Auf jeden Fall war es von Vorteil, dass Maureen hier war, um alles zu beaufsichtigen – ich nahm nicht an, dass sie sich aktiv beteiligen würde –, und Lorraine war zu sehr auf ihre Würde bedacht, um sich in den Evakuierungsprozess einzuklinken. Derlei überließ sie lieber den Pflegern. Wie immer waren es drei pro Schicht, in diesem Fall Chris, Denise und Sad Harry.

Zehn Minuten, hatte sie vorgegeben. Ich hielt zwanzig eher für realistisch. Dann hätte Lorraine genug Zeit, um sich gründlich umzusehen.

Chris beaufsichtigte das Getümmel. Falls er nervös war, merkte man es ihm nicht an. Seine Stimme klang freundlich und bestimmt, überhaupt nicht schrill oder einschüchternd, wie das bei Lorraine und den anderen häufig vorkam. »Ihr wisst, wie die Übung abläuft. Alle müssen hinaus auf den Rasen. Zehn Minuten … es ist schönes Wetter … Mrs Banerjee, brauchen Sie wirklich drei Mäntel? Ach, Mrs Swathen, wenn Ihnen das hier zu laut ist, dann müssten Sie mal Metallica im Wembley Stadion spielen hören! Hier entlang, zehn Minuten – nein, Sie nicht, meine Liebe, Sie werden über die Schwelle getragen, das ist doch mal echt sexy.« Er redete Unsinn, und die meisten wussten das auch. Aber wenigstens war es tröstlicher Unsinn, und selbst die ältesten, verwirrtesten Bewohner reagierten auf seine Anweisungen und setzten sich in Bewegung – sofern sie das noch konnten.

Ich hätte mich nicht vom Fleck rühren sollen. Hope sollte ebenfalls warten, bis die anderen alle draußen waren und ein Pfleger Zeit fand, um sie zu führen. Aber wir hielten uns nicht daran. Sobald Chris nicht herschaute, beförderte Hope meinen Rollstuhl schnell und zielsicher zurück in den Korridor.

Links, zwei Türen vor meiner, befand sich ein Wäschetrockenschrank. Das heißt, eigentlich war es eine richtige Kammer, mit Regalen für Laken, Bettdecken, Kissen und Handtücher. Hope schob mich nicht in mein Zimmer, sondern hielt vor dieser Kammer und öffnete die Tür.

Ich schaute nach rechts und links. Niemand zu sehen. Chris war beim Ausgang, umringt von Heimbewohnern. Denise war draußen im Freien und sorgte dafür, dass alle sich ordentlich aufstellten. Sad Harry versuchte, John, dem Polen, zu erklären, warum die Übung ausgerechnet jetzt angesetzt war und nicht erst begann, wenn *The Archers* vorbei war. Mrs McAllister wanderte orientierungslos im Gemeinschaftsraum herum und wimmerte leise – *Brennt es irgendwo?* –, bis einer der Bewohner (es war Mr Braun) sie am Arm nahm und nach draußen führte.

»Die Luft ist rein«, sagte ich, und Hope schob mich in die Kammer. Dann hievte sie mich aus dem Rollstuhl (ich kann bei diesem Vorgang mithelfen, wenn ich will, indem ich meine Arme einsetze) und setzte mich auf einen Stapel Wolldecken. Anschließend wendete sie und manövrierte den Stuhl mit einigen Schwierigkeiten zwischen den Regalen durch.

»Die zweite Tür rechts, du weißt schon«, flüsterte ich.

Hope machte ihr Cambridge-Gesicht. »Denkst du, ich bin senil?«, schimpfte sie. »Ich kenne mich hier besser aus als du.« Und damit schob sie den Rollstuhl, samt Kissen und allem, aus der Kammer und schloss die Tür hinter sich. Die Aktion lief jetzt seit fünf Minuten – wir sind nicht besonders schnell, muss man wissen, aber letztlich kommen auch wir ans Ziel. Ich vermutete, dass die Lobby inzwischen so gut wie leer war.

Nun waren die Bewohner an der Reihe, die Beistand brauchten – und zu denen gehörten auch Hope und ich – und jetzt als Einzige noch im Gebäude sein und geduldig darauf warten sollten, dass jemand kam und sie zum allgemeinen Treffpunkt trug oder führte. Maureen überwachte alles, und die anderen Mitarbeiter eilten von Zimmer zu Zimmer, um sich zu versichern, dass keiner vergessen worden war oder nichts gehört hatte oder überraschenderweise noch auf die Toilette gegangen war.

Die Sirene – ein elektronisches Gejaule, anders, als man es normalerweise bei einem Feueralarm erwarten würde – war inzwischen verstummt. Im Korridor hörte ich klackende Schritte. Highheels, eindeutig. Ich hielt den Atem an. Korrekterweise müsste Lorraine nicht nur die Zimmer, sondern auch diese Kammer überprüfen, aber ich verließ mich darauf, dass Hope sie wirkungsvoll ablenkte.

»Lorraine?« Gut. Genau im richtigen Moment. Hopes Stimme drang gedämpft und ungewohnt kläglich durch die Kammertür.

»Guter Gott, was machen Sie denn hier?« Lorraine klang scharf wie eine Rasierklinge.

»Lorraine? Sind Sie das? Brennt es hier im Haus?« Hope erinnerte vom Tonfall her so stark an Mrs McAllister, dass ich mir auf die Lippen beißen musste, um nicht laut herauszuplatzen.

»Nein, nein, Sie dumme Gans. Wo ist denn der Pfleger? Ach, was soll's – ich nehme Sie mit«, sagte Lorraine ungeduldig, und ich hörte, wie das Klacken ihrer Absätze sich in Richtung Lobby entfernte, begleitet von Hopes leisen Schritten.

Ich lächelte. So weit, so gut. Lorraine brauchte zwei, drei

Minuten, um Hope nach draußen zu bringen. Vielleicht sogar noch länger. Hope wusste, dass sie Lorraine so lang wie möglich aufhalten sollte. Dadurch hatte Chris mehr Zeit, die Zimmer zu kontrollieren – und wenn ich ihn erreichte, bevor Lorraine zurückkam, konnte ich ihn bestimmt von unserem Plan überzeugen.

Wenn. Ich hangelte mich an den Regalen entlang in Richtung Tür, und auf einen Stapel Bettlaken gestützt, gelang es mir, sie zu öffnen, ohne umzukippen. Ich schaute hinaus in den Flur. Er war menschenleer.

Leise rief ich: »Chris! Sind Sie da?«

Niemand kam. Wie lang konnte Hope Lorraine beschäftigen, bevor meine Abwesenheit bemerkt wurde? Ich rief noch einmal. Diesmal hörte ich Schritte. Sie kamen aus dem Raum mit den Schließfächern, keine hohen Absätze, sondern der leise, schnelle Gang eines Turnschuhträgers.

»Chris!« Ich winkte ihm von meinem Platz an der Tür. Und schon kam er den Gang entlanggerannt.

»Hey, Butch!« Er wirkte richtig besorgt. »Was ist los?«

»Hier rein! Schnell. Bevor Lorraine zurückkommt.«

Er zögerte.

»Bitte, Chris!«

Hastig blickte er sich um, seufzte – »Okay« – und trat in die Kammer. »Wissen Sie, Butch, es gibt einfachere Wege, mich unter vier Augen zu sprechen. Was gibt's?«

Mit kurzen Worten setzte ich ihn ins Bild.

Als ich zu seiner Rolle bei dem Ganzen kam, schüttelte er sofort den Kopf. »Nein, auf gar keinen Fall«, sagte er. »Wenn ich das mache, bin ich erledigt.«

»Sind Sie sowieso«, sagte ich und erzählte ihm von Lorraine und meinem Kissen.

»Dann gilt es für uns beide«, konstatierte Chris. »Nur, dass Sie viel zu alt sind für den Knast, während ich nur laut zu niesen brauche und schon …« Er unterbrach sich, spitzte die Ohren und fuhr dann noch leiser fort: »Alles okay. Es ist noch nicht zu spät. Ich trage Sie raus, sagen Sie Lorraine, Sie mussten aufs Klo – dann gibt's keine Probleme. Weder für Sie noch für mich. Lorraine würde es sowieso nicht wagen, Ihre Sachen zu durchwühlen.«

»Doch! Sie hat das schon getan.«

»Also wirklich, Butch …«

»Sie wissen das doch genau! Lorraine reißt sich Sachen unter den Nagel, seit sie hier ist. Stimmt's?«

Schweigend wandte er den Blick ab.

»Stimmt's?« Pause. »Sie wissen das so gut wie ich! Und Sie wissen auch, wo sie ihre Beute aufbewahrt. Stimmt's?«

Chris ächzte. »Was soll das werden? Ein Kreuzverhör?«

»Wir haben unsere Methoden!« Ich klang wie ein Nazi-Offizier in einem Film über den Zweiten Weltkrieg, fand ich. Oder wie Mr Braun.

Chris schüttelte den Kopf. Schließlich musste er doch grinsen, aber mir fiel auf, dass er mir immer noch nicht in die Augen schaute.

»Gegen Leute, die einen schikanieren, muss man sich wehren«, erklärte ich. »Man darf nicht abwarten und hoffen, dass sie irgendwann genug haben und Ruhe geben. Das passiert nämlich nicht. Man reizt diese Leute dadurch nur, und sie werden noch übler. Sie hätten es ihr schon beim ersten Mal nicht durchgehen lassen dürfen, Chris. Wir sind doch auf Ihrer Seite. Jetzt denkt Lorraine, sie hat Sie in der Hand. Und dass Sie alles tun, was sie will. Aber Sie sind nicht so, Chris. Ich kenne Sie doch. Sie sind kein Dieb.«

Als ich das sagte, drehte er sich abrupt um, und sein sonst so offenes Gesicht war finster und verschlossen. »Doch, ich bin ein Dieb«, erwiderte er tonlos. »Sie wissen das, Lorraine weiß das …«

»Unsinn!«, protestierte ich. »Man beurteilt einen Menschen nicht nach den Fehlern, die er irgendwann mal begangen hat.«

»Aber wie sonst soll man jemanden beurteilen?«, rief Chris, dem es auf einmal gleichgültig war, ob man ihn hörte oder nicht. Er war wütend. So wütend hatte ich ihn noch nie erlebt. Nicht auf mich – das sagten mir seine Augen. Vielleicht auf sich selbst oder auf die Welt, die Menschen auf die Einträge in einer Akte reduziert und sie zu Namen in einer Liste macht.

»Chris«, sagte ich sanft. »Ich beurteile Menschen nicht so.«

In der Stille, die folgte – eine ziemlich lange Stille –, saß er einfach nur da, auf seinem Handtuchstapel, die Hände vors Gesicht geschlagen, schwer atmend, stumm, bis ich schließlich ganz unruhig wurde und ihm die Hand auf die Schulter legte, um mich zu versichern, dass alles in Ordnung war, jedenfalls einigermaßen.

»Alles in Ordnung?«, fragte ich.

Endlich blickte er hoch. »Ja, klar. Es geht mir gut.« Und dann erzählte er mir, was ich schon vermutet hatte: »Sie haben recht mit dem, was Sie vorhin gesagt haben. Ich weiß, wo Lorraine die Sachen versteckt. Sie versteckt sie direkt unter meiner Nase. Das ist ihre Rache dafür, dass ich mich über sie beschwert habe – Sie erinnern sich, neulich, wegen Mrs McAllister.«

»Aber wenn Sie mir helfen, können wir sie auf frischer Tat ertappen. Und dann haben wir nie wieder Ärger mit ihr.«

Er verzog das Gesicht. »Ich habe Ihnen noch nicht gesagt, wo sie die Sachen versteckt.«

»Wo?«

»In meinem Schließfach.«

Ach! Auf die Idee war ich nicht gekommen. Klar, Lorraine hatte den Generalschlüssel und dadurch auch Zugang zu allen Schließfächern im Personalraum. Also konnte sie mühelos alles, was sie stahl, dort verstauen, und wenn sie Chris anschwärzen wollte, war es kein Problem.

»Und das würde sie auch sofort tun«, erklärte Chris, als ich ihm meine Gedanken mitteilte. »Sie lauert doch nur darauf, dass ich irgendwie Mist baue. Sie hat mich im Schwitzkasten. Ich kann ja nicht die ganze Zeit mein Schließfach bewachen, und sie weiß das. Es bräuchte nur eine Stichprobenkontrolle zu geben …«

Wieder schwiegen wir beide, denn jetzt war draußen das Klack-klack von Lorraines Schuhen zu hören.

»Sie ist hier«, murmelte Chris finster. »Unsere Zeit ist abgelaufen.«

Wie gesagt, ich besitze nicht mehr viel. Aber alle Habseligkeiten – auch so triviale Dinge wie ein Buch, eine Tasse, eine Schachtel mit Fotos – werden doppelt wertvoll, wenn sie Mangelware sind. Und die Schätze in meinem Kissen – die Perlenkette, die ich mal zum Hochzeitstag bekommen habe (keine echten Perlen, nur Zuchtperlen, aber ich liebe sie trotzdem), die kleine Goldbrosche meiner Mutter, mein Verlobungsring, der nicht mehr an meine geschwollenen Finger passt – sind nicht im eigentlichen Sinn wertvoll. Aber sie sind alles, was mir von meinem Leben geblieben ist, sozusagen der Beweis dafür, dass ich überhaupt gelebt habe. Und ich habe sie die ganze Zeit gut gehütet, für Tom, für seine Kinder, aber insbesondere, um hier, an diesem Ort, an dem alles kontrolliert wird und ansonsten Gleichgültigkeit herrscht, etwas von mir zu bewahren.

Trotzdem sind Dinge nur *Dinge*. Wenn wir Lorraine mit der Wahrheit konfrontierten, konnte ich meine Sachen behalten, verlor aber einen Freund. Und wenn ich hier im

Heim etwas gelernt habe, dann dies: Ein guter Freund ist mehr wert als alle Perlen der Welt.

Ich lächelte Chris zu. »Gehen wir«, sagte ich. »Unsere zehn Minuten sind garantiert schon abgelaufen.«

»Heißt das, Sie lassen Lorraine ungestraft davonkommen?« Chris war fassungslos.

»Ach, warum nicht.« Ich zuckte die Achseln. »Es ist ja nur Krimskrams.«

Jetzt grinste er fast. »Butch, ich habe noch nie eine ehrenwerte ältere Dame gesehen, die so unverfroren lügt.«

Ich warf ihm einen strengen Blick zu. »Hören Sie auf, mir Honig um den Bart zu schmieren, und tragen Sie mich lieber nach draußen.«

Er hob mich hoch – nicht gerade schwungvoll, aber ohne Mühe – und trug mich hinaus in den Flur. Lorraine war dabei, in die Zimmer zu schauen. Noch zwei Türen von meinem entfernt. Als sie mich entdeckte, wurde ihr Gesicht ganz giftig.

»Was ist denn hier los?«, schimpfte sie.

»Sorry, falsche Tür«, sagte Chris nervös. »Ich glaube, Faith war ein wenig durcheinander. Ich bringe sie jetzt nach draußen.«

Lorraine musterte ihn verächtlich. »Na, dann aber mal dalli!«, zeterte sie mit eisiger Stimme. »Du musst mir hier assistieren.«

Chris brauchte eine halbe Minute, um mich zu den anderen ins Freie zu bringen. Alle standen oder saßen schon auf dem Rasen herum. Mrs Swathen beklagte sich lauthals über die Störung. Maureen schaute auf die Uhr, Hope beruhigte Mrs McAllister.

»Ich muss los, Butch«, sagte Chris noch zu mir, dann rannte er zurück ins Gebäude. Sein Schlüsselbund mit dem Zentralschlüssel klimperte an seinem Gürtel.

Hope wandte mir das Gesicht zu.

»Tut mir leid, hat nicht geklappt«, flüsterte ich.

Die Details würde ich ihr später berichten. Sie verstand es bestimmt. Im Grund waren ja die Dinge, die uns abhandengekommen waren, völlig unbedeutend im Vergleich zu den Problemen unseres Freundes Chris. Materielle Gegenstände können in der Regel irgendwie ersetzt werden. Menschen hingegen …

Plötzlich ging die Sirene wieder los. Lauter als vorher. Und neben das Gejaule trat ein penetrantes Heulen, das wir noch nie gehört hatten. Das neue Rauchmeldersystem!

Überrascht schauten wir einander an. Alle außer dem mürrischen Mr Bannerman, der einfach nur sein Hörgerät abstellte und sich ins Gras setzte.

Die arme Mrs McAllister, die sich gerade unter Hopes Einfluss ein wenig beruhigt hatte, fing wieder an zu wimmern.

»Feuer!«, jammerte sie, und ich wollte ihr schon erklären (zum wievielten Mal?), dass es sich nur um eine Übung handelte und sie sich keine Sorgen zu machen brauchte, als ich plötzlich in einem der Fenster ein gelbliches Flackern sah. Konnte es sein, dass Mrs McAllister irgendwie recht hatte?

»Guter Gott!«, rief Mrs Swathen. »Ich dachte, es ist nur eine Übung!«

Erschrockenes Gemurmel erhob sich unter den Heimbewohnern, und Maureen, Sad Harry und Denise gingen herum und versuchten, alle zu beruhigen. Mrs Swathen jammerte, weil sie so viele Dinge in ihrem Zimmer gelassen hatte. John, der Pole, verkündete, es sei wie im Krieg; Mr Braun murmelte, ein richtig schönes Feuer habe ihm schon immer gefallen; Mrs McAllister begann zu weinen, während Hope und ich uns fest an der Hand hielten und flüsterten: »Chris?«

Inzwischen konnte man durch das Fenster im Gang die Flammen deutlich sehen. Das Milchglas verfärbte sich schwarz durch die Hitze. Mein Zimmer befand sich auf der anderen Seite, gegenüber vom Personalraum, aber von hier draußen konnte man nicht feststellen, von wo der Brand ausging. Und keine Spur von Lorraine und Chris!

Sad Harry ignorierte sämtliche Anweisungen und rannte zum Haupteingang, doch die Türen öffneten sich nicht. »Da klemmt was!«, schrie er und trampelte auf der Matte herum, aber ohne Erfolg.

»Ein Kurzschluss«, schlug Hope mit ruhiger Stimme vor.

»Sabotage«, erklärte John, der Pole, fast ein wenig schadenfroh.

»Lorraine!«, rief Maureen dramatisch – diesmal nicht Operette, sondern eher Wagner.

Vom anderen Ende des Gebäude war leise das Klirren von splitterndem Glas zu hören.

»Lorraine!«

»Hier drin!«

So schnell es ihre Körperfülle erlaubte, rannte Maureen in die Richtung, aus der Lorraines Schrei gekommen war. Hope und ich blieben, wo wir waren, aus offensichtlichen Gründen. Ein paar Minuten später kam Chris aus einem Notausgang gelaufen, schwarz vom Rauch und ziemlich zerzaust, aber er grinste, in der Hand einen der Meadowbank-Feuerlöscher.

»Wo ist Lorraine?«, zischte ich ihm zu.

Chris sagte nichts, sondern grinste nur immer weiter.

Später rekonstruierten wir den Ablauf der Ereignisse, doch in der aktuellen Situation konnten wir nur spekulieren und zuhören.

Man weiß ja, den Berichten von Augenzeugen kann man

nicht trauen. Hätte man alle Geschichten, die später die Runde machten, Glauben geschenkt, hätte man den Eindruck gewinnen können, dass wir so etwas wie einen Großbrand, ein Höllenfeuer überlebt hatten. Tatsächlich waren die Flammen bereits gelöscht, als nach gut fünf Minuten die Feuerwehr anrückte, und nur ein paar zerbrochene Fensterscheiben und Rauchspuren an den Wänden bezeugten, dass es tatsächlich gebrannt hatte.

Anscheinend war das Feuer vom Personalraum ausgegangen. Eine Zigarette, so sagte der Chef der Feuerbrigade, die neben einem Stapel Zeitungen vor sich hin gekokelt hatte, sei vermutlich die Ursache gewesen, und die Flammen hätten auf die Vorhänge und die Kissen auf dem Sofa am Fenster übergegriffen. Ein kleines Feuer. Oder zumindest nicht groß genug, um die Panik zu erklären, die manche Mitglieder des Personals erfasste, vor allem eine gewisse Miss Lorraine Hutchens, stellvertretende Heimleiterin. Man entdeckte sie im Schrank einer Heimbewohnerin. Dort hatte sie sich verkrochen, weil sie die Zimmertür nicht öffnen konnte, obwohl sie es mit aller Kraft versuchte (wie sie behauptete), aber die Tür hatte geklemmt. Nur gut, dass der Haushandwerker in der Nähe war! Durch seine schnelle Reaktion – und den umsichtigen Einsatz des Feuerlöschers – hatte er verhindert, dass die Flammen sich auf andere Bereiche des Heims ausbreiten konnten.

»Alles nur halb so wild, meine Liebe«, sagte der Feuerwehrchef beruhigend, als Lorraine aus dem Haus geführt wurde. »Die Tür ist aus robustem Holz. Da hätte es schon lichterloh brennen müssen, um die zu knacken. So ist kaum die Farbe beschädigt. Ich würde denken, Sie haben den Rauch gerochen und sind in Panik geraten. Das passiert öfter.«

Lorraine, immer noch erschüttert, aber doch mit jedem Schritt angriffslustiger, warf ihm einen vernichtenden Blick zu. »Ich habe nicht gesagt, die Tür hätte geklemmt. Ich habe gesagt, sie war abgeschlossen. Das ist etwas anderes.«

Maureen kniff die Augen zusammen. »Abgeschlossen?«, fragte sie.

Lorraines kalter Blick wanderte zu Chris. Der stand stumm neben Hope und mir und schaute auf den Boden. Das Grinsen war von seinem Gesicht gewichen, und man sah ihm das schlechte Gewissen an.

Hope griff nach seiner Hand. Ein leises Klicken war zu hören, Metall auf Metall, aber außer Hope und mir bemerkte das niemand. Dann legte Hope die Hand wieder in den Schoß. Erneut das leise Klicken, und nun nahm sie meine Hand. Ich spürte etwas Kaltes, Gezacktes in meiner Handfläche.

Lorraine kam auf Chris zu. »Ich habe dich gewarnt«, fauchte sie ihn an. »Findest du das lustig? Hast du wirklich gedacht, du kommst mit so einem miesen Trick ohne Strafe davon?«

Chris sagte nichts. Unter normalen Umständen ist er ein begabter Redekünstler, aber wenn eine Autoritätsperson ihn anspricht, verkrampft er total. Jetzt musterte er mich von der Seite, und ich fand, dass er sehr schuldbewusst aussah und fast so, als würde ihm gleich übel. Am linken Arm hatte er einen Rußfleck, an dem er nervös herumrieb.

Lorraine trat noch näher. »Ich rede mit dir!«, zeterte sie. »Sollte das vielleicht ein Witz sein? Oder hattest du was anderes vor – wolltest du die Schließfächer filzen, solange ich außer Gefecht bin? Oder in den Zimmern nach Wertgegenständen fahnden?«

Das konnten Hope und ich nicht länger ertragen. »Lassen Sie ihn gefälligst in Ruhe«, fuhr ich Lorraine an. Daraufhin wandte sie sich mir zu, und ich dachte nur: Wenn Blicke töten könnten …

»Sie halten sich da raus, meine Liebe«, schimpfte sie los. »Die Tür war abgeschlossen, und es gibt nur einen einzigen Menschen, der sie abschließen kann! Stimmt's?« Jetzt war wieder Chris das Opfer ihrer giftigen Blicke. »Maureen, du hast doch gesehen, wie ich ihm den Schlüssel gegeben habe, nicht wahr?«

Maureen nickte.

»Also muss er logischerweise derjenige sein, der die Tür abgeschlossen hat.«

Wieder nickte Maureen. Und Lorraine wurde immer aggressiver. Ihr Gesicht verhärtete sich, ihre kleinen Augen wurden noch kleiner, und an Chris gewandt zischte sie: »Du warst es, ganz klar.«

Allgemeine Stille. Maureen musterte Chris eindringlich, und er sackte immer mehr in sich zusammen.

Doch nun meldete sich Hope zu Wort. Nicht laut, sondern mit ihrer Cambridge-Stimme, von der eine ganz selbstverständliche Autorität ausgeht. »Er kann es nicht gewesen sein.«

»Wie bitte? Und warum nicht?« Lorraine lachte spöttisch. »Weil er ein Freund von Ihnen ist? Tja, da muss ich Ihnen leider mitteilen …«

»Nicht deswegen«, mischte ich mich ein. »Sondern weil ich den Schlüssel habe.« Ich holte ihn aus meiner Manteltasche und hielt ihn hoch. »Ich habe gesehen, wie er hinuntergefallen ist, als Chris mich hier abgesetzt hat«, fuhr ich fort. »Ich habe ihm hinterhergerufen, aber er hat mich nicht gehört.«

Wieder schwiegen alle. Maureen starrte Lorraine an. Lorraine starrte Chris an. Und fast alle anderen starrten mich und den Schlüssel an.

Ich hielt Lorraine den Schlüssel hin. »Hier ist er«, verkündete ich lächelnd. »Ach, übrigens, Maureen« – Maureens Staunen ging langsam in grimmige Erkenntnis über –, »ich hatte ein paar Kleinigkeiten in einem Kissen versteckt, in meinem Zimmer. Ich bin mir sicher, dass alles an Ort und Stelle ist, aber vielleicht wäre es gut, wenn wir nachschauen könnten? Ich meine, für Chris würde ich die Hand ins Feuer legen, aber …« Ich schenkte nun Lorraine mein freundlichstes Lächeln. »In welchem Zimmer waren Sie denn, als Sie plötzlich in der Falle saßen? Na so was! Was für ein Zufall! – Na ja, bei Ihnen muss ich mir ja keine Sorgen um meine Sachen machen. Wie bitte?« Lorraine gab einen unverständlichen Laut von sich. »Ach, Sie haben alles mitgebracht? Wie aufmerksam von Ihnen. Und wie klug Sie doch sind, dass Sie gleich wussten, wo ich sie aufbewahre – meine Perlenkette, meinen Verlobungsring, die Brosche meiner Mutter. Und das Geld. Zweihundert Pfund. Ich bin ja so erleichtert. Nur gut, dass es auf dieser Welt auch ehrliche Menschen gibt.«

Immer noch lächelnd, verstaute ich meine Besitztümer in der Manteltasche. Inzwischen hatte ich jede Menge Publikum. Sad Harry, dessen Gesichtsausdruck verdächtig an ein Lächeln erinnerte. Claire, die vor Verwunderung fast vergaß, ihren Kaugummi zu kauen, Mr Braun, John, der Pole, Mrs Swathen, die ziemlich clever sein kann, wenn sie sich bemüht, und die jetzt Lorraine anstarrte, als wäre sie ein Gespenst. Maureen, deren teigiges Gesicht zu einem sauren Lächeln erstarrt war, Chris, der ganz benommen dreinschaute, und hinter ihm die Feuerwehrleute, fünf oder sechs grinsende junge Männer, die bereits das Blaulicht an dem überflüssigen Feuerwehrauto abgestellt hatten und jetzt gleich im Haus nach weiteren Nachzüglern, potentiellen Kurzschlüssen, sonstigen Elektroproblemen und überhaupt nach allem suchen wollten, was die Bewohner von Meadowbank, die alle ganz brav auf dem Rasen warteten, in Gefahr bringen könnte.

Es dauerte fast eine Stunde, bis sie das Gebäude wieder freigaben. Es war schönes Wetter, ein sonniger, warmer Tag, auf dem Rasen blühten Gänseblümchen, und in der Azaleenhecke summten die Hummeln. John, der Pole, spielte mit Sad Harry und Mr Braun Karten. Mrs Banerjee zog einen ihrer Mäntel aus, Hope und ich unterhielten uns leise, während Lorraine und Maureen ihr Gespräch (das mittlerweile recht lebhaft geworden war) auf den Parkplatz beim großen Eingangstor verlagert hatten, in der Hoffnung, dass sie dort keiner hören konnte. Wir verstanden trotzdem fast alles, was sie sagten, denn höfliches Weghören war unmöglich, als Lorraine ihre Chefin anschrie, sie könne sich ihren verdammten Job sonst wohin stecken, man verdiene bei ihr ja sowieso nichts, und überhaupt, wer wolle sein Leben in einem Loch wie Meadowbank verbringen, sie wisse doch, wie die Leute in der Stadt das Heim nannten, oder? Das verdammte Leichenschauhaus. »Wie klingt das in deinen Ohren, *meine Liebe*?«

Und so weiter und so fort. Schlimmer als Mr Bannerman an einem schlechten Tag. Jedenfalls zweifelte ich nicht mehr daran, dass wir Lorraine so bald nicht wiedersehen würden. Am anderen Ende des Rasens stand Chris und tat so, als würde er nichts mitkriegen, doch das Grinsen auf seinem Gesicht verriet alles.

Natürlich wusste ich, dass er Lorraine eingeschlossen hatte. Ich hätte auch gewettet, dass er im Personalraum ein wenig gezündelt hatte, so dass es aussah, als wäre das Feuer durch eine von Lorraines ewigen Silk Cuts verursacht worden.

Außerdem hatte er wahrscheinlich den Mechanismus der Eingangstür lahmgelegt, damit sie nicht aufging, und es absichtlich unterlassen, den Code für die Brandschutzübung einzugeben, weshalb der Brand direkt an die Feuerwache gemeldet worden war.

»Alles in Ordnung!«, rief der Feuerwehrchef, als er mit dem letzten seiner Männer aus dem Gebäude kam. »Da sieht man mal wieder, dass man gar nicht vorsichtig genug sein kann mit solchen Sachen. Gut, dass Sie die Brandschutzübung angeordnet haben.«

»Und nun gehen wir zurück ins Haus!«, verkündete Maureen vom Parkplatz aus. »Sind alle da? Hat jeder mich gehört? Ich sagte, wir gehen wieder ins Haus!«

Unter den Heimbewohnern erhob sich ein Gemurmel, das fast wie Protest klang. Sad Harry erhob sich nur widerwillig von seinem Kartenspiel. Denise blickte von der Gänseblümchenkette auf, die halbfertig in ihrem Schoß lag. Mr Bannerman stellte sein Hörgerät wieder an. Mrs Banerjee zog noch einen ihrer Mäntel aus, und Hope fragte: »Wo ist Mrs McAllister?«

Verdutzt schauten wir einander an. Typisch Hope – sie bemerkte etwas, was keinem von uns Sehenden aufgefallen war. Beunruhigt ließ ich meinen Blick über das Gelände wandern. Ich befürchtete schon, Mrs McAllister könnte sich verirrt haben und wanderte nun ziellos herum. Oder, was noch schlimmer wäre, vielleicht war sie hinunter zu der verkehrsreichen Hauptstraße gelaufen, auf der Suche nach Orten oder Menschen, die sie vor dem Zweiten Weltkrieg das letzte Mal gesehen hatte.

»Mrs McAllister!«, rief Maureen. »Wir gehen jetzt zurück ins Haus!«

Nirgends eine Spur von der alten Dame. Ich schaute Hope an. Mir war bang ums Herz – ich hatte eine böse

Vorahnung, könnte man sagen. Bestimmt lag Mrs McAllister irgendwo hinter dem Gebäude, ich sah sie vor mir, der zahnlose Mund nach innen gedrückt, eine magere Hand wie ein vertrockneter Zweig auf dem Kiespfad ausgestreckt …

Tja, da kann man mal wieder sehen, dass man sich auf seine Vorahnungen nicht unbedingt verlassen sollte.

Denn als ich gerade den Mund aufmachte, um Hope von meiner Vision zu erzählen, kam Mrs McAllister um die Ecke, Arm in Arm mit einem Feuerwehrmann, einem fröhlich aussehenden jungen Mann, etwa fünfundzwanzig, groß, dunkelhaarig und ziemlich athletisch, auf diese dezente Art, wie man sie bei Feuerwehrleuten öfter antrifft (ja, ja, ich weiß, ich bin siebenundsiebzig, aber das bedeutet ja nicht, dass ich keine Augen im Kopf habe!). Und dieser junge Mann schien gerade etwas sehr Lustiges gesagt zu haben, denn Mrs Mc Allister gackerte vor Vergnügen wie ein verrücktes Huhn. So gutgelaunt hatte ich sie nicht mehr gesehen, seit Lorraine ihr damals in der Lobby von Peters Tod erzählt hatte. Es schnürte mir die Kehle zu, als ich sie sah: so alt, so winzig und so lustig. Sie klammerte sich wie ein Äffchen an den Arm des Feuerwehrmannes und lachte sich scheckig.

»Wo kommen Sie denn her?«, schimpfte Maureen vorwurfsvoll.

Der junge Mann grinste. »Das gehört zur Feuerwehrübung«, sagte er und löste (mit gewissen Schwierigkeiten) Mrs McAllisters Hand von seinem Arm. »Ich muss schon sagen, Norah« – so unglaublich das klingt, aber ich muss zugeben, dass ich bis zu dem Augenblick nicht gewusst hatte, wie Mrs McAllister mit Vornamen heißt –, »Norah, Sie laufen schnell wie ein Wiesel!«

Mrs McAllister lachte wieder. Sie schaute dem jungen

Mann in die Augen (ihr Gesicht befand sich etwa auf der Höhe seiner Gürtelschnalle) und nahm seine Hand.

»Ich bin so froh, dass du hier bist«, erklärte sie strahlend. »Nun möchte ich dir meine Freundinnen vorstellen. Das ist Faith, und das ist Hope.« Sie winkte uns zu, und ihre Augen waren vor lauter Glück so klein wie die eines Vögelchens. »Die beiden haben schon einiges mit mir durchgemacht, und sie sind immer sehr lieb zu mir.«

»Ach, das ist doch selbstverständlich«, erwiderte Hope sachlich. »Aber wir würden gern Ihren neuen Freund kennenlernen.«

»Meinen neuen Freund?« Wieder brach Mrs McAllister in schallendes Gelächter aus. Ich hatte sie noch nie so viel lachen sehen, glaube ich, sie wirkte richtig verjüngt. Ihre Augen blitzten, sie hüpfte und tanzte, der zahnlose Mund mit seinen tausend Falten zitterte vor Vergnügen.

Sie nahm den jungen Mann an der Hand und führte ihn auf den Rasen, wo Chris, Maureen, Denise und Sad Harry darauf warteten, uns endlich zurück ins Haus führen zu können.

»Das ist mein Sohn Peter«, verkündete sie. »Er ist Feuerwehrmann.«

Dank

Ich bin den Menschen, die mich überall auf der Welt zu diesen Erzählungen inspiriert haben, zu großem Dank verpflichtet. Da sind Kinder, die den Menschenhändlern entkommen konnten, Kinder, die in den Stromschnellen schwimmen, Schauspieler, die sich die Zeit genommen haben, am Bühneneingang zu plaudern, zufällige Bekanntschaften in der U-Bahn, Taxifahrer, die endlos viele Anekdoten auf Lager haben, Mitglieder von Lesezirkeln, die bei Signierstunden Schlange stehen, ältere Damen, die sich haargenau an Dinge erinnern, die vor sechzig Jahren passiert sind. Und die Twitter-Gemeinde, die Chocolatiers, die Leute in den Bahnhofscafés, Bäcker, die mir per Post Kuchen liefern, junge Liebespaare auf Parkbänken. Außerdem danke ich den Menschen, die mit mir zusammenarbeiten, vor allem meiner Pressefrau Louise Page-Lund und Anne Riley, meiner persönlichen Assistentin, meiner Lektorin Marianne Velmans und meinen Kollegen bei Transworld, Larry Finlay, Kate Samano, Deborah Adams, Claire Ward, Suzanne Riley, sowie allen Vertretern, Korrektoren, Lektoren und Buchhändlern, die dafür sorgen, dass meine Bücher verkauft werden – und natürlich meinen Lesern, deren Geschichtenhunger die Traummaschine schon so lange in Schwung hält. Und Kevin und Anouchka, ohne die es gar keine Traummaschine gäbe.

Joanne Harris

Himmlische Träume

Die Fortsetzung des Weltbestsellers »Chocolat«
Aus dem Englischen von Adelheid Zöfel
496 Seiten. Gebunden mit Schutzumschlag
ISBN 978-3-471-35091-1

Ein Fest für die Sinne

Vianne Rocher lebt mit ihren Töchtern auf einem Hausboot in Paris. Noch immer verzaubert sie mit ihren Schokoladenkreationen die Menschen. Eines Tages erhält sie einen Brief. Ihre alte Freundin Armande bittet sie, zurück nach Lansquenet zu kommen. Das Städtchen braucht ihre Hilfe ...

Der Duft von Pfirsichen und ein verheißungsvoller Wind treiben Vianne in Richtung Süden. Und wirklich, der kleine Ort ist zutiefst zerstritten, und ausgerechnet der Priester Reynaud scheint hinter allem zu stecken.

»Eine großartige, bittersüße Geschichte«
Sunday Times

List